Diogenes Taschenbuch 20640

SHAKESPEARES DRAMATISCHE WERKE

Übersetzt von A. W. v. Schlegel und L. Tieck

Herausgegeben und revidiert von Hans Matter

Mit Illustrationen von

Johann Heinrich Füßli

Zehnter Band

WILLIAM SHAKESPEARE

König Heinrich der Fünfte
König Heinrich der Achte
Titus Andronicus

DIOGENES

Die Illustrationen
von Johann Heinrich Füßli
beruhen auf Stichen, die der zehnbändigen Ausgabe
The Plays of William Shakespeare, London, 1805, entnommen sind.
Umschlag: Ausschnitt aus Füßlis *Heinrich V*.
Entwurf: Hans Höfliger

Veröffentlicht als Diogenes Taschenbuch, 1979
Lizenzausgabe mit freundlicher Genehmigung
des Birkhäuser Verlags, Basel

20/86/29/2
ISBN 3 257 20640 2

EINFÜHRUNGEN

König Heinrich der Fünfte

Shakespeare verdankt den Stoff und gewisse Anregungen zu diesem Drama, das ausgesprochen epischen Charakter besitzt, außer Holinshed jenem ältern Stück über die berühmten Siege des Königs, das er schon für seinen *Heinrich IV.* verwendet hatte, und knüpft es an letzteren an. Es beschreibt die Entdeckung der vom Grafen von Cambridge betriebenen Verschwörung, welche die Ermordung Heinrichs zum Ziele hatte, seinen Krieg um die Oberherrschaft in Frankreich, die Einnahme von Harfleur, die Schlacht von Agincourt (1415), überspringt die Ereignisse der nächsten Jahre und endet mit dem Frieden von Troyes und der Werbung des Königs um die französische Prinzessin Katharina.

Szenen politischen Charakters wechseln, stellenweise beinahe regelmäßig, mit humorvollen Prosaszenen ab, die der Darstellung des Soldaten- und Lagerlebens dienen. Die verschiedenen Akte werden durch Prologe miteinander verbunden, deren Schwung für den Grundton dieses Dramas, das man ein patriotisches Loblied nennen könnte, charakteristisch ist. In dieser Atmosphäre können Gestalten wie Falstaff nicht wohl leben; Sir John tritt denn auch nicht mehr auf, und Bardolph, der zu seinem Kreis gehört hat, wird als Plünderer gehängt. Wichtiger als diese Gestalten, von denen die meisten uns aus jenen Tagen bekannt sind, da König Heinrich noch der junge wilde Heinz war, sind jetzt die tapferen Soldaten des Heeres, Welsche, Iren, Engländer, Schotten: Typen, die in ihrer Treue zum König in gewissem Sinne die Einheit der verschiedenen Staaten und Rassen des Reiches zum Ausdruck bringen.

In diesem König hat Shakespeare die eigentliche Idealgestalt eines Herrschers geschaffen. Heinrich ist tapfer, treu, verantwortungsbewußt, gottesfürchtig, von jener menschlichen Größe, die sich nicht hinter Titeln und Zeremonien zu verschanzen braucht. Obwohl die Gestalt Heinrichs das Stück völlig beherrscht, war sie für den Dichter kein besonders günstiger dramatischer Vorwurf. Ebenbürtige Gegenspieler sind nicht vorhanden – seine Feinde, die Franzosen, werden zwar nicht als Schwächlinge, aber doch als überhebliche Phrasenhelden hingestellt – und die Entwicklung seines Charakters, in *Hein-*

rich IV. dargestellt, ist abgeschlossen. So blieb Shakespeare nichts anderes übrig, als immer neue Seiten seines Wesens zu beleuchten, neue Glanzlichter einzusetzen. Er tut dies sehr geschickt, wenn er ihn als Politiker, in gelehrter Debatte mit seinen Prälaten, als Feldherrn im Umgang mit seinen Soldaten, oder wenn er ihn um Katharina werbend zeigt, eine Szene, in der die frische Natürlichkeit und schlichte Menschlichkeit Heinrichs besonders hervorgehoben wird und deren bürgerlich realistischer Ton dem Einfluß von Shakespeares Vorlage zuzuschreiben sein dürfte. Dem optimistisch heitern Charakter dieses zeitlich jüngsten Mittelstücks der Lancastertragödie entsprechend, tritt die Vorstellung, daß infolge des Thronraubs an Richard II. ein Fluch auf den Fürsten aus dem Hause Lancaster laste, eine Idee, die in *Heinrich IV.* und *Heinrich VI.* vertreten wird, fast vollkommen zurück.

König Heinrich der Achte

Das Schauspiel *Heinrich VIII.*, das einst den Nebentitel trug «Alles ist wahr», ist die letzte Historie. Sie ist von den frühern historischen Stücken durch viele Jahre getrennt und führt wie andere Spätwerke, etwa wie *Der Sturm* und *Das Wintermärchen*, zu einem versöhnenden Schluß, zeigt jene Milde, mit der der Dichter in seiner Altersreife den Charakter und die Handlungen der Personen beurteilt. Die fünf Akte umfassen den Sturz des Herzogs von Buckingham, die Neigung des Königs zu Anna Boleyn, seine Scheidung von der Königin Katharina von Aragon, die Ungnade und den Fall des mächtigen Kardinals Wolsey, der den Wünschen Heinrichs entgegentritt, die Krönung der Anna Boleyn, den Triumph des Erzbischofs Cranmer über seine Feinde und die Taufe der Prinzessin Elisabeth. Die Prophezeiung, die anläßlich dieses Ereignisses über die glorreiche Regierung der kommenden Fürstin ausgesprochen wird, bedeutete Shakespeare wohl mehr als eine bloße Rücksicht auf eine Sitte der Renaissance.

Das Drama *Heinrich VIII.*, das nicht eigentlich eine Historie sondern eine mehr oder weniger lose zusammenhängende Folge prächtiger Bilder ist, was äußerlich in sehr umfangreichen Bühnenanweisungen in Erscheinung tritt, wird oft bemängelt, weil sich in der Darstellung der Hauptpersonen, hauptsächlich derjenigen Wolseys, Widersprüche finden. Dies hängt mit dem

Charakter von Shakespeares Quelle, Holinsheds Chronik, zusammen. Der Chronist benützte für seine sehr lebhafte Schilderung Berichte, von denen der eine den Kardinal in ungünstigem, der andere, verfaßt von einem treuen Diener des Kirchenfürsten, in günstigem Lichte zeigt. Der fünfte Akt, dessen Vorgänge chronologisch nicht stimmen, und der von Cranmer beherrscht wird, basiert auf dem beliebten protestantischen Märtyrerbuch von John Foxe.

Obwohl dem Stück eine Zentralfigur fehlt und sich Unklarheiten in der Charakteristik geltend machen, ferner die Personen hinter Staatsszenen und Aufzügen zurücktreten, enthält es immerhin Gestalten, die zu den besten zu zählen sind, welche der Dichter geschaffen hat. Wolsey gehört dazu und namentlich Katharina. Sie ist eine Dulderin in der Art der Hermione und die einzige vollkommen einheitlich ausgeführte Person im Drama.

Die Widersprüche und metrischen Eigenheiten des Werkes führten zu allerlei Vermutungen. Nach der einen Theorie wurde *Heinrich VIII.* von Shakespeare zusammen mit John Fletcher verfaßt, nach der andern entstanden die verschiedenen Teile zu verschiedenen Zeiten und wurden erst später vereinigt. Wieder andere glauben, Shakespeare habe die Dichtung unvollendet liegenlassen und der Schluß sei von fremder Hand hinzugefügt worden. Im Grunde spricht nichts wirklich entscheidend gegen die Annahme der Shakespeareschen Selbständigkeit des Stückes.

ANHANG

Abgesehen von den in der ersten Folioausgabe enthaltenen 36 Stücken zählt man über vierzig Dramen, die Shakespeare ganz oder teilweise zugeschrieben worden sind. Für zwei Drittel dieser 40 sozusagen herrenlosen Stücke kommt seine Verfasserschaft ernstlich gar nicht in Frage. Er hat nichts mit ihnen zu schaffen. Anders verhält es sich mit den übrigen Titeln. Hier ist es immerhin möglich, daß er «die Hand im Spiele» gehabt hat. Es geht selbstverständlich nicht an, jedes anonyme, dramatisch wertvolle Werk mit seinem Namen und Genie in Verbindung zu bringen oder gewisse hervorragende Szenen, die sich darin finden, seinem Konto gutzuschreiben. Selbst der Name William Shakespeare oder die Initialen W. S. auf einem Titelblatt sind kein unbedingt sicherer Beweis dafür, daß wir es mit einer Arbeit aus seiner Feder zu tun haben, da anzunehmen ist, daß gewinnsüchtige Buchhändler versuchten, die Zugkraft seines Namens auszunützen. Zuverlässigere Zeugen sind Stil, Kunst des dramatischen Aufbaus und bei Werken, die im Manuskript vorliegen, die Handschrift. So glauben einige Kritiker, ihm ein anonymes Stück, «Eduard III.» (gedruckt 1596), wenigstens teilweise zuschreiben zu müssen, und in einem handschriftlich erhaltenen Drama über Sir Thomas More, den edlen Lordkanzler und Verfasser der «Utopia», wollen gewisse Forscher in einzelnen Szenen die Schriftzüge Shakespeares erkennen. Man kann natürlich auch die Frage aufwerfen, ob nicht Stücke, die von Shakespeare verfaßt waren, verlorengegangen seien. Es scheint, daß wir diese Frage wenigstens in einem Falle bejahen müssen. Als im 18. Jahrhundert der Herausgeber von Shakespeares Werken, Lewis Theobald, ein Drama veröffentlichte, behauptete er, es handle sich um die Umarbeitung einer Arbeit, die ursprünglich von Shakespeare stamme, und die den Titel «Die Geschichte von Cardenio» getragen habe. Die wiederholte Aufführung eines solchen Stückes ist bezeugt, aber die Manuskripte, die Theobald besessen haben will, sind nicht entdeckt worden.

Für die meisten Shakespeare-Forscher der Gegenwart ist die Aufnahme oder Nichtaufnahme eines Dramas in die Sammlung der ersten Folioausgabe entscheidend für seine Echtheit. Eine Ausnahme macht *Perikles*. Dieses Schauspiel wurde von den

Herausgebern der ersten Folioausgabe weggelassen, obgleich es noch zu Lebzeiten des Dichters in mehreren Quartodrucken vorlag. Demzufolge ist es auch bei Schlegel–Tieck nicht zu finden. Es erscheint jedoch in der dritten Auflage der Folioausgabe von 1664, wobei aber zu beachten ist, daß sich in dieser Sammlung auch Werke finden, die sicher *nicht* von Shakespeare geschaffen wurden. Seit Edmond Malone den *Perikles* 1790 in seine Shakespeare-Ausgabe aufgenommen hat, wird dieses Stück zum Kanon gerechnet. Mit *Titus Andronicus* verhält es sich, wie wir bald sehen werden, etwas anders.

Perikles, Prinz von Tyrus

Meinen kritischen Betrachtungen schicke ich eine Inhaltsangabe voraus.

Perikles, der junge Prinz von Tyrus, tritt als Freier der Tochter des Königs Antiochus auf. Als solcher hat er ein Rätsel zu lösen. Dieses bezieht sich auf den blutschänderischen Umgang des Königs mit seiner Tochter. Da Perikles die richtige Lösung findet, muß er vor der Rache Antiochus' heimlich aus seiner Heimat flüchten. Er läßt den treuen Helicanus als Statthalter zurück.

Durch einen Schiffbruch nach Pentapolis verschlagen, gewinnt er die Liebe und die Hand von Thaisa, der Tochter des Königs Simonides. Die Tyrer wähnen Perikles tot und wollen Helicanus zum Herrscher ausrufen, was dieser, der seinen Herrn durch Boten in allen Windrichtungen suchen läßt, schließlich nach Pentapolis melden kann, zugleich mit der freudigen Nachricht, daß Antiochus von der Rache des Himmels ereilt worden sei. Perikles bricht sofort auf. Während der Fahrt nach Tyrus schenkt seine Gemahlin Thaisa einem Töchterchen, Marina, das Leben. Sie selber fällt in eine tiefe Ohnmacht und wird auf das ungestüme Drängen der Seeleute als vermeintliche Tote in einem Sarg den Wellen übergeben. Der Sarg treibt bei Ephesus an Land und es gelingt dem Arzte Cermion, die Lebensgeister der nur scheinbar Toten wieder zu wecken. Da sie glaubt, daß ihr Gatte ertrunken sei, weiht sie sich im Tempel als Priesterin dem Dienste der Diana.

Auf der Heimfahrt stattet Perikles dem Regenten von Tharsus, Cleon, und dessen Gemahlin Dionysa einen Besuch ab. Die Einwohner dieser Stadt sind ihm zu Dank verpflichtet; denn er ist ihnen einst während einer Hungersnot mit einer Kornspende zu Hilfe gekommen. Er läßt sein Töchterchen Marina hier, damit es von Cleon sorgfältig erzogen werde. Marina wächst zur blühenden Jungfrau heran und stellt durch ihre Persönlichkeit und ihre Begabung die Tochter der Pflegeeltern dermaßen in den Schatten, daß Dionysa, von Neid erfüllt, sie umbringen lassen will. Der Mord wird zwar verhindert, indem Piraten die Bedrohte entführen; aber noch nimmt ihr Los keine Wendung zum Bessern. Die Seeräuber verkaufen sie in Mytilene an Kuppler, und diese stecken sie in ein Bordell. Hier schlägt sie durch ihren Adel alle Angriffe auf ihre Tugend ab, und als Lysimachus, der Regent der Stadt, sie dort besucht, nötigt sie ihm durch ihre Reinheit und Frömmigkeit Bewunderung ab und rührt schließlich, allerdings mit Hilfe des Goldes, das sie von Lysimachus erhalten, sogar das Herz des brutalen Knechts des Bordellwirtes. Sie findet bei ehrbaren Familien der Stadt Unterkunft und entwickelt sich durch die Anmut ihres Gesangs und Tanzes, sowie durch ihre Kunstfertigkeit mit der Nadel zur kleinen Berühmtheit.

Wieder einmal ist der Tyrerfürst Perikles zu Schiff; er landet in Mytilene, wo ihn Lysimachus freundlich empfängt. Man ruft Marina, damit sie den von stumpfem Trübsinn befallenen Perikles aufheitere. Natürlich erkennt der Vater in dem herrlichen Mädchen bald seine Tochter, und als ihn Diana in einem Traum auffordert, in Ephesus zu opfern und die Geschichte seines Lebens zu erzählen, kann er auch seine geliebte Thaisa in die Arme schließen. Marina wird die Braut des Lysimachus; Cleon und sein böses Weib (so erfahren wir summarisch) fallen der Wut des erbosten Volkes zum Opfer und finden im brennenden Palast ihr gebührendes Ende. Die Familie ist vereinigt, der poetischen Gerechtigkeit Genüge geschehen.

Perikles, wahrscheinlich 1607 entstanden, ist ein schwaches Stück, das aber einst ungewöhnlich beliebt gewesen sein muß. Die Quelle ist eine englische Übersetzung des im Mittelalter berühmten Romans über Apollonius von Tyrus, ein Stoff, der im 14. Jahrhundert auch in dem Gedicht «Confessio Amantis» von John Gower erscheint. Dieses Werk wurde vom Verfasser mit benützt; er läßt übrigens den Dichter Gower zwischen den verschiedenen Akten und gelegentlich auch zwischen einzelnen Szenen als Prologus auftreten und die Vorgänge resümieren.

Die meisten Kritiker halten aus stilistischen Gründen George Wilkins für den Verfasser des Dramas und nehmen an, daß es von Shakespeare bloß revidiert worden sei. Die etwas geschmacklosen Prosaszenen im Bordell entsprechen der zeitgenössischen Dramatik, in deren Vokabular das Wörtlein prüde nur ein sehr kümmerliches Dasein fristete. Wer auch immer ursprünglich der Verfasser des Werkes sein mag, jedenfalls ist eines nicht zu übersehen, das Überraschungsmoment, der rasche Wechsel kleiner Bilder, der glückliche Ausgang und die Gestalt der unschuldigen Jungfrau passen sehr gut zu Shakespeares letzten Schöpfungen. Das romantische Beiwerk, Aufzüge, stumme Szenen und Visionen lassen uns vergessen, daß Wahrheit und Folgerichtigkeit nicht sehr beachtet sind.

Titus Andronicus

Die Tragödie schildert, wie der römische General Titus Andronicus sich für die Grausamkeit rächt, die an ihm und seiner Familie durch Tamora, die Königin der Goten, und ihre Söhne begangen wird. Sie wird von Titus besiegt und als Gefangene nach Rom verschleppt. Hier muß sie erleben, wie der Sieger ihren Erstgeborenen den Manen seiner Söhne opfert. Sie sinnt auf Rache. Durch ihre Schönheit bezaubert sie das Herz des römischen Kaisers Saturninus und wird Kaiserin, und jetzt macht sie sich ans Werk der Vergeltung. Sie wird darin von ihren beiden jüngern Söhnen und ihrem Geliebten, dem Mohren Aaron, einem Teufel an Bosheit und Grausamkeit, unterstützt; und es entwickelt sich nun eine Handlung, in der Greueltat und Mord, Notzucht und Raserei Orgien feiern, in deren Verlauf Menschen verstümmelt und geschändet, Menschen wie Kälber abgestochen werden.

Die Grausamkeit der Handlung und die Maßlosigkeit der Leidenschaft sowie eine spätere Tradition haben englische Kritiker veranlaßt, die Verfasserschaft Shakespeares zu bezweifeln. Ich habe das Drama aus verschiedenen Gründen an den Schluß dieser Ausgabe gestellt. Wer dies Willkür nennen will, mag es tun. An den Anfang des ersten Bandes – und dorthin hätte diese früheste Tragödie des Dichters eigentlich gehört – wollte ich das selten gelesene und noch seltener aufgeführte Werk nicht stellen, aber auch nicht in den Band, der die Römerdramen enthält; denn obgleich Kapitol und Senat genannt werden, obwohl sich in dem Stück viele lateinische Zitate finden, sich mancher Zug in Charakterisierung und Handlung auf antike Literatur und Sage zurückführen läßt, ist *Titus Andronicus* doch weit entfernt von dem, was wir unter einem Römerdrama Shakespeares verstehen. Mit Geschichte hat das Werk, das der Verfasser irgendwann im Zeitraum der letzten römischen Kaiser spielen läßt, nichts zu tun, wenn man auch entdeckt hat, daß der Zuname des Titus von einem spätmittelalterlichen byzantinischen Kaiser getragen wurde.

Für Shakespeares Verfasserschaft scheint vor allem die Tatsache zu sprechen, daß seine Freunde das Drama in die erste Folioausgabe aufgenommen haben. Die ästhetischen Bedenken, die gegen seine Echtheit geltend gemacht werden, sind nicht so stichhaltig, als sie auf den ersten Blick scheinen möchten. Abgesehen davon, daß das 16. Jahrhundert mit seiner Sitte der öffentlichen Hinrichtungen die Menschen an ein gutes Maß von Grausamkeit gewöhnte, waren Bühnengreuel, wie die Dramen anderer Dichter beweisen, eine Zeitlang geradezu Mode und kamen dem Zeitgeschmack entgegen. Und wenn darauf hingewiesen wird, daß sich im *Titus* vielfach Bilder finden, die geschmacklos und «unshakespearisch» seien, so ist dem entgegenzuhalten, daß man doch auch auf manche Stelle von psychologischer Feinheit, von großer dramatischer Kraft und hoher poetischer Schönheit stößt.

Wahrscheinlich ist *Titus Andronicus* ein Werk Shakespeares. Es ist die Schöpfung eines genialen, stürmischen Anfängers, der unter dem Einfluß berühmter zeitgenössischer Vorbilder stand, dem Eindruck der «Spanischen Tragödie» des im Seneca-Stil schreibenden Thomas Kyd erlag und in der Richtung des Christopher Marlowe arbeitete, der im «Tamerlan» und im «Juden von Malta» Gewalt- und Blutmenschen auf die Bühne gebracht hatte. Kühn rivalisierte er mit diesen Zeitgenossen und versuchte, sie womöglich zu überbieten. Eine direkte Quelle ist seltsamerweise nicht bekannt.

Hans Matter

KÖNIG HEINRICH DER FÜNFTE

Wahrscheinlich 1599 entstanden
Übersetzt von August Wilhelm von Schlegel

PERSONEN

König Heinrich der Fünfte
Herzog von Gloster } *Brüder des Königs*
Herzog von Bedford }
Herzog von Exeter, Oheim des Königs
Herzog von York, Vetter des Königs
Graf von Salisbury
Graf von Westmoreland
Graf von Warwick
Erzbischof von Canterbury
Bischof von Ely
Graf von Cambridge } *Verschworene gegen den König*
Lord Scroop }
Sir Thomas Grey }
Sir Thomas Erpingham } *Offiziere in* Heinrichs *Armee*
Gower }
Fluellen }
Macmorris }
Jamy }
Bates, Court, Williams, *Soldaten in derselben*
Nym, Bardolph, Pistol, *ehemals Bediente* Falstaffs, *jetzt ebenfalls Soldaten in derselben*
Ein Bursch, der sie bedient
Karl der Sechste, *König von Frankreich*
Louis, *der Dauphin*
Herzog von Burgund
Herzog von Orleans
Herzog von Bourbon
Der Connétable von Frankreich
Rambures *und* Grandpré, *französische Edelleute*
Der Befehlshaber von Harfleur
Montjoye, *ein französischer Herold*
Gesandte an den König von England
Isabelle, *Königin von Frankreich*
Katharina, *Tochter* Karls *und* Isabellens

ALICE, *ein Fräulein im Gefolge der Prinzessin* KATHARINA
Wirtin HURTIG, PISTOLS *Frau*

Herren und Frauen von Adel, Offiziere, französische und englische Soldaten, Boten und Gefolge

Die Szene ist anfangs in *England*, nachher ununterbrochen in *Frankreich*

Chorus (*tritt ein*).

Oh! eine Feuermuse, die hinan
Den hellsten Himmel der Erfindung stiege!
Ein Reich zur Bühne, Prinzen drauf zu spielen,
Monarchen, um der Szene Pomp zu schaun!
Dann käm, sich selber gleich, der tapfre Heinrich
In Marsgestalt; wie Hund' an seinen Fersen
Gekoppelt, würde Hunger, Feur und Schwert
Um Dienst sich schmiegen. Doch verzeiht, ihr Teuren,
Dem schwunglos seichten Geiste[1], ders gewagt,
Auf dies unwürdige Gerüst zu bringen
Solch großen Vorwurf. Diese Hahnengrube,
Faßt sie die Ebnen Frankreichs? Stopft man wohl
In dieses O von Holz die Helme nur,
Wovor bei Azincourt die Luft erbebt?
O so verzeiht, weil ja in engem Raum
Ein krummer Zug für Millionen zeugt,
Und laßt uns Nullen dieser großen Summe,
Auf eure einbildsamen Kräfte wirken!
Denkt euch im Gürtel dieser Mauern nun
Zwei mächtge Monarchien eingeschlossen,
Die, mit den hocherhobnen Stirnen dräuend,
Der furchtbar enge Ozean nur trennt.
Ergänzt mit dem Gedanken unsre Mängel,
Zerlegt in tausend Teile einen Mann
Und schaffet eingebildte Heereskraft.
Denkt, wenn wir Pferde nennen, daß ihr sie
Den stolzen Huf seht in die Erde prägen;
Denn euer Sinn muß unsre Kön'ge schmücken.
Bringt hin und her sie, überspringt die Zeiten,
Verkürzet das Ereignis manches Jahrs
Zum Stundenglase. Daß ich dies verrichte,
Nehmt mich zum Chorus an für die Geschichte,
Der als Prolog euch bittet um Geduld;
Hört denn und richtet unser Stück mit Huld!

---

1. Nach anderer Lesart: den schwunglos seichten Geistern

ERSTER AUFZUG

Erste Szene

London. Ein Vorzimmer im Palast des Königs

Der Erzbischof von Canterbury und Bischof von Ely treten auf

Canterbury Mylord, ich sag Euch, eben die Verordnung[1]
Wird jetzt betrieben, die im elften Jahr
Von der Regierung des verstorbnen Königs
Beinahe wider uns wär durchgegangen,
Wenn die verworrne, unruhvolle Zeit
Aus weitrer Frage nicht verdrängt sie hätte.
Ely. Doch sagt, Mylord, wie wehrt man jetzt sie ab?
Canterbury. Man muß drauf denken. Geht sie durch, so büßen
Wir unsrer Güter beßre Hälfte ein.
Denn all das weltlich Land, das fromme Menschen
Im Testament der Kirche zugeteilt,
Will man uns nehmen; nämlich so geschätzt:
Soviel, um für des Königs Staat zu halten
An fünfzehn Grafen, fünfzehnhundert Ritter,
Sechstausendundzweihundert gute Knappen;
Zum Trost für Sieche dann und schwaches Alter,
Für dürftge Seelen, leiblich unvermögend,
Einhundert wohlbegabte Armenhäuser;
Und sonst noch, in des Königs Schatz, des Jahrs
Eintausend Pfund: so lautet die Verordnung.
Ely. Das wär ein starker Zug.
Canterbury. Der schlänge Kelch und alles mit hinab.
Ely. Allein wie vorzubeugen?
Canterbury. Der König ist voll Huld und milder Rücksicht.
Ely. Und ein wahrhafter Freund der heilgen Kirche.
Canterbury. Sein Jugendwandel zwar verhieß es nicht.
Doch kaum lag seines Vaters Leib entseelt,
Als seine Wildheit auch, in ihm ertötet,
Zu sterben schien: ja in dem Augenblick

1. Wörtlich: der Gesetzesentwurf

Kam beßre Überlegung wie ein Engel
Und peitscht' aus ihm den sündgen Adam weg,
Daß wie ein Paradies sein Leib nun blieb,
Das Himmelsgeister aufnimmt und umfaßt.
Nie ward so schnell ein Zögling noch gebildet,
Nie hat noch Besserung mit einer Flut
So raschen Sturmes Fehler weggeschwemmt,
Und nie hat hydraköpfger Eigensinn
So bald den Sitz verloren, und mit eins,
Als jetzt bei diesem König.

Ely. Die Umwandlung ist segensvoll für uns.

Canterbury. Hört ihn nur über Gottsgelahrtheit reden,
Und, ganz Bewundrung, werdet Ihr den Wunsch
Im Innern tun, der König wär Prälat;
Hört ihn verhandeln über Staatsgeschäfte,
So glaubt Ihr, daß er einzig das studiert;
Horcht auf sein Kriegsgespräch, und grause Schlachten
Vernehmt Ihr vorgetragen in Musik.
Bringt ihn auf einen Fall der Politik,
Er wird desselben Gordschen Knoten lösen,
Vertraulich wie sein Knieband; daß, wenn er spricht,
Die Luft, der ungebundne Wüstling, schweigt,
Und stumm Erstaunen lauscht in aller Ohren,
Die honigsüßen Sprüche zu erhaschen,
So daß des Lebens Kunst und praktisch Teil
Der Meister dieser Theorie muß sein.
Ein Wunder, wie sie Seine Hoheit auflas,
Da doch sein Hang nach eitlem Wandel war,
Sein Umgang ungelehrt und roh und seicht,
Die Stunden hingebracht in Saus und Braus,
Und man nie regen Fleiß an ihm bemerkt,
Auch kein Zurückziehn, keine Sonderung
Von freiem Zulauf und von Volksgewühl!

Ely. Es wächst die Erdbeer unter Nesseln auf,
Gesunde Beeren reifen und gedeihn
Am besten neben Früchten schlechtrer Art;
Und so verbarg der Prinz auch die Betrachtung

Im Schleier seiner Wildheit; ohne Zweifel
Wuchs sie wie Sommergras bei Nacht am schnellsten,
Das ungesehn doch kräftges Wachstum hat.

Canterbury. Es muß so sein, denn Wunder gibts nicht mehr;
Deshalb muß man die Mittel eingestehn,
Wie was zustande kommt.

Ely. Doch, bester Lord,
Was nun zu tun zur Mildrung dieses Vorschlags,
Den die Gemeinen tun? Ist Seine Majestät
Für oder wider?

Canterbury. Er scheint unbestimmt,
Doch neigt er mehr auf unsre Seite sich,
Als daß er wider uns den Antrag fördert.
Denn ein Erbieten tat ich Seiner Majestät
Auf unsre geistliche Zusammenrufung,
Und in Betracht von jetzt vorhandnen Gründen,
Die Seiner Hoheit näher ich eröffnet,
Anlangend Frankreich: eine größre Summe
Zu geben, als die Geistlichkeit noch je
Auf einmal seinen Vorfahrn ausgezahlt.

Ely. Wie nahm man dies Erbieten auf, Mylord?

Canterbury. Es ward von Seiner Majestät genehmigt;
Nur war nicht Zeit genug, um anzuhören
(Was Seine Hoheit, merkt ich, gern getan),
Das Näh're und die klare Ableitung
Von seinem Recht an ein'ge Herzogtümer
Und überhaupt an Frankreichs Kron und Land
Von Eduard, seinem Ältervater, her.

Ely. Was war die Hindrung, die dies unterbrach?

Canterbury. Den Augenblick bat Frankreichs Abgesandter
Gehör sich aus; die Stund ist, denk ich, da,
Ihn vorzulassen. Ist es nicht vier Uhr?

Ely. Ja.

Canterbury. Gehn wir hinein, die Botschaft zu erfahren,
Die ich jedoch gar leichtlich raten wollte,
Eh der Franzose noch ein Wort gesagt.

Ely. Ich folg Euch, mich verlangt, sie anzuhören. (*Ab.*)

ZWEITE SZENE

Ein Audienzsaal im Palast

König Heinrich, Gloster, Bedford, Exeter, Warwick, Westmoreland und Gefolge

König Heinrich. Wo ist der würdge Herr von Canterbury?
Exeter. Nicht gegenwärtig.
König Heinrich. Sendet nach ihm, Oheim.
Westmoreland. Mein König, soll man den Gesandten rufen?
König Heinrich. Noch nicht, mein Vetter; Dinge von Gewicht,
Betreffend uns und Frankreich, liegen uns
Im Sinne, über die wir Auskunft wünschen,
Eh wir ihn sprechen.

Der Erzbischof von Canterbury und Bischof von Ely treten auf.

Canterbury. Gott samt seinen Engeln
Beschirme Euren heilgen Thron und gebe,
Daß Ihr ihn lange ziert!
König Heinrich. Wir danken Euch.
Fahrt fort, wir bitten, mein gelehrter Herr;
Erklärt rechtmäßig und gewissenhaft,
Ob uns das Salische Gesetz in Frankreich
Von unserm Anspruch ausschließt oder nicht.
Und Gott verhüte, mein getreuer Herr,
Daß Ihr die Einsicht drehn und modeln solltet
Und schlau[1] Eur wissendes Gemüt beschweren
Durch Vortrag eines mißerzeugten Anspruchs,
Des eigne Farbe nicht zur Wahrheit stimmt.
Denn Gott weiß wie so mancher, jetzt gesund,
Sein Blut zu des Bewährung noch vergießt,
Wozu uns Eur Hochwürden treiben wird.
Darum gebt acht, wie Ihr Euch selbst verpfändet,
Wie Ihr des Krieges schlummernd Schwert erweckt;
In Gottes Namen mahn ich Euch: gebt acht!
Denn niemals stritten noch zwei solche Reiche,
Daß nicht viel Blut floß, des unschuldge Tropfen

1. Wörtlich: spitzfindig

Ein jeglicher ein Weh und bittre Klage
Sind über den, der schuldig Schwerter wetzte,
Die so die kurze Sterblichkeit verheeren.
Nach der Beschwörung sprecht, mein würdger Herr;
Wir wollens merken und im Herzen glauben,
Das, was Ihr sagt, sei im Gewissen Euch
So rein wie Sünde bei der Tauf gewaschen.

Canterbury. So hört mich, gnädiger Monarch, und Pairs,
Die diesem Herrscherthron eur Leben, Treue
Und Dienste schuldig seid: nichts einzuwenden
Ist wider Seiner Hoheit Recht an Frankreich,
Als dies, was sie vom Pharamund ableiten:
In terram Salicam mulieres ne succedant,
Auf Weiber soll nicht erben Salisch Land.
Dies Sal'sche Land nun deuten die Franzosen
Als Frankreich fälschlich aus, und Pharamund
Als Stifter dieser Ausschließung der Frauen.
Doch treu bezeugen ihre eignen Schreiber,
Daß dieses Sal'sche Land in Deutschland liegt,
Zwischen der Sala und der Elbe Strömen,
Wo Karl der Große, nach der Unterjochung
Der Sachsen, Franken angesiedelt ließ,
Die aus Geringschätzung der deutschen Fraun,
Als die in unehrbaren Sitten lebten,
Dort dies Gesetz gestiftet, daß kein Weib
Je Erbin sollte sein im Sal'schen Land,
Das, wie ich sagte, zwischen Elb und Sala
In Deutschland heutzutage Meißen heißt.
So zeigt sichs klar: das Salische Gesetz
Ward nicht ersonnen für der Franken Reich;
Noch auch besaßen sie das Sal'sche Land
Als bis vierhunderteinundzwanzig Jahre
Nach dem Hinscheiden König Pharamunds,
Den man den Stifter des Gesetzes wähnt.
Er starb im Jahr nach unsers Heilands Kunft
Vierhundertsechsundzwanzig; Karl der Große
Bezwang die Sachsen, setzte Franken ein

Jenseits des Flusses Sala, in dem Jahr
Achthundertfünf. Dann sagen ihre Schreiber,
König Pippin, der Childrich abgesetzt,
Gab Recht und Anspruch vor an Frankreichs Krone,
Als allgemeiner Erbe, von Blithilden,
Der Tochter stammend Königes Chlotar.
Auch Hugo Capet, der die Kron entriß
Herzogen Karl von Lothring, einzgem Erben
Vom echten Haus und Mannsstamm Karls des Großen,
Mit ein'gem Schein den Anspruch zu beschönen,
Der doch in Wahrheit schlecht und nichtig war,
Gab sich als Erben aus von Frau Lingaren,
Der Tochter Karlmanns, der von Kaiser Ludwig
Der Sohn war, so wie Ludewig der Sohn
Von Karl dem Großen. Auch Ludewig der Zehnte,
Des Usurpators Capet einzger Erbe,
Konnt im Gewissen keine Ruhe haben
Bei Frankreichs Krone, bis man ihm erwies,
Daß Isabell, die schöne Königin,
Von der er Enkel war in grader Reih,
Abstamme von Frau Irmengard, der Tochter
Des vorerwähnten Herzogs Karl von Lothring;
Durch welche Eh die Linie Karls des Großen
Mit Frankreichs Krone neu vereinigt ward,
So daß so klar wie Sonnenlicht erscheint:
Das Recht Pippins und Hugo Capets Vorwand
Und Ludewigs Beruhigung, sie gründen
Sich auf der Frauen Recht und Anspruch alle;
Wie Frankreichs Kön'ge tun bis diesen Tag,
Wiewohl sie gern das Salische Gesetz
Behaupten möchten, Euer Hoheit Anspruch
Von Frauen Seite damit auszuschließen,
Und lieber sich verstricken in ein Netz,
Als die verdrehten Rechte bloßzulegen,
Die Euch und Euren Vordern sie entwandt.

König Heinrich.

Kann ich nach Pflicht und Recht die Fordrung tun?

Canterbury. Die Sünde auf mein Haupt, gestrenger Fürst!
Denn in dem Buch der *Numeri* steht geschrieben:
«Der Tochter sei das Erbe zugewandt,
Wenn der Sohn stirbt.» Behauptet, gnädger Herr,
Was Euch gebührt; entrollt Eur' Blutpanier';
Schaut Euch nach Euren mächtgen Ahnen um,
Geht Herr, zu Eures Ältervaters Gruft,
Auf den Ihr Euch mit Eurer Fordrung stützt;
Ruft seinen tapfern Geist und Eduards an,
Des Schwarzen Prinzen, Eures Großoheims,
Der dort auf fränkschem Grund ein Trauerspiel,
Die Macht von Frankreich schlagend, aufgeführt,
Indes sein großer Vater lächelnd stand
Auf einer Höh und seinen jungen Löwen
Sich weiden sah im Blut des fränkschen Adels.
O edle Englische, die trotzen konnten
Mit halbem Heere Frankreichs ganzem Stolz,
Und lachend stand dabei die andre Hälfte,
Ganz kühl und unbeschäftigt bei dem Kampf.
Ely. Weckt die Erinnrung dieser tapfern Toten,
Mit mächtgem Arm erneuet ihre Taten!
Ihr seid ihr Erb, Ihr sitzt auf ihrem Thron,
Das Blut, der Mut rinnt in den Adern Euch,
Der sie erhob; mein dreimal mächtger Fürst
Ist in dem Maienmorgen seiner Jugend,
Zu Tat und großer Unternehmung reif.
Canterbury. Die Herrn der Erde, Eure Mitmonarchen,
Erwarten alle, daß Ihr Euch ermannt,
So wie die vorgen Löwen Eures Bluts.
Westmoreland.
Sie wissen, Ihr habt Grund und Macht und Mittel:
Die *hat* Eur Hoheit auch; kein König Englands
Hat einen reichern Adel je gehabt,
Noch treure Untertanen, deren Herzen
Die Leiber hier in England heim gelassen
Und sich in Frankreichs Feldern schon gelagert.
Canterbury. O laßt die Leiber folgen, bester Fürst,

Gewinnt Eur Recht mit Blut und Feur und Schwert,
Wozu wir von der Geistlichkeit Eur Hoheit
Solch eine starke Summ erheben wollen,
Als nie die Klerisei mit einemmal
Noch einem Eurer Ahnen zugebracht.

König Heinrich.
Man muß nicht bloß sich wider die Franzosen
Zum Angriff rüsten, auch zum Widerstand
Die Vorkehrungen gegen Schottland treffen,
Das einen Zug sonst wider uns wird tun
Mit allem Vorteil.

Canterbury. Die an den Marken dort, mein gnädger Fürst,
Sind stark genug zur Maur, das innre Land
Vor Plünderern der Grenze zu beschützen.

König Heinrich. Wir meinen nicht die leichten Streifer bloß,
Die Hauptgewalt des Schotten fürchten wir,
Der stets für uns ein wilder Nachbar war.
Denn ihr könnt lesen, daß mein Ältervater
Mit seinen Truppen nie nach Frankreich zog,
Daß nicht der Schott' ins unbewehrte Reich
Hereinbrach wie die Flut in einen Riß,
Mit reicher Überfülle seiner Kraft,
Das leere Land mit heißem Angriff plagend,
Die Städt und Burgen mit Belagrung gürtend,
Daß unsre Landschaft aller Wehr entblößt,
Gebebt vor solcher üblen Nachbarschaft.

Canterbury. Sie hatte dann mehr Schreck als Schaden, Herr;
Denn hört sie nur bewähret durch sich selbst:
Als ihre Ritterschaft in Frankreich war
Und sie betrübte Witwe ihrer Edlen,
Hat sie nicht bloß sich selber gut verteidigt,
Sie fing der Schotten König, sperrt' ihn ein,
Sandt ihn nach Frankreich dann, um Eduards Ruhm
Zu füllen mit gefangner Kön'ge Zahl
Und Eure Chronik reich an Preis zu machen,
Wie Meeres Schlamm und Boden ist an Trümmern
Gesunkner Schiff' und Schätzen ohne Maß.

Westmoreland. Doch gibt es einen Spruch, sehr alt und wahr:
«So du Frankreich willst gewinnen,
Mußt mit Schottland erst beginnen.»
Denn ist der Adler England erst auf Raub,
So kommt das Wiesel Schottland angeschlichen
Zu seinem unbewachten Nest und saugt
Ihm so die königlichen Eier aus;
Es spielt die Maus, die, wenn die Katze fort,
Besudelt und verdirbt, was sie nicht frißt.
Exeter. Die Katze muß demnach zu Hause bleiben;
Doch unbedingt ist solche Nöt'gung nicht.
Gibts Schlösser doch, den Vorrat zu verwahren,
Und feine Fallen für die kleinen Diebe.
Indes die Hand bewaffnet auswärts ficht,
Wehrt sich zu Hause das beratne Haupt.
Denn Regiment, zwar hoch, und tief und tiefer
Verteilt an Glieder, hält den Einklang doch
Und stimmt zu einem vollen, reinen Schluß
So wie Musik.
Canterbury. Sehr wahr; drum teilt der Himmel
Des Menschen Stand in mancherlei Beruf
Und setzt Bestrebung in beständgen Gang,
Dem als zum Ziel Gehorsam ist gestellt;
So tun die Honigbienen, Kreaturen,
Die durch die Regel der Natur uns lehren
Zur Ordnung fügen ein bevölkert Reich.
Sie haben einen König und Beamte
Von unterschiednem Rang, wovon die einen
Wie Obrigkeiten, Zucht zu Hause halten,
Wie Kaufleut andre auswärts Handel treiben,
Noch andre, wie Soldaten, mit den Stacheln
Bewehrt, die samtnen Sommerknospen plündern
Und dann den Raub mit lustgem Marsch nach Haus
Zum Hauptgezelte ihres Kaisers bringen;
Der, emsig in der Majestät, beachtet,
Wie Maurer singend goldne Dächer baun,
Die stillen Bürger ihren Honig kneten,

Wie sich die armen Tagelöhner drängen
Mit schweren Bürden an dem engen Tor;
Wie, mürrisch summend, der gestrenge Richter
Die gähnende und faule Drohne liefert
In bleicher Henker Hand. Ich folgre dies:
Daß viele Dinge, die zusammen stimmen
Zur Harmonie, verschieden wirken können,
Wie viele Pfeile da- und dorthin fliegen
Zu *einem* Ziel;
Wieviel verschiedne Weg' in *eine* Stadt,
Wie viele frische Ström in *eine* See,
Wie viele Linien in den Mittelpunkt
An einer Sonnenuhr zusammenlaufen:
So, erst im Gang, kann tausendfaches Wirken
Zu *einem* Zweck gedeihn, wohl durchgeführt
Und ohne Mangel. Drum nach Frankreich, Herr!
Teilt Euer glücklich England in vier Teile:
Ein Viertel nehmt davon nach Frankreich hin,
Ihr könnt damit ganz Gallien zittern machen;
Wenn wir mit dreimal soviel Macht zu Haus
Die eigne Tür dem Hund nicht wehren können,
So laßt uns zausen, und dies Volk verliere
Den Ruhm der Tapferkeit und Politik.

König Heinrich. Ruft die vom Dauphin hergesandten Boten!
(*Einer vom Gefolge ab. Der König besteigt den Thron.*)
Wir sind entschlossen, und mit Gottes Hilfe
Und eurer (unsrer Stärke edlen Sehnen),
Da Frankreich unser, wollen wir vor uns
Es beugen, oder ganz in Stücke brechen;
Wir wollen dort entweder waltend sitzen
In weiter hoher Herrschaft über Frankreich
Und die fast königlichen Herzogtümer;
Sonst ruhe dies Gebein in schlechter Urne,
Grablos und ohne Denkmal über ihm.
Wenn die Geschichte nicht mit vollem Mund
Kühn meine Taten spricht, so sei mein Grab
Gleich einem türkschen Stummen ohne Zunge,

Nicht mit papiernem Epitaph geehrt.
Die französischen Gesandten treten auf.
Wir sind bereit, was unserm Vetter Dauphin
Beliebt, nun zu vernehmen; denn wir hören,
Von ihm ist euer Gruß, vom König nicht.
Gesandter. Geruhn Eur Majestät, uns zu erlauben,
Frei zu bestellen, was der Auftrag ist;
Wie, oder sollen schonend wir von fern
Des Dauphins Meinung, unsre Botschaft, zeigen?
König Heinrich. Nicht ein Tyrann, ein christlicher Monarch
Sind Wir, und Unsre Leidenschaft der Gnade
So unterworfen, wie in Unsern Kerkern
Verbrecher angefesselt; darum sagt
Mit freier, ungehemmter Offenheit
Des Dauphins Meinung uns.
Gesandter. Dann kürzlich so:
Eur Hoheit, neulich hin nach Frankreich sendend,
Sprach dort gewisse Herzogtümer an,
Kraft Eures großen Vorfahrn Eduard des Dritten.
Zur Antwort nun sagt unser Herr, der Prinz,
Daß Ihr zu sehr nach Eurer Jugend schmeckt,
Und heißt Euch wohl bedenken, daß in Frankreich
Mit muntern Tänzen nichts gewonnen wird;
Ihr könnt Euch nicht in Herzogtümer schwärmen.
Drum schickt er, angemeßner Eurem Geist,
Euch dieser Tonne Schatz, begehrt dafür,
Ihr wollet fernerhin die Herzogtümer
Nicht von Euch hören lassen. So der Dauphin.
König Heinrich. Der Schatz, mein Oheim?
Exeter. Federbälle, Herr.
König Heinrich. Wir freun uns, daß der Dauphin mit uns scherzt;
Habt Dank für eure Müh und sein Geschenk.
Wenn wir zu diesen Bällen die Rakette
Erst ausgesucht, so wollen wir in Frankreich
Mit Gottes Gnad in einer Spielpartie
Des Vaters Kron ihm in die Schanze schlagen;
Sagt ihm, er ließ sich ein mit solchem Streiter,

Daß alle Höfe Frankreichs ängsten wird
Der Bälle Sprung. Und – wir verstehn ihn wohl,
Wie er uns vorhält unsre wildern Tage
Und nicht ermißt, wozu wir sie benutzt.
Wir schätzten niemals diesen armen Sitz
Von England hoch; drum in der Ferne lebend,
Ergaben wir uns wilder Ausschweifung,
Wie Menschen immer es zu halten pflegen,
Daß sie am lustigsten vom Hause sind.
Doch sagt dem Dauphin, daß ich meinen Rang
Behaupten will, gleich einem König sein,
Und meiner Größe Segel will entfalten,
Erheb ich mich auf meinen fränkschen Thron.
Ich legte meine Majestät beiseit
Und plagte mich gleich einem Werktagsmann;
Doch dort steh ich in voller Glorie auf,
Die alle Augen Frankreichs blenden soll,
Ja auch den Dauphin selbst mit Blindheit schlagen.
Und sagt dem muntern Prinzen, dies Gespött
Verwandle seine Bäll' in Büchsensteine,
Und seine Seele lade schwer auf sich
Die Schuld verheerungsvoller Rache, die
Mit ihnen ausfliegt: denn vieltausend Witwen
Wird dies Gespött um werte Gatten spotten,
Um Söhne Mütter, Burgen niederspotten,
Und mancher jetzt noch ungeborne Sohn
Wird künftig fluchen auf des Dauphins Hohn.
Doch dies beruht in Gottes Willen alles,
Auf den ich mich beruf, und in des Namen
Sagt ihr dem Dauphin, daß ich komme, mich
Zu rächen, wie ich kann, und auszustrecken
In heilger Sache den gerechten Arm.
So zieht in Frieden hin und sagt dem Dauphin,
Sein Spaß wird nur wie schaler Witz erscheinen,
Wenn tausend mehr, als lachten, drüber weinen. –
Gebt ihnen sicheres Geleit! – Lebt wohl!

(*Gesandte ab.*)

Exeter. Gar eine lustge Botschaft.
König Heinrich. Wir hoffen, ihren Sender rot zu machen.
(*Er steigt vom Thron.*)
Drum, Lords, versäumet keine günstge Stunde,
Die unser Unternehmen fordern mag.
Denn mein Gedank ist einzig Frankreich nun,
Nur der an Gott geht dem Geschäfte vor.
Laßt denn zu diesem Krieg bald unsre Mittel
Versammelt sein, und alles wohl bedacht,
Was Federn unsern Schwingen leihen kann
Zu weiser Schnelligkeit: denn, Gott voraus,
Straf ich den Dauphin in des Vaters Haus.
Drum strenge jeder seinen Geist nun an,
Dem edlen Werk zu schaffen freie Bahn! (*Alle ab.*)

ZWEITER AUFZUG

Chorus tritt auf

Chorus. Nun ist die Jugend Englands ganz in Glut,
Und seidne Buhlschaft liegt im Kleiderschrank;
Die Waffenschmiede nun gedeihn, der Ehre
Gedanke herrscht allein in aller Brust.
Sie geben um das Pferd die Weide feil,
Dem Spiegel aller Christenkön'ge folgend,
Beschwingten Tritts, wie englische Merkure.
Denn jetzo sitzt Erwartung in der Luft
Und birgt ein Schwert, vom Griff bis an die Spitze
Mit Kaiserkronen, Herrn- und Grafenkronen,
Heinrich und seinen Treuen zugesagt.
Die Franken, welche gute Kundschaft warnt
Vor dieser Schreckensrüstung, schütteln sich
In ihrer Furcht, und bleiche Politik
Bemüht sich, Englands Zwecke abzulenken.
O England! Vorbild deiner innern Größe,
Gleich einem kleinen Leib mit mächtgem Herzen,

Was könntest du nicht tun, was Ehre will,
Wär jedes deiner Kinder gut und echt!
Doch sieh nur! Frankreich fand in dir ein Nest
Von hohlen Busen, und das füllt es an
Mit falschen Kronen. Drei verderbte Männer:
Der eine, Richard, Graf von Cambridge, dann
Heinrich, Lord Scroop von Masham, und der dritte,
Sir Thomas Grey, northumberlandscher Ritter,
Sie sind um fränkschen Sold (o Schuld, nicht Sold!)
Eidlich verschworen mit dem bangen Frankreich.
Und dieser Ausbund aller Kön'ge muß
Von ihren Händen sterben (wenn ihr Wort
Verrat und Hölle halten), eh er sich
Nach Frankreich eingeschifft, und in Southampton.
Verlängt noch die Geduld, so ordnen wir
Der Ferne Mißbrauch nach des Spieles Zwang.
Die Summe ist bezahlt, die Frevler einig,
Der König fort von London, und die Szene
Ist nun verlegt, ihr Teuren, nach Southampton.
Da ist das Schauspielhaus, da müßt ihr sitzen;
Von da geleiten wir nach Frankreich euch
Und bringen sicher euch zurück, beschwörend
Die schmale See, daß sanfte Überfahrt
Die euch gewährt; denn gehn nach uns die Sachen,
So soll dies Spiel nicht *einen* seekrank machen.
Doch wenn der König kommt, und nicht zuvor,
Rückt unsre Szene nach Southampton vor. (*Ab.*)

Erste Szene[1]

London. Straße in Eastcheap

Nym und Bardolph begegnen einander

Bardolph. Willkommen, Korporal Nym.

Nym. Guten Morgen, Leutnant Bardolph.

---

1. Einzelnen Stellen dieser Szene liegen Lesarten der Quarto- statt der Folioausgabe zugrunde.

Bardolph. Sagt, seid Ihr und Fähnrich Pistol wieder gute Freunde?

Nym. Ich für mein Teil frage nicht danach, ich sage wenig, aber wenn die Zeit kommt, kann es freundlich zugehen; doch das mag sein, wie es will. Fechten mag ich nicht; aber ich kann die Augen zutun und meinen Spieß vorhalten. Es ist nur ganz einfältig, aber was tuts? Man kann Käse daran rösten, und er hält die Kälte aus sogut wie andrer Menschen Degen auch, und das ist der Humor davon.

Bardolph. Ich will ein Frühstück daran wenden, euch zu guten Freunden zu machen, und dann wollen wir alle als geschworne Brüder nach Frankreich ziehn. Bietet dazu die Hand, guter Korporal Nym.

Nym. Meiner Treu, ich will so lange leben, als es geht, das ist ausgemacht, und wenn ich nicht länger leben kann, so will ich sehen, wie ich es mache. Das ist mein Schluß, das ist das *laus deo* dabei.

Bardolph. Es ist gewiß, Korporal, daß er mit Lene Hurtig verheiratet ist, und gewißlich, er tat Euch unrecht, denn Ihr wart mit ihr versprochen.

Nym. Ich weiß es nicht, die Sachen müssen gehn, wie sie können: es kann kommen, daß Leute schlafen und daß sie zu der Zeit ihre Gurgel bei sich haben, und etliche behaupten, Messer haben Schneiden. Es muß gehen, wie es kann. Ist Geduld schon eine abgetriebene Mähre, so schleppt sie sich doch fort. Es muß eine Endschaft werden. Nun, ich weiß es nicht.

Pistol und Frau Hurtig kommen.

Bardolph. Da kommt Fähnrich Pistol und seine Frau. Guter Korporal, nun haltet Euch ruhig. – Nun, wie stehts, Herr Wirt?

Pistol. Du Zecke, nennst mich Wirt?
Bei dieser Hand, das ist für mich kein Name,
Noch herbergt meine Lene.

Frau Hurtig. Wenigstens nicht lange, meiner Treu; denn wir können nicht ein Dutzend Frauenzimmer oder was drüber in Wohnung und Kost haben, die sich ehrbar vom Stich ihrer

Nadeln ernähren, ohne daß man gleich denkt, wir hielten ein liederliches Haus. (*Nym zieht den Degen.*) O Herr! da ist Korporal Nym seiner – nun haben wir hier vorsätzlichen Ehebruch und Mord. Guter Korporal Nym, zeige dich als ein tüchtiger Mann und steck den Degen ein.

Bardolph. Guter Leutnant – guter Korporal, nehmt nichts vor!

Nym. Pah!

Pistol. Pah dir, isländscher Hund! Du kecker Spitz von Island!

Nym. Willst du abziehn? Ich möchte dich *solus* haben.

(*Steckt den Degen in die Scheide.*)

Pistol. Solus, du ungemeiner Hund? O Viper!
Das *solus* in dein seltsamlich Gesicht,
Das *solus* in die Zähn und Kehle dir,
In deine schnöde Lunge, ja, in deinen Magen,
Und, was noch schlimmer, in den garstgen Mund!
Dein *solus* schleudr' ich dir ins Eingeweide,
Denn reden kann ich, und der Hahn Pistols
Ist schon gespannt, und blitzend Feuer folgt.

Nym. Ich bin nicht Barbason, Ihr könnt mich nicht beschwören. Ich bin im Humor, Euch leidlich derb auszupochen; wenn Ihr mir Schimpf antut, so will ich Euch mit meinem Rapier fegen, wie ich in allen Ehren tun darf; wollt Ihr davongehn, so möchte ich Euch ein bißchen in die Gedärme prickeln, wie ich nach guter Sitte tun darf, und das ist der Humor davon.

Pistol. O Prahler feig, verdammter, grimmger Wicht!
Es gähnt das Grab, und Tod ist ächzend nah;
Drum hol heraus! (*Pistol und Nym ziehen.*)

Bardolph (*zieht*). Hört mich an, hört an, was ich sage: wer den ersten Streich tut, dem renn ich den Degen bis ans Gefäß in den Leib, so wahr ich ein Soldat bin.

Pistol. Ein Schwur von sondrer Kraft, und legen soll sich Wut.
Gib deine Faust, den Vorderfuß mir gib:
Dein Mut ist kernhaft stark.

Nym. Ich will dir die Kehle abschneiden, über kurz oder lang in allen Ehren, das ist der Humor davon.

Pistol. So heißt es, *coupe la gorge?* – Ich trotze dir aufs neu.
O Hund von Kreta, hoffst du auf mein Weib?
Nein! Geh in das Spital
Und hol vom Pökelfaß der Schande dir
Den eklen Geir von Cressidas Gezücht,
Genannt mit Namen Dortchen Lakenreißer;
Die nimm zur Eh; ich hab und will behaupten
Die *quondam* Hurtig als die einzge Sie;
Und *pauca*, damit gut!

Der Bursch kommt.

Bursch. Herr Wirt Pistol, Ihr müßt zu meinem Herrn kommen, – Ihr auch, Wirtin; – er ist sehr krank und will zu Bett. – Guter Bardolph, steck die Nase zwischen seine Bettlaken und verrichte den Dienst eines Bettwärmers; wahrhaftig, ihm ist sehr schlimm.

Bardolph. Fort, du Schelm!

Hurtig. Meiner Treu, er wird nächster Tage den Krähen eine fette Mahlzeit geben; der König hat ihm das Herz gebrochen. – Lieber Mann, komm gleich nach Hause.

(*Frau Hurtig und der Bursch ab.*)

Bardolph. Kommt, soll ich euch beide zu Freunden machen? Wir müssen zusammen nach Frankreich: was Teufel sollen wir Messer führen, einander die Gurgeln abzuschneiden?

Pistol. Die Flut schwell' an, die Hölle heul' um Raub!

Nym. Wollt Ihr mir die acht Schillinge bezahlen, die ich Euch in einer Wette abgewann?

Pistol. Ein schnöder Knecht bezahlt.

Nym. Die will ich jetzo haben, das ist der Humor davon.

Pistol. Wie Mannheit Ausspruch tut. Stoß zu!

Bardolph. Bei diesem Schwert! Wer den ersten Stoß tut, den bring ich um; bei diesem Schwert! das tu ich.

Pistol. Schwert ist Schwur, und Recht der Schwüre gilt.

Bardolph. Korporal Nym, willst du gut Freund sein, so sei gut Freund; willst du nicht, nun, so mußt du auch mit mir Feind sein. Bitte, steck ein!

Nym. Soll ich meine acht Schillinge haben, die ich Euch in einer Wette abgewann?

Pistol. Sollst einen Nobel haben, und das bar,
Und will Getränk dir gleichermaßen geben,
Und Freundschaft sei vereint und Brüderschaft;
Ich lebe nun von Nym und Nym von mir.
Ists so nicht recht? – Denn ich will Marketender
Dem Lager sein, und Vorteil fließt mir zu.
Gib mir die Hand!

Nym. Ich soll meinen Nobel haben?

Pistol. In Barschaft wohl bezahlt.

Nym. Gut denn, das ist der Humor davon.

Frau Hurtig kommt zurück.

Frau Hurtig. So wahr ihr von Weibern hergekommen seid, kommt hurtig zu Sir John herein! Ach die arme Seele! Ein brennendes Quotidian-Tertian-Fieber rüttelt ihn so zusammen, daß es höchst kläglich anzusehen ist, Herzensmänner, kommt zu ihm!

Nym. Der König hat üble Humore mit ihm gespielt, das ist das Wahre von der Sache.

Pistol. Nym, du hast wahr geredt,
Gebrochen ist sein Herz und restauriert.

Nym. Der König ist ein guter König, aber man muß es nehmen, wie es kommt. Er nimmt allerlei Humore und Sprünge vor.

Pistol. Klagt um den Ritter weh; wir leben nun als Lämmer.

(*Alle ab.*)

Zweite Szene

Southampton. Ein Ratssaal

Exeter, Bedford und Westmoreland treten auf

Bedford. Wie traut nur Seine Hoheit den Verrätern!

Exeter. In kurzem werden sie verhaftet sein.

Westmoreland. Wie gleisnerisch und glatt sie sich gebärden,
Als säß Ergebenheit in ihrem Busen,
Mit Treu gekrönt und fester Biederkeit!

Bedford. Der König weiß von ihrem ganzen Anschlag
Durch Kundschaft, die sie sich nicht träumen lassen.

Exeter. Nein; aber daß sein Bettgenoß, der Mann,

Den er mit Fürstengunst hat überhäuft,
Um fremdes Gold das Leben seines Herrn
So dem Verrat und Tod verkaufen konnte!

Trompeten. König Heinrich, Scroop, Cambridge, Grey, Lords und Gefolge.

König Heinrich. Der Wind ist günstig, laßt uns nun an Bord!
Mylord von Cambridge, und bester Lord von Masham,
Und ihr, mein werter Ritter, gebt uns Rat,
Denkt ihr nicht, daß die Truppen, so wir führen,
Durch Frankreichs Macht den Weg sich bahnen werden,
Der Tat und der Vollführung Gnüge leistend,
Wozu wir sie in Heereskraft vereint?

Scroop. Kein Zweifel, Herr, tut nur das Seine jeder.

König Heinrich. Das zweifl' ich nicht; denn wir sind überzeugt,
Wir nehmen nicht *ein* Herz mit uns von hinnen,
Das nicht in Einstimmung mit unserm lebt,
Und lassen keins dahinten, das nicht wünscht,
Daß uns Erfolg und Sieg begleiten mag.

Cambridge. Kein Fürst ward mehr gefürchtet und geliebt
Als Eure Majestät; kein einzger Untertan,
So denk ich, sitzt in Unruh und Verdruß
Im süßen Schatten Eures Regiments.

Grey. Selbst die, so Eures Vaters Feinde waren,
Die Gall in Honig tauchend, dienen Euch
Mit Herzen, ganz aus Treu und Pflicht gebaut.

König Heinrich. So haben wir viel Grund zur Dankbarkeit
Und werden eh die Dienste unsrer Hand
Vergessen, als Vergeltung des Verdienstes
Zufolge seiner Größ und Würdigkeit.

Scroop. So wird der Dienst gestählte Sehnen spannen,
Und Mühe wird mit Hoffnung sich erfrischen,
Eur Gnaden unablässig Dienst zu tun.

König Heinrich. Man hofft nicht minder. – Oheim Exeter,
Laßt frei den Mann, der gestern ward gesetzt,
Der wider uns geschmäht hat; wir erwägen,
Daß Übermaß von Wein ihn angereizt,
Und da er sich besinnt, verzeihn wir ihm.

Scroop. Das ist zwar gnädig, doch zu sorgenlos.
Laßt ihn bestrafen, Herr, daß nicht das Beispiel
Durch seine Duldung mehr dergleichen zeuge.
König Heinrich. O laßt uns dennoch gnädig sein!
Cambridge. Das kann Eur Hoheit und doch strafen auch.
Grey. Ihr zeigt viel Gnade, schenkt Ihr ihm das Leben,
Nachdem er starke Züchtigung erprobt.
König Heinrich. Ach, Eure große Lieb und Sorg um mich
Sind schwere Bitten wider diesen Armen.
Darf man ein klein Versehn aus Trunkenheit
Nicht übersehn, wie muß der Blick es rügen,
Erscheint vor uns, gekäut, verschluckt, verdaut
Ein Hauptverbrechen? – Wir lassen doch ihn frei,
Ob Cambridge, *Scroop* und Grey, aus treuer Sorge
Und wacher Hütung unserer Person
Gestraft ihn wünschen. Nun zur fränkschen Sache:
Wem wurde letzthin Vollmacht zugeteilt?
Cambridge. Mir eine, gnädger Herr.
Ihr hießt mich, heute sie von Euch begehren.
Scroop. Mich auch, mein Fürst.
Grey. Mich auch, mein königlicher Herr.
König Heinrich.
Da, Richard Graf von Cambridge, habt Ihr Eure; –
Da Ihr, Lord Scroop von Masham; – und Herr Ritter
Grey von Northumberland, das hier ist Eure: –
Lest und erkennt: ich kenne Euren Wert.
Mylord von Westmoreland, und Oheim Exeter,
Wir gehn zu Nacht an Bord – Wie nun, ihr Herrn,
Was steht in den Papieren, daß ihr euch
So gar entfärbt? – Seht, wie sie sich verwandeln!
Die Wangen sind Papier. – Was lest ihr nur,
Das euer feiges Blut so hat verjagt
Aus eurem Antlitz?
Cambridge. Ich gesteh die Schuld
Und beuge mich vor Eurer Hoheit Gnade.
Grey und *Scroop.* An die wir all uns wenden.
König Heinrich. Die Gnade, die noch eben in uns lebte,

Hat euer Rat erdrückt und umgebracht.
Schämt euch und wagt von Gnade nicht zu sprechen;
Es fallen eure Gründ auf euch zurück,
Wie Hunde, die den eignen Herrn zerfleischen. –
Seht, meine Prinzen und ihr edlen Pairs,
Den Abschaum Englands! Mylord von Cambridge hier –
Ihr wißt, wie willig unsre Liebe war,
Mit allem Zubehör ihn zu versehn,
Das seiner Ehre zukam; und der Mann
Hat, leichtgesinnt, um wenig leichte Kronen
Mit Frankreichs Ränken sich verschworen, uns
In Hampton hier zu morden! – was mit ihm
Der Ritter dort, nicht wen'ger meiner Güte
Als jener schuldig, auch beschwor. – Doch, oh!
Was sag ich erst von dir, Lord Scroop, du wilde,
Grausame, undankbare Kreatur?
Du, der die Schlüssel meines Rates trug,
Der meiner Seele sah bis auf den Grund,
Der mich beinah in Gold ausprägen mochte,
Hättst du um Vorteil dich bei mir bemüht:
Ists möglich, daß aus dir die fremde Löhnung
Nur einen Funken Übels konnte ziehn,
Den Finger mir zu kränken? 's ist so seltsam,
Daß, sticht die Wahrheit gleich so derb hervor
Wie Schwarz auf Weiß, mein Aug sie kaum will sehn
Verrat und Mord, sie hielten stets zusammen
Wie ein Gespann von einverstandnen Teufeln,
So plump auf ein natürlich Ziel gerichtet,
Daß die Verwundrung über sie nicht schrie;
Du aber, wider alles Ebenmaß,
Läß'st dem Verrat und Mord Erstaunen folgen.
Und was es für ein schlauer Feind auch war,
Der so verkehrt auf dich hat eingewirkt,
Die Hölle hat den Preis ihm zugesprochen;
Denn andre Teufel, die Verrat eingeben,
Staffieren, stutzen die Verdammnis auf
Mit Flicken, falschen Farben, Schaugepränge,

Vom Gleisnerschein der Frömmigkeit entlehnt;
Doch er, der dich gemodelt, hieß dich aufstehn,
Gab keinen Grund dir, den Verrat zu üben,
Als weil er nur dich zum Verräter schlug.
Wenn dieser Dämon, der dich so bedrückt,
Mit seinem Löwenschritt die Welt umginge,
Zum öden grausen Tartarus zurück
Würd er sich wenden, um den Legionen
Zu sagen: «Keine Seele werd ich je
So leicht als dieses Englischen gewinnen.»
O wie hast du mit Argwohn nun vergällt
Die Süßigkeit des Zutrauns! Zeigt sich jemand treu?
Nun wohl, du auch. Scheint er gelehrt und ernst?
Nun wohl, du auch. Stammt er aus edlem Blut?
Nun wohl, du auch. Scheint er voll Andacht?
Nun wohl, du auch. Ist er im Leben mäßig,
Von wildem Ausbruch frei in Lust und Zorn,
Von Geiste fest, nicht schwärmend mit dem Blut,
Geziert, bekleidet mit bescheidner Haltung
Dem Aug nicht folgend, ohne das Gehör
Und ohne reifes Urteil einem trauend?
So und so fein gesichtet schienest du;
So ließ dein Fall auch einen Fleck zurück,
Den reichst- und bestbegabten Mann zu zeichnen
Mit ein'gem Argwohn. Ich will um dich weinen,
Denn dieses dein Empören dünket mich
Ein zweiter Sündenfall. – Die Schuld ist klar –
Verhaftet sie zum Stehen vor Gericht,
Und spreche Gott sie ihrer Ränke los!

Exeter. Ich verhafte dich um Hochverrat bei dem Namen
Richard Graf von Cambridge.
Ich verhafte dich um Hochverrat bei dem Namen Heinrich
Lord Scroop von Masham.
Ich verhafte dich um Hochverrat bei dem Namen Thomas
Grey, Ritter von Northumberland.

Scroop. Gerecht hat unsern Anschlag Gott entdeckt,
Es reut mein Fehler mehr mich als mein Tod;

Ich bitt Eur Hoheit, mir ihn zu verzeihn,
Obschon mein Leib den Lohn dafür bezahlt.

Cambridge. Mich hat das Gold von Frankreich nicht verführt,
Wiewohl als Antrieb ich es gelten ließ,
Was ich entworfen, schneller auszuführen.
Doch Gott sei Dank für die Zuvorkommung,
Der ich mich herzlich will im Leiden freun,
Anflehend Gott und Euch, mir zu vergeben.

Grey. Nie freut ein treuer Untertan sich mehr,
Weil man gefährlichen Verrat entdeckt,
Als ich in dieser Stunde über mich,
Gehindert am verruchten Unternehmen.
Verzeiht, Herr, meiner Schuld, nicht meinem Leib.

König Heinrich. Gott sprech euch gnädig los! Hört euren Spruch:
Ihr habt auf unsre fürstliche Person
Verschwörung angestiftet, euch verbündet
Mit dem erklärten Feind und habt aus seinen Kisten
Das goldne Handgeld unsers Tods empfangen.
Ihr wolltet euren Herrn dem Mord verkaufen,
Der Knechtschaft seine Prinzen, seine Pairs
Der Schmach, dem Drucke seine Untertanen
Und der Verheerung sein ganz Königreich.
Wir suchen keine Rache für uns selbst,
Doch liegt uns so das Heil des Reiches ob,
Des Fall ihr suchtet, daß wir dem Gesetz
Euch überliefern müssen. Drum macht euch fort,
Elende, arme Sünder, in den Tod,
Wovon den Schmack euch Gott aus seiner Gnade
Geduld zu kosten geb und wahre Reu
Für eure Missetaten! – Schafft sie fort!

(*Die Verschwornen werden mit Wache abgeführt.*)

Nun, Lords, nach Frankreich, welches Unternehmen
Für euch wie uns wird eben glorreich sein.
Wie zweifeln nicht an einem günstgen Krieg;
Da Gott so gnädig an das Licht gebracht
Den Hochverrat, an unserm Wege lauernd,
Um den Beginn zu stören, zweifl' ich nicht,

Daß jeder Anstoß jetzt geschlichtet sei.
Wohlauf denn, liebe Landgenossen! Laßt
In Gottes Hand uns geben unsre Macht,
Indem wir gleich sie zur Vollstreckung führen.
Fröhlich zur See! Die Fahnen fliegen schon;
Kein König Englands ohne Frankreichs Thron! (*Alle ab.*)

Dritte Szene

London. Vor dem Hause der Frau Hurtig in Eastcheap
Pistol, Frau Hurtig, Nym, Bardolph und der Bursch kommen

Frau Hurtig. Ich bitte dich, mein honigsüßer Mann, laß mich dich bis Staines begleiten.

Pistol. Nein, denn mein männlich Herz klopft weh.
Bardolph, getrost! Nym, weck die Prahlerader!
Bursch, krause deinen Mut! Denn Falstaff, der ist tot,
Und uns muß weh drum sein.

Bardolph. Ich wollte, ich wäre bei ihm, wo er auch sein mag, im Himmel oder in der Hölle.

Frau Hurtig. Nein, gewiß er ist nicht in der Hölle; er ist in Arturs Schoß, wenn jemals einer in Arturs Schoß gekommen ist. Er nahm ein so schönes Ende und schied von hinnen, als wenn er ein Kind im Westerhemdchen[1] gewesen wäre. Just zwischen zwölf und eins fuhr er ab, grade wie es zwischen Flut und Ebbe stand; denn wie ich ihn die Bettlaken zerknüllen sah und mit Blumen spielen und seine Fingerspitzen anlächeln, da wußte ich, daß ihm der Weg gewiesen wäre; denn seine Nase war so spitz wie eine Schreibfeder, und er faselte von grünen Feldern. «Nun, Sir John?» sagte ich. «Ei, Mann, seid gutes Muts!» Damit rief er aus: «Gott! Gott! Gott!» ein Stücker drei- oder viermal. Ich sagte, um ihn zu trösten, er möchte nicht an Gott denken; ich hoffte, es täte ihm noch nicht not, sich mit solchen Gedanken zu plagen. Damit bat er mich, ihm mehr Decken auf die Füße zu legen. Ich streckte meine Hand in das Bett

1. D. h.: Taufhemdchen

und befühlte sie, und sie waren so kalt wie ein Stein; darauf befühlte ich seine Knie und so immer weiter und weiter hinauf, und alles war so kalt wie ein Stein.

Nym. Sie sagen, er hätte über den Sekt einen Ausruf getan[1].

Frau Hurtig. Ja, das tat er auch.

Bardolph. Und über die Weibsbilder.

Frau Hurtig. Ne, das tat er nicht.

Bursch. Ja, das tat er wohl und sagte, sie wären eingefleischte Teufel.

Frau Hurtig. Ja, was ins Fleisch fiel, das konnte er nicht leiden; die Fleischfarbe war ihm immer zuwider.

Bursch. Er sagte einmal, der Teufel würde seiner noch wegen der Weibsbilder habhaft werden.

Frau Hurtig. Auf gewisse Weise hantierte er freilich mit Weibsbildern: aber da war er rheumatisch[2] und sprach von der Hure von Babylon.

Bursch. Erinnert ihr Euch nicht, wie er einen Floh auf Bardolphs Nase sitzen sah, daß er sagte, es wäre eine schwarze Seele, die im höllischen Feuer brenne?

Bardolph. Nun, das Brennholz ist zu Ende, das dies Feuer unterhielt: das ist der ganze Reichtum, den ich in seinem Dienst erworben habe.

Nym. Sollen wir abziehen? Der König wird von Southampton schon weg sein.

Pistol. Kommt, laßt uns fort! – Mein Herz, gib mir die Lippen!
Acht auf den Hausrat und mein fahrend Gut!
Laß Sinne walten; «Zecht und zahlt!» so heißts.
Trau keinem:
Ein Eid ist Spreu, und Treu und Glaube Waffeln;
Pack an, das ist der wahre Hund, mein Täubchen;
Drum laß *caveto* dir Ratgeber sein!
Geh, trockne deine Perlen! – Waffenbrüder,
Laßt uns nach Frankreich, wie Blutigel, Kinder,
Zu saugen, saugen, recht das Blut zu saugen!

---

1. D.h.: ihn verwünscht
2. Sie will statt «rheumatisch» (*rheumatic*) «verrückt» (*lunatic*) sagen.

Bursch. Und das ist eine ungesunde Nahrung, wie sie sagen.
Pistol. Rührt ihren sanften Mund noch und marschiert.
Bardolph. Leb wohl, Wirtin! (*Küßt sie.*)
Nym. Ich kann nicht küssen, und das ist der Humor davon, aber lebt wohl!
Pistol. Laß walten Hauswirtschaft! halt fest, gebiet ich dir!
Frau Hurtig. Lebt wohl! Adieu! (*Ab.*)

VIERTE SZENE

Frankreich. Ein Saal im Palast des Königs
König Karl mit Gefolge, der Dauphin, Herzog von Burgund, der Connétable und andre

König Karl. So nahn die Englischen mit Heereskraft,
Und über alle Sorgen liegt uns ob,
Zu unsrer Wehr uns königlich zu stellen.
Drum soll Herzog von Berry, von Bretagne,
Von Orleans und Brabant ziehn ins Feld,
Und Ihr, Prinz Dauphin, mit der schnellsten Eil,
Um unsre Kriegesplätze neu zu rüsten
Mit tapfern Männern und mit wehrbar'm Zeug.
Denn England ist in seinem Andrang rasch,
Wie Wasser, das ein Wirbel in sich saugt.
Es ziemt uns denn, die Vorsicht so zu üben,
Wie Furcht uns lehrt an manchem frischen Beispiel,
Das England, das zum Unheil wir mißachtet,
Auf unsern Feldern ließ.
Dauphin. Großmächtger Vater,
Es ist gar recht, uns auf den Feind zu rüsten;
Denn Friede selbst muß nicht ein Königreich
So schläfrig machen (wenn auch nicht die Rede
Von Kriege wär und ausgemachtem Streit),
Daß Landwehr, Musterung und Rüstung nicht
Verstärkt, gehalten und betrieben würde,
Als wäre die Erwartung eines Kriegs.
Drum heiß ichs billig, daß wir alle ziehn,
Die schwachen Teile Frankreichs zu besehen;

Das laßt uns tun mit keinem Schein von Furcht,
Ja, mit nicht mehr, als hörten wir, daß England
Sich schick auf einen Mohrentanz zu Pfingsten.
Denn, bester Herr, so eitel[1] prangt sein Thron.
Und seinen Zepter führet so phantastisch
Ein wilder, seichter, launenhafter Jüngling,
Daß ihm kein Schrecken folgt.

Connétable. O still, Prinz Dauphin!
Ihr irrt Euch allzusehr in diesem König.
Frag Eure Hoheit die Gesandten nur,
Mit welcher Würd er ihre Botschaft hörte,
Wie wohl mit edlen Räten ausgestattet,
Wie ruhig im Erwidern, und zugleich
Wie schrecklich mit entschloßner Festigkeit;
Ihr werdet sehn, sein vorig eitles Wesen
War nur des römschen Brutus Außenseite,
Vernunft in einen Torenmantel hüllend,
Wie oft mit Kot der Gärtner Wurzeln deckt,
Die früh und zart vor allen treiben sollen.

Dauphin. Herr Connétable, ei, dem ist nicht so;
Doch nehmen wirs so an, es schadet nicht.
Im Fall der Gegenwehr ist es am besten,
Den Feind für mächtger halten, als er scheint;
So füllet sich das Maß der Gegenwehr,
Die sonst, bei schwachem, kärglichem Entwurf,
Gleich einem Filz, ein wenig Tuch zu sparen,
Den Rock verdirbt.

König Karl. Gut, halten wir den König Heinrich stark,
Und, Prinzen, rüstet stark euch wider ihn;
Denn sein Geschlecht hat unser Fleisch gekostet,
Und er stammt ab von dieser blutgen Reih,
Die auf den heimschen Pfaden uns verfolgt.
Des zeugt die zu gedächtniswürdge Schmach,
Als Cressys Schlacht verderblich ward geschlagen,
Und unsre Prinzen alle in die Hände

---

1. Im Sinne von nichtig

Dem schwarzen Namen Eduard fielen,
Dem Schwarzen Prinz von Wales, indes sein Vater,
Des Berges Fürst, auf einem Berge stehend
Hoch in der Luft, gekrönt von goldner Sonne,
Den Heldensprößling sah und ihn mit Lächeln
Die Werke der Natur verstümmeln sah,
Und Bildnisse verlöschen, welche Gott
Und fränksche Väter zwanzig Jahr hindurch
Geschaffen hatten. Dieser ist ein Zweig
Von jenem Siegerstamm, und läßt uns fürchten
Die angeborne Kraft und sein Geschick.

Ein Bote tritt auf.

Bote. Gesandte Heinrichs, Königes von England,
Begehren Zutritt zu Eur Majestät.

König Karl. Wir geben ihnen gleich Gehör. – Geht, holt sie!

(*Bote und einige Herren vom Hofe ab.*)

Ihr seht, die Jagd wird heiß betrieben, Freunde.

Dauphin. Macht Halt und bietet Stirn! denn feige Hunde
Sind mit dem Maul am freisten, wenn ihr Wild
Schon weit vorausläuft. Bester Fürst, seid kurz
Mit diesen Englischen und laßt sie wissen,
Von welcher Monarchie das Haupt Ihr seid.
Selbstliebe Herr, ist nicht so schnöde Sünde
Als Selbstversäumnis.

Die Herren kommen mit Exeter und Gefolge zurück

König Karl. Von unserm Bruder England?

Exeter. Von ihm: so grüßt er Eure Majestät.
Er heischt in des allmächtgen Gottes Namen,
Daß Ihr Euch abtun und entkleiden sollt
Erborgter Hoheit, die durch Gunst des Himmels,
Durch der Natur und Völker Recht ihm zusteht
Und seinen Erben: Eurer Krone nämlich
Und aller Ehren weiten Kreis, den Sitte
Und Anordnung der Zeiten zugeteilt
Der Krone Frankreichs. Daß Ihr wissen mögt,
Dies sei kein loser, ungereimter Anspruch.
Entdeckt im Wurmfraß längst verschwundner Tage,

Vom Staube der Vergessenheit gescharrt,
Schickt er Euch diese höchst denkwürdge Reih,
(*überreicht ein Papier*)
In jedem Zweige wahrhaft überzeugend,
Und heißt Euch diesen Stammbaum überschaun;
Und wenn Ihr grade abgestammt ihn findet
Vom rühmlichsten der hochberühmten Ahnen,
Eduard dem Dritten heißt er Euch Verzicht
Auf Kron und Reich tun, die Ihr unrechtmäßig
Ihm als gebornen Eigner vorenthaltet.
König Karl. Sonst, was erfolgt?
Exeter. Der blutge Zwang; denn wenn Ihr selbst die Krone
In Eurem Herzen bärgt, er stört nach ihr.
Deswegen kommt er an in wildem Sturm,
In Donner und Erdbeben, wie ein Zeus,
Auf daß er nötge, wenn kein Mahnen hilft;
Und heißt Euch beim Erbarmen Gotts des Herrn,
Die Krone abstehn und der armen Seelen,
Für welche dieser gierge Krieg den Rachen
Schon öffnet, schonen; und auf Euer Haupt
Wälzt er der Waisen Schrei, der Witwen Tränen,
Der Toten Blut, verlaßner Mädchen Ächzen
Um Gatten, Väter und um Anverlobte,
Die diese Zwistigkeit verschlingen wird.
Dies ist sein Recht, sein Drohn und meine Botschaft,
Wo nicht der Dauphin gegenwärtig ist,
Den ich ausdrücklich zu begrüßen habe.
König Karl. Was uns betrifft, wir wollen dies erwägen;
Wir geben morgen den Bescheid Euch mit
An unsern Bruder England.
Dauphin. Was den Dauphin,
So steh ich hier für ihn: was schickt ihm England?
Exeter. Des Trotzes, der Verachtung und des Hohns
Und alles des, was nicht mißziemen mag
Dem großen Sender, schätzet er Euch wert.
So sprich mein Fürst: wenn Eures Vaters Hoheit
Nicht durch Gewährung aller Forderungen

Den bittern Spott versüßt, den Ihr an ihn gesandt,
Wird er zu heißer Rechenschaft Euch ziehn,
Daß Frankreichs bauchige Gewölb und Höhlen
Euch schelten sollen und den Spott zurück
In seiner Stücke zweitem Hall Euch geben.
Dauphin. Sagt, wenn mein Vater freundlich Antwort gibt,
Seis wider meinen Willen; denn mir liegt
An nichts als Zwist mit England! Zu dem Ende,
Als seiner eitlen Jugend angemessen,
Sandt ich ihm die Pariser Bälle zu.
Exeter. Dafür wird Eur Pariser Louvre zittern,
Wärs auch Europas hoher Oberhof.
Und glaubt, Ihr werdet einen Abstand finden
(Wie wir, sein Volk, erstaunt gefunden haben)
Von der Verheißung seiner jüngern Tage
Und denen, die er jetzt zu meistern weiß.
Er wägt die Zeit jetzt auf ein Körnchen ab,
Was Ihr in Euren eignen Niederlagen
Erfahren sollt, wenn er in Frankreich steht.
König Karl. Auf morgen sollt Ihr unsre Meinung wissen.
Exeter. Entlaßt uns eilig, daß nicht unser König
Nach dem Verzug zu fragen selber komme,
Denn Fuß hat er im Lande schon gefaßt.
König Karl. Ihr sollt entlassen werden alsobald
Mit einem billgen Antrag; eine Nacht
Ist nur ein Odemzug und kurze Frist,
Um auf so wichtge Dinge zu erwidern. (*Alle ab.*)

DRITTER AUFZUG

Chorus tritt auf

Chorus. So fliegt auf eingebildten Fittichen
Die rasche Szene mit nicht minder Eil
Als der Gedanke. Stellt euch vor, ihr saht
Am Hamptondamm den wohlversehnen König

Sein Königtum einschiffen, sein Geschwader
Den jungen Tag mit seidnen Wimpeln fächeln.
Spielt mit der Phantasie und seht in ihr
Am hänfnen Tauwerk Schifferjungen klettern;
Die helle Pfeife hört, die Ordnung schafft
Verwirrten Lauten; seht die Leinensegel,
Die unsichtbare Winde schleichend heben,
Durch die gefurchte See die großen Kiele,
Den Fluten trotzend, ziehn. O denket nur,
Ihr steht am Strand und sehet eine Stadt
Hintanzen auf den unbeständgen Wogen;
Denn so erscheint die majestätsche Flotte,
Den Lauf nach Harfleur wendend. Folgt ihr! Folgt ihr!
Hakt euch im Geist an dieser Flotte Steuer,
Verlaßt eur England, still wie Mitternacht,
Bewacht von Greisen, Kindern, alten Fraun,
Wo Mark und Kraft noch fehlt und schon verging;
Denn wer, dem nur ein einzig keimend Haar
Das Kinn begabt, ist nicht bereit, nach Frankreich
Der auserlesnen Ritterschaft zu folgen?
Auf, auf im Geist! Seht einer Stadt Belagrung,
Seht das Geschütz auf den Lafetten stehn,
Auf Harfleur mit den Mündern tödlich gähnend.
Denkt, der Gesandt aus Frankreich sei zurück
Und meld an Heinrich, daß der König ihm
Antrage seine Tochter Katharina,
Mit ihr zum Brautschatz ein paar Herzogtümer,
So klein und unersprießlich. Das Erbieten
Gefällt nicht, und der schnelle Kanonier
Rührt mit der Lunte nun die höllschen Stücke.

(*Getümmel. Es werden Kanonen abgefeuert.*)

Die alles niederschmettern. Bleibt geneigt!
Eur Sinn ergänze, was die Bühne zeigt! (*Ab.*)

ERSTE SZENE

Frankreich. Vor Harfleur

Getümmel. König Heinrich, Exeter, Bedford, Gloster und Soldaten mit Sturmleitern

König Heinrich.
Noch einmal stürmt, noch einmal, lieben Freunde!
Sonst füllt mit toten Englischen die Mauer!
Im Frieden kann so wohl nichts einen Mann
Als Milde und bescheidne Stille kleiden,
Doch bläst des Krieges Wetter euch ins Ohr,
Dann ahmt dem Tiger nach in seinem Tun;
Spannt eure Sehnen, ruft das Blut herbei,
Entstellt die liebliche Natur mit Wut,
Dann leiht dem Auge einen Schreckensblick
Und laßt es durch des Hauptes Bollwerk spähn
Wie ehernes Geschütz; die Braue schatt es
So furchtbarlich, wie ein zerfreßner Fels
Weit vorhängt über seinen schwachen Fuß,
Vom wilden, wüsten Ozean umwühlt.
Nun knirscht die Zähne, schwellt die Nüstern auf,
Den Atem hemmt, spannt alle Lebensgeister
Zur vollen Höh! – Auf, Englische von Adel!
Das Blut von kriegbewährten Vätern hegend,
Von Vätern, die, wie so viel Alexander,
Von früh bis Nacht in diesem Lande fochten,
Und nur, weil Stoff gebrach, die Schwerter bargen!
Entehrt nicht eure Mütter; nun bewährt,
Daß, die ihr Väter nanntet, euch erzeugt,
Seid nun ein Vorbild Menschen gröbern Bluts
Und lehrt sie kriegen! – Ihr auch, wackres Landvolk,
In England groß gewachsen, zeigt uns hier
Die Kraft genoßner Nahrung; laßt uns schwören,
Ihr seid der Pflege wert, was ich nicht zweifle;
Denn so gering und schlecht ist euer keiner,
Daß er nicht edlen Glanz im Auge trüg.
Ich seh euch stehn wie Jagdhund' an der Leine,

Gerichtet auf den Sprung; das Wild ist auf,
Folgt eurem Mute, und bei diesem Sturm
Ruft: «Gott mit Heinrich! England! Sankt Georg!»
(*Alle ab. Getümmel und Kanonenschüsse.*)

ZWEITE SZENE

Ebendaselbst

Truppen marschieren über die Bühne; dann kommen Nym, Bardolph, Pistol und Bursch

Bardolph. Zu, zu, zu, zu! In die Bresche! In die Bresche!

Nym. Ich bitte dich, Korporal, halt! Die Püffe sind zu hitzig, und ich für mein Teil habe nicht ein paar Leben; der Humor davon ist zu hitzig, das ist die wahre Litanei davon.

Pistol. Die Litanei ist recht; Humore sind im Schwang,
Gehn Püff und kommen, Gottes Knechte sterben,
Und Schwert und Schild
Im Blutgefild
Erwirbt sich ewgen Ruhm.

Bursch. Ich wollte, ich wäre in einer Bierschenke in London! Ich wollte meinen ganzen Ruhm für einen Krug Bier und Sicherheit geben.

Pistol. Ich auch:
Wenn Wünsche könnten helfen mir,
An Eifer sollts nicht fehlen mir,
Ich eilte stracks dahin.

Bursch. So klar, doch nicht so wahr, wie Vöglein auf dem Zweige singt. *Fluellen kommt.*

Fluellen. Gotts Plitz! Hinauf in die Presche, ihr Schufte! wollt ihr hinauf in die Presche! (*Treibt sie vorwärts.*)

Pistol. Sei Erdensöhnen gnädig, großer Herzog!
Laß nach mit Wüten! Laß dein männlich Wüten!
Laß, großer Herzog, nach!
Mein Männchen, keine Wut! Mit Milde, liebstes Kind!

Nym. Das sind gute Humore! So 'ne Ehre bringt schlechte Humore ein.

(*Nym, Pistol und Bardolph ab. Fluellen ihnen nach.*)

Bursch. So jung ich bin, habe ich diese Schwadronierer doch schon beobachtet. Ich bin Bursch bei allen dreien, aber alle drei, wenn sie mir aufwarten wollten, könnten doch nicht mein Kerl sein: denn wahrhaftig, drei solche Fratzen machen zusammen keinen Kerl aus. Was Bardolph betrifft, der ist weiß von Leber und rot von Gesicht, vermöge dessen er verwegen dreinsieht, aber nicht ficht. Pistol, der hat eine wilde Zunge und einen stillen Degen, vermöge deren er Worten den Hals bricht und seine Waffen heil erhält. Nym, der hat gehört, daß Männer von wenig Worten die besten sind, und deswegen schämt er sich, sein Gebet herzusagen, damit man ihn nicht für eine feige Memme halte. Aber seine wenigen schlechten Worte sind mit ebenso wenigen guten Taten gepaart, denn er schlug nie keines Menschen Kopf entzwei als seinen eignen, und das geschah gegen einen Pfosten, als er betrunken war. Sie stehlen, was ihnen vorkommt, und das nennen sie Handel und Wandel. Bardolph stahl einen Lautenkasten, trug ihn zwölf Stunden weit und verkaufte ihn für drei Kreuzer. Nym und Bardolph sind geschworne Brüder im Mausen, und in Calais stahlen sie eine Feuerschaufel: ich sah wohl an diesem Probestücke, daß die Kerle Herumstörer wären. Sie wollen mich so vertraut mit andrer Leute Taschen haben, als ihre Handschuhe oder Schnupftücher, was meiner Mannheit sehr entgegen ist; wenn ich aus der Tasche eines andern nehmen sollte, um es in meine zu stecken: das hieße geradezu Unrecht einstecken. Ich muß sie verlassen und mir einen bessern Dienst suchen: ihre Schelmerei ist meinem schwachen Magen zuwider, ich muß sie von mir geben. (*Bursch ab.*)

Fluellen kommt zurück und Gower nach ihm.

Gower. Kapitän Fluellen, Ihr müßt unverzüglich zu den Minen kommen; der Herzog von Gloster will mit Euch sprechen.

Fluellen. Zu den Minen? Sagt Ihr dem Herzog, daß es nicht gar zu gut ist, zu den Minen zu kommen; denn, seht Ihr, die Minen sein nicht der Kriegsdisziplin gemäß, die Konkavität derselben sein nicht hinreichend; denn, seht Ihr, der Feind, wie Ihr dem Herzoge erläutern könnt, seht Ihr, ist vier Ellen tief unter die Konterminen eingegraben. Bei Jessus, ich denke, er werden alles in die Luft sprengen, wenn da keine bessere Direktionen sein.

Gower. Der Herzog von Gloster, der den Befehl bei der Belagerung führt, wird ganz von einem Irländer geleitet, einem sehr braven Manne, wahrhaftig.

Fluellen. Es ist der Kapitän Macmorris, nicht wahr?

Gower. Ich denke, der ists.

Fluellen. Bei Jessus, er sein ein Esel wie einer in der Welt, das will ich ihm in seinen Part hinein pezeugen. Er hat nicht mehr Ordonnanz in der wahren Kriegsdisziplin, seht Ihr, was römische Disziplinen sein, als ein Gelbschnabel haben tut.

Macmorris und Jamy treten in der Entfernung auf.

Gower. Da kommt er, und der schottische Kapitän, Kapitän Jamy, mit ihm.

Fluellen. Kapitän Jamy ist ein erstaunendlich prafer Mann, das ist gewiß, und von großer Fertigkeit und Wissenschaft in den alten Kriegen, nach meiner absonderlichen Wissenschaft seiner Ordonnanzen; bei Jessus, er behauptet sein Argument so gut als irgendein Kriegesmann, was Disziplinen aus den vormaligen Kriegen der Römer sein.

Jamy. Ich sage guoten Tag, Kapitän Fluellen.

Fluellen. Gott grüße Euer Edlen, Kapitän Jamy.

Gower. Wie stehts, Kapitän Macmorris? Habt Ihr die Minen verlassen? Haben es die Schanzgräber aufgegeben?

Macmorris. Bei Chrischtus, 's ischt übel getan; die Arbeit ischt aufgegeben, die Trompeten blasen zum Rückzuge. Bei meiner Hand schwöre ich, und bei meines Vaters Seele, die Arbeit ischt übel getan, sie ischt aufgegeben: ich hätte die Stadt in die Luft gesprengt, so mir Chrischtus helfe, binnen einer Stunde. Oh, 's isch übel getan, 's ischt übel getan, bei meiner Hand, 's ischt übel getan.

Fluellen. Kapitän Macmorris, ich ersuche Euch nun, wollt Ihr mir, seht Ihr, einige wenige Disputationen mit Euch erlauben, als zum Teil betreffend oder angehend die Disziplin des Krieges, was römische Kriege sein; auf dem Wege des Argumentierens, seht Ihr, und freundlichen Kommunizierens:

teils, um meine Meinung zu rechtfertigen und teils, seht Ihr, zur Rechtfertigung meiner Gesinnung, was die Ordonnanz der Kriegesdisziplin anlangt; das ist der wahre Punkt.

Jamy. Das wird sehr guot sein, ihr guoten Kapitäns beide, und ich will auch mainen Verlaub nehmen, wenns die Gelegenheit gibt, das will ich, mainer Treu.

Macmorris. Es ischt keine Zeit zum Reden, so mir Chrischtus helfe; der Tag ischt heiß, und das Wetter, und der Krieg, und der König, und die Herzoge – es ischt keine Zeit zum Reden. Die Stadt wird berannt, und die Trompete ruft uns zur Bresche; und wir sprechen und tun, bei Chrischtus, gar nichts; 's ischt Schande für uns alle, so mir Gott helfe, 's ischt Schande, stillzustehn, 's ischt Schande, bei meiner Hand; und da hat sich 's Kehlen abzuschneiden und Arbeiten zu tun, und es wird nischt getan, so mir Chrischtus helfe.

Jamy. Beim Sakrament, eher diese maine Augen in Schlaf fallen, will ich guoten Dienst verrichten, oder ich will davor im Ärdboden liegen, ja, oder zum Tode gehen; und ich will es so tapfer bezahlen, wie ich kann, das werde ich sicherlich tun, das ist das Kurze und das Lange davon. Main Treu, ich hätte gern ein Gespräch zwischen euch baiden angehört.

Fluellen. Kapitän Macmorris, ich denke, seht Ihr, unter Eurer Genehmhaltung, es sein nicht viele von Eurer Nation –

Macmorris. Meiner Nation? Was ischt meine Nation? Ischt's ein Hundsfott, und ein Bastard, und ein Schelm, und ein Schurke? Was ischt meine Nation? Wer spricht von meiner Nation?

Fluellen. Seht Ihr, wenn Ihr die Sache anders nehmt, als sie gemeint war, Kapitän Macmorris, so werde ich unmaßgeblich denken, daß Ihr mir nicht mit der Leutseligkeit begegnet, als Ihr mir vernünftigerweise begegnen solltet, seht Ihr, da ich ein ebenso guter Mann als Ihr bin, sowohl was die Kriegsdisziplin als die Abkunft meiner Geburt und andre Absonderlichkeiten betrifft.

Macmorris. Ich weiß nicht, daß Ihr ein so guter Mann seid als ich; so mir Chrischtus helfe, ich will Euch den Kopf abhauen.

Gower. Ihr Herren beide, ihr werdet einander mißverstehen.

Jamy. Ai, das ist ein garstiger Fehler.

(*Es wird zur Unterhandlung geblasen.*)

Gower. In der Stadt wird Schamade geschlagen[1].

Fluellen. Kapitän Macmorris, wenn einmal besser gelegnere Zeit verlangt wird, seht Ihr, so werde ich so dreist sein, Euch zu sagen, daß ich die Kriegsdisziplin verstehe und damit gut.

DRITTE SZENE

Ebendaselbst

Der Befehlshaber und einige Bürger auf den Mauern, die englischen Truppen unten. König Heinrich und sein Zug treten auf

König Heinrich. Was hat der Hauptmann dieser Stadt
[beschlossen?
Wir lassen kein Gespräch nach diesem zu;
Darum ergebt euch unsrer besten Gnade,
Sonst ruft, wie Menschen, auf Vernichtung stolz,
Uns auf zum Ärgsten; denn, so wahr ich ein Soldat
(Ein Nam, der, denk ich, mir am besten ziemt):
Fang ich noch einmal das Beschießen an,
So laß ich nicht das halbzerstörte Harfleur,
Bis es in seiner Asche liegt begraben.
Der Gnade Pforten will ich alle schließen,
Der mordgewohnte Krieger, rauhen Herzens,
Soll schwärmen, sein Gewissen höllenweit,
In Freiheit blutger Hand und mähn wie Gras
Die holden Jungfraun und die blühnden Kinder.
Was ist es mir denn, wenn ruchloser Krieg
Im Flammenschmucke, wie der Bösen Fürst,
Beschmiert im Antlitz, alle grausen Taten
Der Plünderung und der Verheerung übt?
Was ist es mir, wenn ihr es selbst verschuldet,
Daß eure reinen Jungfraun in die Hand
Der zwingenden und glühnden Notzucht fallen?
Was für ein Zügel hält die freche Bosheit,
Wenn sie bergab in wildem Laufe stürmt?

---

1. Dieser Satz fehlt bei Schlegel.

So fruchtlos wendet unser eitles Wort
Beim Plündern sich an die ergrimmten Krieger,
Als man dem Leviathan anbeföhle,
Ans Land zu kommen. Darum, ihr von Harfleur,
Habt Mitleid mit der Stadt und eurem Volk,
Weil noch mein Heer mir zu Gebote steht,
Weil noch der kühle, sanfte Wind der Gnade
Das ekle, giftige Gewölk verweht
Von jähem Morde, Raub und Büberei.
Wo nicht, erwartet augenblicks besudelt
Zu sehn vom blinden blutigen Soldaten
Die Locken eurer gellend schreinden Töchter;
Am Silberbart ergriffen eure Väter,
Ihr würdig Haupt geschmettert an die Wand;
Gespießt auf Piken eure nackten Kinder,
Indes der Mütter rasendes Geheul
Die Wolken teilt, wie das der jüdschen Weiber
Bei der Herodes Knechte blutger Jagd.
Was sagt ihr? Gebt ihr nach und wollt dies meiden?
Wo nicht, durch Widerstand das Ärgste leiden?

Befehlshaber. An diesem Tage endet unsre Hoffnung.
Der Dauphin, den um Hilfe wir ersucht,
Erwidert, zu so mächtigem Entsatz
Sei er noch nicht bereit. Drum, großer König,
Ergeben wir die Stadt und unser Leben
In deine milde Gnade; zieh herein,
Schalt über uns und was nur unser ist,
Denn wir sind nun nicht länger haltbar mehr.

König Heinrich. Öffnet die Tore! – Oheim Exeter,
Geht und besetzet Harfleur; bleibt daselbst,
Befestigt stark es gegen die Franzosen,
Seid allen gnädig. – Wir, mein teurer Oheim,
Da sich der Winter naht, und Krankheit zunimmt
In unserm Heer, ziehn nach Calais zurück.
Heut nacht sind wir in Harfleur Euer Gast,
Auf morgen schon sind wir zum Marsch gefaßt.

(*Trompetenstoß. Der König, sein Gefolge und Truppen ziehn in die Stadt.*)

Vierte Szene

Rouen. Ein Zimmer im Palast

Katharina und Alice treten auf

Katharina. Alice, tu as éte en Angleterre, et tu parles bien la langue du pays[1].

Alice. Un peu, madame.

Katharina. Je te prie, enseigne-la moi; il faut que j' apprenne à parler. Comment appelez-vous la main en Anglois?

Alice. La main? Elle est appelée «de hand».

Katharina. «De hand.» Et les doigts?

Alice. Les doigts? Ma foi, j'ai oublié les doigts, mais je m'en souviendrai. Les doigts? Je pense qu'ils sont appelés «de fingres»; oui, «de fingres».

Katharina. La main, «de hand»; les doigts, «de fingres». Je pense que je suis bonne écolière; j'ai gagné deux mots d' Anglois assez vite. Comment appelez-vous les ongles?

Alice. Les ongles? On les appelle «de nails».

Katharina. «De nails». Ecoutez! dites-moi, si je parle bien: «de hand, de fingres, de nails».

Alice. C'est bien dit, madame, c'est du fort bon Anglois.

Katharina. Dites-moi en Anglois: le bras.

Alice. «De arm», madame.

Katharina. Et le coude?

Alice. «De elbow».

Katharina. «De elbow». Je me fais la répétition de tous les mots, que vous m' avez appris dès à présent.

Alice. C'est trop difficile, madame, comme je pense.

Katharina. Excusez-moi, Alice; écoutez; «de hand, de fingres, de nails, de arm, de bilbow».

Alice. «De elbow», madame.

Katharina. O seigneur Dieu, je l'oublie «de elbow». Comment appelez-vous le cou?

Alice. «De neck», madame.

---

1. Die französische Orthographie des Originals wurde von Schlegel etwas modernisiert.

Katharina. «De neck», et le menton?

Alice. «De chin».

Katharina. «De sin». Le cou, «de neck»; le menton, «de sin».

Alice. Oui. Sauf votre honneur, en vérité, vous prononcez les mots aussi juste que les natifs d' Angleterre.

Katharina. Je ne doute point, que je n' apprendrai par la grace de Dieu, et en peu de temps.

Alice. N'avez-vous pas déjà oublié ce que je vous ai enseigné?

Katharina. Non, je vous le réciterai promptement. «De hand, de fingres, de mails».

Alice. «De nails», madame.

Katharina. «De nails, de arm, de ilbow» –

Alice. Sauf votre honneur, «de elbow».

Katharina. C'est ce que je dis «de elbow, de neck et de sin». Comment appelez-vous le pied et la robe?

Alice. «De foot», madame, et «de con»?

Katharina. «De foot et de con»? O seigneur Dieu! Ce sont des mots d'un son mauvais, corrompu, grossier et impudique, et dont les dames d'honneur ne sauroient se servir; je ne voudrois prononcer ces mots devant les seigneurs de France pour tout au monde. Il faut «de foot» et «de con» néanmoins. Je réciterai encore une fois ma lecon ensemble «de hand, de fingre, de nails, de arm, de albow, de neck, de sin, de foot, de con».

Alice. Excellent, madame!

Katharina. C'est assez pour une fois; allons-nous-en à dîner! (*Ab.*)

Fünfte Szene

Ein andres Zimmer im Palast

König Karl, der Dauphin, Herzog von Bourbon, der Connétable von Frankreich und andre treten auf

König Karl. Man weiß, er ist die Somme schon herüber.

Connétable. Und ficht man nicht mit ihm, Herr, laßt uns nicht
In Frankreich leben; stehn wir ab von allem
Und geben unser Weinland den Barbaren

Dauphin. O Dieu vivant! Daß ein paar unsrer Sprossen,
Der Auswurf von den Lüsten unsrer Väter,

Propfreiser, in den wilden Stamm gesetzt,
So plötzlich in die Wolken konnten schießen,
Um ihre Impfer nun zu übersehn!

Bourbon. Normannen nur! Bastarde von Normannen!
Mort de ma vie! wenn sie unbestritten
Einherziehn, biet ich feil mein Herzogtum
Und kaufe einen kleinen Meierhof
In der gezackten Insel Albions.

Connétable. Dieu des batailles! woher käm ihr Feuer?
Ist nicht ihr Klima neblicht, rauh und dumpf,
Worauf die Sonne bleich sieht, wie zum Hohn,
Mit finstern Blicken ihre Früchte tötend?
Kann ihre Gerstenbrüh, gesottnes Wasser,
Ein Trank für überrittne Mähren nur,
Ihr kaltes Blut zu tapfrer Hitze kochen?
Und unser reges Blut, vom Wein begeistert,
Scheint frostig? Oh, zu unsers Landes Ehre,
Laßt uns nicht hängen, zäh wie Eises Zacken,
An unsrer Häuser Dach, indes ein frostger Volk
Die Tropfen aufgeweckter Jugend schwitzt
In unsern reichen Feldern, arm allein
In ihren angebornen Herrn zu nennen.

Dauphin. Bei Treu und Glauben! Unsre Damen haben
Zum besten uns und sagen grad heraus,
Dahin sei unser Feuer, und sie wollen
Der Jugend Englands ihre Leiber bieten,
Mit Bastardkriegern Frankreich zu bevölkern.

Bourbon. Sie weisen uns auf die Tanzböden Englands,
Dort hurtge Volten und Couranten lehren;
Sie sagen, unser Ruhm sei in den Fersen,
Und wir sei'n Läufer von der ersten Größe.

König Karl. Wo ist Montjoye, der Herold? Schickt ihn fort!
Mit unserm scharfen Trotze grüß er England.
Auf, Prinzen, und ins Feld, mit einem Geist,
Den Ehre schärfer wetzt als eure Degen!
Karl De la Bret, Groß-Connétable Frankreichs,
Ihr Herrn von Orleans, Bourbon und Berry,

Alençon, Brabant, Bar und von Burgund,
Jacques Chatillon, Rambures, Vaudemont,
Beaumont, Grandpré, Roussi und Fauconberg,
Foix, Lestrale, Bouciquault und Charolois,
Herzöge, große Prinzen und Barone
Und Herrn und Ritter! für die großen Lehn
Befreit euch nun von solcher großen Schmach!
Hemmt Heinrich England, der durch unser Land
Mit Fähnlein zieht, mit Harfleurs Blut bemalt;
Stürzt auf sein Heer, wie der geschmolzne Schnee
Ins Tal, auf dessen niedern Dienersitz
Die Alpen ihre Feuchtigkeiten spein.
Fallt – ihr habt Macht genug – mit Wucht ihn an
Und bringt auf einen Wagen ihn gebunden,
Gefangen nach Rouen!

Connétable. So ziemt es Großen.
Mir tuts nur leid, daß seine Zahl so klein,
Sein Volk vom Marsch verhungert ist und krank.
Denn ich bin sicher, sieht er unser Heer,
So sinkt sein Herz in bodenlose Furcht,
Statt Taten wird er seine Lösung bieten.

König Karl. Drum eilet den Montjoye, Herr Connétable,
Laßt ihn an England sagen, daß wir senden,
Zu sehn, was er für willge Lösung gibt. –
Prinz Dauphin, Ihr bleibt bei uns in Rouen.

Dauphin. Nicht so, ich bitt Eur Majestät darum.

König Karl. Seid ruhig, denn Ihr bleibt zurück mit uns. –
Auf, Connétable, und ihr Prinzen all!
Und bringt uns Nachricht bald von Englands Fall!

(*Alle ab.*)

Sechste Szene

Das englische Lager in der Pikardie
Gower und Fluellen treten auf

Gower. Wie stehts, Kapitän Fluellen? Kommt Ihr von der Brücke?

Fluellen. Ich versichre Euch, es wird bei der Prücke gar fürtrefflicher Dienst ausgerichtet.

Gower. Ist der Herzog von Exeter in Sicherheit?

Fluellen. Der Herzog von Exeter ist so heldenmütig wie Agamemnon, und ein Mann, den ich liebe und verehre mit meiner Seele, und meinem Herzen, und meinem Eifer und meinem Leben, und meinen Lebtagen, und meinem äußersten Vermögen; er ist, Gott sei Lob und Dank, nicht im geringsten in der Welt verwundet, sondern behauptet die Prücke gar tapfer mit fürtrefflicher Kriegskunst. Es ist da ein Fähnrich bei der Prücke, ich denke in meinem besten Gewissen, er ist ein so tapfrer Mann wie Mark Anton; und er ist ein Mann von keiner Achtbarkeit in der Welt, aber ich sah ihn wackern Dienst verrichten.

Gower. Wie nennt Ihr ihn?

Fluellen. Er heißt Fähnrich Pistol.

Gower. Ich kenne ihn nicht.

Pistol kommt.

Fluellen. Kennt ihr ihn nicht? Da kommt unser Mann.

Pistol. Hauptmann, ich bitte dich, mir Gunst zu tun:
Der Herzog Exeter ist dir geneigt.

Fluellen. Ja, Gott sei gelobt, ich habe auch einige Liebe seiner seits verdient.

Pistol. Bardolph, ein Krieger, fest und stark von Herzen,
Von munterm Mute, hat durch grausam Schicksal
Und tollen Glückes grimmig wechselnd Rad
Der blinden Göttin,
Die auf dem rastlos roll'nden Steine steht –

Fluellen. Mit Eurem Verlaub, Fähnrich Pistol. Fortuna wird plind gemalt, mit einer Binde vor ihren Augen, um Euch anzudeuten, daß das Glück plind ist. Ferner wird sie auch mit einem Rade gemalt, um Euch anzudeuten, was die Moral daraus ist, daß sie wechselnd und unbeständig ist, und Veränderung und Wankelmütigkeiten; und ihr Fuß, seht Ihr, ist auf einen kugelförmigen Stein gestellt, der rollt und rollt und rollt. In wahrem Ernste, von den Poeten sein gar fürtreffliche Beschreibung der Fortuna gemacht; Fortuna, seht Ihr, ist eine fürtreffliche Moral.

Pistol. Fortun' ist Bardolphs Feind und zürnt mit ihm:
Er stahl nur ein' Monstranz und muß gehangen sein.
Verdammter Tod!
Der Mensch sei frei, der Galgen gähne Hunden,
Und Hanf ersticke nicht die Luftröhr' ihm!
Doch Exeter hat Todesspruch erteilt
Um nichtige Monstranz;
Drum geh und sprich, der Herzog hört dein Wort:
Laß Bardolphs Lebensfaden nicht zerschneiden
Mit scharfem Pfennigstrick und niederm Schimpf.
Sprich, Hauptmann, für sein Heil, und ich vergelt es dir.

Fluellen. Fähnrich Pistol, ich verstehe gewissermaßen Eure Meinung.

Pistol. Nun denn, so freu dich des.

Fluellen. Gewißlich, Fähnrich, es ist keine Sache, um sich darüber zu freun; denn, seht Ihr, wenn er mein Pruder wäre, so wollte ich den Herzog bitten, nach bestem Pelieben mit ihm zu verfahren und die Exekution an ihm auszuüben, denn Disziplin muß gehandhabt werden.

Pistol. So stirb und sei verdammt, und *figo* dir
Für deine Freundschaft.

Fluellen. Es ist gut.

Pistol. Die span'sche Feige! (*Pistol ab.*)

Fluellen. Sehr wohl!

Gower. Ei, das ist ein erzbetrügerischer Schelm, jetzt erinnre ich mich seiner: ein Kuppler, ein Beutelschneider.

Fluellen. Ich versichre Euch, er gab bei der Prücke so prafe Worte zu vernehmen, wie man sie nur an einem Festtage sehen kann. Aber es ist sehr gut; was er zu mir gesagt hat, ist gut, ich stehe Euch dafür, wenn die Zeit dienlich kommt.

Gower. Ei, er ist ein Gimpel, ein Narr, ein Schelm, der dann und wann in den Krieg geht, um bei seiner Zurückkunft in London in der Gestalt eines Soldaten zu prangen. Und dergleichen Gesellen sind fertig mit den Namen großer Feldherrn, und sie lernen auswendig, wo Dienste geleistet worden sind: bei der oder der Feldschanze, bei dieser Bresche, bei jener Bedeckung; wer rühmlich davonkam, wer erschossen ward, wer sich beschimpfte, welche Lage der Feind behauptete. Und dies lernen sie vollkommen in der Soldatensprache, die sie mit neumodischen Flüchen aufstutzen; und was ein Bart nach dem Schnitte des Generals und ein rauher Feldanzug, unter schäumenden Flaschen und biergetränkten Köpfen vermögen, das ist erstaunlich zu denken. Aber Ihr müßt solche Mißzierden des Zeitalters kennenlernen, sonst könnt Ihr Euch außerordentlich betrügen.

Fluellen. Ich will Euch was sagen, Kapitän Gower: ich merke schon, er ist nicht der Mann, als den er sich gern bei der Welt möchte gelten lassen. Wenn ich ein Loch in seinem Rocke finde, so will ich ihm meine Meinung sagen. (*Man hört Trommeln.*) Hört Ihr, der König kommt, und ich muß mit ihm von wegen der Prücke reden.

König Heinrich, Gloster und Soldaten treten auf.

Fluellen. Gott segne Eure Majestät!

König Heinrich. Nun, Fluellen, kommst du von der Brücke?

Fluellen. Ja, zu Euer Majestät Befehl. Der Herzog von Exeter hat die Prücke sehr tapfer behauptet, die Franzosen sein davongegangen, und es gibt daselbst gar prafe und gar tapfre Vorfälle. Meiner Treu, der Feind tat die Prücke in Besitz nehmen, aber er ist genötigt, sich zurückzuziehn, und der Herzog von Exeter ist Meister von der Prücke; ich kann Euer Majestät sagen, der Herzog ist ein prafer Mann.

König Heinrich. Was habt Ihr für Leute verloren, Fluellen?

Fluellen. Die Schadhaftigkeit des Feindes ist gar groß gewesen, gar ansehnlich groß; aber ich denke für mein Teil, der Herzog hat keinen einzigen Mann verloren außer einem, der vermutlich hingerichtet wird, weil er eine Kirche beraubt hat, ein gewisser Bardolph, wenn Eure Majestät den Mann kennt: sein Gesicht ist nichts wie Pusteln, Finnen, Knöpfe und Feuerflammen, und seine Lippen plasen ihm an die Nase, und sie sein wie feurige Kohlen, manchmal plau und manchmal rot; aber seine Nase ist hingerichtet, und sein Feuer ist aus.

König Heinrich. Wir wollen alle solche Verbrecher ausgerottet wissen, und wir erteilen ausdrücklichen Befehl, daß auf unsern Märschen durch das Land nichts von den Dörfern erzwungen werde, nichts genommen, ohne zu bezahlen, daß kein Franzose geschmäht oder mit verächtlichen Reden mißhandelt werde: denn wenn Milde und Grausamkeit um ein Königreich spielen, so wird der gelindeste Spieler am ersten gewinnen.

Trompeten. Montjoye tritt auf.

Montjoye. Ihr wißt an meiner Tracht, wer ich bin.

König Heinrich. Nun gut, ich weiß es; was soll ich von dir wissen?

Montjoye. Meines Herrn Willen.

König Heinrich. Erkläre ihn.

Montjoye. So sagt mein König: «Sage du an Heinrich von England, ob wir schon tot schienen, schliefen wir doch nur; Vorteil ist ein besserer Soldat als Übereilung. Sag ihm, wir hätten ihn bei Harfleur zurückweisen können, aber wir fanden nicht für gut, eine Schwäre aufzustoßen, bis sie völlig reif wäre; jetzt reden wir auf unser Stichwort, und unsre Stimme ist gebietend: England soll seine Torheit bereun, seine Schwäche sehn und unsre Geduld bewundern. Heiß ihn also sein Lösegeld bedenken, welches nach dem Verlust, den wir ertragen haben, nach den Untertanen, die wir eingebüßt, nach der Erniedrigung, die wir uns gefallen lassen, abgemessen werden muß: was nach vollem Gewicht zu vergüten, seine Kleinheit erdrücken würde. Für unsern Verlust ist seine Schatzkammer zu arm, für die Vergießung unsers Bluts das Aufgebot seines Königreichs eine zu schwache Zahl, und für unsre Erniedrigung würde seine eigne Person, zu unsern Füßen kniend, nur eine schwache und unwürdige Genugtuung sein. Hierauf laß Herausforderung folgen und sag ihm zum Schlusse, er habe seine Leute verraten, deren Verdammnis ausgesprochen ist.» So weit mein Herr und Meister, so viel umfaßt mein Auftrag.

König Heinrich. Wie ist dein Nam? Ich kenne schon dein Amt.

Montjoye. Montjoye.

König Heinrich. Du führst den Auftrag wacker aus. Zieh heim!
Sag deinem Herrn, ich such ihn jetzo nicht
Und möchte lieber ohne Hindernis
Zurückziehn nach Calais; denn, wahr zu reden
(Wiewohl es keine Weisheit ist, soviel
Dem schlauen Feind im Vorteil zu bekennen),
Durch Krankheit abgemattet ist mein Volk,
Die Zahl verringert, und der kleine Rest
Beinah nicht besser als soviel Franzosen,
Da in gesundem Stand, ich sag dirs, Herold,
Ein englisch Paar von Beinen drei Franzosen
Mir schien zu tragen. – Doch verzeih mir Gott,
Daß ich so prahle; eure fränksche Luft
Weht mir dies Laster an, das ich bereue.
Drum geh, sag deinem Meister, ich sei hier,
Mein Lösgeld dieser schwache, nichtge Leib,
Mein Heer nur eine matte, kranke Wacht.
Doch, Gott voran, sag ihm, wir wollen kommen,
Ob Frankreich selbst und noch ein solcher Nachbar
Im Weg uns stände. Hier für deine Müh!
Geh, heiße deinen Herrn sich wohl bedenken.
Kann ich vorbeiziehn, gut; werd ich gehindert,
So soll eur rotes Blut den braunen Grund
Verfärben; und somit, Montjoye, leb wohl!
Der Inhalt unsrer Antwort ist nur dies:
Wir suchen, wie wir sind, ein Treffen nicht,
Noch wollen wir es meiden, wie wir sind.
Sagt Eurem Herrn das!

Montjoye. Ich wills bestellen. Dank sei Euer Hoheit!

(*Montjoye ab.*)

Gloster. Sie werden, hoff ich, jetzt nicht auf uns fallen.

König Heinrich.
Wir sind in Gottes Händen, Bruder, nicht in ihren.
Marschiert zur Brücke; jetzo naht die Nacht,
Jenseits der Brücke wollen wir uns lagern
Und morgen weiter fort sie heißen ziehn.

(*Alle ab.*)

Siebente Szene

Das französische Lager bei Azincourt

Der Connétable, Rambures, Herzog von Orleans, der Dauphin und andre treten auf

Connétable. Pah! ich habe die beste Rüstung von der Welt. Wollte, es wäre Tag!

Orleans. Ihr habt eine vortreffliche Rüstung, aber laßt auch meinem Pferde Gerechtigkeit widerfahren.

Connétable. Es ist das erste Pferd von Europa.

Orleans. Will es denn niemals Morgen werden?

Dauphin. Mein Prinz von Orleans, und Herr Connétable, ihr redet von Pferden und Rüstung –

Orleans. Ihr seid mit beiden so wohl versehen, als irgendein Prinz von der Welt.

Dauphin. Was das für eine lange Nacht ist! – Ich tausche mein Pferd gegen keines, das nur auf vier Pfoten geht. Ah ça! Er springt von der Erde, als ob er mit Haaren ausgestopft wäre, le cheval volant, der Pegasus, qui a les narines de feu. Wenn ich ihn reite, so schwebe ich in Lüften, ich bin ein Falke, er trabt auf der Luft, die Erde singt, wenn er sie berührt; das schlechteste Horn seines Hufes ist musikalischer als die Pfeife des Hermes.

Orleans. Er ist von der Farbe der Muskatnuß.

Dauphin. Und von der Hitze des Ingwers. Er ist ein Tier für den Perseus: nichts wie Feuer und Luft, und die trägen Elemente der Erde und des Wassers zeigen sich niemals in ihm, außer in seiner geduldigen Stille, während sein Reiter ihn besteigt. Er ist in der Tat ein Pferd, und alle andern Mähren kann man Vieh nennen.

Connétable. In der Tat, gnädiger Herr, es ist ein ganz vollkommnes und vortreffliches Pferd.

Dauphin. Es ist der Fürst der Gäule; sein Wiehern ist wie das Gebot eines Monarchen, und sein Anstand nötigt Huldigung ab.

Orleans. Nicht weiter, Vetter.

Dauphin. Ei, *der* Mensch hat keinen Witz, der nicht vom Aufsteigen der Lerche bis zum Einpferchen des Lammes mit verdientem Lobe auf meinen Gaul abwechseln kann. Es ist ein Thema, überfließend wie die See; verwandelt den Sand in beredte Zungen, und mein Pferd gibt ihnen allen zu tun. Es ist würdig, daß ein Souverän darüber rede, und daß der Souverän eines Souveräns darauf reite; und daß die Welt, sowohl die uns bekannte als unbekannte, ihre besondern Geschäfte beiseite lege und ihn bewundre. Ich schrieb einmal ein Sonett zu seinem Ruhm und fing so an: «O Wunder der Natur» –

Orleans. Ich habe ein Sonett an eine Geliebte so anfangen hören.

Dauphin. Dann hat man das nachgeahmt, was ich auf meinen Renner dichtete: denn mein Pferd ist meine Geliebte.

Orleans. Eure Geliebte weiß gut zu tragen.

Dauphin. Mich wohl, was das ausgemachte Lob und die Vollkommenheit einer guten und aussschließlich eignen Geliebten ist.

Connétable. Ma foi! mich dünkt, neulich schüttelte Eure Geliebte Euch tüchtig den Rücken zusammen.

Dauphin. Das tat Eure vielleicht auch.

Connétable. Meine war nicht gezäumt.

Dauphin. Oh, so war sie vielleicht alt und sanftmütig, und Ihr rittet wie ein irländischer Kern[1] ohne Eure französischen Pluderhosen, bloß in Euren knappen Beinkleidern.

Connétable. Ihr versteht Euch gut auf Reiterei.

Dauphin. So laßt Euch von mir warnen. Die so reiten und nicht vorsichtig reiten, fallen in garstige Sümpfe; ich will lieber mein Pferd zur Geliebten haben.

Connétable. Ich möchte ebenso gern, daß meine Geliebte eine Mähre wäre.

Dauphin. Ich sage dir, Connétable, meine Geliebte trägt ihr eignes Haar.

Connétable. Das könnte ich ebenso wahrhaft rühmen, wenn ich eine Sau zur Geliebten hätte.

---

1. Leichtbewaffneter irischer Fußsoldat

Dauphin. Le chien est retourné à so propre vomissement, et la truie lavée au bourbier; du brauchst alles, was es auch sei.

Connétable. Doch nicht mein Pferd zur Geliebten, noch irgend so ein Sprichwort, das so wenig zur Sache paßt.

Rambures. Herr Connetable, die Rüstung, die ich heute nacht in Eurem Zelte sah: sind das Sonnen oder Sterne, was Ihr darauf habt?

Connétable. Sterne.

Dauphin. Einige davon werden morgen fallen, vermute ich.

Connétable. Und doch wird mein Himmel voll sein.

Dauphin. Das mag sein, denn Ihr tragt ihrer viel überflüssige, und es würde Euch mehr Ehre bringen, wenn einige weg wären.

Connétable. Gerade so, wie Euer Pferd Eure Lobpreisungen trägt; es würde ebensogut traben, wenn einige Eurer Prahlereien aus dem Sattel geworfen wären.

Dauphin. Ich wollte, ich wär fähig, ihm sein Verdienst aufzuladen. – Will es denn niemals Tag werden? Ich will morgen eine Meile traben, und mein Weg soll mit englischen Gesichtern gepflastert sein.

Connétable. Das will ich nicht sagen, aus Furcht, der Weg möchte mir Gesichter schneiden. Aber ich wollte, es wäre Morgen, denn ich möchte die Engländer gern bei den Ohren haben.

Rambures. Wer will sich mit mir an einen Wurf um zwanzig englische Gefangene wagen?

Connétable. Ihr müßt Euch selbst dran wagen, ehe Ihr sie habt.

Dauphin. Es ist Mitternacht, ich will gehn und meine Waffen anlegen. (*Ab.*)

Orleans. Der Dauphin verlangt nach dem Morgen.

Rambures. Er verlangt die Englischen aufzuessen.

Connétable. Ich denke, er wird alle aufessen, die er umbringt.

Orleans. Bei der weißen Hand meiner Dame, er ist ein braver Prinz.

Connétable. Schwört bei ihrem Fuße, damit sie den Schwur austreten kann.

Orleans. Er ist ohne Frage der geschäftigste Herr in Frankreich.

Connétable. Vordrängen ist Geschäftigkeit, und er drängt sich immer vor[1].

Orleans. Ich habe nicht gehört, daß er jemals einem was zuleide tat.

Connétable. Er wird es auch morgen nicht, er wird diesen guten Namen behaupten.

Orleans. Ich weiß, daß er tapfer ist.

Connétable. Mir hat es jemand gesagt, der ihn besser kennt als Ihr.

Orleans. Wer war das?

Connétable. Ei, er sagte es mir selbst; und er sagte, er kümmere sich nicht darum, wer es erführe.

Orleans. Das braucht er auch nicht, es ist keine versteckte Tugend an ihm.

Connétable. Ja, meiner Treu, das ist sie: niemand hat sie je gesehn, außer sein Lakai. Es ist eine verkappte Tapferkeit, und wenn sie ans Tageslicht kommt, wird sie die Augen zudrücken.

Orleans. Übler Wille führt keine gute Nachrede.

Connétable. Auf dies Sprichwort setze ich ein andres: Freundschaft ist eine Schmeichlerin.

Orleans. Und das nehme ich auf mit: Auch dem Teufel kein Unrecht tun!

Connétable. Gut angebracht! Euer Freund steht da für den Teufel, und um Eurem Sprichworte recht zuleibe zu gehn, sage ich: ich frage den Teufel darnach.

Orleans. Ihr seid stärker in Sprichwörtern, aber: eines Narren Bolzen sind bald verschossen.

Connétable. Ihr habt übers Ziel hinausgeschossen.

Orleans. Es ist nicht das erste Mal, daß über Euch hinausgeschossen wird.

Ein Bote tritt auf.

Bote. Herr Connétable, die Englischen liegen nur fünfzehnhundert Schritte weit von Eurem Zelte.

Connétable. Wer hat das Feld gemessen?

---

1. Im Original: Aufsitzen heißt Tatkraft, und er sitzt immer auf

Bote. Der gnädige Herr Grandpré.

Connétable. Ein wackrer und erfahrner Herr. — Ich wollte, es wäre Tag! – Ach, der arme Heinrich von England! Er verlangt nicht nach der Morgendämmerung wie wir.

Orleans. Was für ein armseliger und einfältiger Geselle ist dieser König von England, daß er mit seinen grützköpfigen Leuten so ganz durchhinkommt!

Connétable. Wenn die Engländer nur die geringste Besinnung hätten, so würden sie davonlaufen.

Orleans. Daran fehlts ihnen: denn hätten ihre Köpfe irgendeine geistige Rüstung, so könnten sie nicht so schwere Sturmhauben tragen.

Rambures. Dies Inselland erzeugt sehr tapfre Kreaturen: ihre Bullenbeißer sind von unvergleichlichem Mute.

Orleans. Einfältige Hunde! die blindlings einem russischen Bären in den Rachen laufen und sich die Köpfe wie faule Äpfel zerquetschen lassen. Ihr könntet ebensogut sagen, es sei ein tapfrer Floh, der sein Frühstück auf der Lippe eines Löwen verzehrt.

Connétable. Ganz recht, und die Menschen sympathisieren mit den Bullenbeißern im kräftigen und rauhen Angreifen, sie lassen ihren Witz bei ihren Frauen zurück, und dann gebt ihnen große Mahlzeiten von Rindfleisch und Eisen und Stahl, so werden sie fressen wie Wölfe und fechten wie Teufel.

Orleans. Ja, aber diesen Englischen ist das Rindfleisch verzweifelt ausgegangen.

Connétable. Dann werden wir morgen finden, daß sie bloß Appetit zum Essen, aber nicht zum Fechten haben. Jetzt ist es Zeit, die Waffen anzulegen; kommt, sollen wir daran gehn?

Orleans. Jetzt ist es zwei; eh noch zehn Uhr vergangen,
Hat jeder hundert Englische gefangen. (*Ab.*)

VIERTER AUFZUG

Chorus tritt auf

Chorus. Nun lasset euch gemahnen eine Zeit,
Wo schleichend Murmeln und das spähnde Dunkel
Des Weltgebäudes weite Wölbung füllt.
Von Lager hallt zu Lager, durch der Nacht
Unsaubern Schoß, der Heere Summen leise,
Daß die gestellten Posten fast vernehmen
Der gegenseitgen Wacht geheimes Flüstern.
Die Feur entsprechen Feuern, und es sieht
Durch ihre bleichen Flammen ein Geschwader
Des andern bräunlich überfärbt Gesicht.
Roß droht dem Roß, ihr stolzes Wiehern dringt
Ins dumpfe Ohr der Nacht, und von den Zelten,
Den Rittern helfend[1], geben Waffenschmiede,
Die Rüstung nietend mit geschäftgem Hammer,
Der Vorbereitung grauenvollen Ton.
Des Dorfes Hähne krähn, die Glocken schlagen
Des schlafbetäubten Morgens dritte Stunde.
Stolz auf die Zahl und sichern Muts verspielen
Die muntern, selbstvertrauenden Franzosen
Die nichtsgeacht'ten Englischen in Würfeln
Und schmähn den krüppelhaften Gang der Nacht,
Die, einer schnöden, garstgen Hexe gleich,
Hinweg so zögernd hinkt. Die armen Englischen,
Wie Opfer sitzen sie bei wachen Feuern,
Geduldig, und erwägen innerlich
Die morgende Gefahr; die trübe Miene
Auf hohlen Wangen und vom Krieg vernutzt
Die Röcke stellen sie dem schaun'den Mond
Wie grause Geister dar. O, wer nun sehen mag
Den hohen Feldherrn der verlornen Schar
Von Wacht zu Wacht, von Zelt zu Zelte wandeln,

1. Genau: die Ritter rüstend

Der rufe: «Preis und Ruhm sei seinem Haupt!»
Denn er geht aus, besucht sein ganzes Heer,
Beut mit bescheidnem Lächeln guten Morgen
Und nennt sie Brüder, Freunde, Landesleute.
Auf seinem königlichen Antlitz ist
Kein Merkmal, welch ein furchtbar Heer ihn drängt,
Noch widmet er ein Tüttelchen von Farbe
Der schläfrigen und ganz durchwachten Nacht;
Nein, er sieht frisch und übermannt die Schwäche
Mit frohem Schein und holder Majestät,
Daß jeder Arme, bleich gehärmt zuvor,
Ihn sehend, Trost aus seinen Blicken schöpft;
Und allgemeine Gaben, wie die Sonne,
Erteilet jedem sein freigebig Auge,
Auftauend kalte Furcht. Drum, Hoh' und Niedre,
Seht, wie Unwürdigkeit ihn zeichnen mag,
Den leichten Abriß Heinrichs in der Nacht.
So muß zum Treffen unsre Szene fliegen,
Wo wir (o Schmach!) gar sehr entstellen werden
Mit vier bis fünf zerfetzten schnöden Klingen,
Zu lächerlichem Balgen schlecht geordnet,
Den Namen Azincourt. Doch sitzt und seht,
Das Wahre denkend, wo sein Scheinbild steht! (*Ab.*)

ERSTE SZENE

Das englische Lager zu Azincourt
König Heinrich, Bedford und Gloster

König Heinrich. Wahr ist es, Gloster, die Gefahr ist groß,
Um desto größer sei denn unser Mut! –
Guten Morgen, Bruder Bedford! – Großer Gott!
Es ist ein Geist des Guten in dem Übel,
Zög ihn der Mensch nur achtsam da heraus.
Früh aufstehn lehren uns die schlimmen Nachbarn,
Was teils gesund und gute Wirtschaft ist:
Dann sind sie unser äußerlich Gewissen
Und Prediger uns allen, die uns warnen,

Daß wir zu unserm End uns wohl bereiten.
So können wir vom Unkraut Honig lesen
Und machen selbst den Teufel zur Moral.

Erpingham tritt auf.

Guten Morgen, guter Thomas Erpingham!
Ein sanftes Kissen für das weiße Haupt
Wär besser als der harte Rasen Frankreichs.

Erpingham. Nicht so, mein Fürst; dies Lager dünkt mir besser:
Ich liege wie ein König, sag ich nun.

König Heinrich. 's ist gut, daß Beispiel gegenwärtge Plagen
Uns lieben lehrt; so wird der Geist erleichtert;
Und, lebt erst das Gemüt auf, so erstehn
Auch die zuvor erstorbenen Organe
Aus dumpfem Grab und regen sich aufs neu
Mit abgstreifter Hüll und frischem Schwung.
Sir Thomas, leih mir deinen Mantel! – Brüder,
Empfehlt den Prinzen unsers Lagers mich;
Bringt meinen guten Morgen, und sogleich
Bescheidet alle hin zu meinem Zelt.

Gloster. Das wollen wir, mein Fürst.

Gloster und Bedford ab.)

Erpingham. Begleit ich Eure Hoheit?

König Heinrich. Nein, mein wackrer Ritter,
Mit meinen Brüdern geh zu Englands Herrn.
Ich und mein Busen müssen uns beraten,
Da wünsch ich andere Gesellschaft nicht.

Erpingham. Dich segne Gott im Himmel, edler Heinrich!

(*Erpingham ab.*)

König Heinrich.
Gott dank dirs, edles Herz! Du sprichst erfreulich.

Pistol tritt auf.

Pistol. Qui va là?

König Heinrich. Gut Freund!

Pistol. Erläutre mir: bist du ein Offizier?
Wie? oder schlecht, gering und aus dem Volk?

König Heinrich. Ich bin der Führer einer Kompanie.

Pistol. Schleppst du den mächtgen Speer?

König Heinrich. Jawohl: was seid Ihr?

Pistol. Ein Edelmann, so gut als wie der Kaiser.

König Heinrich. So seid Ihr ja vornehmer als der König.

Pistol. Der König ist ein Goldherz und ein Schatz,
Ein Wonnejung und Ruhmessproß,
Von guten Eltern und höchst tapfrer Faust.
Ich küsse seinen schmutzgen Schuh und liebe
Den lieben Eisenfresser ganz und gar
Von meines Herzens Grund. Wie ist dein Name?

König Heinrich. Heinrich le Roi.

Pistol.
Le Roi? Ein corn'scher Nam': stammst du aus Cornwalls [Brut?

König Heinrich. Nein, ich bin ein Welscher.

Pistol. Kennst du Fluellen?

König Heinrich. Ja.

Pistol. Sag ihm, ich will sein Lauch ihm um den Kopf
Am Davidstage schlagen.

König Heinrich. So tragt nur Euren Dolch nicht an der Mütze, damit er den nicht um den Eurigen schlägt.

Pistol. Bist du sein Freund?

König Heinrich. Auch sein Verwandter.

Pistol. So biet ich *figo* dir.

König Heinrich. Ich dank Euch: Gott geleit Euch!

Pistol. Mein Name heißt Pistol. (*Ab.*)

König Heinrich. Er paßt gut zu Eurem Trotz.

Fluellen und Gower kommen von verschiedenen Seiten.

Gower. Kapitän Fluellen!

Fluellen. Nun, im Namen Jessu Christi, sprecht doch leiser! Es ist das allerverwunderlichste in der sämtlichen Welt, wenn die wahren und uralten Prifilegien und Gesetze des Krieges nicht beobachtet sein. Wenn Ihr Euch nur die Mühe nehmen wolltet, die Kriege von Pompejus dem Großen zu untersuchen, so würdet Ihr finden, dafür stehe ich Euch, daß im Lager des Pompejus kein Schnickschnack und Wischewasche ist; ich stehe Euch dafür, Ihr werdet finden, daß die Zärimonien des Krieges, und die Sorgfalt in selbigem, und die Sitten in selbigem, und die Nüchternheit in selbigem, und die Pescheidenheit in selbigem ganz anders sein.

Gower. Ei, der Feind ist laut, man hat ihn die ganze Nacht hören können.

Fluellen. Wenn der Feind ein Esel ist, und ein Narr, und ein plappernder Hasenfuß, denkt Ihr, es sei schicklich, daß wir auch — seht Ihr — ein Esel und ein Narr und ein plappernder Hasenfuß sein? Ich frage Euch auf Euer Gewissen.

Gower. Ich will leiser sprechen.

Fluellen. Ich pitte Euch und ersuche Euch, daß Ihrs tut.

(*Gower und Fluellen ab.*)

König Heinrich. Erscheint es gleich ein wenig aus der Mode,
Der Welsche hat viel Sorgsamkeit und Mut.

Bates, Court und Williams kommen.

Court. Bruder Johann Bates, ist das nicht der Morgen, was da anbricht?

Bates. Ich denke, er ist's; aber wir haben nicht viel Grund, die Annäherung des Tages zu verlangen.

Williams. Wir sehen dort den Anbruch des Tages, aber ich denke, wir werden niemals sein Ende sehen. – Wer geht da?

König Heinrich. Guter Freund.

Williams. Unter welchem Hauptmann dient Ihr?

König Heinrich. Unter Sir Thomas Erpingham.

Williams. Ein guter alter Anführer und ein sehr lieber Herr. Ich bitte Euch, wie denkt er von unserm Zustande?

König Heinrich. Grade wie Menschen, die auf einer Sandbank gescheitert sind und erwarten, von der nächsten Flut weggewaschen zu werden.

Bates. Hat er seinen Gedanken dem Könige nicht gesagt?

König Heinrich. Nein, und er muß es auch nicht tun. Denn, ob ich es Euch schon sage, ich denke, der König ist nur ein Mensch, wie ich bin. Die Viole riecht ihm, wie sie mir tut, das Firmament erscheint ihm wie mir, alle seine Sinne stehen unter menschlichen Bedingungen; seine Zeremonien beiseite gesetzt, erscheint er in seiner Nacktheit nur als ein Mensch, und wiewohl seine Neigungen einen höheren Schwung nehmen als unsre, so senken sie sich doch mit demselben Fittich, wenn sie sich senken. Daher, wenn er Ursache zur Furcht sieht, wie wir tun, so ist seine Furcht ohne Zweifel von derselben Beschaffenheit wie unsre; doch sollte vernünftigerweise kein Mensch ihn mit einem Schein von Furcht einnehmen, damit er nicht, indem er sie verrät, seine Armee mutlos macht.

Bates. Er mag äußerlich soviel Mut zeigen, als er will, aber ich glaube, so eine kalte Nacht, wie es ist, könnte er sich doch bis an den Hals in die Themse wünschen, und ich wollte auch, daß er drin säße und ich bei ihm, auf alle Gefahr, wenn wir nur hier los wären.

König Heinrich. Bei meiner Treu, ich will nach meinem Gewissen von dem Könige reden: ich denke, er wünscht sich nirgend anderswohin, als wo er ist.

Bates. Dann wollte ich, er wäre allein hier, so wäre er gewiß, ausgelöst zu werden, und manches armen Menschen Leben würde gerettet.

König Heinrich. Ich darf sagen, Ihr wollt ihm nicht so übel, daß Ihr ihn hier allein wünschen solltet, wiewohl Ihr so sprechen mögt, um andrer Menschen Gesinnungen zu prüfen. Mich dünkt, ich könnte nirgends so zufrieden sterben als in des Königs Gesellschaft, da seine Sache gerecht und sein Zwist ehrenvoll ist.

Williams. Das ist mehr, als wir wissen.

Bates. Ja, oder mehr, als wonach wir fragen dürfen, denn wir wissen genug, wenn wir wissen, daß wir des Königs Untertanen sind; wenn seine Sache schlecht ist, so reinigt unser Gehorsam gegen den König uns von aller Schuld dabei.

Williams. Aber wenn seine Sache nicht gut ist, so hat der König selbst eine schwere Rechenschaft abzulegen; wenn alle die Beine und Arme und Köpfe, die in einer Schlacht abgehauen sind, sich am Jüngsten Tage zusammenfügen, und schreien alle: «Wir starben da und da», einige fluchend, einige um einen Feldscher schreiend, einige über ihre Frauen, die sie arm zurückgelassen, einige über ihre unbezahlten Schulden, einige über ihre unerzognen Kinder. Ich fürchte, es sterben nur wenige gut, die in einer Schlacht umkommen; denn wie können sie irgend was christlich anordnen, wenn sie bloß auf Blut gerichtet sind? Wenn nun diese Menschen nicht gut sterben, so wird es ein böser Handel für den König sein, der sie dahin geführt, da, ihm nicht zu gehorchen, gegen alle Ordnung der Unterwürfigkeit laufen würde.

König Heinrich. Also, wenn ein Sohn, der von seinem Vater zum Handel ausgesandt wird, sündlich auf der See verunglückt, so müßte man die Schuld seiner Ruchlosigkeit nach Eurer Regel auf den Vater wälzen, der ihn aussandte. Oder wenn ein Bedienter, der unter den Befehlen seines Herrn eine Summe Geldes wohin bringt, von Räubern angefallen wird und in vielen unversöhnten Ungerechtigkeiten stirbt, so könnt Ihr das Geschäft des Herrn den Urheber von der Verdammnis des Bedienten nennen. – Aber dem ist nicht so: der König ist nicht gehalten, für das besondre Ende seiner Soldaten einzustehn, der Vater für das seines Sohnes, und der Herr für das seines Bedienten, denn sie wollen ja nicht ihren Tod, wenn sie ihre Dienste wollen. Außerdem gibt es keinen König, sei seine Sache auch noch so fleckenlos, der, wenn es zur Entscheidung des Schwertes kommt, sie mit ganz unbefleckten Soldaten ausmachen kann. Einige haben vielleicht die Schuld überlegten und vorsätzlichen Mordes auf sich geladen; einige, daß sie Jungfrauen durch die gebrochnen Siegel des Meineides hintergangen; einige machen den Krieg zu ihrem Bollwerk, die zuvor den sanften Busen des Friedens mit Plündern und Räuberei wund gerissen. Wenn nun diese Menschen das Gesetz vereitelt haben und der natürlichen Strafe entronnen sind, können sie schon den Menschen entlaufen, so haben sie doch keine Flügel, um Gott zu entfliehen. Krieg ist seine Geißel, Krieg ist sein Werkzeug der Rache, so daß hier die Menschen für den vorherigen Bruch der Gesetze des Königs im gegenwärtigen Streit des Königs gestraft werden; wo sie den Tod fürchteten, haben sie das Leben davongebracht, und wo sie sich zu sichern dachten, kommen sie um. Wenn sie daher unvorbereitet sterben, so ist der König nicht mehr an ihrer Verdammnis schuldig, als er es vorher an den Ruchlosigkeiten war, derentwegen sie nun heimgesucht werden. Jedes Untertanen Pflicht gehört dem König, jedes Untertanen Seele ist sein eigen. Darum sollte jeder Soldat im Kriege es wie jeder kranke Mann in seinem Bette machen, jedes Stäubchen aus seinem Gewissen waschen, und wenn er so stirbt, ist der Tod für ihn ein Gewinn; oder wenn er nicht stirbt, so war die Zeit segensvoll verloren, worin eine solche Vorbereitung gewonnen ward; und bei dem, welcher davonkommt, wäre es keine Sünde, zu denken, daß, da er Gott ein so freies Anerbieten macht, dieser ihn den Tag überleben läßt, um seine Größe einzusehen und andern zu lehren, wie sie sich vorbereiten sollen.

Williams. Es ist gewiß, wenn jemand übel stirbt, so fällt das Übel auf sein eignes Haupt; der König hat nicht dafür einzustehen.

Bates. Ich verlange nicht, daß er für mich einstehen soll, und doch bin ich entschlossen, wacker für ihn zu fechten.

König Heinrich. Ich hörte den König selbst sagen, er wolle sich nicht auslösen lassen.

Williams. Ja, das sagte er, damit wir guten Muts fechten möchten; aber wenn uns die Kehlen abgeschnitten sind, so kann er ausgelöst werden, und wir sind dann um nichts klüger.

König Heinrich. Wenn ich das erlebe, so will ich seinem Wort niemals wieder trauen.

Williams. Teufel, da spielt Ihr ihm einen rechten Streich! Das ist ein gefährlicher Schuß aus einer Holunderbüchse, den die Unzufriedenheit eines armen Einzelnen gegen einen Monarchen tun kann. Ihr könntet ebensogut damit umgehn, die Sonne dadurch in Eis zu verwandeln, daß Ihr mit einer Pfauenfeder ihr ins Gesicht fächelt. Ihr wollt ihm niemals wieder trauen! Geht, es ist eine alberne Rede.

König Heinrich. Ihr verweist es mir ein wenig zu rund heraus; ich würde böse auf Euch sein, wenn sich die Zeit dazu schickte.

Williams. Laßt uns den Streit miteinander ausmachen, wenn Ihr am Leben bleibt.

König Heinrich. Ich gehe es ein.

Williams. Wie soll ich dich wiedererkennen?

König Heinrich. Gib mir irgendein Pfand, und ich will es an meiner Mütze tragen: wenn du es je anzuerkennen wagst, so will ich den Streit ausfechten.

Williams. Hier ist mein Handschuh, gib mir einen von deinen.

König Heinrich. Da.

Williams. Den will ich auch an meiner Mütze tragen. Wenn du jemals nach dem morgenden Tage zu mir kommst und sagst: «Dies ist mein Handschuh» – bei dieser Hand, ich gebe dir eine Ohrfeige.

König Heinrich. Wenn ich es erlebe, so will ich ihn gewiß zurückfordern.

Williams. Du läßt dich ebenso gern hängen.

König Heinrich. Schon gut, ich tu es, und wenn ich dich in des Königs Gesellschaft fände.

Williams. Halt dein Wort; leb wohl!

Bates. Seid Freunde, ihr englischen Narren, seid Freunde; wir haben französische Händel genug, wenn ihr nur zu rechnen wüßtet.

König Heinrich. In der Tat, die Franzosen können zwanzig französische Kronen gegen eine setzen, daß sie uns schlagen werden, denn sie tragen sie auf ihren eignen Schultern. Aber es ist für einen Engländer keine Verräterei, französische Kronen zu beschneiden, und morgen wird der König selbst ein Kipper und Wipper sein.

(*Die Soldaten ab.*)

Nur auf den König! Legen wir dem König
Leib, Seele, Schulden, bange Weiber, Kinder
Und Sünden auf! – wir müssen alles tragen.
O harter Stand! Der Größe Zwillingsbruder,
Dem Odem jedes Narren untertan,
Des Sinn nichts weiter fühlt als eigne Pein!
Wieviel Behagen muß ein König missen,
Des sich der Einzle freut?
Was hat ein König, das dem Einzlen fehlt,
Als allgemeine Zeremonie nur?

Und was bist du, du Götze Zeremonie?
Was bist du für ein Gott, der mehr erleidet
Von irdscher Not, als deine Diener tun?
Was ist dein Jahrsertrag? Was deine Renten?
O Zeremonie, zeig mir deinen Wert!
Was ist die Seele deiner Anbetung?
Bist du was sonst als Stufe, Rang und Form,
Die Scheu und Furcht in andern Menschen schafft?
Wo du, gefürchtet, minder glücklich bist
Als sie im Fürchten.
Was trinkst du oft statt süßer Huldigung
Als giftge Schmeichelei? O Größe, sieche
Und heiß dich deine Zeremonie heilen!
Denkst du, das glühnde Fieber werde gehn
Vor Titeln, zugeweht von Schmeichelei?
Wird es vielleicht dem tiefen Bücken weichen?
Steht mit des Bettlers Knie auch seine Stärke
Dir zu Gebote? Nein, du stolzer Traum,
Der listig spielt mit eines Königs Ruh!
Ich, der ichs bin, durchschau dich, und ich weiß,
Es ist der Balsam nicht, der Ball und Zepter,
Das Schwert, der Stab, die hohe Herrscherkrone,
Das eingewirkte Kleid mit Gold und Perlen,
Der Titel, strotzend vor dem König her,
Der Thron, auf dem er sitzt, des Pompes Flut,
Die anschlägt an den hohen Strand der Welt:
Nein, nicht all dies, du Prunk der Zeremonie,
Nicht alles dies, auf majestätschem Bett,
Was so gesund schläft als der arme Sklav,
Der mit gefülltem Leib und ledgem Mut
Zur Ruh sich fügt, gestopft mit saurem Brot,
Die grause Nacht, der Hölle Kind, nie sieht,
Weil er wie ein Trabant von früh bis spät
Vor Phöbus' Augen schwitzt, die ganze Nacht
Dann in Elysium schläft; am nächsten Tag
Von neuem aufsteht mit der Dämmerung
Und hilft Hyperion zu seinen Pferden.

So folgt er dem beständgen Lauf des Jahrs
Mit vorteilhafter Müh bis in sein Grab;
Und wäre Zeremonie nicht, so hätte
Ein solcher Armer, der mit Plackerei
Die Tage abrollt und mit Schlaf die Nächte,
Vor einem König Vorrang und Gewinn.
Der Sklav, ein Glied vom Frieden seines Lands,
Genießt ihn; doch sein rohes Hirn weiß wenig,
Wie wach der König ist zum Schirm des Friedens,
Des Tag' am besten doch dem Bauer frommen.

Erpingham tritt auf.

Erpingham. Herr, Eure Edlen, voller Sorglichkeit
Um Euer Absein, suchen Euch im Lager.

König Heinrich. Mein guter alter Ritter, rufe sie
Bei meinem Zelt zusammen; ich will dort
Noch vor dir sein.

Erpingham. Ich werd es tun, mein Fürst. (*Ab.*)

König Heinrich. O Gott der Schlachten! Stähle meine Krieger,
Erfüll sie nicht mit Furcht, nimm ihnen nun
Den Sinn des Rechnens, wenn der Gegner Zahl
Sie um ihr Herz bringt. – Heute nicht, o Herr,
O heute nicht, gedenke meines Vaters
Vergehn mir nicht, als er die Kron ergriff!
Ich habe Richards Leiche neu beerdigt
Und mehr zerknirschte Tränen ihr geweiht,
Als Tropfen Bluts gewaltsam ihr entflossen.
Fünfhundert Armen geb ich Jahresgeld,
Die zweimal tags die welken Händ erheben
Zum Himmel, um die Blutschuld zu verzeihn;
Auch zwei Kapellen hab ich auferbaut,
Wo ernste, feierliche Priester singen
Für Richards Seelenruh. Mehr will ich tun:
Doch alles, was ich tun kann, ist nichts wert,
Weil meine Reue noch nach allem kommt,
Verzeihung flehend.

Gloster tritt auf.

Gloster. Mein Fürst?

König Heinrich. Die Stimme meines Bruders Gloster? – Ja.
Ich weiß die Botschaft, ich begleite dich,
Der Tag, die Freund' und alles harrt auf mich.
(*Beide ab.*)

Zweite Szene

Das französische Lager
Der Dauphin, Orleans, Rambures und andre treten auf

Orleans. Der Sonnenschein vergoldet unsre Waffen:
Wohlauf, ihr Herrn!
Dauphin. Montez à cheval! Mein Pferd! valet! laquai! ha!
Orleans. O wackrer Mut!
Dauphin. Via! – les eaux et la terre –
Orleans. Et puis? l'air et le feu –
Dauphin. Ciel! Vetter Orleans!
Der Connétable tritt auf.
Nun, Herr Connétable?
Connétable. Horcht, wie die Rosse wiehern auf den Sprung!
Dauphin. Besteigt sie und zerschneidet ihre Haut,
Daß ihr heiß Blut in Feindes Augen spritze
Und lösche sie mit überflüßgem Mut!
Rambures. Wie? soll er Blut von unsern Pferden weinen?
Wie säh man seine eignen Tränen denn?
Ein Bote tritt auf.
Bote. Die Feinde stehn in Reihn, ihr fränkschen Pairs.
Connétable. Zu Pferd, ihr wackern Prinzen! Flugs zu Pferd!
Seht nur die hungrige und arme Schar,
Eur schöner Schein saugt ihre Seelen weg
Und läßt von Männern ihnen nur die Hülsen.
Für unsre Händ ist nicht genug zu tun,
Kaum Blut genug in ihren kranken Adern,
Um jeden nackten Säbel zu beflecken,
Die unsre fränkschen Braven heute ziehn
Und, weils an Beute fehlt, einstecken werden.
Laß uns nur auf sie hauchen, und es stürzt
Der Dunst von unserer Tapferkeit sie um.

's ist ausgemacht ohn alle Frage, Herrn,
Daß unser überflüßger Troß und Bauern,
Die, unnütz tätig, unsre Schlachtgeschwader
Umschwärmen, gnügen würden, dieses Feld
Von solchem jämmerlichen Feind zu säubern,
Wenn wir auch auf des Berges Grund bei an
Zu müßgem Zuschaun Posten fassen wollten,
Was Ehre nicht erlaubt. Was soll ich sagen?
Ein kleines, kleines Wenig laßt uns tun,
Und alles ist getan. Laßt die Trompeten,
Daß aufgesessen werde, lustig blasen;
Denn unser Nahn soll so das Feld erschrecken,
Daß England sich in Furcht soll niederstrecken.

Grandpré tritt auf.

Grandpré. Was wartet ihr so lang, ihr fränkschen Edlen?
Die Insel-Äser dort, an ihrer Haut
Verzweifelnd, stehn dem Felde scheußlich an;
Die lumpgen Fahnen hängen ärmlich los,
Und höhnend schüttelt unsre Luft sie durch.
Mars scheint bankrott in ihrem Bettelheer
Und blickt nur matt durch rostge Visiere.
Die Reiter scheinen aufgesteckte Leuchter
Mit Kerzen in der Hand; es hängt der Kopf,
Und schlottert Hüft und Haut den armen Mähren;
Aus den erstorbnen Augen tränt der Schleim,
Und in den bleichen, schlaffen Mäulern liegt
Das Kettgebiß, von dem zerkäuten Grase
Beschmutzet, ruhig und bewegungslos.
Und ihre Henker fliegen über ihnen,
Die frechen Krähn, die Stunde kaum erwartend.
Beschreibung kann sich nicht in Worte fügen,
Das Leben solcher Schlachtordnung zu schildern,
Im Leben leblos, wie sie selbst sich zeigt.
Connétable. Sie haben ihr Gebet schon hergesagt.
Und sind zum Tod bereit.
Dauphin. Sagt, solln wir ihnen Kost und frische Kleider

Und Füttrung für die magern Pferde senden
Und dann mit ihnen fechten?
Connétable. Ich wart auf meine Wacht[1] nur; fort, ins Feld!
Ich nehme 'ner Trompet ihr Fähnlein ab
Und brauchs in meiner Eil. Kommt, macht euch auf!
Die Sonn ist hoch, versäumt nicht ihren Lauf! (*Alle ab.*)

DRITTE SZENE

Das englische Lager

Englische Truppen, Gloster, Bedford, Exeter, Salisbury und Westmoreland

Gloster. Wo ist der König?
Bedford. Er ritt hinaus, die Schlachtordnung zu sehn.
Westmoreland. Sie haben volle sechzigtausend Streiter.
Exeter. Fünf gegen einen, auch sind alle frisch.
Salisbury. Gott sei mit uns! Die Übermacht ist schrecklich.
Lebt, Prinzen, wohl! Ich will an meinen Posten.
Wenn wir im Himmel erst uns wiedertreffen,
Dann freudevoll! – Mein edler Herr von Bedford,
Ihr teuren Herrn von Gloster und von Exeter
Und liebster Vetter – lebt, ihr Krieger, wohl!
Bedford. Fahr wohl, mein guter Salisbury! und Heil
Begleite dich!
Exeter. Leb wohl, du biedrer Lord, ficht heute tapfer!
Doch tu ich Schmach dir, dich daran zu mahnen:
Du hegst den echten Kern der Tapferkeit. (*Salisbury ab.*)
Bedford. Er ist so voll von Tapferkeit als Güte,
In beiden fürstlich.

König Heinrich tritt auf.

Westmoreland. O hätten wir nun hier
Nur ein Zehntausend von dem Volk in England,
Das heut ohn Arbeit ist!
König Heinrich. Wer wünschte so?
Mein Vetter Westmoreland? – Nein, bester Vetter:

---

1. Genau: meinen Bannerträger

Zum Tode ausersehn, sind wir genug
Zu unsers Lands Verlust; und wenn wir leben,
Je kleinre Zahl, je größres Ehrenteil.
Wie Gott will! Wünsche nur nicht *einen* mehr!
Beim Zeus, ich habe keine Gier nach Gold
Noch frag ich, wer auf meine Kosten lebt;
Mich kränkts nicht, wenn sie meine Kleider tragen;
Mein Sinn steht nicht auf solche äußre Dinge:
Doch wenn es Sünde ist, nach Ehre geizen,
Bin ich das schuldigste Gemüt, das lebt.
Nein, Vetter, wünsche keinen Mann von England;
Bei Gott! ich geb um meine beste Hoffnung
Nicht soviel Ehre weg, als *ein* Mann mehr
Mir würd entziehn. O wünsch nicht *einen* mehr!
Ruf lieber aus im Heere, Westmoreland,
Daß jeder, der nicht Lust zu fechten hat,
Nur hinziehn mag; man stell ihm seinen Paß
Und stecke Reisegeld in seinen Beutel:
Wir wollen nicht in des Gesellschaft sterben,
Der die Gemeinschaft scheut mit unserm Tode.
Der heutge Tag heißt Crispianus' Fest:
Der, so ihn überlebt und heim gelangt,
Wird auf den Sprung stehn, nennt man diesen Tag,
Und sich beim Namen Crispianus rühren.
Wer heut am Leben bleibt und kommt zu Jahren,
Der gibt ein Fest am heilgen Abend jährlich
Und sagt: «Auf morgen ist Sankt Krispian!»
Streift dann den Ärmel auf, zeigt seine Narben
Und sagt: «Am Krispinstag empfing ich die.»
Die Alten sind vergeßlich; doch wenn alles
Vergessen ist, wird er sich noch erinnern
Mit manchem Zusatz, was er an dem Tag
Für Stücke tat: dann werden unsre Namen,
Geläufig seinem Mund wie Alltagsworte:
Heinrich der König, Bedford, Exeter,
Warwick und Talbot, Salisbury und Gloster,
Bei ihren vollen Schalen frisch bedacht!

Der wackre Mann lehrt seinem Sohn die Märe,
Und nie von heute bis zum Schluß der Welt
Wird Krispin-Krispian vorübergehn,
Daß man nicht uns dabei erwähnen sollte,
Uns wen'ge, uns beglücktes Häuflein Brüder:
Denn welcher heut sein Blut mit mir vergießt,
Der wird mein Bruder; sei er noch so niedrig,
Der heutge Tag wird adeln seinen Stand.
Und Edelleut in England, jetzt im Bett,
Verfluchen einst, daß sie nicht hier gewesen,
Und werden kleinlaut, wenn nur jemand spricht,
Der mit uns focht am Sankt Crispinustag.

Salisbury tritt auf.

Salisbury. Mein gnädger Fürst, bereitet Euch in Eil!
Schon stehn die Franken stattlich in den Reihen.
Und werden schleunigst ihren Angriff tun.
König Heinrich. Ist unser Mut bereit. so ist es alles.
Westmoreland. Verderbe der, des Mut dahinten bleibt!
König Heinrich.
Ihr wünscht von England nicht mehr Hilfe, Vetter?
Westmoreland. Herr, wollte Gott, daß Ihr und ich allein
Ohn andre Hilfe föchten diese Schlacht.
König Heinrich. Du hast fünftausend nun hinweggewünscht,
Was besser mir gefällt, als *einen* wünschen –
Gott mit euch allen! Eure Posten kennt ihr.

Trompeten. Montjoye tritt auf.

Montjoye. Noch einmal soll ich hören, König Heinrich,
Ob du dich willst vergleichen um die Lösung
Vor deinem höchst unzweifelbaren Fall.
Denn sicherlich, du bist dem Schlund so nah,
Du mußt verschlungen werden. Überdies
Ersucht aus Mitleid dich der Connétable,
Dein Volk an Reu zu mahnen, daß die Seelen
In Frieden mögen scheiden und zum Heil
Von diesen Feldern, wo die armen Leiber
Verwesen müssen.
König Heinrich. Wer sendet dich?

Montjoye. Der Connétable Frankreichs.
König Heinrich. Ich bitt dich, nimm den vorigen Bescheid
Mit dir zurück: heiß sie mich erst bezwingen,
Dann mein Gebein verhandeln. Guter Gott!
Warum sie arme Leute doch so höhnen?
Der Mann, der einst des Löwen Haut verkauft,
Da er noch lebte, kam beim Jagen um.
Es finden sicher unsrer Leiber viel
Ein Grab im Heimatboden, drauf, so hoff ich,
In Erz ein Zeugnis dieses Tags wird leben.
Und die ihr stark Gebein in Frankreich lassen,
Wie Männer sterbend, werden doch berühmt,
Obschon in euren Haufen Kot begraben.
Denn grüßen wird die Sonne nun sie dort
Und ihre Ehren dampfend ziehn zum Himmel,
Indes ihr irdisch Teil die Luft erstickt,
Und sein Geruch in Frankreich Pest erzeugt.
Merkt denn das Übermaß der Tapferkeit
An unsern Englischen, daß sie, schon tot,
So wie das Streifen der Kanonenkugel,
Ausbrechen zu des Unheils zweitem Lauf,
Im Rücksprung ihrer Sterblichkeit noch tötend.
Laßt Stolz mich reden: Sagt dem Connétable,
Wir sind nur Krieger für den Werkeltag,
All unsre Festlichkeit und Zier beschmutzt
Mit nassen Märschen im mühselgen Feld.
Kein Stückchen Feder ist in unserm Heer
(Beweis genug, daß wir euch nicht entfliegen),
Die Zeit hat unsre Sauberkeit vernutzt;
Doch unsre Herzen sind, beim Himmel, schmuck,
Und meine armen Leute sagen mir,
Sie sei'n vor nachts gewiß in frischen Kleidern,
Sonst wollen sie den fränkischen Soldaten
Kopfüber ziehn die neuen bunten Röcke
Und aus dem Dienst sie jagen. Tun sie das
(Ich hoffs zu Gott), so ist auch meine Lösung
Bald aufgebracht. Herold, spar deine Müh;

Komm du nicht mehr um Lösung, lieber Herold!
Ich gebe, schwör ich keine andre nicht
Als alle diese meine Glieder, die ich ihnen
Erst so zu lassen denke, daß sie wenig
Dran haben: sag dem Connétable das!

Montjoye. Das werd ich, König Heinrich. So leb wohl!
Du hörest nimmer nun den Herold mehr. (*Ab.*)

König Heinrich. Du kommst, besorg ich, noch um Lösung wieder.

Herzog von York tritt auf.

York. Herr, untertänig bitt ich auf den Knien.
Um Anführung des Vortrabs.

König Heinrich. Wohl, braver York! Soldaten, auf ins Feld!
Und ordne, Gott, den Tag, wie dirs gefällt! (*Alle ab.*)

VIERTE SZENE

Das Schlachtfeld

Getümmel. Angriffe. Ein französischer Soldat, Pistol und der Bursch kommen

Pistol. Ergib dich, Hund!

Französischer Soldat. Je pense que vous êtes un gentil-homme de bonne qualité.

Pistol. Qualität nennst du mich? Erläutre mir: bist du ein Edelmann? Was ist dein Nam? Erkläre!

Französischer Soldat. O Seigneur Dieu!

Pistol. Oh, Signor Djö muß wohl von Adel sein.
Erwäg mein Wort, o Signor Djö, und merk:
O Signor Djö, du mußt die Klinge springen,
Wofern du, o Signor, nicht große Lösung
Mir geben willst.

Französischer Soldat. Miséricorde! Prenez pitié de moi! Ne me tuez point!

Pistol. Ein Pfund? Ich will der Pfunde vierzig haben.
Das Zwerchfell hol ich dir zur Kehl heraus
In Tropfen roten Bluts.

Französischer Soldat. Est-il impossible d' échapper à la force de votre bras? Ah, dégagez-le de ma gorge! N'allez pas me la couper!

Pistol. Was? Kupfer, Hund?
Verdammte geile Gemse, bietest du
Mir Kupfer an?

Französischer Soldat. Point de pardon?

Pistol. Das laß ich gelten; ein paar Tonnen Pfunde.
Hieher komm, Bursch, befrag den Sklaven da
Mir auf Französisch, wie sein Name heißt.

Bursch. Ecoutez! comment vous appelez-vous?

Französischer Soldat. Monsieur le Fer.

Bursch. Er sagt, sein Name sei Herr Fer.

Pistol. Herr Fer! Ich will ihn beferren und pferchen und ferkeln: erkläre ihm selbiges auf Französisch.

Bursch. Ich weiß das Französische nicht für beferren und pferchen und ferkeln.

Pistol. Heiß ihn bereit sein, weil ich ihm die Kehle
abschneiden will.

Französischer Soldat. Que dit-il, monsieur?

Bursch. Il m'ordonne de vous dire, que vous vous teniez prêt, car ce soldat ici est disposé tout à l'heure à vous couper la [gorge.

Pistol. Oui, couper gorge, par ma foi, du Knecht;
Wo du nicht Kronen, brave Kronen gibst,
So soll mein Schwert dich in die Pfanne haun.

Französischer Soldat. Oh, je vous supplie pour l'amour de Dieu, pardonnez-moi! Je suis gentilhomme d'une bonne maison; épargnez ma vie, et je vous donnerai deux cents écus.

Pistol. Was ist sein Wort?

Bursch. Er bittet Euch, ihm das Leben zu schenken; er sei ein Edelmann von guter Herkunft und wolle Euch als sein Lösegeld zweihundert Kronen geben.

Pistol. Sag ihm, daß nachläßt meine Wut und ich die Kronen nehmen will.

Französischer Soldat. Petit monsieur, que dit-il?

Bursch. Quoique ce soit contre son serment de donner quartier à aucun prisonnier, néanmoins, pour les écus que vous lui avez promis, il est content de vous mettre en liberté.

Französischer Soldat. Sur mes genoux je vous rends mille remerciments, et je m'estime heureux d'être tombé entre les mains d'un chevalier, qui est, je pense, le seigneur de l' Angleterre le plus distingué pour sa valeur.

Pistol. Erklär mir, Bursch.

Bursch. Er dankt Euch tausendmal auf seinen Knien und schätzt sich glücklich, in die Hände eines Kavaliers gefallen zu sein, der, wie er denkt, der ausgezeichnetste Herr in England von seiten der Tapferkeit ist.

Pistol. Bei meinem Blut, ich will barmherzig sein.
Folg mir, du Hund. (*Ab.*)

Bursch. Suivez le grand capitaine! (*Französischer Soldat ab.*) Noch nie habe ich gesehen, daß eine so volle Stimme aus einem so leeren Herzen gekommen wäre; aber der Spruch ist wahr: hohle Töpfe haben den lautesten Klang. Bardolph und Nym hatten zehnmal mehr Herz als dieser brüllende Teufel aus der alten Komödie, dem jedermann die Nägel mit einer hölzernen Pritsche verschneiden könnte, und doch sind sie beide aufgehängt: und das widerführe ihm auch, wenn er irgend was dreist zu stehlen wagte. Ich muß bei den Troßbuben, beim Gepäck unsers Lagers bleiben; der Franzose könnte eine gute Beute haben, wenn er es wüßte: es sind nichts wie Jungen da, um es zu bewachen. (*Ab.*)

Fünfte Szene

Ein andrer Teil des Schlachtfeldes

Getümmel. Der Dauphin, Orleans, Bourbon, der Connétable, Rambures und andre treten auf

Connétable. O diable!

Orleans. O Seigneur! La journeé est perdue, tout est perdu!

Dauphin. Mort de ma vie! Dahin ist alles, alles!
Verachtung sitzt und ewge Schande höhnend
In unsern Federbüschen. – O méchante fortune!

(*Kurzes Getümmel.*)

Lauft nicht davon!

Connétable. Ja, alle unsre Reihen sind gebrochen.

Dauphin. O stete Schmach! – Entleiben wir uns selbst!
Sind dies die Elenden, die wir verwürfelt?

Orleans. Der König, dem wir Lösung abgefordert?
Bourbon. O Schand und ewge Schande, nichts als Schande!
Laßt uns nicht sterben drin! Noch mal zurück!
Und wer jetzt nicht dem Bourbon folgen will,
Der geh von hier, und, in der Hand die Mütze,
Halt er die Kammertür, ein schnöder Kuppler,
Indes ein Sklav, nicht edler als mein Hund,
Die schönste Tochter ihm entehrend schwächt.
Connétable. Nun helf uns Unordnung, die uns verdarb!
Laßt diesen Englischen in Haufen uns
Das Leben bieten oder rühmlich sterben[1]!
Orleans. Es leben unser noch genug im Feld,
Um im Gedräng, die Feinde zu ersticken,
Wenn irgend nur sich Ordnung halten ließ'.
Bourbon. Zum Teufel nun die Ordnung! Ins Gedränge,
Und kürzt die Schande mit des Lebens Länge!
(*Alle ab.*)

Sechste Szene

Ein andrer Teil des Schlachtfeldes

Getümmel. König Heinrich mit Truppen, Exeter und andre treten auf

König Heinrich. Wir taten brav, mein dreimal tapfres Volk;
Doch alles nicht: der Feind hält noch das Feld.
Exeter. Der Herzog York empfiehlt sich Euer Majestät.
König Heinrich. Lebt er, mein Oheim? Dreimal, diese Stunde
Sah ich ihn fallen, dreimal auf, und fechten;
Vom Helm zum Sporne war er nichts als Blut.
Exeter. In diesem Schmuck verbrämt der wackre Krieger
Den Plan nun, und an seiner blutgen Seite,
Der ehrenreichen Wunden Mitgenoß,
Liegt da der edle Graf von Suffolk auch.
Suffolk starb erst, und York, zerstümmelt ganz,
Kommt zu ihm, wo er lag in Blut getaucht,

---

1. Stelle aus den Quartoausgaben. Die Lesart der Folioausgaben: laßt uns im Haufen unser Leben opfern

Und faßt ihn bei dem Barte, küßt die Schrammen,
Die blutig gähnten in sein Angesicht,
Und rufet laut: «Wart, lieber Vetter Suffolk!
Mein Geist begleite deinen Geist zum Himmel!
Wart, holde Seel, auf meine, daß wir dann
Gepaarten Flugs entfliehn, wie wir uns hier
Auf rühmlichem und wohlerstrittnem Feld
In unsrer Ritterschaft zusammenhielten.»
Bei diesen Worten kam ich, frischt ihn auf,
Er lächelte mir zu, bot mir die Hand,
Und matt sie drückend, sagt' er: «Teurer Lord,
Empfehlet meine Dienste meinem Herrn.»
So wandt er sich, und über Suffolks Nacken
Warf er den wunden Arm, küßt' ihm die Lippen
Und siegelte, dem Tod vermählt, mit Blut
Ein Testament der schön beschloßnen Liebe.
Die süße und holdselge Weis erzwang
Von mir dies Wasser, das ich hemmen wollte;
Doch hatt ich nicht soviel vom Mann in mir,
Daß meine ganze Mutter nicht ins Auge
Mir kam und mich den Tränen übergab.

König Heinrich. Ich tadl' Euch nicht, denn da ich dieses höre,
Muß ich mit trüben Augen ab mich finden,
Sonst fließen sie auch mir. –
Doch horcht! Was ist das für ein neu Getümmel?
Der Feind hat sein zerstreutes Volk verstärkt:
So töte jeder seinen Kriegsgefangnen;
Gebt weiter den Befehl! (*Alle ab.*)

Siebente Szene

Ein andrer Teil des Schlachtfeldes
Getümmel. Fluellen und Gower treten auf

Fluellen. Die Puben und den Troß umbringen, 's ist ausdrücklich gegen das Kriegsrecht, 's ist ein so ausgemachtes Stück Schelmerei, versteht Ihr mich, als in der Welt nur vorkommen kann. Ist es nicht so, auf Euer Gewissen?

Gower. Es ist gewiß, sie haben keinen Buben am Leben gelassen, und eben die feigen Hunde, die aus der Schlacht wegliefen, haben diese Metzelei angerichtet; außerdem haben sie alles verbrannt und weggeschleppt, was in des Königs Zelt war, weswegen der König verdientermaßen jeden Soldaten seinem Gefangenen die Kehle hat abschneiden lassen. Oh, er ist ein wackrer König!

Fluellen. Ja, er ist zu Monmouth gepohren. Wie benennt Ihr den Namen der Stadt, wo Alexander der Preite gepohren ist?

Gower. Alexander der Große.

Fluellen. Ei, ich bitte Euch, ist preit nicht groß? Der Preite, oder der Große, oder der Starke, oder der Gewaltige, oder der Heldenmütige, tun alle auf eins hinauslaufen, außer daß die Redensart ein wenig verändert sein.

Gower. Ich denke, Alexander der Große ist in Mazedonien geboren; sein Vater ward Philipp von Mazedonien genannt, wo mir recht ist.

Fluellen. Ja, ich denke, es ist in Mazedonien, wo Alexander gepohren ist. Ich sage Euch, Kapitän, wenn Ihr in die Karten der Welt hineinseht, so stehe ich dafür, Ihr werdet bei den Vergleichungen zwischen Mazedonien und Monmouth finden, daß die Lagen, versteht Ihr, von beiden gleich sein. Es befindet sich ein Fluß in Mazedonien, und es befindet sich gleichfalls außerdem ein Fluß zu Monmouth. Zu Monmouth heißt er Wye; aber es will mir nicht in den Kopf fallen, wie der Name des andern Flusses ist; aber es kommt auf eins heraus, es ist sich so gleich, wie diese meine Finger meinen Fingern, und es geben Lachse in beiden. Wenn Ihr Alexanders Leben wohl beachtet, so tut das Leben Heinrichs von Monmouth ziemlich gut hinterdrein kommen: denn in allen Dingen sein Figuren. Alexander hat (wie Gott weiß und Ihr wißt) in seinem Zorn und seiner Wut und seinem Grimm und seiner Galle und seinen Launen und seinen Unwilligkeiten und Entrüstungen und auch, weil er ein wenig im Kopfe benebelt war, in seinen Biergelagen und seinem Ärger, seht Ihr, seinen pesten Freund Clytus umgebracht.

Gower. Darin ist ihm unser König nicht ähnlich, er hat noch nie einen von seinen Freunden umgebracht.

Fluellen. Es ist nicht wohl getan, versteht Ihr mich, einem die Geschichten aus dem Munde zu nehmen, ehe sie zu Ende gebracht und vollkommen sein. Ich rede nur in den Figuren und Vergleichungen desselbigen; wie Alexander seinen Freund Clytus umbrachte, während er bei seinen Biergelagen und seinen Krügen war: so ebenfalls Heinrich Monmouth, während er bei gutem Verstande und gesunden Sinnen war, tat er den fetten Ritter mit dem großen Bauchwamse abschaffen, er war voller Späße und Pfiffe und Kniffe und Possen; sein Name ist mir vergessen.

Gower. Sir John Falstaff.

Fluellen. Das ist er. Ich kann Euch sagen, es werden prafe Leute zu Monmouth gepohren.

Gower. Da kommt Seine Majestät.

Getümmel. König Heinrich mit einem Teil der englischen Truppen, Warwick, Gloster, Exeter und andre treten auf.

König Heinrich.
Seit ich nach Frankreich kam, war ich nicht zornig
Bis eben jetzt. – Nimm die Trompete, Herold!
Jag zu den Reitern auf dem Hügel dort!
Wofern sie mit uns fechten wollen, heiß
Herab sie ziehn, wo nicht, das Schlachtfeld räumen;
Sie sind mit ihrem Anblick uns zur Last.
Tun sie von beiden keins, so kommen wir
Und stäuben sie da weg, so rasch wie Steine,
Geschnellt aus den assyr'schen alten Schleudern.
Auch wollen wir erwürgen, die wir haben,
Und nicht *ein* Mann, der in die Händ uns fällt,
Soll Gnad erfahren. – Geht, sagt ihnen das!

Montjoye tritt auf.

Exeter. Hier kommt der Herold der Franzosen, Herr.

Gloster. Sein Blick ist demutsvoller, als er pflegte.

König Heinrich. Nun, was will dieser Herold? Weißt du nicht,
Daß ich dies mein Gebein zur Lösung bot?
Kommst du um Lösung noch?

Montjoye. Nein, großer König.
Ich komm zu dir um milde Zulassung,
Daß wir dies blutge Feld durchwandern dürfen,
Die Toten zu verzeichnen und begraben,
Die Edlen vom gemeinen Volk zu sondern,
Denn (o des Wehs!) viel' unsrer Prinzen liegen
Ersäuft und eingeweicht in Söldnerblut;
So taucht auch unser Pöbel rohe Glieder
In Prinzenblut, und ihre wunden Rosse,
Die Fersenbüschel tief im Blute, toben
Und schmeißen wütend mit bewehrten Hufen
Auf ihre toten Herrn, zum zweitenmal
Sie tötend. O vergönnt uns, großer König,
Daß wir das Feld in Ruh beschaun und ordnen
Die Leichen an.

König Heinrich. Ich weiß in Wahrheit, Herold,
Nicht recht, ob unser oder nicht der Sieg,
Denn eurer Reiter zeigen sich noch viel
Und sprengen durch das Feld.

Montjoye. Der Sieg ist Euer.

König Heinrich. Gelobt sei Gott, nicht unsre Kraft dafür!
Wie heißt die Burg, die dicht hier neben steht?

Montjoye. Man nennt sie Azincourt.

König Heinrich. So heiße dies die Schlacht bei Azincourt,
Am Tag Crispinus-Krispians gefochten.

Fluellen. Euer Großvater perühmten Andenkens, mit Euer Majestät Erlaubnis, und Euer Großoheim Eduard, der Schwarze Prinz von Wales, wie ich in den Chroniken gelesen habe, fochten hier in Frankreich eine sehr prafe Schlacht.

König Heinrich. Das taten sie, Fluellen.

Fluellen. Eure Majestät sagt sehr wahr; wenn Eure Majestäten dessen erinnerlich sein, die Welschen taten guten Dienst in einem Garten, wo Lauch wuchs, und trugen Lauch auf ihren Monmouther Mützen, welches, wie Eure Majestät weiß, bis auf diese Stunde ein ehrenvolles Feldzeichen ist, und ich glaube, Eure Majestät verschmähn es nicht, das Lauch auf Sankt Davidstag zu tragen.

König Heinrich. Ich trag es als denkwürdiges Ehrenzeichen: Denn ich bin welsch, Ihr wißt es, guter Landsmann.

Fluellen. Alles Wasser im Flussc Wye kann Euer Majestät welsches Blut nicht aus Eurem Leibe waschen, das kann ich Euch sagen. Gott segne es und erhalte es, solange als es Seiner Gnaden beliebt und Seiner Majestät obendrein!

König Heinrich. Hab Dank, mein guter Landsmann!

Fluellen. Bei Jessus, ich bin Euer Majestät Landsmann, ich frage nicht darnach, ob es jemand weiß; ich will es der sämtlichen Welt bekennen, ich brauche mich Euer Majestät nicht zu schämen, Gott sei gepriesen, solange Eure Majestät ein ehrlicher Mann sein.

König Heinrich. Erhalte Gott mich so! – Zurückbegleiten
Laßt unsre Herold' ihn, und bringt mir dann
Genaue Nachricht von der Toten Zahl
Auf beiden Seiten! – Ruft den Kerl dort her!

(*Er zeigt auf Williams. Montjoye und andre ab.*)

Exeter. Soldat, du mußt zum König kommen.

Williams tritt auf.

König Heinrich. Soldat, warum trägst du den Handschuh an der Mütze?

Williams. Mit Euer Majestät Erlaubnis, 's ist das Pfand von einem, mit dem ich mich schlagen sollte, wenn er noch am Leben ist.

König Heinrich. Ein Engländer?

Williams. Mit Euer Majestät Erlaubnis, ein Schelm, der mir letzte Nacht was vorschwadronierte, dem ich, wenn er noch lebt und jemals das Herz hat, seinen Handschuh zu fordern, geschworen habe, ich wollte ihm eine Ohrfeige geben; oder wenn ich meinen Handschuh an seiner Mütze zu sehen kriege (und er schwur, so wahr er ein Soldat wäre, er wollte ihn tragen, wenn er am Leben bliebe), so will ich ihn ihm tüchtig herunterschlagen.

König Heinrich. Was denkt Ihr, Kapitän Fluellen? Schickts sich, daß ein Soldat seinen Schwur hält?

Fluellen. Nach meinem Gewissen ist er sonst eine Memme und ein Hundsfott, mit Euer Majestät Erlaubnis.

König Heinrich. Es könnte aber sein, daß sein Feind ein vornehmer Edelmann wäre, ganz darüber hinaus, sich mit einem seines Standes einzulassen.

Fluellen. Wenn er auch ein so guter Edelmann wie der Teifel ist, wie Luzifer und Beelzebub selbst, so ist es doch notwendig, schauen Euer Gnaden, daß er seinen Schwur und seinen Eid hält. Wenn er wortbrüchig ist, seht nur an, so ist seine Reputation ein so ausgemachter Hundsfott und Hanswurst, als jemand mit seinen schwarzen Schuhen auf Gottes Grund und Boden getreten hat: nach meinem Gewissen, seht Ihr.

König Heinrich. So halte deinen Schwur, Bursche, wenn du den Kerl antriffst.

Williams. Das will ich, gnädigster Herr, wo ich das Leben behalte.

König Heinrich. Unter wem dienst du?

Williams. Unter Kapitän Gower, gnädigster Herr.

Fluellen. Gower sein ein guter Kapitän und von guter Wissenschaft und Literatur in dem Kriegswesen.

König Heinrich. Ruf ihn her zu mir, Soldat.

Williams. Das will ich, gnädigster Herr. (*Ab.*)

König Heinrich. Hier, Fluellen, trage du dies Ehrenzeichen von mir und steck es an deine Mütze. Als Alençon und ich zusammen am Boden lagen, riß ich diesen Handschuh von seinem Helm; wenn irgend jemand ihn zurückfordert, so ist er ein Freund Alençons und ein Feind unserer Person; wenn du so einem begegnest, so greife ihn, wo du mich liebst.

Fluellen. Eure Gnaden tun mir so große Ehre an, als in dem Herzen seiner Untertanen begehrt werden kann. Ich möchte gern den Menschen sehn, der nur zwei Beine hat, der sich durch diesen Handschuh beleidigt finden wird, das ist alles; aber ich möchte es gern einmal sehen, und es gefalle Gott in seiner Gnade, daß ich es doch sehen möchte.

König Heinrich. Kennst du Gower?

Fluellen. Zu Eurem Befehl, er ist mein werter Freund.

König Heinrich. Ich bitte dich, geh ihn suchen und bring ihn zu meinem Zelte.

Fluellen. Ich will ihn holen. (*Ab.*)

König Heinrich.

Mylord von Warwick und mein Bruder Gloster,
Folgt dem Fluellen auf den Fersen nach;
Der Handschuh, den ich ihm als Ehrenzeichen
Gegeben, trägt vielleicht ihm eine Maulschell ein;
Er ist von dem Soldaten. Nach dem Handel
Sollt ich ihn selber tragen. Folgt ihm, Vetter;
Wenn der Soldat ihn schlägt – und, wie ich schließe
Nach seinem derben Wesen, hält er Wort –
So könnt ein plötzlich Unheil draus entstehn;
Denn den Fluellen kenn ich als beherzt,
Wenn man die Gall ihm reizt, wie Pulver hitzig,
Und schnell, Beleidigungen zu erwidern.
Folgt ihm und seht, daß sie kein Leid sich tun! –
Ihr geht mit mir, mein Oheim Exeter. (*Alle ab.*)

Achte Szene

Vor König Heinrichs Zelte
Gower und Williams treten auf

Williams. Glaubt mir, es geschieht, um Euch zum Ritter zu schlagen, Kapitän.

Fluellen kommt.

Fluellen. Gottes Willen und Wohlgefallen, Kapitän! Ich ersuche Euch nun, kommt schleunig zum Könige; es steht Euch vielleicht mehr Gutes bevor, als in Eurer Wissenschaft ist, Euch träumen zu lassen.

Williams. Herr, kennt Ihr diesen Handschuh?

Fluellen. Ob ich ihn kenne? Ich weiß, daß der Handschuh ein Handschuh ist.

Williams. Den da kenne ich, und so fordre ich ihn zurück.

(*Schlägt ihn.*)

Fluellen. Plitz! ein Erzverräter, wie irgendeiner in der sämtlichen Welt, oder in Frankreich, oder in England.

Gower. Nun, was soll das, du Schurke?

Williams. Denkt Ihr, daß ich meinen Eid brechen will?

Fluellen. Tretet zurück, Kapitän Gower, ich will der Verräterei seinen Lohn in Schlägen erteilen, das versichre ich Euch.

Williams. Ich bin kein Verräter.

Fluellen. Das lügst du in deinen Hals hinein. – Ich mahne Euch im Namen Seiner Majestät, greift ihn, er ist ein Freund des Herzogs von Alençon.

Warwick und Gloster treten auf.

Warwick. Nun, nun, was geht hier vor?

Fluellen. Mylord von Warwick, hier ist, Gott sei Lob und Dank! eine höchst giftige Verräterei ans Licht gekommen, seht Ihr, wie man sie nur an hohen Festtagen verlangen kann. Da kommt Seine Majestät.

König Heinrich und Exeter treten auf.

König Heinrich. Nun, was gibts hier?

Fluellen. Mein König, hier ist ein Pösewicht und Verräter, der, schaut Euer Gnaden, den Handschuh weggeschlagen hat, den Euer Majestät von Alençons Helm gerissen.

Williams. Gnädigster Herr, es war *mein* Handschuh, hier ist der andre dazu, und der, mit dem ich ihn eingetauscht hatte, versprach, ihn an seiner Mütze zu tragen; ich versprach, ihn zu schlagen, wenn er es täte; ich traf diesen Mann mit meinem Handschuh an seiner Mütze, und ich habe mein Wort gehalten.

Fluellen. Euer Majestät hören nun, mit allem Respekt vor Dero Mannhaftigkeit, was für ein erzschuftiger, lumpiger, lausiger Spitzbube es ist. Ich hoffe, Eure Majestät werden mir bezeugen, als auch verbürgen und beurkunden, daß dies der Handschuh vom Alençon ist, den Eure Majestät mir geben tat, nach Eurem besten Gewissen.

König Heinrich. Gib mir deinen Handschuh, Soldat; sieh, hier ist der andre dazu. Ich war es eigentlich, den du zu schlagen versprachest, und du hast mir sehr schnöde Reden gegeben.

Fluellen. Eure Majestät beliebe, ihn mit seinem Halse dafür einstehen zu lassen, wo es irgendein militärisches Gesetz in der Welt gibt.

König Heinrich. Wie kannst du mir Genugtuung schaffen?

Williams. Alle Beleidigungen, gnädigster Herr, kommen vom

Herzen; aus dem meinigen kam nie etwas, das Eure Majestät hätte beleidigen können.

König Heinrich. Wir waren es, dem du übel begegnetest.

Williams. Eure Majestät kam nicht in eigner Gestalt, Ihr erschient mir nur wie ein gemeiner Mensch: die Nacht, Eure Kleidung, Euer schlichtes Betragen kann es bezeugen; und was Eure Hoheit unter der Gestalt erlitten, das ersuche ich Euch Eurer eignen Schuld, nicht der meinigen, zuzuschreiben: denn wäret Ihr das gewesen, wofür ich Euch nahm, so hätte ich keinen Fehler begangen; darum bitt ich Eure Hoheit, verzeiht mir!

König Heinrich.
Hier, Oheim, füllt den Handschuh mir mit Kronen
Und gebt dem Burschen ihn. – Behalt ihn, Bursch,
Trag ihn als Ehrenzeichen an der Mütze,
Bis ich ihn fordre. – Gebt die Kronen ihm!
Und, Hauptmann, Ihr müßt Euch mit ihm versöhnen.

Fluellen. Bei diesem Tageslicht, der Kerl hat Herz genug in seinem Bauche. – Hier, da habt Ihr einen Schilling, und ich bitte Euch, seid gottesfürchtig und hütet Euch vor Lärm und Gezänk und Palgereien und Zwistigkeiten, und ich versichre Euch, es wird um desto besser für Euch sein.

Williams. Ich will Euer Geld nicht.

Fluellen. Es geschieht mit gutem Willen; ich sage Euch, Ihr könnt Eure Schuh damit flicken lassen. Geht, weshalb wollt Ihr so plöde sein? Eure Schuh sein nicht gar zu gut; es ist ein guter Schilling, ich versichre Euch, sonst will ich ihn Euch wechseln.

Ein englischer Herold tritt auf.

König Heinrich. Nun, Herold, sind die Toten gezählt?

Herold. Hier ist die Anzahl der erschlagnen Franken.

(Übergibt ein Papier.)

König Heinrich. Was für Gefangne hohen Ranges, Oheim?

Exeter. Des Königs Neffe Karl von Orleans,
Johann von Bourbon, Herr von Bouciquault,
Von andern Herrn, Baronen, Rittern, Knappen
An fünfzehnhundert, außer den Gemeinen.

König Heinrich. Der Zettel sagt mir von zehntausend Franken
Erschlagen auf dem Platz; in dieser Zahl von Prinzen
Und Herrn, die Fahnen führen, liegen tot
An hundertsechsundzwanzig; außer diesen
Von Rittern, Knappen, wackern Edelleuten
Achttausendundvierhundert, und davon
Schlug man fünfhundert gestern erst zu Rittern;
So daß von den zehntausend Umgekommnen
Nur sechzehnhundert Söldner sind; der Rest
Sind Prinzen, Herrn, Barone, Ritter, Knappen
Und Edelleute von Geburt und Rang.
Die Namen der gebliebnen Großen sind:
Karl de la Bret, Groß-Connétable Frankreichs,
Jacques Chatillon, des Reiches Admiral,
Der Schützen Oberhauptmann, Herr Rambures,
Großmeister Frankreichs, Ritter Guichard Dauphin,
Die Herzög Alençon und von Brabant,
Der Bruder von dem Herzog von Burgund,
Und Eduard von Bar; von tapfern Grafen
Grandpré und Roussi, Fauconberg und Foix,
Beaumont und Marle, Vaudemont und Lestrale.
O fürstliche Genossenschaft des Todes! –
Wo ist von unsern Toten das Verzeichnis?
(*Der Herold überreicht einen andern Zettel.*)
Eduard, Herzog von York, der Graf von Suffolk,
Sir Richard Ketly, David Gam Esquire;
Von Namen keine sonst, und von den andern
Nur fünfundzwanzig. O Gott, dein Arm war hier,
Und nicht uns selbst, nur deinem Arme schreiben
Wir alles zu. – Wann sah man, ohne Kriegslist,
Im offnen Stoß und gleichem Spiel der Schlacht
Wohl je sowenig und soviel Verlust
Auf ein und andrer Seite? – Nimm es, Gott!
Denn dein ists einzig.
Exeter. Es ist wundervoll.
König Heinrich. Kommt, ziehen wir in Prozession zum Dorf,
Und Tod sei ausgerufen durch das Heer,

Wenn jemand prahlt und Gott die Ehre nimmt,
Die einzig sein ist!

Fluellen. Ist es nicht rechtmäßig, mit Euer Majestät Erlaubnis, zu sagen, wie viele geblieben sein?

König Heinrich. Ja, Hauptmann, doch mit dieser Anerkennung, daß Gott für uns gefochten.

Fluellen. Ja, auf mein Gewissen, er hat uns gut geholfen.

König Heinrich. Begehn wir alle heiligen Gebräuche,
Man singe das *Non nobis* und *Te Deum*.
Und sind die Toten christlich eingescharrt,
Fort nach Calais, und dann in unser Land,
Wo Frankreich nie Beglücktre heimgesandt! (*Alle ab.*)

FÜNFTER AUFZUG

Chorus tritt auf

Chorus. Vergönnt, daß denen, welche die Geschichte
Nicht lasen, ich sie deute; wer sie kennt,
Den bitt ich ziemlichst um Entschuldigung
Für Zeit und Zahl und rechten Lauf der Dinge,
Die hier in ihrem großen wahren Leben
Nicht darzustellen sind. Den König bringen
Wir nach Calais; dort sei er, dort gesehn,
Hebt ihn auf den beflügelten Gedanken
Die See hinüber! Englands Küste seht,
Umpfählt die Flut mit Männern, Weibern, Kindern;
Sie überjauchzen das tiefstimmge Meer,
Das, wie ein mächtger Marschall, vor dem König
Den Weg zu bahnen scheint: so laßt ihn landen,
Und feierlich seht ihn nach London ziehn!
So rasch ist des Gedankens Gang, daß ihr
Alsbald ihn auf Black-Heath euch denken könnt,
Wo seine Lords begehren, daß er lasse
Sein umgebognes Schwert, den Helm voll Beulen
Sich durch die Stadt vortragen. Er verbietets,

Frei von ruhmredgem Stolz und Eitelkeit,
Und gibt Trophäen, Siegeszeichen, Pomp
Ganz von sich weg an Gott. Nun aber seht
In reger Schmied' und Werkstatt der Gedanken,
Wie London seine Bürgerschaft ergießt.
Der Schulz, samt seinen Brüdern, all im Staat,
So wie im alten Rom die Senatoren,
An ihren Fersen der Plebejer Schwarm,
Gehn, ihren Sieger Cäsar einzuholen:
Wie (sei's ein kleinres, doch ein liebend Gleichnis),
Wenn jetzt der Feldherr unsrer gnädgen Kaiserin,
Wie's bald geschehen mög, aus Irland käme
Und brächt Empörung auf dem Schwert gespießt:
Wie viele würden diese Friedensstadt
Verlassen, um willkommen ihn zu heißen?
Viel mehre taten und mit viel mehr Grund
Dies unserm Heinrich. Setzt ihn nun in London
(Da noch das Weheklagen der Franzosen
Den König Englands heim zu weilen mahnt,
Wie auch des Kaisers Zwischenkunft für Frankreich,
Um Frieden zu vermitteln), übergeht
All die Ereignisse, die vorgefallen,
Bis Heinrich wieder rückgekehrt nach Frankreich.
Dort müssen wir ihn haben, und ich spielte
Die Zwischenzeit, indem ich euch erinnert,
Sie sei vorbei. Drum duldet Abkürzung
Und wendet euren Blick nach den Gedanken
Flugs wiederum zurück ins Land der Franken! (*Ab.*)

Erste Szene

Frankreich. Ein englischer Wachtplatz

Fluellen und Gower treten auf

Gower. Ja, das ist recht; aber warum tragt Ihr heute Euer Lauch? Sankt Davidstag ist vorbei.

Fluellen. Bei allen Dingen sein Veranlassungen und Gründe, warum und weshalb. Ich will Euch als meinem Freunde sagen, Kapitän Gower: der schuftige, grindige, lumpige, lausige, prahlerische Hundsfott Pistol, den Ihr samt Euch selbst und der ganzen Welt für nichts Pesseres kennt als einen Menschen – versteht Ihr mich – von gar keinen Verdiensten, der ist zu mir gekommen und pringt mir gestern Prot und Salz, seht Ihr, und heißt mich mein Lauch essen; es war an einem Orte, wo ich keine Zwistigkeiten mit ihm nicht anfangen konnte; aber ich werde so dreist sein, es an meiner Mütze zu tragen, bis ich ihn einmal wiedersehe, und dann will ich ihm ein kleines Stück von meinen Wünschen sagen.

Pistol tritt auf.

Gower. Ei, da kommt er, aufgeblasen wie ein kalkuttischer Hahn.

Fluellen. Es tut nichts mit seinem Aufplasen und seinen kalkuttischen Hähnen. – Gott grüß Euch, Fähnrich Pistol! Ihr schäbiger, lausiger Schelm, Gott grüß Euch!

Pistol. Ha, bist du Bedlam? Dürstest, schnöder Troer,
Daß ich der Parze Todsgewebe falte?
Fort, denn mir widert der Geruch des Lauchs!

Fluellen. Ich ersuche Euch von Herzen, schäbiger, lausiger Schelm, auf meine Pitten, meine Begehren und meine Ansuchungen dies Lauch, seht Ihr, zu essen; weil Ihr es nicht mögt, seht Ihr, und Eure Neigungen und Eure Appetite und Eure Verdauungen damit nicht übereinstimmen tun, so wollte ich Euch bitten, davon zu essen.

Pistol. Nicht um Cadwallader und seine Gemsen.

Fluellen. Da habt Ihr eine Gemse. (*Schlägt ihn.*) Wollt Ihr von der Güte sein, grindiger Schuft, und es aufessen?

Pistol. Mußt sterben, schnöder Troer.

Fluellen. Ihr sagt die Wahrheit, grindiger Schuft, wann es Gottes Wille ist. Ich will Euch bitten, unterdessen zu leben und Eure Kost zu verzehren. Kommt, da habt Ihr Prühe dazu! (*Schlägt ihn wieder.*) Ihr nanntet mich gestern Bergjunker, aber ich will Euch heute zum «Junker niedern Rangs» machen. Ich bitte Euch, frisch dran! Könnt Ihr Lauch verspotten, so könnt Ihr auch Lauch essen.

Gower. Genug, Kapitän! Ihr habt ihn ganz betäubt.

Fluellen. Ich sage, er soll mir ein Stück von meinem Lauch essen, oder ich will ihm den Kopf vier Tage lang priegeln. – Peißt an, ich bitte Euch! Es ist gut für Eure frische Wunde und für Eure plutige Krone.

Pistol. So muß ich beißen?

Fluellen. Ja, sicherlich und ohne Zweifel und dazu ohne Frage und ohne Zweideutigkeiten.

Pistol. Bei diesem Lauch! ich will mich gräßlich rächen.
Ich eß und eß und schwöre.

Fluellen. Eßt, ich bitte Euch. Wollt Ihr noch mehr Prühe zu Eurem Lauch haben? Es ist nicht Lauch genug, um dabei zu schwören.

Pistol. Halt deinen Prügel ein: du siehst, ich esse.

Fluellen. Gut bekomme es Euch, grindiger Schuft, von ganzem Herzen! Nein, ich bitte Euch, werft nichts weg; die Schale ist gut für Eure zerschlagene Krone. Wenn Ihr Gelegenheit nehmt, in der Folge Lauch zu sehen, so bitte ich Euch, spottet darüber; weiter sage ich nichts.

Pistol. Gut.

Fluellen. Ja, Lauche sein gut. Da, hier ist ein Groschen, um Euren Kopf zu heilen.

Pistol. Mir einen Groschen?

Fluellen. Ja, gewißlich und in Wahrheit, Ihr sollt ihn nehmen, oder ich habe noch ein Lauch in der Tasche, das Ihr aufessen sollt.

Pistol. Ich nehm ihn an als Handgeld meiner Rache.

Fluellen. Wenn ich Euch irgendwas schuldig bin, so will ich es in Priegeln bezahlen; Ihr sollt ein Holzhändler werden und nichts als Priegel von mir kaufen. Gott geleit Euch und erhalte Euch und heile Euren Kopf! (*Ab.*)

Pistol. Dafür soll sich die ganze Höll empören.

Gower. Geht, geht! Ihr seid ein verstellter feiger Schelm. Wollt Ihr einen alten Gebrauch verspotten, der sich auf einen ehrenvollen Anlaß gründet und als eine denkwürdige Trophäe ehemaliger Tapferkeit getragen wird, und habt nicht das Herz, Eure Worte im geringsten durch Eure Taten zu bekräftigen? Ich habe Euch schon zwei- oder dreimal diesen wackern Mann necken und besticheln sehn. Ihr dachtet, weil er das Englische nicht nach seinem eigentümlichen Schnitte sprechen kann, so könne er auch keinen englischen Prügel handhaben. Ihr findet es anders: lernt daher für die Zukunft von einer welschen Züchtigung gute englische Sitte! Gehabt Euch wohl! (*Ab.*)

Pistol. Wie? Spielt Fortuna nun mit mir das Nickel?
Kund ward mir, daß mein Dortchen im Spital
Am fränkschen Übel starb;
Und da ist ganz mein Stelldichein zerstört.
Alt werd ich, und den müden Gliedern prügelt man
Die Ehre aus. Gut, Kuppler will ich werden,
Zum Beutelschneider hurtger Hand mich neigend.
Nach England stehl ich mich und stehle dort
Und schwör, wenn ich bepflastert diese Narben,
Daß Galliens Kriege rühmlich sie erwarben. (*Ab.*)

Zweite Szene

Troyes in Champagne

Von der einen Seite kommen König Heinrich, Bedford, Gloster, Exeter, Warwick, Westmoreland und andre Lords; von der andern König Karl, Königin Isabelle, die Prinzessin Katharina; Herren und Frauen, Herzog von Burgund und sein Gefolge

König Heinrich. Sei Fried in diesem Kreis, den Friede schließt!
Euch, unserm Bruder Frankreich, unsrer Schwester
Erwünschtes Wohlergehn! und Freud und Lust
Mit unsrer schönsten Muhme Katharina!
Als einen Zweig und Mitglied dieses Königtums,
Der die Zusammenkunft hat angeordnet,
Begrüßen wir Euch, Herzog von Burgund;
Und fränksche Prinzen, Pairs, euch allen Heil!

König Karl. Eur Antlitz sind wir hocherfreut zu sehn,
Sehr würdger Bruder England; seid willkommen!
Ihr alle, Prinzen englischen Geblüts!

Isabelle. So glücklich ende dieser gute Tag,

Die freundliche Versammlung, Bruder England,
Wie wir uns jetzo Eurer Augen freun,
Der Augen, die sonst wider die Franzosen,
Die ihre Richtung traf, nur in sich trugen
Die Bälle mörderischer Basilisken.
Wir hoffen günstig, solcher Blicke Gift
Verliere seine Kraft, und dieser Tag
Werd alle Klag und Zwist in Liebe wandeln.

König Heinrich. Um Amen drauf zu sagen, sind wir hier.

Isabelle. Ihr Prinzen Englands alle, seid gegrüßt!

Burgund. Euch beiden meine Pflicht bei gleicher Liebe,
Ihr großen Kön'ge! Daß ich dahin getrachtet,
Mit allem Witz und Müh und starkem Streben
Zu bringen Eure höchsten Majestäten
Zu dieser Schrank' und Reichszusammenkunft,
Zeugt Eure Herrlichkeit mir beiderseits.
Weil denn mein Dienst so weit gelungen ist,
Daß angesichts und fürstlich Aug in Auge
Ihr euch begrüßt, so laßt michs nicht beschämen,
Vor diesem königlichen Kreis zu fragen,
Was für ein Anstoß oder Hindernis
Dem nackten, armen und zerstückten Frieden,
Dem Pfleger aller Künst und Überflusses
Und freudiger Geburten, nicht erlaubt,
In diesem schönsten Garten auf der Welt,
Dem fruchtbarn Frankreich, hold die Stirn zu heben?
Ach! allzulang war er daraus verjagt,
In Haufen liegt all seine Landwirtschaft,
Verderbend in der eignen Fruchtbarkeit.
Sein Weinstock, der Erfreuer aller Herzen,
Stirbt ungeschneitelt; die geflochtne Hecke
Streckt, wie Gefangne wild mit Haar bewachsen,
Verworrne Zweige vor; im brachen Feld
Hat Lolch und Schierling und das geile Erdrauch
Sich eingenistet, weil die Pflugschar rostet,
Die solches Wucherkraut entwurzeln sollte.
Die ebne Wiese, lieblich sonst bedeckt

Mit bunten Primeln, Pimpernell und Klee,
Die Sichel missend, üppig, ohne Zucht,
Wird müßig schwanger und gebieret nichts
Als schlechten Ampfer, rauhe Disteln, Kletten,
Um Schönheit wie um Nutzbarkeit gebracht.
Wie unser Wein nun, Brachland, Wiesen, Hecken
Durch fehlerhaften Trieb zur Wildnis arten,
So haben wir samt unserm Haus und Kindern
Verlernt und lernen nicht – weil Muße fehlt –
Die Wissenschaften, unser Land zu zieren.
Wir wachsen auf gleich Wilden; wie Soldaten,
Die einzig nur auf Blut gerichtet sind,
Zum Fluchen, finstern Blicken, loser Tracht
Und jedem Ding, das unnatürlich scheint.
Um dies zur vorigen Gestalt zu bringen,
Seid ihr vereint: und meine Rede bittet,
Zu wissen, was den holden Frieden hemmt,
Daß er dies Ungemach nicht bannen könnte
Und uns mit seinen vorgen Kräften segnen.

König Heinrich. Wünscht Ihr den Frieden, Herzog von Burgund,
Des Mangel den Gebrechen Wachstum gibt,
Die Ihr benannt, so müßt Ihr ihn erkaufen
Durch Leistung aller unsrer Forderungen,
Wovon die Summa und besondern Punkte
Ihr, kürzlich abgefaßt, in Händen habt.

Burgund. Der König hörte sie, worauf er noch
Die Antwort nicht erteilt.

König Heinrich. Nun wohl, der Friede,
Auf den Ihr eben drangt, liegt in der Antwort.

König Karl. Ich habe die Artikel nur durchlaufen
Mit flüchtgem Blick; beliebt es Euer Gnaden,
Von Eurem Rate ein'ge zu ernennen
Zu einer Sitzung, um mit beßrer Acht
Sie wieder durchzugehn, so soll sogleich
Mein Beitritt und entschiedne Antwort folgen.

König Heinrich. Bruder, so sei's, – Geht, Oheim Exeter
Und Bruder Clarence, und Ihr, Bruder Gloster

Warwick und Huntington, geht mit dem König;
Und nehmt mit euch die Vollmacht, zu bekräftigen,
Zu mehren, ändern, wie es eure Weisheit
Für unsre Würd am vorteilhaftsten sieht,
An unsern Forderungen, was es sei;
Wir wollen dem uns fügen. – Teure Schwester,
Geht Ihr mit ihnen, oder bleibt bei uns?

Isabelle. Ich will mit ihnen gehn, mein gnädger Bruder;
Vielleicht wirkt eines Weibes Stimme Gutes,
Wenn man auf Punkten zu genau besteht.

König Heinrich. Doch laßt hier unsre Muhme Katharina,
Denn sie ist unsre erste Forderung,
In der Artikel Vorderrang begriffen.

Isabelle. Es ist ihr gern erlaubt.
(*Alle ab, außer König Heinrich, Katharina und ihr Fräulein.*)

König Heinrich. Nun, schöne Katharina! Allerschönste!
Geruht Ihr, einen Krieger zu belehren,
Was Eingang findet in der Frauen Ohr
Und seiner Lieb ihr sanftes Herz gewinnt?

Katharina. Euer Majestät wird über mich spotten; ich kann Euer Englisch nicht sprechen.

König Heinrich. O schöne Katharina, wenn Ihr mich kräftig mit Eurem französischen Herzen lieben wollt, so werde ich froh sein, es Euch mit Eurer englischen Zunge gebrochen bekennen zu hören. Bist du mir gut, Käthchen?

Katharina. Pardonnez-moi, ich nicht verstehen, was ist «mir gut».

König Heinrich. Die Engel sind dir gut, Käthchen, denn du bist so gut und schön wie ein Engel.

Katharina. Que dit-il? Que les anges me veulent du bien, parceque je suis bonne et belle comme un ange?

Alice. Oui, vraiment, sauf votre grace, c'est ce qu'il dit.

König Heinrich. Ja, das sagte ich, schöne Katharina, und ich darf nicht erröten, es zu wiederholen.

Katharina. O bon Dieu! Les langues des hommes sont pleines de tromperies.

König Heinrich. Was sagt Sie, mein Kind? Daß die Zungen der Männer voller Betrug sind?

Alice. Oui, daß die Zungen von die Mann voll der Betrug sein; das is die Prinzeß.

König Heinrich. Die Prinzessin ist die vollkommenste Engländerin von beiden. Meiner Treu, Käthchen, meine Bewerbung ist für dein Verstehen schon gemacht. Ich bin froh, daß du nicht besser Englisch sprechen kannst; denn wenn du es könntest, so würdest du mich einen so schlichten König finden, daß du gewiß dächtest, ich hätte meinen Meierhof verkauft, um meine Krone zu kaufen. Ich verstehe mich nicht auf verblümte Winke bei der Liebe, sondern sage gerade heraus: «Ich liebe Euch»; wenn Ihr mich dann weiter drängt, als daß Ihr fragt: «Tut Ihr das im Ernste?» so ist mein Werben am Ende. Gebt mir Eure Antwort; im Ernste, tuts: und somit eingeschlagen und ein gemachter Handel! Was sagt Ihr, Fräulein?

Katharina. Sauf votre honneur, ich verstehen gut.

König Heinrich. Wahrhaftig, wenn Ihr mich Euretwegen zum Versemachen oder Tanzen bringen wolltet, Käthchen, so wäre ich verloren. Könnte ich eine Dame durch Luftsprünge gewinnen oder durch einen Schwung in den Sattel mit voller Rüstung, so wollte ich, mit Entschuldigung für mein Prahlen sei es gesagt, mich geschwind in eine Heirat hineinspringen. Oder könnte ich für meine Liebste einen Faustkampf halten oder mein Pferd für ihre Gunst tummeln, so wollte ich drangehn wie ein Metzger und fest sitzen wie ein Affe: niemals herunter. Aber, bei Gott, ich kann nicht bleich aussehen, noch meine Beredsamkeit auskeichen und habe kein Geschick in Beteurungen: bloße Schwüre ohne Umschweif, die ich nur gedrungen tue und um kein Dringen in der Welt breche. Kannst du einen Mann von dieser Gemütsart lieben, Käthchen, dessen Gesicht nicht wert ist, von der Sonne verbrannt zu werden, der niemals in seinen Spiegel sieht aus Liebe zu irgend was, das er da entdeckt, so laß dein Auge ihn dir zubereiten. Ich spreche mit dir auf gut Soldatisch: kannst du mich darum lieben, so nimm mich; wo nicht, und ich sage dir, daß ich sterben werde, so ist es wahr; aber aus Liebe zu dir – beim Himmel, nein!

und doch liebe ich dich wirklich. All dein Leben lang, Käthchen, zieh einen Mann von schlichter und ungeschnitzter Beständigkeit vor, denn der muß dir notwendig dein Recht widerfahren lassen, weil er nicht die Gabe hat, andrerorten zu freien; denn diese Gesellen von endloser Zunge, die sich in die Gunst der Frauen hineinreimen können, wissen sich auch immer herauszuvernünfteln. Ei was! Ein Redner ist nur ein Schwätzer, ein Reim ist nur eine Singweise. Ein gutes Bein fällt ein, ein gerader Rücken wird krumm, ein schwarzer Bart wird weiß, ein krauser Kopf wird kahl, ein schönes Gesicht runzelt sich, ein volles Auge wird hohl: aber ein gutes Herz, Käthchen, ist die Sonne und der Mond, oder vielmehr die Sonne und nicht der Mond, denn es scheint hell und wechselt nie, sondern bleibt treulich in seiner Bahn. Willst du so eins, so nimm mich, nimm mich, nimm einen Soldaten; nimm einen Soldaten, nimm einen König. Und was sagst du denn zu meiner Liebe? Sprich, meine Holde, und hold, ich bitte dich.

Katharina. Ist es möglich, daß ich sollte lieben die Feind von Frankreich?

König Heinrich. Nein, es ist nicht möglich, Käthchen, daß Ihr den Feind Frankreichs lieben solltet; aber indem Ihr mich liebt, würdet Ihr den Freund Frankreichs lieben; denn ich habe Frankreich so lieb, daß ich kein Dorf davon will fahren lassen, es soll ganz mein sein. Und Käthchen, wenn Frankreich mein ist und ich Euer bin, so ist Frankreich Euer und [Ihr seid mein.

Katharina Ich weiß nicht, was das will sagen.

König Heinrich. Nicht, Käthchen? Ich will es dir auf Französisch sagen, was gewiß an meiner Zunge hängen wird wie eine neuverheiratete Frau am Halse ihres Mannes, kaum abzuschütteln. Quand j' ai la possession de France, et quand vous avez la possession de moi (laß sehen, wie nun weiter? Sankt Dionys, stehe mir bei!), donc votre est France, et vous êtes mienne. Es wird mir ebenso leicht, Käthchen, das Königreich zu erobern, als noch einmal soviel Französisch zu sprechen; auf Französisch werde ich dich nie zu etwas bewegen, außer über mich zu lachen.

Katharina. Sauf votre honneur, le françois que vous parlez est meilleur que l'anglois que je parle.

König Heinrich. Nein, wahrlich nicht, Käthchen; sondern man muß eingestehen, daß unser beider höchst wahrhaft falsches Reden der Sprache des andern ziemlich auf eins hinausläuft. Aber Käthchen, verstehst du soviel von meiner Sprache: Kannst du mich lieben?

Katharina. Ich weiß nicht zu sagen.

König Heinrich. Weiß es wer von Euren Nachbarinnen zu sagen, Käthchen? Ich will sie fragen. Geh nur, ich weiß, du liebst mich; und zu Nacht, wenn Ihr in Euer Schlafzimmer kommt, werdet Ihr dies Fräulein über mich befragen, und ich weiß, Käthchen, Ihr werdet gegen sie die Gaben an mir herabsetzen, die Ihr von Herzen liebt. Aber, gutes Käthchen, spotte barmherzig über mich, um so mehr, holde Prinzessin, da ich dich grausam liebe. Wenn du jemals mein wirst, Käthchen – und ich habe einen seligmachenden Glauben in mir, der mir sagt, daß du es werden wirst –, so gewinne ich dich durch Zugreifen in der Rappuse, und du mußt daher notwendig gute Soldaten zur Welt bringen. Werden nicht du und ich, mit Hilfe von Sankt Dionys und Sankt Georg, einen Jungen, halb französisch und halb englisch zustande bringen, der nach Konstantinopel gehen und den Türken am Barte zupfen wird? Nicht wahr? Was sagst du, meine schöne goldne Lilie?

Katharina. Ich nicht das weiß.

König Heinrich. Ja, wissen kann man es erst in Zukunft, aber versprochen werden muß es jetzt, Käthchen, daß Ihr Euch um Euren französischen Teil eines solchen Jungen bemühen wollt; und für meine englische Hälfte nehmt das Wort eines Königs und eines Junggesellen. Was antwortet Ihr, la plus belle Catharine du monde, mon très chére et divine déesse?

Katharina. Eure Majesté 'aben fausse Französisch genug, um zu betrügen la plus sage demoiselle, die sein en France.

König Heinrich. Nein, pfui über mein falsches Französisch! Bei meiner Ehre, auf echt Englisch, ich liebe dich, Käthchen! Ich wage es nicht, bei dieser Ehre zu schwören, daß du mich liebst; jedoch fängt mein Blut an, mir zu schmeicheln, daß du es tust, wiewohl mein Gesicht einen so herben und uneinnehmenden Eindruck macht. Verwünscht sei der Ehrgeiz meines Vaters! Er dachte auf bürgerliche Kriege, als er mich erzeugte: deswegen kam ich mit einer starren Außenseite auf die Welt, mit einer eisernen Gestalt, so daß ich die Frauen erschrecke, wenn ich komme, um sie zu werben. Aber auf Glauben, Käthchen: je älter ich werde, je besser werde ich mich ausnehmen; mein Trost ist, daß das Alter, dieser schlechte Verwahrer der Schönheit, meinem Gesichte keinen Schaden mehr tun kann: wenn du mich nimmst, so nimmst du mich in meinem schlechtesten Zustande, und wenn du mich trägst, werde ich durchs Tragen immer besser und besser werden. Und also sagt mir, schönste Katharina, wollt Ihr mich? Legt Euer jungfräuliches Erröten ab und offenbart die Gesinnungen Eures Herzens mit den Blicken einer Kaiserin, nehmt mich bei der Hand und sagt: «Heinrich von England, ich bin dein»; und sobald du mein Ohr mit diesem Worte gesegnet hast, werde ich laut zu dir sagen: «England ist dein, Irland ist dein, Frankreich ist dein, und Heinrich Plantagenet ist dein, der (ob ich es schon in seiner Gegenwart sage), wo nicht der beste der Könige, doch ein König wackrer Leute ist.» Wohlan, gebt mir Eure Antwort in gebrochner Musik: denn Eure Stimme ist Musik, und Euer Englisch gebrochen. Also, Königin der Welt, Katharina, brich dein Stillschweigen in gebrochnem Englisch: willst du mich haben?

Katharina. Das ist zu sagen, wie es gefallen wird die roi mon père.

König Heinrich, Ei, es wird ihm wohl gefallen, Käthchen; es soll ihm gefallen, Käthchen.

Katharina. Dann bin ich es auch zufrieden.

König Heinrich. Somit küsse ich Eure Hand und nenne Euch meine Königin.

Katharina. Laissez, monseigneur, laissez, laissez! Ma foi, je ne veux point que vous abaissiez votre grandeur en baisant la main de votre indigne servante; excusez-moi, je vous supplie, mon très puissant seigneur.

König Heinrich. So will ich Eure Lippen küssen, Käthchen.

Katharina. Ce n'est pas la coutume de France, de baiser les dames et demoiselles avant leurs noces.

König Heinrich. Frau Dolmetscherin, was sagt sie?

Alice. Daß es nicht sein die Sitte pour les Damen in Frankreich – ich weiß nicht zu sagen, was is baiser auf Englisch.

König Heinrich. Küssen.

Alice. Euer Majestät entendre besser que moi.

König Heinrich. Es ist nicht Sitte in Frankreich, die Mädchen vor der Heirat zu küssen, wollte sie sagen?

Alice. Oui, vraiment.

König Heinrich. O Käthchen, strenge Gewohnheiten schmiegen sich vor großen Königen. Liebes Käthchen, wir beiden können uns nicht von den schwachen Schranken der Sitten des Landes einengen lassen. Wir sind die Urheber von Gebräuchen, Käthchen, und die Freiheit, die unsern Rang begleitet, stopft allen Splitterrichtern den Mund, wie ich es jetzt Eurem tun will, weil ich die strenge Sitte Eures Landes aufrechterhalten wollte, indem er mir einen Kuß weigerte. Also geduldig und nachgiebig! (*Küßt sie.*) Ihr habt Zauberkraft in Euren Lippen, Käthchen; es ist mehr Beredsamkeit in einer süßen Berührung von ihnen als in den Zungen des ganzen französischen Rates, und sie würden Heinrich von England eher bereden als eine allgemeine Bittschrift der Monarchen. Da kommt Euer Vater.

König Karl und Isabelle, Burgund, Bedford, Gloster, Exeter, Westmoreland und andre französische und englische Herren treten auf.

Burgund. Gott erhalte Eure Majestät! Mein königlicher Vetter, lehrt Ihr unsre Prinzessin Englisch?

König Heinrich. Ich wünschte, mein werter Vetter, sie möchte lernen, wie vollkommen ich sie liebe, und das ist gut Englisch.

Burgund. Ist sie nicht gelehrig.

König Heinrich. Unsre Sprache ist rauh, Vetter, und meine Gemütsart nicht sanft, so daß ich, weder mit der Stimme noch dem Herzen der Schmeichelei begabt, den Geist der Liebe nicht so in ihr heraufbeschwören kann, daß er in seiner wahren Gestalt erschiene.

Burgund. Verzeiht die Freiheit meines Scherzes, wenn ich darauf diene. Wenn Ihr in ihr beschwören wollt, müßt Ihr einen Zirkel machen: wollt Ihr den Liebesgott in ihr in seiner wahren Gestalt heraufbeschwören, so muß er nackt und blind erscheinen. Könnt Ihr sie also tadeln, da sie noch ein Mädchen mit den jungfräulichen Rosen der Sittsamkeit überpurpurt ist, wenn sie die Erscheinung eines nackten blinden Knaben in ihrem nackten sehenden Selbst nicht leiden will? Es ist für ein Mädchen in der Tat eine harte Bedingung einzugehn.

König Heinrich. Doch drücken sie ein Auge zu und geben nach, so wie die Liebe blind ist und in sie dringt.

Burgund. Dann sind sie entschuldigt, mein Fürst, wenn sie nicht sehen, was sie tun.

König Heinrich. Lehrt also Eure Muhme ein Auge zudrücken, bester Herr!

Burgund. Ich will ein Auge zudrücken, um es ihr zu verstehen zu geben, wenn Ihr sie nur lehren wollt, meine Meinung zu verstehen. Denn Mädchen, wohl durchgesommert und warm gehalten, sind wie Fliegen um Bartholomäi: blind, ob sie schon ihre Augen haben, und dann lassen sie sich handhaben, da sie zuvor kaum das Ansehen ertrugen.

König Heinrich. Dies Gleichnis vertröstet mich auf die Zeit und einen heißen Sommer; und so werde ich die Fliege, Eure Muhme, am Ende fangen, und sie muß obendrein blind sein.

Burgund. Wie die Liebe ist, mein Fürst, ehe sie liebt.

König Heinrich. Ja, das ist sie, und einige unter euch können der Liebe für meine Blindheit danken, daß ich so manche französische Stadt über ein schönes französisches Mädchen, das mir im Wege steht, nicht sehen kann.

König Karl. Ja, mein Fürst, Ihr seht sie perspektivisch[1], die Städte in ein Mädchen verwandelt; denn sie sind alle mit jungfräulichen Mauern umgeben, in welche der Krieg nie hineindrang.

König Heinrich. Soll Käthchen mein Weib sein?

König Karl. So es Euch beliebt.

---

1. Genau: wie durch ein Vexierglas

König Heinrich. Ich bin es zufrieden; wenn nur die jungfräulichen Städte, wovon Ihr sprecht, ihr Gefolge ausmachen dürfen, so wird das Mädchen, das meinem Wunsch im Wege stand, mir den Weg zu meinem Willen weisen.

König Karl. Wir geben zu, was irgend billig ist.

König Heinrich. Ists so, ihr Lords von England?

Westmoreland. Der König hat uns jeden Punkt gewährt,
Erst seine Tochter und demnächst das andre,
Nach unsers Vorschlags festgesetzter Weise.

Exeter. Nur dieses hat er noch nicht unterzeichnet: wo Eure Majestät begehrt, daß der König von Frankreich, wenn er Veranlassung hat, schriftlich um etwas anzusuchen, Eure Hoheit folgendermaßen und mit diesem Zusatz auf Französisch benennen soll: Notre très cher fils Henry, roi d'Angleterre, héritier de France; und so auf Lateinisch: *Praeclarissimus filius noster Henricus, rex Angliae et heres Franciae.*

König Karl. Auch dies hab ich nicht so geweigert, Bruder,
Daß ich mich Eurem Wunsch nicht fügen sollte.

König Heinrich. So bitt ich Euch nach unserm Liebesbund,
Laßt den Artikel mit den andern gehn,
Und somit gebt mir Eure Tochter.

König Karl. Nimm sie, mein Sohn; erweck aus ihrem Blut
Mir ein Geschlecht, auf daß die zwist'gen Staaten
Frankreich und England, deren Küsten selbst
Vor Neid erblassen bei des andern Glück,
Den Haß beenden und dies teure Bündnis
In ihre holden Busen Nachbarschaft
Und christlich Einverständnis pflanzen mag;
Auf daß der Krieg nie führe blutge Streiche,
Inmitten England und dem fränkschen Reiche!

Alle. Amen!

König Heinrich.
Willkommen, Käthchen, nun! Und zeugt mir alle,
Daß ich sie küß als meine Königin!
(*Trompetenstoß.*)

Isabelle. Gott, aller Ehen bester Stifter, mache
Eins Eure Herzen, eure Länder eins!

Wie Mann und Weib, die zwei, doch eins in Liebe,
So sei Vermählung zwischen euren Reichen,
Daß niemals üble Dienste, arge Eifersucht,
Die oft das Bett der heilgen Ehe stört,
Sich dränge zwischen dieser Reiche Bund,
Und, was einander einverleibt, zu scheiden;
Daß Englische und Franken nur die Namen
Von Brüdern sei'n: Gott sage hiezu Amen!

Alle. Amen!

König Heinrich. Bereiten wir die Hochzeit; auf den Tag
Empfang ich, Herzog von Burgund, von Euch
Und allen Pairs den Eid zu des Vertrags Gewähr.
Dann schwör ich, Käthchen, dir, du mir dagegen;
Und, treu bewahrt, gedeih es uns zum Segen! (*Alle ab.*)

Chorus tritt auf.

So weit, mit rauhem, ungelenkem Kiel,
Kam unser Dichter, der Geschicht sich bückend,
Beschränkend große Leut in engem Spiel,
Ruckweise ihres Ruhmes Bahn zerstückend.
Nur kleine Zeit, doch groß in seiner Kraft
Schien Englands Stern; das Glück gab ihm sein Schwert,
Das ihm der Erde schönsten Garten schafft
Und seinem Erben Reich und Herrschaft mehrt.
Heinrich der Sechst, in Windeln schon ernennt
Zu Frankreichs Herrn und Englands, folgt ihm nach,
Durch dessen vielberatnes Regiment
Frankreich verloren ward und England schwach –
Was oft auf unsrer Bühne vorgegangen;
Und wollet drum auch dies geneigt empfangen!

KÖNIG HEINRICH DER ACHTE

Wahrscheinlich 1612 oder 1613 entstanden
Übersetzt von Wolf Graf von Baudissin
von Ludwig Tieck redigiert

PERSONEN

König HEINRICH DER ACHTE
Kardinal WOLSEY
Kardinal CAMPEJUS
CAPUCIU, *Botschafter Kaiser* KARLS DES FÜNFTEN
CRANMER, *Erzbischof von Canterbury*
Herzog von Norfolk
Herzog von Buckingham
Herzog von Suffolk
Graf von Surrey
Lord-Kämmerer
Lord-Kanzler
GARDINER, *Bischof von Winchester*
Bischof von Lincoln
Lord ABERGAVENNY
Lord SANDS
Sir HEINRICH GUILDFORD
Sir THOMAS LOVELL
Sir ANTHONY DENNY
Sir NICHOLAS VAUX
Schreiber
CROMWELL, WOLSEYS *Diener*
GRIFFITH, *Zeremonienmeister der Königin* KATHARINA
Drei Herren vom Hofe
Doktor BUTTS, *Leibarzt des Königs*
Wappenherold
Haushofmeister des Herzogs von Buckingham
BRANDON *und ein Gerichtsdiener*
Türsteher vor dem Saal des Staatsrats
Pförtner
Dessen Knecht
Ausrufer
Ein Page GARDINERS
Ein Bote

Katharina, *Königin von England*
Anna Bullen
Eine alte Hofdame
Patienza, *Kammerfrau der Königin* Katharina

Verschiedene Herren und Damen vom Hof als stumme Personen. Frauen im Gefolge der Königin; Geister, die ihr erscheinen. Schreiber, Offiziere, Wachen, Gefolge, Volk usw.

Die Szene ist abwechselnd in *London* und *Westminster*; einmal in *Kimbolton*

PROLOGUS[1]

Ich komme nicht mehr, daß ihr lacht. Gestalten,
Die eure Stirnen ziehn in ernste Falten,
Die traurig, groß, stark, voller Pomp und Schmerz,
So edle Szenen, daß in Leid das Herz
Zerrinnt, erscheinen heut. Die Mitleid fühlen,
Sie mögen Tränen schenken unsern Spielen;
Der Inhalt ist es wert. Die, welche geben
Ihr Geld, um etwas Wahres zu erleben,
Sie finden hier Geschichte. Die an Zügen,
Geschmückten, sich erfreun und so begnügen,
Zürnen wohl nicht: zwei Stunden still und willig –
Dann steh ich dafür ein, sie haben billig
Den Schilling eingebracht. Nur die allein,
Die sich an Spaß und Unzucht gern erfreun,
Am Tartschenlärm, die nur der Bursch ergetzt
Im bunten langen Kleid, mit Gelb besetzt,
Sie sind getäuscht; mit Wahrheit, groß und wichtig,
Darf, Edle, niemals Schattenwerk so nichtig
Als Narr und Kampf sich mischen, sonst entehrten
Wir uns und euch – die uns Vertraun gewährten,
Daß wahr nur sei, was jetzt vor euch erscheint –
Und so verblieb' uns kein verständger Freund.
Deshalb, weil man als weis und klug euch kennt
Und in der Stadt die feinsten Hörer nennt,
Seid ernst wie wir euch wünschen. Denkt, ihr seht,
Als lebten sie, in stolzer Majestät
Des edlen Spiels Personen. Denkt sie groß,
Vom Volk umringt; denkt ihrer Diener Troß,
Der Freunde Drang; seht hierauf, im Moment,
Wie solche Macht so bald zum Fall gewendt;
Und seid ihr dann noch lustig, möcht ich meinen,
Es könn ein Mann am Hochzeitstage weinen.

---

1. Die Übersetzung dieses Prologs ist nicht durchwegs genau, wird aber unverändert abgedruckt.

ERSTER AUFZUG

Erste Szene

London. Ein Vorzimmer im Palast des Königs

Von der einen Seite kommt der Herzog von Norfolk, von der andern der Herzog von Buckingham und Lord Abergavenny

Buckingham. Guten Morgen und willkommen! Wie ging es euch,
Seit wir uns sahn in Frankreich?
Norfolk. Dank Eur Gnaden,
Wohlauf, und stets seitdem noch frisch bewundernd,
Was ich dort sah.
Buckingham. Ein sehr unzeitig Fieber
Hielt mich gebannt auf meinem Zimmer fern,
Als die zween Ruhmessöhn und Heldensterne
Im Ardetal sich trafen
Norfolk. Zwischen Arde
Und Guines sah ich der Fürsten Gruß vom Pferd;
Sah, abgestiegen, beide sich umschließen,
Als wüchsen sie zusammen, so umarmt;
Und wären sies: wo gabs vier Könige,
Dem doppelt Einen gleich?
Buckingham. Die ganze Zeit
War ich des Betts Gefangner.
Norfolk. Da verlort Ihr
Die Schau des irdschen Pomps. Man möchte sagen,
Pracht, einsam bis dahin, ward hier vermählt
Noch über ihrem Rang. Stets war das Morgen
Meister des Gestern, bis der letzte Tag
Die vorgen Wunder einschlang. Überstrahlten
Ganz flimmernd, ganz in Gold, gleich Heidengöttern,
Die Franken heut uns; morgen schufen wir
Aus England Indien; jeder, wie er stand,
Glich einer Mine. Die Pagenzwerge schienen
Ganz Gold, wie Cherubim; die Damen auch,
Der Arbeit ungewohnt, keuchten[1] beinah

1. Wörtlich: schwitzten

Unter der Pracht; so daß die Mühe selber
Zur Schminke ward. Jetzt rief man diese Maske
Als einzig aus: der nächste Abend macht sie
Zum Narrn, zum Bettler. Beide Könige,
An Schimmer gleich, je wie in Gegenwart
Gewahrt, stehn höh'r und tiefer: wer im Aug,
Ists auch im Preis; und, beide gegenwärtig,
Sah man, so schiens, nur *einen*: und kein Urteil
Ward nur versucht vom Kenner. Wenn jene Sonnen
(Denn also hieß man sie) die edlen Geister
Durch Heroldsruf zum Kampf ermahnt, sind Taten
Jenseit des Denkbaren vollbracht; die Fabel,
So jetzt als möglich sich bewährt, fand Glauben,
Und Bevis dünkt uns wahr.

Buckingham. Oh, Ihr geht weit.

Norfolk. So wahr ich Edelmann und immer strebte
Nach Redlichkeit: die Schildrung jedes Dings
Verlör beim besten Redner von dem Leben,
Wies durch die Handlung selbst sprach. Königlich
War alles, nichts dem Plane widerspenstig,
Durch Ordnung alles sichtbar; jedes Amt
Erfüllte, was ihm oblag.

Buckingham. Wer nur führte,
Ich meine, wer vereinte Haupt und Glieder
Zu diesem großen Fest nach Eurer Meinung?

Norfolk. Nur *einer*, wahrlich, der kein Element
Für solch Geschäft verspricht.

Buckingham. Sagt, wer, Mylord?

Norfolk. Das alles schuf die klug verständge Einsicht
Des hochehrwürdgen Kardinals von York.

Buckingham. Hol ihn der Teufel! Er muß an jedem Brei
Ehrgeizig kochen helfen. – Was ging ihn
Dies weltliche Stolzieren an? Mich wundert,
Wie solch ein Klump mit seiner rohen Last
Der segensreichen Sonne Licht darf hemmen,
Der Erd es vorenthaltend.

Norfolk. Wahrlich, Herr,

In ihm ist Stoff, der solche Zwecke fördert:
Denn, nicht gestützt auf Ahnentum (des Gunst
Dem Enkel sichre Bahn vorschreibt); nicht fußend
Auf Taten für die Krone; nicht geknüpft
An mächtge Helfer, sondern Spinnen gleich,
Aus seiner selbstgeschaffnen Webe, zeigt er,
Wie Kraft des eignen Werts die Bahn ihm schafft:
Vom Himmel ein Geschenk, das ihm erkauft
Den Platz zunächst am Thron.

Abergavenny. Ich kanns nicht sagen,
Was ihm der Himmel schenkt: ein schärfrer Blick
Erspähe das. Sein Hochmut aber blickt mir
Aus jedem Zug hervor; wer gab ihm den?
Wars nicht die Hölle, so ist Satan Knauser,
Oder gab alles schon hinweg, und er
Erschafft 'ne neue Hölle selbst in sich.

Buckingham. Beim fränkschen Zug, wie, Teufel, nahm ers auf [sich,
Ohne Königs Vorwissen sein Gefolg
Ihm zu erwählen? Er entwirft die Liste
Vom ganzen Adel; wählt meist solche nur,
Auf die er soviel Bürd als wenig Ehren
Zu häufen denkt: ja, einzig schon sein Handbrief,
Den hochachtbaren Staatsrat unbefragt,
Muß liefern, wen er hinschreibt.

Abergavenny. Weiß ich doch
Drei meiner Vettern mindstens, die sich also
Ihr Erbteil hierdurch schwächten, daß sie nimmer
Wie vormals werden blühn.

Buckingham. Oh, vielen brach
Der Rücken, die Landgüter drauf geladen
Für diesen großen Zug. Was half die Torheit,
Als Mittlerin zu werden einem höchst
Armselgen Ausgang?[1]

Norfolk. Traurig denk ich oft,

---

1. Wahrscheinlich richtiger: als eine Konferenz von dürftigem Ergebnis zu vermitteln

Wie uns der fränksche Friede nicht die Kosten,
Ihn abzuschließen, lohnt.
Buckingham. Ward jeder nicht
Nach jenem grausen Sturm, der drauf erfolgt',
Vom Geist erfüllt und sprach, unabgeredet,
Die allgemeine Prophezeiung aus,
Es deut der Sturm, der dieses Friedens Kleid
Zerriß, auf raschen Bruch?
Norfolk. Der ist schon klar;
Denn Frankreich höhnt den Bund[1] und legt Beschlag
Auf unsrer Kaufherrn Güter in Bordeaux.
Abergavenny. Ward deshalb der Gesandte fortgeschickt[2]?
Norfolk. Gewiß.
Abergavenny. Ein saubrer Titel eines Friedens,
Und teuer übers Maß.
Buckingham. Ei, lauter Arbeit
Des würdgen Kardinals.
Norfolk. Verzeiht, Mylord,
Der Staat nimmt Kenntnis vom besondern Zwist
Zwischen dem Kardinal und Euch. Drum rat ich
(Und nehmt aus einem Herzen dies, das Ehr
Und Sicherheit Euch reichlich gönnt), – Ihr wollt
Des Priesters Arglist stets und seine Macht
Zusammenreihn; dann wohl erwägen, daß,
Worauf sein wilder Haß auch brüt, ihm nimmer
Ein Werkzeug fehlt. Ihr kennt sein Naturell,
Rachgierig ist er: und ich weiß, sein Schwert
Ist scharf gewetzt; 's ist lang, und, wohl weiß man,
Es reicht fern hin: und streckt ers nicht so weit,
So schleudert ers. Schließt meinen Rat ins Herz;
Er wird Euch frommen. Seht, da kommt die Klippe,
Die ich Euch riet zu meiden.

Kardinal Wolsey, vor dem die Tasche mit dem großen Staatssiegel getragen wird, mehrere von der Leibwache und zwei Schreiber mit Pa-

---

1. Wörtlich: Frankreich hat einen Riß in den Bund gemacht
2. Weniger mißverständlich: kaltgestellt

pieren treten auf. Der Kardinal heftet im Vorbeigehn seinen Blick auf Buckingham und dieser auf ihn; beide sehen einander voller Verachtung an.

Wolsey. Der Hausvogt Herzog Buckinghams? Schon gut!
Habt Ihr die Untersuchung?

Schreiber. Hier, Mylord.

Wolsey. Hält er sich fertig in Person?

Schreiber. Ja, gnädger Herr.

Wolsey. Gut! Dann ergibt sich mehr; und Buckingham
Wird diesen stolzen Blick schon mäßgen.

(*Kardinal Wolsey und sein Gefolge ab.*)

Buckingham. Der Fleischerhund trägt Gift im Maul, und ich
Vermag nicht, ihn zu knebeln: drum am besten,
Man weckt ihn nicht aus seinem Schlaf. Das Buch
Des Bettlers zählt vor edlem Blut! –

Norfolk. Wie, so erhitzt?
Fleht Gott um Mäßigung, das einzge Mittel,
Das Eure Krankheit heischt.

Buckingham. Sein Blick verkündet
Was gegen mich: sein Aug erniedrigte
Mich als verworfnen Knecht; und jetzt, jetzt eben,
Bohrt' er mich meuchlings durch: er ging zum König;
Ich folg und will ihn übertrotzen.

Norfolk. Bleibt doch,
Mylord, und laßt Vernunft und Zorn sich fragen,
Was Ihr beginnt. Wer steilen Berg erklimmt,
Hebt an mit ruhgem Schritt; der Ärger gleicht
'nem überhitzgen Pferd, das, gebt Ihr Freiheit,
Am eignen Feur ermüdet. Keiner, glaubt mir,
Vermag, wie Ihr, mir Rat zu geben: seid
Für Euch, was Ihr dem Freund wärt.

Buckingham. Ich will hin,
Und Ehrenmund soll völlig niederschreien
Den Hochmut des Ipswicher Knechts; sonst ruf ichs:
Hin ist der Unterschied des Ranges.

Norfolk. Hört mich!
Heizt nicht den Ofen Euerm Feind so glühend,
Daß er Euch selbst versengt. Wir überrennen

Durch jähe Eil das Ziel, nach dem wir rennen,
Und gehns verlustig. Denkt nur, wie die Flamme,
Wenn sie den Trank geschwellt zum Überschäumen,
Ihn, scheinbar mehrend, nur zerstäubt! Oh, hört!
Ich wiederhol, es gibt kein Haupt in England
So kräftig sich zu leiten, als das Eure,
Wenn Ihr mit Saft der Weisheit wolltet löschen,
Ja, dämpfen nur, die Glut des Jähzorns[1].

Buckingham. Herr,
Nehmt meinen Dank. Verhalten will ich mich
Nach Euerm Wort. Doch den erzstolzen Kerl
(Nicht weil der Zorn mir schwillt, nenn ich ihn so,
Nein, aus rechtschaffnem Drang): durch sichre Kundschaft
Und Proben, die so klar wie Bäch' im Juli,
Wenn jedes Korn von Kies wir sehen, kenn ich
Als feil, verräterisch.

Norfolk. Nicht verräterisch sagt.

Buckingham. Dem König sag ichs: mein Beweis soll stark sein
Wie Felsenufer. Seht nur. Dieser heilge
Fuchs oder Wolf – wenn beides nicht! – (er ist
So räubrisch ja als schlau, so rasch zum Bösen,
Als fein es zu vollziehn; Gemüt und Amt
Hat gegenseitig sich an ihm verpestet):
Nur daß er seinen Prunk ausbreit in Frankreich,
Wie hier zu Haus, trieb unsern Herrn, den König,
Zum letzten teuren Bündnis und Kongreß,
Der soviel Schätze schlang, und wie ein Glas
Zerbrach im Spülen.

Norfolk. Ja gewiß, so wars.

Buckingham. Erlaubt nur weiter, Herr. Der listge Pfaff
Spann die Artikel nun der Übereinkunft,
Wies ihm gefiel; dann ward ratifiziert,
Wie *er* nur winkt, «*so seis*»; – zu nicht mehr Vorteil,
Als Krücken für den Toten. Doch unser Hofpfaff
Ersanns, und so ists gut; der würdge Wolsey,

1. Wörtlich: das Feuer der Leidenschaft

Der niemals irrt, der tats. Drauf folgt nun dies
(Was mich bedünkt, 'ne Art von Brut der alten
Hündin Verrat): – der Kaiser Karl, vorgeblich,
Die Kön'gin, seine Tante, zu besuchen
(Den Anstrich gab er wirklich; doch er kam,
Dem Wolsey zuzuflüstern), hält hier Einzug.
Er war in Furcht, ihm werd aus dem Kongreß
Von Frankreich, durch der zween Monarchen Freundschaft,
Nachteil entstehn; und freilich blickte Unheil
Ihm dräuend aus dem Bund: drum pflog er heimlich
Mit unserm Kardinal, und, wie ich glaube,
Ja vielmehr weiß – weil sicher vor dem Abschluß
Der Kaiser zahlt', und also sein Gesuch
Erfüllt war, eh genannt – genug, nachdem
Der Weg gebahnt und goldgepflastert, heischt
Der Kaiser nun, er möge gütigst anders
Den König stimmen und den Frieden brechen.
Ja, wissen muß der König (gleich, durch mich),
Wie so der Kardinal nach Wohlgefallen
Ihm seine Ehre kauft und auch verkauft,
Und zwar zu seinem Vorteil.

Norfolk. Mich betrübts,
Solches von ihm zu hören, und ich wünsche,
Hier walt ein Irrtum ob.

Buckingham. In keiner Silbe!
Ich stell ihn dar in ebender Gestalt,
In der er bald entlarvt ist.

Brandon tritt auf; vor ihm her ein bewaffneter Gerichtsdiener, darauf zwei oder drei von der Leibwache.

Brandon. Sergeant,
Ihr wißt, was Eures Amts; vollzieht es!

Gerichtsdiener. Sir,
Mylord, Herzog von Buckingham und Graf
Von Hereford, Stafford und Northampton, ich
Verhafte dich um Hochverrat, im Namen
Unsres großmächtgen Königs.

Buckingham. Seht, Mylord.

Das Netz fiel auf mich nieder; durch Verrat
Und Arglist werd ich untergehn.

Brandon. Mich schmerzt,
Der Freiheit Euch beraubt und diesen Hergang
Mit anzusehn; es ist des Königs Wille,
Ihr sollt zum Turm[1].

Buckingham. Nichts hilft mirs, meine Unschuld
Dartun, da solcher Schatten fiel auf mich,
Der selbst das Weiße schwarz färbt. Herr, dein Ratschluß
Gescheh, hierin und allzeit! Ich gehorche.
O Mylord Aberga'nny, lebet wohl!

Brandon. Nein, er muß mit Euch gehn. Es ist des Königs
Gefall', Ihr sollt zum Turm, bis Ihr erfahrt,
Was ferner nachfolgt.

Abergavenny. Mit dem Herzog sag ich:
Des Herrn Ratschluß gescheh sowie des Königs
Gefallen.

Brandon. Vollmacht hab ich hier vom König,
Lord Montacute in Haft zu nehmen; ferner
Den Johann de la Court, des Herzogs Beichtger;
Dann seinen Kanzler, Gilbert Peck –

Buckingham. So, so!
Das sind die Glieder des Komplotts. Nicht mehr doch?

Brandon. Noch ein Kartäusermönch –

Buckingham. Oh, Niklas Hopkins.

Brandon. Ja.

Buckingham. Mein Hausvogt spielte falsch: der große Priester
Bot Gold ihm an; mein Leben ist umspannt;
Ich bin nur Schatten noch des armen Buckingham,
Und dessen Züge selbst tilgt diese Wolke,
Mein helles Licht verdunkelnd[2]. Mylord, lebt wohl!

(*Alle ab.*)

---

1. Tower
2. Verständlicher, aber nicht unbedingt richtig, wäre vielleicht folgende Übersetzung, die allerdings nur durch Emendation der nicht mit Sicherheit zu deutenden Stelle des Originals möglich ist:

ZWEITE SZENE

Das Zimmer des Staatsrats

Trompeten. König Heinrich, auf des Kardinals Schulter gestützt; mehrere Edelleute und Sir Thomas Lovell treten auf

König. Mein ganzes Leben dankt, mein Herzblut Euch
Für solche Sorgfalt. Stand ich doch im Schuß
Der schwergeladnen Meuterei! Habt Dank,
Der sie erstickt. Laßt jetzt vor uns erscheinen
Des Buckingham Hofmeister: in Person
Will ich rechtfertgen hören sein Bekenntnis,
Und Punkt für Punkt soll er uns seines Herrn
Verrat aufs neu berichten.

Der König setzt sich auf den Thron. Die Lords des Reiches nehmen ihre Plätze ein. Der Kardinal setzt sich zu des Königs Füßen auf der rechten Seite. Man hört hinter der Szene rufen: Platz für die Königin! *Die Königin tritt auf, geführt von den Herzogen von Norfolk und Suffolk; sie kniet. Der König steht auf von seinem Thron, hebt sie auf, küßt sie und heißt sie neben ihm sitzen.*

Königin. Nein, laßt uns länger knien; ich kam zu bitten.
König. Steht auf, nehmt Euren Platz; Eur halb Gesuch
Bleib unberührt (halb unsre Macht ist Eure),
Die andre Hälft, eh ihr sie nennt, gewährt.
So sagt und nehmt die Bitte.
Königin. Dank, mein König.
Daß Ihr Euch selbst liebt, und in solcher Liebe
Nicht außer acht laßt Eure Ehre, noch
Die Hoheit Eures Amts: das ist der Inhalt
Von meiner Bitte.
König. Fahret fort, Gemahlin.
Königin. Ich werd umlagert stets – und zwar von vielen
Und von den Redlichsten –, weil Euer Volk

Vorn armen Buckingham bin ich der Schatten,
Und dessen Umriß selbst tilgt diese Wolke,
Die meine Sonn verhüllt

In harter Trübsal seufzt. Es sind Sendschreiben
Erlassen, so die Herzen lösen mußten
Von aller Treu; und ob sich zwar darob,
Werter Herr Kardinal, die herbsten Klagen
Auf Euch zumeist ergießen, als Anstifter
Solcher Erpressung, trifft doch selbst den König
(Des Ehre Gott vor Unglimpf schützen mag!)
Unziemlich Reden, ja, solches, das zerbricht
Treu und Gehorsam und beinah erscheint
Als lauter Aufruhr.

Norfolk. Nicht *beinah* erscheint,
Wirklich erscheint: denn dieser Schatzung willen
Hat schon das ganze Tuchgewerk, unfähig
Die Arbeit zu erhalten, seine Spinner,
Die Krempler, Walker, Weber abgedankt,
Die nun, verfolgt vom Hunger, andern Handwerks
Unkundig, sonder Mittel, in Verzweiflung,
Dem Ausgang trotzend, all in Aufstand sind;
Und die Gefahr dient unter ihnen.

König. Schatzung?
Auf was? und welche Schatzung? Kardinal,
Der Ihr den Tadel hiefür mit uns tragt,
Wißt Ihr von dieser Schatzung?

Wolsey. Erlaubt, mein König,
Ich weiß nur einzelnes, von allem was
Den Staat betrifft, und steh nur mit im Gliede,
Wo andre mit mir schreiten.

Königin. Nein, Mylord,
Ihr wißt nicht mehr als andre; doch Ihr schmiedet
Die Dinge, die auch jeder kennt; nicht heilsam
Für die, die lieber nicht sie kennten, doch
Wohl notgedrungen sie erfahren. Diese
Erpressungen, von denen mein Gemahl will wissen,
Im Hören sind sie Pest schon; und sie tragen –
Der Rücken bricht der Last. Man sagt, Ihr seids,
Der sie ersonnen; ist das nicht, so seid Ihr
Zu hart beschuldigt.

König. Immerdar Erpressung! –
Von welcher Art? Laßt hören, welcher Art
Ist die Erpressung?
Königin. Wag ich doch zuviel,
So prüfend Eure Milde! Doch mich stärkt
Die Nachsicht, so Ihr zugesagt. Es ruht
Des Volks Beschwerd auf Steuern, so ein Sechsteil
Von jeglichem Vermögen sonder Aufschub
Einfordern, und als Vorwand soll Eur Krieg
In Frankreich gelten. Dies macht dreiste Zungen,
Der Mund speit aus die Pflicht; in kalten Herzen
Gefriert die Treu; Verwünschung wohnt anjetzt,
Wo sonst Gebete; ja, es kam so weit,
Daß nun lenksame Folgsamkeit erscheint
Als jeglicher erhitzten Laune Sklav. Oh, möcht
Eur Hoheit bald erwägen dies Geschäft!
Keins ist so dringend. –
König. Nein, bei meinem Leben! –
Dies ist zuwider unserm Wunsch.
Wolsey. Und ich
Ging meinerseits hierin nicht weiter, als
Durch *eine* Stimm; auch diese gab ich nur
Auf Rat gelehrter Richter. Schmähen mich
Unkundge Zungen, so mein Innres nicht
Erkannt, noch meine Weg', und wollen dennoch
Die Chronik werden meines Tuns: so weiß man,
's ist nur der Würden Los, der Dornenpfad,
Den Tugend wandeln muß. Beschränke keiner,
Was ihm zu tun notwendig, in der Furcht,
Er stoß auf neidsche Tadler, die beständig,
Raubfischen gleich, dem neugeschmückten Fahrzeug
Nachziehn, wiewohl es Vorteil bringt mitnichten,
Nur eitle Jagd. Oft unsre beste Tat,
Wie Böse oder Schwache deuten, ist
Nicht unsre, oder nicht gelobt; die schlimmste,
Dem gröbern Sinn verständlich, preist man oft
Als unser bestes Tun. Müßten wir stillstehn

In Furcht, belacht sei unser Gehn, verlästert,
Wir müßten Wurzel schlagen, wo wir sitzen;
Wo nicht, gleich Bildern sitzen.

König. Weise Tat,
Vollbracht mit Vorsicht, schirmt sich selbst vor Furcht;
Tat ohne Vorbild aber ist zu fürchten
In ihrem Ausgang. Habt Ihr einen Vorgang[1]
Für solche Schatzung? Wie mir scheint, wohl keinen.
Man darf das Volk nicht vom Gesetz losreißen
Und an die Willkür ketten. Wie! Ein Sechsteil?
Entsetzliche Besteurung! Ei, wir nehmen
Von jedem Baum Ast, Rind' und selbst vom Stamm!
Und lassen wir ihm auch die Wurzel, so verstümmelt,
Verzehrt die Luft den Saft. In jede Grafschaft,
Wo dies verhandelt, schickt Sendschreiben mit
Vollkommner Nachsicht allen, so bestritten
Das Recht sotaner Schatzung. Sorgt dafür,
Ich legs in Eure Hand.

Wolsey (*zu seinem Geheimschreiber*). Hört, auf ein Wort!
Ihr fertigt Briefe mir für jede Grafschaft,
Von Königs Gnad und Nachsicht. Die gekränkten
Gemeinden sind uns abhold; sprenget aus,
Als sei auf unser Fürwort der Erlaß
Auf Widerruf erfolgt. Ich werd alsbald
Euch ferner unterrichten. (*Geheimschreiber ab.*)

Der Haushofmeister tritt auf.

Königin. Es geht mir nah, daß Herzog Buckingham
Sich Eur Mißfallen zuzog.

König. Viele schmerzt es:
Er ist gelehrt, ein trefflich seltner Redner,
Naturbegünstigt, an Erziehung fähig,
Den größten Meistern Lehr und Rat zu geben,
Nie Hilfe suchend außer sich; und dennoch,
Wo also edle Gabe schlecht verteilt
Erfunden wird – wenn erst der Geist verderbt ist –

---

1. Wörtlich: ein Präzedens

Verkehrt sie sich zum Laster, zehnfach wüster
Als schön zuvor. Derselbe Mann, so edel,
Der stets den Wundern wurde beigezählt,
Bei dem — entzückt zu horchen — uns Minuten
Die Stunden seiner Red erschienen: dieser,
Mylady, hat die Grazie, einst ihm eigen,
In scheußliche Gestalt verkehrt, so schwarz
Wie aus dem Höllenpfuhl. Nehmt Platz und höret Dinge
(Hier steht, der sein vertrauter Diener war),
Die Ehre trauern machen. Lasset ihn
Die Schliche wiederholen, die wir nie
Zuwenig fühlen, zuviel hören können.

Wolsey. Kommt vor, erzählt mit freiem Mut, was Ihr,
Als ein sorgsamer Untertan, erforscht
Vom Herzog Buckingham.

König. Nur dreist gesprochen.

Haushofmeister. Erst wars ihm zur Gewohnheit, jeden Tag
Sein Reden zu verpesten durch die Äußrung,
Daß, stürb ohn Erben unser Herr, er sicher
Das Zepter an sich brächte: diese Worte
Hört ich ihn sagen seinem Schwiegersohn
Lord Aberga'nny, dem er eidlich schwur
Rach an dem Kardinal.

Wolsey. Bemerk Eur Hoheit
In diesem Punkte sein gefährlich Denken;
Feindlich im Wünschen strebt sein böser Wille
Entgegen Eurer heiligen Person,
Ja, zielt noch jenseits selbst auf Eure Freunde.

Königin. Seid christlich, Mylord Kardinal!

König. Fahrt fort!
Wie stützt' er seinen Anspruch auf die Krone,
Wenn wir dahin? Hast über diesen Punkt
Auch was vernommen?

Haushofmeister. Dazu leitet' ihn
Des Niklas Hopkins eitles Prophezein.

König. Wer war der Hopkins?

Haushofmeister. Ein Kartäusermönch,

Sein Beichtger, der ihn stets genährt mit Worten
Von Kron und Königtum.

König. Wie weißt du dies?

Haushofmeister. Nicht lang, eh Eure Hoheit zog gen Frankreich,
Geschahs, daß in der *Rose*, in dem Kirchspiel
Sankt Laurenz Poultney, mich der Herzog fragte,
Was für Gespräch in London ich gehört,
Betreffend Euren fränkschen Zug. Drauf sagt ich,
Man fürchte der Franzosen treulos Wesen
Zu unsers Herrn Verderben. Alsobald
Begann der Herzog: Dazu gäb es Grund,
Und, meint' er, wohl erfülle sichs, was ihm
Ein heilger Mönch gesagt, «der oft», erzählt' er,
«Zu mir gesandt, gelegne Zeit begehrend,
Wo meinem Kapellan, John de la Court,
Hochwichtge Ding' er offenbaren wolle;
Und als er drauf, unterm Sigill der Beichte,
Förmlichen Eid verlangt, was er entdeckte,
Das solle mein Kaplan nie einem Menschen
Als mir enthülln – da sprach er ernst, bedächtig,
Dies Wort: ‚Der König weder, noch sein Stamm
(So sagt dem Herzog), wird gedeihn: drum streb er
Des Volkes Liebe zu gewinnen. Er, der Herzog,
Wird England einst beherrschen.' » –

Königin. Hör ich recht,
Wart Ihr des Herzogs Hausvogt und verlort
Auf seiner Pächter Anklag Eure Stelle;
So habt wohl acht, schmäht nicht in Eurer Bosheit
Den edlen Mann und wagt die edlere Seele.
Habt acht, ich sags Euch, ja, ich bitt Euch herzlich.

König. Laß ihn. – Fahr fort!

Haushofmeister. Wahr red ich, auf Gewissen.
Ich sagte dem Herrn Herzog, Teufels Blendwerk
Betrüge wohl den Mönch: es sei gefährlich,
So lang hierob zu brüten, bis zuletzt
Ein Anschlag reifte, wie's gewiß geschäh,
Traut' er ihm erst. Er aber rief: «Sei still! –

Es bringt mir nimmer Schaden!» – sagt' auch noch:
«Wofern der König starb im letzten Fieber,
So fiel das Haupt des Kardinals, sowie
Sir Thomas Lovells.»

König. Wie! So arg? Ei, ja!
Das ist ein schlimmer Mann. Weißt du noch mehr?

Haushofmeister. Ich weiß, mein Fürst.

König. Fahr fort.

Haushofmeister. Zu Greenwich wars.
Verweis hatt' Eure Hoheit meinem Herzog
Erteilt, Sir William Blomers willen –

König. Wohl
Entsinn ich michs: aus meinem Lehnsdienst nahm
Der Herzog ihn für sich. Doch nun, wie weiter?

Haushofmeister. Da sprach er: «Wär ich hierum festgesetzt,
Etwa im Turm, so mein ich, spielt ich wohl
Die Rolle, die mein Vater wollt erfüllen
Am Usurpator Richard, als in Sal'sbury
Er sich Gehör erbat, und wärs gewährt,
Ihm unterm Schein der Huldigung sein Messer
Ins Herz gestoßen hätte.»

König. Oh, Riesenbosheit!

Wolsey. Nun, Fürstin, kann der König frei noch atmen,
Bleibt dieser außer Haft?

Königin. Gott fügs zum Guten!

König. Du hast noch Weitres auf dem Herzen; rede.

Haushofmeister.
Nach «Rolle meines Vaters» – und dem «Messer» –
Streckt er sich so, und eine Hand am Dolch,
Die andre auf der Brust, den Blick erhoben,
Stieß er hervor den wildsten Fluch, des Inhalts
Daß, würd ihm hart begegnet, er den Vater
So weit noch übertreffen wollt, als je
Die Tat den schwanken Vorsatz.

König. Seinem Messer
Ist wohl ein Ziel gesetzt; er ist verhaftet.
Ruft vor Gericht ihn gleich. Vermag er Gnade

Vor dem Gesetz zu finden, sei's; wo nicht,
Bei uns such er sie nie! – Bei Tag und Nacht!
Er ist ein Erzverräter. (*Alle ab.*)

DRITTE SZENE

Ein Zimmer im Palast

Der Lord-Kämmerer und Lord Sands treten auf

Lord-Kämmerer. Ists möglich, gaukelten die Zauber Frankreichs
Die Menschen in solch seltsamliche Form?
Sands. Sind neue Moden noch so lächerlich,
Ja, selbst unmännlich, doch befolgt man sie.
Lord-Kämmerer. Soweit ich seh, was unsre Englischen
Sich Guts geholt auf dieser Fahrt, sinds höchstens
Ein paar Grimassen, freilich sehr verschmitzte;
Denn macht sie einer, nun, so schwört man drauf,
Selbst eine Nase sei schon Rat gewesen
Bei Chlotar und Pippin, so vornehm schaut sie.
Sands. Sie führen sämtlich neue, lahme Beine,
Und wer sie noch nicht gehn sah, dächte, Spat
Und Gallen[1] zwickten sie.
Lord-Kämmerer. Beim Element!
Selbst ihrer Kleider Schnitt ist so sehr heidnisch,
Daß sie gewiß den Christen ausgezogen.
Wie nun? Was Neues bringt Sir Thomas Lovell? –
Sir Thomas Lovell tritt auf.
Lovell. Nicht Neues just, Mylord, als die Verordnung,
Die eben jetzt am Schloßtor klebt.
Lord-Kämmerer. Worüber?
Lovell. Ei, die Reform der jungen Reisenden,
Die uns verfolgt mit Zank und Lärm und Schneidern[2].
Lord-Kämmerer. Gott seis gedankt! Nun bitt ich die Monsieurs,
Einem brit'schen Hofmann noch Verstand zu lassen,
Auch wenn er den Louvre nicht gesehn.

---

1. Wörtlich: Hahnentritt
2. Wörtlich: die Reform unserer gereisten Stutzer, die den Hof mit Zank, Geschwätz und Schneidern füllen

Lovell. Sie sollen
(So lautet die Verordnung) ihren Wedeln
Und Resten fränkschen Narrentums entsagen,
Samt all den noblen Punkten ihrer Torheit
Von gleichem Schlag; Duelln und Feuerwerken;
Und der Verspottung Besserer als sie
In ihrer fremden Weisheit; gänzlich abtun
Den Aberglauben ihres Federballs,
Die langen Strümpfe, kurz gepufften Hosen,
All die Symbole ihrer Reis', und wieder
Sich wie vernünftge Menschen stellen, oder
Sich zu den alten Spielkamraden packen,
Wo sie *cum privilegio* dann mögen
Verlacht sein und ihr Narrentum verbrauchen.
Sands. Die Kur war an der Zeit; es griff dies Übel
Verzweifelt um sich.
Lord-Kämmerer. Wie wohl unsre Weiber
Die süßen Eitelkeiten all entbehren! –
Lovell. Nun, Klagen gibts gewiß; die schlauen Löffler
Verstanden meisterlich, die Fraun zu fangen;
'ne Fiedel, ein französisch Lied, tat Wunder.
Sands. Fiedl' euch der Teufel! Gut, sie sind nun fort,
Denn Beßrung war zu hoffen nicht. Jetzt mag
Ein schlichter Edelmann vom Land, wie ich,
Längst aus dem Spiel verdrängt, doch auch sein Lied
Anstimmen und Gehör ein Stündchen hoffen
Und, mein ich, auch was als Sänger gelten.
Lord-Kämmerer.
Recht so, Lord Sands; Ihr habt den Füllenzahn
Nicht abgelegt.
Sands. O nein, und werd auch nicht,
Solang ein Stumpf mir nachbleibt.
Lord-Kämmerer. Sagt, Sir Thomas,
Wohin Ihr gingt.
Lovell. Ins Haus des Kardinals;
Eur Herrlichkeit ist gleichfalls dort ein Gast.
Lord-Kämmerer. Jawohl. Er gibt ein prächtig Fest zu Nacht

Gar vielen Herrn und Fraun; Ihr findet dort
Des ganzen Landes Schönheit heut versammelt.

Lovell. Ein gütig Herz hat dieser Fürst der Kirche,
Fruchtbar die Hand wie der ergiebge Boden;
Sein Tau tränkt alles.

Lord-Kämmerer. Ja, er ist höchst edel.
Ein schwarz Gemüt, das anders von ihm sagte.

Sands. Nun, er vermags, er hat genug; an ihm
Wär Sparen ärgre Sünd als Ketzerei.
Freigebig müssen Männer sein wie er,
Sie stehn als Beispiel da.

Lord-Kämmerer. Als rechtes Beispiel;
Doch er vor allen. Meine Barke hält,
Ich nehm Eur Gnaden mit. Nun kommt, Sir Thomas,
Wir kommen spät sonst, und mir wär es leid,
Weil ich heut abend mit Sir Heinrich Guildford
Aufseher bin des Festes.

Sands. Euch zu Diensten. (*Alle ab.*)

Vierte Szene

Im Palast des Kardinals von York

Hoboen. Ein kleiner Tisch unter einem Thronhimmel für den Kardinal; eine längere Tafel für die Gäste. Von der einen Seite treten auf Anna Bullen mit einigen andern Fräulein und Edelfrauen als Gäste, von der andern Sir Heinrich Guildford

Guildford. Ein allgemein Willkommen Seiner Gnaden
Begrüßt euch all', ihr Fraun; er weiht den Abend
Der schönen Freud und euch und hofft, nicht *eine*
In dieser edlen Schar nahm Sorgen mit
Von Haus. Gern säh er alles hier so munter,
Als gut gewählte Gäst und guter Wein
Und guter Willkomm gute Leute nur
Zu stimmen wissen. Ei, Mylord, Ihr säumt;

Der Lord-Kämmerer, Lord Sands und Sir Thomas Lovell treten auf.

Schon der Gedank an diesen schönen Kreis
Gab Flügel mir.

Lord-Kämmerer. Ihr seid noch jung, Sir Heinrich.
Sands. Sir Thomas, hegte nur der Kardinal
Halb meine weltlichen Gedanken, traun!
Manch *eine* fände hier vor Schlafengehn
Ein lustger Fest[1], das besser ihr gefiele.
Es ist fürwahr! ein Kreis der schönsten Kinder.
Lovell. Wär Eure Herrlichkeit nur jetzt der Beichtger
Zwein oder drein von diesen! –
Sands. Wollt, ich wärs,
Sie fänden leichte Pönitenz.
Lovell. Wie leicht?
Sands. So leicht, wie Federbetten sie nur böten.
Lord-Kämmerer (zu den Damen).
Gefällts euch, Platz zu nehmen? Ordnet Ihr,
Sir Heinrich, dort; ich will es diesseits tun.
Gleich kommt der Kardinal. Nein, frieren dürft Ihr nicht;
Zwei Fraun zusammensetzen macht kalt Wetter.
Ihr, Mylord Sands, müßt sie uns munter halten;
Setzt Euch zu diesen Damen.
Sands. Nun, Mylord,
Auf Ehr, ich dank Euch. Wollt verzeihn, ihr Schönen,

(*Setzt sich.*)

Red ich vielleicht ein bißchen wild, so zürnt nicht;
Ich habs von meinem Vater.
Anna. War der toll, Sir?
Sands. Sehr toll, ausnehmend toll, verliebt am tollsten:
Doch biß er nie, und, ebenso wie ich,
Küßt' er euch zwanzig wohl in einem Atem.
Lord-Kämmerer. Recht so, Mylord,
So, jetzo sitzt Ihr gut. Ihr Herrn, nun liegt
Die Schuld an euch, wenn diese schönen Fraun
Nicht heiter uns verlassen.
Sands. Was ich vermag,
Das soll gewiß geschehen.

---

1. Im Original: Imbiß

Hoboen. Kardinal Wolsey tritt auf und nimmt Platz auf seinem erhöhten Sitz.

Wolsey. Seid willkommen,
Ihr schönen Gäste! Welcher edlen Frau
Und welchem Ritter heut der Frohsinn ausbleibt,
Die meinens schlimm mit mir. Nochmals willkommen!

(*Trinkt.*)

Auf euer aller Wohl!

Sands. Ein huldreich Wort!
'nen Tummler gebt, der meinen Dank enthalte
Und mir das Reden spare.

Wolsey. Mylord Sands,
Verbunden! Stimmt die Nachbarinnen froh.
Die Damen sind nicht munter; sagt, ihr Herrn,
Wes ist die Schuld?

Sands. Erst muß des Weines Purpur
Die schönen Wangen röten, Herr; dann sollt Ihr
Sie uns stumm plaudern sehn.

Anna. Ihr seid
Ein lustger Spielmann, Mylord Sands.

Sands. O ja,
Wenn ich den Tanz darf wählen – Hier, mein Fräulein,
Ist Wein für Euch, und wollt Bescheid mir tun;
Es gilt ein Spiel...

Anna. Das Ihr verlieren würdet.

Sands. Ich sagt' es wohl, sie würden plaudern.

(*Trommeln und Trompetenschall, man hört Kanonen abfeuern.*)

Wolsey. Horch!

Lord-Kämmerer. Seht draußen nach. (*Ein Diener geht hinaus.*)

Wolsey. Welch kriegerischer Klang! –
Wie deut ich dies? Nein, fürchtet nichts, ihr Fraun;
Nach allem Kriegsbrauch seid ihr außer Fährde.

Der Diener kommt zurück.

Lord-Kämmerer. Nun sprich, was ists?

Diener. Ein Trupp von edlen Fremden;
Denn also scheints: sie sind ans Land gestiegen

Und nahen jetzt, gleich hohen Abgesandten
Ausländscher Fürsten.

Wolsey. Werter Mylord-Kämmrer,
Geht Ihr zum Gruß; Ihr sprecht die fränksche Zunge.
Empfangt sie würdig und geleitet sie
In unsre Näh, wo dieser Schönheitshimmel
Vollglänzend sie bestrahle. – Geh wer mit!

(*Der Kämmerer mit Gefolge ab. Alle stehen auf; man bringt die Tische auf die Seite.*)

Man stört das Fest; doch holen wirs wohl nach.
Euch allen ein gesegnet Mahl; ich heiß euch
Nochmals willkomm, willkommen all' von Herzen.

Hoboen. Der König und mehrere andre als Schäfer verkleidet, mit sechzehn Fackelträgern und durch den Lord-Kämmerer eingeführt, treten auf. Sie gehen gerade auf den Kardinal zu und grüßen ihn höflich.

Ein edler Zug! Was steht zu eurem Dienst? –

Lord-Kämmerer. Da sie kein Englisch reden, meld ich dies
Auf ihr Gesuch: daß, als der Ruf erschollen
Von dieses Abends schöner und erlauchter
Versammlung, sie nicht länger widerstanden
Nach ihrer tiefen Ehrfurcht für die Schönheit,
Die Herden zu verlassen, um in Eurem
Edlen Geleit Erlaubnis zu begehren,
Die Damen hier zu sehn und eine Stunde
Zu unterhalten.

Wolsey. Sagt, Lord-Kämmerer, ihnen,
Sie häuften Gnaden auf mein armes Haus,
Ich dankte tausendfach und bäte sie,
Nach ihrem Wohlgefallen hier zu schalten.

(*Alle wählen sich Damen zum Tanz. Der König tanzt mit Anna Bullen*).

König. Die schönste Hand, die ich berührt! O Schönheit,
Dich ahnet ich bis heut noch nie! –

Wolsey. Mylord!

Lord-Kämmerer. Eur Gnaden?

Wolsey. Bitt Euch, sagt in meinem Namen,
Daß einer unter ihnen müsse sein,
Der würdger diesen Platz besetzt denn ich,

Und dem ich, kennt ich ihn, mit aller Lieb
Und Pflicht ihn überließe.

Lord-Kämmerer. Wohl, ich gehe.

(*Geht zur Gesellschaft und kommt.*)

Wolsey. Was sagen sie?

Lord-Kämmerer. Ein solcher, dies gestehn sie,
Sei wirklich hier, und mög Eur Gnaden ihn
Ausfinden, und er nähm es an.

Wolsey. Laßt sehn. –
Mit euer aller Gunst, ihr Herrn, hier wag ich
Die Königswahl.

König. Ihr traft ihn, Kardinal.
Ihr haltet trefflich Haus; recht wohl, Mylord.
Ihr seid ein Geistlicher; sonst, Kardinal,
Dächt ich von Euch nichts Gutes.

Wolsey. Mich erfreuts,
Wenn Eure Hoheit scherzt.

König. Oh, Mylord-Kämmrer,
Bitt Euch, kommt her. Wer ist das schöne Fräulein? –

Lord-Kämmerer.
Erlaubt, mein Fürst, Sir Thomas Bullens Tochter,
Des Vicomte Rochford, von der Kön'gin Damen.

König. Bei Gott! ein lieblich Kind. – Mein süßes Herz,

(*zu Anna Bullen*)

Unziemlich wärs, zum Tanz Euch aufzufordern
Und nicht zu küssen. Stoßet an, ihr Herrn,
Bringt die Gesundheit rund.

Wolsey. Sir Thomas Lovell,
Ist das Bankett bereit im innern Saal?

Lovell. Ja, Herr.

Wolsey. Eur Hoheit, fürcht ich, ist ein wenig
Erhitzt vom Tanz.

König. Ich fürchte selbst, zu sehr.

Wolsey. Im nächsten Saale, Sire, ist frischre Kühle.

König. Führt eure Damen alle. – Holde Tänzerin,
Noch darf ich Euch nicht lassen. – Sei'n wir fröhlich!

Ich hab auf diese Schönen halb ein Dutzend
Trinksprüch im Sinn, und sie zum Tanz noch einmal
Zu führen; und hernach mag jeder träumen,
Wem heut die meiste Gunst ward. – Blast zum Aufbruch!
(*Alle unter Trompetenschall ab.*)

ZWEITER AUFZUG

Erste Szene

Straße

Zwei Edelleute treten auf von verschiedenen Seiten

Erster. Wohin so eilig?
Zweiter. Oh! Gott grüß Euch! Grade
Zur Halle ging ich, um das Schicksal forschend
Des großen Herzog Buckingham.
Erster. Ich spar Euch
Die Mühe, Sir; 's ist alles schon geschehn.
Jetzt wird er heimgeführt[1].
Zweiter. Ihr wart zugegen?
Erster. Jawohl!
Zweiter. Dann, bitt Euch, sagt, wie war der Hergang?
Erster. Das rät sich leicht!
Zweiter. Erkannte man ihn schuldig?
Erster. Nun allerdings, und sprach sogleich sein Urteil.
Zweiter. Das geht mir nah!
Erster. Das tut es vielen andern.
Zweiter. Doch jetzt erzählt, wie trug sich alles zu?
Erster. Ich melds Euch kürzlich. Vor die Schranken trat
Der große Herzog, wo auf alle Klagen
Er seine Unschuld scharf verfocht und Gründe
Anhäuft', um dem Gesetz sich zu entziehn.
Des Königs Anwalt dahingegen stützte

1. Im Original: bis auf die feierliche Rückführung des Gefangenen (in den Tower)

Sich auf Verhör, Beweis und Eingeständnis
Verschiedner Zeugen, die sogleich der Herzog
Persönlich ihm vor Augen bat zu führen:
Worauf sein Hausvogt wider ihn erschien,
Sir Gilbert Peck, sein Kanzler, und John Court,
Sein Beichtger; ferner jener Teufelsmönch,
Hopkins, der schuld an allem.

Zweiter. Ebender,
Der mit Orakeln ihn genährt?

Erster. Derselbe.
Sie klagten sämtlich hart ihn an. Gern hätt er
Sie von sich abgelehnt, doch konnt ers nicht;
Und also sprachen, nach sotanem Zeugnis,
Ihn seine Pairs des Hochverrates schuldig.
Viel und Gelehrtes sprach er für sein Leben,
Doch wards bedauert oder nicht beachtet.

Zweiter. Und nach dem allen, wie betrug er sich?

Erster. Als vor die Schrank er wieder trat und hörte
Sein Grabgeläut, sein Urteil, da erfaßt' ihn
Die Todesangst; ihm brach der Schweiß hervor,
Und sprach im Zorn ein Wen'ges, schlecht und hastig.
Doch kehrt er bald zu sich zurück und blieb
Höchst edel und gefaßt bis ganz zu Ende.

Zweiter. Er scheut den Tod wohl nicht?

Erster. Gewißlich nicht.
So weibisch war er nie, die Ursach mag
Ihn wohl ein wenig kränken.

Zweiter. Sicherlich
War hier der Kardinal im Spiel.

Erster. So scheint es
Nach allem Fug: zuerst Kildairs Anklage,
Der erst Regent in Irland war, dem, abgerufen,
Lord Surrey folgt', und zwar in großer Eil,
Damit er nicht dem Vater hülf.

Zweiter. Welch hämischer
Verborgner Streich der Staatskunst!

Erster. Kehrt er heim,

Wird er Vergeltung üben. Allgemein
Ist schon bekannt, daß, wem der König günstig,
Dem suche flugs der Kardinal ein Amt,
Das fern genug vom Hof.

Zweiter. All die Gemeinen
Sind ihm von Herzen gram und sähn ihn gern
Zehn Klafter tief: so wie sie Lieb und Treu
Dem Herzog schenkten, der ihr gütger Buckingham
Bei ihnen heißt, und aller Sitte Spiegel.

Erster. Verweilt. Dort kommt der arme, würdge Mann.

Buckingham tritt auf, von seinem Verhör kommend. Gerichtsdiener gehen vor ihm, die Schneide ihrer Beile gegen ihn gekehrt. Hellebardiere auf beiden Seiten. Ihm folgen Sir Thomas Lovell, Sir Nicholas Vaux, Sir William Sands. Volk.

Zweiter. Kommt näher; sehn wir ihn.

Buckingham. Ihr guten Leute,
Die mich voll Mitleid alsoweit begleitet,
Hört mich, und dann geht heim, vergesset mich.
Mir ist Verräters Urteil heut gesprochen,
Und dies gibt mir den Tod. Doch weiß der Himmel,
Und hab ich ein Gewissen, treff es mich,
So wie die Axt fällt, war ich jemals treulos!
Den Richtern groll ich nicht um meinen Fall;
Sie übten Recht nur, nach der Sache Hergang.
Doch, die's veranlaßt, wünscht ich beßre Christen! –
Wie sie auch sei'n, verzeih ich ihnen gern;
Nur, daß sie nie mit ihrem Unheil prahlen,
Noch ihre Bosheit baun aufs Grab der Großen;
Dann schriee wider sie mein schuldlos Blut.
Auf längres Leben hoff ich nicht hienieden,
Noch fleh ich drum, ist gleich der König reicher
An Huld als ich an Fehlen. Ihr Getreuen,
Die ihrs noch wagt, um Buckingham zu weinen,
Ihr edlen Freund' und Brüder, die zu lassen
Allein ihm bitter wird, allein'ger Tod,
Folgt mir, gleich guten Engeln, hin zum Tode:

Und wie der Stahl mich trifft, die lange Scheidung,
Laßt eur Gebet, ein lieblich Opfer, steigen
Und hebt die Seel empor gen Himmel. Weiter,
In Gottes Namen! –

Lovell. Ich ersuch Eur Gnaden,
Wenn jemals gegen mich ein Haß verborgen
In Eurer Brust, vergebt mir ohne Rückhalt.

Buckingham. Sir Thomas, ich vergeb Euch, wie mir selber
Vergeben werde: ich vergebe allen.
Es gibt so ungezähltes Unrecht nicht
An mir, das ich nicht könnt entsühnen: sicher
Soll schwarzer Haß mein Grab nicht baun. Empfehlt mich
Dem König; und spricht er von Buckingham,
Sagt ihm, er war schon halb im Himmel. Stets
Sind meine Wünsch und Bitten ganz des Königs
Und werden, bis die Seele mich verläßt,
Um Segen für ihn flehn. Er lebe länger,
Als Zeit mir bleibt, zu zählen seine Jahre! –
Sein Walten sei stets liebreich und geliebt!
Und führt ihn Alter spät dereinst hinab,
Erfüllen Herzensgüt und er *ein* Grab! –

Lovell. Zur Wasserseite soll ich Euch geleiten,
Dann übernimmt mein Amt Sir Nicholas Vaux,
Der Euch zu Eurem Ende führt.

Vaux. Macht Anstalt;
Der Herzog kommt: seid mit dem Boot bereit
Und zieret es mit Schmuck, wie sichs geziemt
Für seine fürstliche Person.

Buckingham. Nein, Sir,
Laßt gut sein; jetzund höhnt mein Rang mich nur.
Ich kam hieher als Lord Groß-Connétable,
Herzog von Buckingham; jetzt bin ich nur
Der arme Eduard Bohun; und reicher dennoch
Als die Elenden, die mich angeklagt,
Und Wahrheit nicht gekannt. Ich geb ihr Zeugnis
Mit meinem Blut, um das sie einst noch ächzen.
Mein edler Vater, Heinrich Buckingham,

Der gegen Richards Tyrannei[1] zuerst stritt,
Als er entflohn zu seinem Diener Banister,
Fand, weil in Not, Verrat durch diesen Buben
Und fiel ohn Untersuchung: Gott sei mit ihm!
Der siebte Heinrich dann, wahrhaft bekümmert
Ob meines Vaters Mord, der edle König,
Gab Ehre mir und Gut zurück, erneute
Aus Trümmern meines Namens Glanz. Jetzt rafft
Sein Sohn, Heinrich der Achte, Leben, Ehre
Und Nam, und was mich glücklich je gemacht,
Mit *einem* Streich auf ewig aus der Welt.
Mir gönnte man gerichtliches Verhör,
Und zwar ein wahrhaft edles: das beglückt mich
Ein wenig mehr, als meinen armen Vater.
Doch sonst ward beiden gleiches Los: wir beide
Gestürzt durch Diener, durch die liebsten Männer!
Höchst treulos, unnatürliche Vergeltung! –
Der Himmel legt in alles Zweck. Ihr aber
Nehmt diese Warnung von dem Sterbenden:
Wo Lieb ihr und Vertraun freigebig schenkt,
Bewahrt die Zung: die ihr zu Freunden macht,
Die Herzen ihnen gebt, gewahren sie
Den kleinsten Stoß an eurem Glück, sie rollen
Wie Wellen von euch fort, nur wiederkehrend,
Euch zu verschlingen. All ihr guten Menschen,
Betet für mich! Ich geh! Die letzte Stunde
Des müden, langen Lebens hat geschlagen.
Lebt wohl!
Und wollt ihr Trauriges einmal erzählen,
Sagt, wie ich fiel. – So schließ ich. Gott verzeih mir. –

(*Buckingham und Gefolge ab.*)

Erster. Oh, dies ist jammervoll! Dies, fürcht ich, ruft
Zu viele Flüch auf aller Haupt, die solches
Veranlaßt.
Zweiter. Wenn der Herzog schuldlos stirbt,

1. Wörtlich: gegen den thronräuberischen Richard

Ists graunvoll; doch ich könnt Euch Winke geben
Von einem nahen Übel, das, eintretend,
Noch größer wäre.

Erster. Schützt uns, gute Geister!
Was kann es sein? Mißtraut nicht meiner Treu; –

Zweiter. So wichtiges Geheimnis heischt bewährte
Verschwiegenheit, es zu verschließen.

Erster. Gönnt mirs;
Ich rede wenig.

Zweiter. Wohl, ich will Euch traun.
Hört an: Vernahmt Ihr nicht in diesen Tagen
Ein heimlich Munkeln über eine Scheidung
Des Königs von Kathrinen?

Erster. Ja, doch schwand es wieder:
Der König, als er kaum davon gehört,
Hat zornig dem Lord-Mayor Befehl gesandt,
Zu hemmen solch Gerücht, und schnell zu bändgen
Die Zungen, die's verbreitet.

Zweiter. Dennoch, Sir,
Ward jenes Lästern Wahrheit; denn aufs neu
Erhebt sichs stärker, und man glaubt gewiß
Den König schon bestimmt. Der Kardinal,
Wo nicht vom Hof ein andrer, weckt in ihm,
Die gute Fürstin hassend, solche Skrupel,
Die ihr Verderben drohn; dies zu bestätgen
Trifft Kardinal Campejus eben ein,
Was alle hierauf deuten.

Erster. 's ist allein
Der Kardinal, der Rache sucht am Kaiser,
Weil ihm das Erzbistum Toledo nicht
Auf sein Gesuch von jenem ward gewährt.

Zweiter. Ich denk, Ihr traft den Fleck. Doch ists nicht grausam,
Daß *sie* dies büßen muß? Der Kardinal
Folgt seinem Sinn: drum fällt sie.

Erster. 's ist ein Jammer.
Wir stehn zu offen hier für solch Gespräch;
Laßt uns daheim noch ferner drüber denken. (*Ab.*)

Zweite Szene

Ein Vorzimmer im Palast

Der Lord-Kämmerer, der einen Brief liest

«Mylord, die Pferde, nach denen Eure Herrlichkeit schickte, waren mit aller Sorgfalt von mir ausgewählt, zugeritten und mit Sattel und Zeug versehen worden. Sie waren jung und schön und von unsrer besten Zucht im Norden. Als ich sie soweit gebracht, nach London abgehn zu können, hat einer von des Lord-Kardinals Dienern sie mir auf eine Vollmacht hin mit Gewalt abgenommen, mit der Äußerung, sein Herr wolle eher bedient sein als ein Untertan, wo nicht eher als der König; dies, gnädiger Herr, stopfte uns den Mund.»

Das will er freilich, fürcht ich. Nun, nehm er sie;
Ich denk, er nimmt noch alles.

Die Herzöge von Norfolk und Suffolk treten auf.

Norfolk. Mich freuts, Euch hier zu treffen, Mylord Kämmrer.
Lord-Kämmerer. Gott grüß Eur Gnaden beide.
Suffolk. Sagt, was macht
Der König?
Lord-Kämmerer. Ich verließ ihn einsam, voll
Bekümmernis und Gram.
Norfolk. Was war die Ursach?
Lord-Kämmerer. Es scheint, die Eh mit seines Bruders Weib
Kam dem Gewissen allzu nah.
Suffolk. Nein, sein Gewissen
Kam einer andern Frau zu nah.
Norfolk. So ists.
Das macht der Priester, dieser König-Priester!
Der blinde Pfaff, Fortunas Erstgeborner,
Dreht alles um. Einst wird der Herr ihn kennen.
Suffolk. Gott geb, er täts! Er kennt sich selbst nicht eh.
Norfolk. Seht nur, wie heilig all sein Tun und Dichten!
Wie salbungsvoll. Denn seit er brach das Bündnis

Mit Kaiser Karl, der Kön'gin großem Neffen,
Taucht' er ins Herz des Königs, streuet dort
Gefahr und Zweifel und Gewissensangst,
Vorwurf und Furcht, bloß dieser Ehe wegen.
Von all dem nun den König zu erlösen,
Rät er zur Scheidung, rät, *sie* zu verstoßen,
Die zwanzig Jahr an seinem Halse hing
Wie ein Juwel, doch nie den Glanz verlor;
Sie, die mit jener Zärtlichkeit ihn liebt,
Mit der die Engel gute Menschen lieben;
Ja, sie, die bei des Glückes härtsten Streichen
Den König segnen wird! Ist das nicht fromm?

Lord-Kämmerer.
Behüt uns Gott vor solchem Rat! Wahr ists,
Schon wards bekannt, schon wohnts auf allen Zungen,
Und alle Treuen weinen drum; nicht *einem*,
Der nähre Einsicht hat, entgeht der Hauptzweck:
Die Eh mit Frankreichs Schwester. Öffne Gott
Des Königs Augen, die so lang geschlossen
Für diesen frechen Mann.

Suffolk. Und mach uns frei
Von seiner Knechtschaft!

Norfolk. Beten sollten wir,
Und zwar von ganzem Herzen, um Erlösung.
Sonst knetet der Hochfahrende uns alle
Aus Fürsten noch zu Pagen. Stand und Rang
Liegt wie ein Teich vor ihm, den er allein
Nach Wohlgefallen modelt.

Suffolk. Ich, Mylords,
Ich lieb und fürcht ihn nicht: das ist mein Credo.
Wie ich ohn ihn entstand, so will ich bleiben
Mit Königs Hilfe; Wolseys Fluch und Segen
Gilt mir gleichviel: ein Hauch, für nichts geachtet.
Ich kannt und kenn ihn noch und laß ihn dem,
Der ihn so stolz gemacht, dem Papst.

Norfolk. Kommt, gehn wir;
Versuchen wirs, ob nicht ein neu Beginnen

Den König diesem trüben Sinn entreißt. –
Mylord, Ihr folgt uns doch?
Lord-Kämmerer. Entschuldigt mich;
Der König schickt mich sonst wohin. Zudem
Fürcht ich, ihr trefft höchst ungelegne Zeit;
So gehs euch wohl! –
Norfolk. Dank, werter Mylord Kämmrer.
(*Lord-Kämmerer ab.*)

Der Herzog von Norfolk öffnet eine Flügeltür; man sieht den König sitzend und nachdenklich lesend.

Suffolk. Wie ernst! Gewiß, er ist sehr aufgeregt!
König. Wer ist hier? He?
Norfolk. Gott wende seinen Zorn!
König. Wer ist hier? frag ich. Wie vérmeßt ihr euch,
In Stunden ernster Sammlung euch zu drängen?
Wer bin ich? Wie?
Norfolk. Ein gütger Fürst, der gern Versehn entschuldigt,
Die nimmer arg gemeint. Der Fehl von eben
Betraf ein Staatsgeschäft, um das wir kamen,
Den Willen unsers Königs zu vernehmen.
König. Ihr seid zu kühn. Ei was!
Ich lehr euch, wann es Zeit ist zu Geschäften!
Ist jetzt für Weltliches die Stunde? Wie?

Wolsey und Campejus treten auf.

Wer kommt? Mein Kardinal? O du mein Wolsey,
Du Balsam meiner schmerzgequälten Seele,
Du reichst dem König Heilung. – Seid willkommen
(*zu Campejus*)
In unserm Reich, gelehrter, würdger Herr,
Verfügt mit ihm und uns; und sorgt Mylord,
(*zu Wolsey*)
Daß ich kein Schwätzer schein.
Wolsey. Ihr könnts nicht, Sire.
Ich bitt Eur Hoheit nur um *eine* Stunde
Geheimen Vortrags.
König (*zu Norfolk und Suffolk*). Fort! wir sind beschäftigt.
Norfolk (*beiseite*). Der Priester wär nicht stolz?

Suffolk (*beiseite*). Ganz unermeßlich.
Ich möchte nicht so krank sein, nicht einmal
Für seinen Platz. Doch dies kann so nicht bleiben.
Norfolk. Geschiehts, so wag ich, ihm eins beizubringen.
Suffolk. Auch ich.
(*Norfolk und Suffolk ab.*)
Wolsey. Eur Hoheit gab ein Beispiel Ihrer Weisheit
Vor allen Fürsten, als Ihr frei dem Spruch
Der Kirch anheimgestellt habt Eure Skrupel.
Wer darf nun zürnen? Welcher Haß Euch treffen?
Spanien, durch Blut und Freundschaft ihr verbündet,
Muß jetzt, wofern es irgend gut gesinnt,
Die Untersuchung recht und edel finden.
In allen Christenreichen hat der Klerus,
Der einsichtsvolle, freie Beistimmung,
Und Rom, die Mutter aller Weisheit, sandte
Auf Euer Gnaden Wunsch als bündigsten
Erklärer diesen würdgen Priester her,
Den vielerfahrnen Kardinal Campejus,
Den ich nochmals vorstelle meinem Fürsten.
König. Und nochmals sagt ihm Willkomm die Umarmung,
Dem heiligen Konklav die Liebe dankend;
Es traf die Wahl nach meines Herzens Wunsch.
Campejus. Mit Recht ist aller Fremden Herz entzückt
Von Euch, mein Fürst, der sich so edel zeigt.
In Eure Hand leg ich die Vollmacht nieder,
Die auf Befehl des römschen Hofs mit Euch,
Lord-Kardinal, mich, seinen Knecht, vereinigt
Als unparteische Richter dieses Falls.
König. Gleich würdig beide. Wir werden ungesäumt
Die Königin unterrichten. – Wo ist Gardiner?
Wolsey. Eur Majestät, ich weiß es, hat sie stets
Zu sehr geliebt, um das ihr nicht zu gönnen,
Was rechtlich ein geringres Weib kann fordern:
Gelehrte, die frei für sie sprechen dürfen.
König. Jawohl, die besten; meine Gunst besitzt,
Wer es am besten tut. Ei, da sei Gott für!

Ruft, bitt ich, Gardiner, meinen neuen Schreiber,
Den Menschen find ich recht geschickt.

Der Kardinal geht hinaus und kommt zurück mit Gardiner.

Wolsey. Gebt mir die Hand; ich wünsch Euch Gunst und
Ihr seid des Königs jetzt. [Freude:

Gardiner (*beiseite zum Kardinal*). Doch stets im Dienst
Des teuern Gönners, dessen Hand mich hob.

König. Kommt hierher, Gardiner.

(*Geht beiseite und redet leise mit Gardiner.*)

Campejus. War nicht, Lord York, vorher ein Doktor Pace
In dieses Mannes Stelle?

Wolsey. Ja, das war er.

Campejus. Und galt er nicht für hochgelahrt?

Wolsey. Gewiß.

Campejus. Glaubt mir, dann ist ein schlimm Gerücht, Mylord,
Sogar von Euch verbreitet.

Wolsey. Wie! Von mir?

Campejus. Man steht nicht an, des Neides Euch zu zeihn;
Aus Furcht, daß seine Tugend hoch ihn höbe,
Hieltet Ihr ihn entfernt: das kränkt' ihn so,
Daß er im Wahnsinn starb.

Wolsey. Des Himmels Fried ihm!
Soviel als Christ: lebendge Lästerer
Kann man noch strafen. Dieser war ein Narr,
Ein Tugendheld durchaus: der gute Mensch da,
Wo ich gebiete, folgt er meinem Wink.
Kein andrer muß so nah stehn. Lernt das, Bruder,
Nie darf ein kleinrer Mann uns irgend hemmen.

König. Bringt dies der Königin mit aller Ehrfurcht. –

(*Gardiner ab.*)

Der beste Ort, den ich mir denken kann,
Zur Aufnahm solcher Weisheit ist Blackfriars.
Dort treffet euch in dieser wichtgen Sache;
Mein Wolsey, ordnet alles. Oh, Mylord,
Muß nicht ein wackrer Mann mit Gram verlassen
Solch süßes Ehweib? Doch, Gewissen! Gewissen! –
Es ist ein zarter Fleck; ich muß sie lassen. (*Alle ab.*)

Dritte Szene

Vorzimmer der Königin

Anna Bullen und eine alte Hofdame treten auf

Anna. Auch deshalb nicht: – hier ist der Dorn, der sticht:
Der Herr, der so lang mit ihr lebte; sie
So gut, daß keine Zunge jemals konnte
Was Schlechtes von ihr sagen – o nein, wahrlich,
Sie wußte nicht, was Kränken heißt; und nun
So manchen Sonnenumlauf Königin,
In Pomp und Majestät stets wachsend, die
Zu lassen tausendmal noch bittrer ist
Als süß, sie zu erlangen – nun, nach allem,
Sie fortzujagen! oh, 's ist zum Erbarmen
Und rührt' wohl Ungeheur.
Hofdame. Die härtsten Seelen
Zerschmelzen, sie beklagend.
Anna. Himmel! besser,
Sie kannte nie den Pomp! Zwar ist er weltlich;
Doch wenn das Glück, die Zänkerin, ihn scheidet
Vom Eigner, ists ein Leid, so stechend, wie
Wenn Seel und Leib sich trennen.
Hofdame. Arme Fürstin!
Zur Fremden ward sie wieder! –
Anna. Um so mehr
Muß Mitleid auf sie tau'n. Wahrlich, ich schwöre,
Viel besser ists, niedrig geboren sein
Und mit geringem Volk zufrieden leben
Als aufgeputzt im Flitterstaat des Grams
Und goldner Sorgen.
Hofdame. Ja, Zufriedenheit
Ist unser bestes Gut.
Anna. Auf Treu und Unschuld,
Ich möchte keine Kön'gin sein!
Hofdame. Mein Seel, ich wohl
Und wagte dran die Unschuld; so auch Ihr,

Trotz Eurer süßgewürzten Heuchelei:
Ihr, die Ihr alle Reize habt des Weibs,
Habt auch ein Weiberherz, das immer noch
Nach Hoheit geizte, Reichtum, Herrschermacht,
Und die, gestehts, sind Seligkeit; die Gaben
(Wie Ihr auch zimpert) fänden doch wohl Raum
In Eurem saffian-zärtlichen Gewissen,
Wenn Ihrs nur dehnen wolltet! –

Anna. Nein, auf Treu!

Hofdame. Treu hin, Treu her! – Ihr wärt nicht gerne Fürstin?

Anna. Nein, nicht um alle Güter unterm Mond.

Hofdame. Kurios! Ei, mich bestäch ein krummer Dreier,
Kön'gin zu sein, so alt ich bin: doch, bitte,
Was meint Ihr zu 'ner Herzogin? Habt Ihr
Zu solcher Bürde Kraft?

Anna. Nein, wahrlich nicht.

Hofdame. Dann seid Ihr allzu schwach! Nun, noch eins tiefer:
Ich trät Euch nicht als junger Graf entgegen,
Um mehr als ein Erröten: kann Eur Rücken
Die Last nicht tragen, seid Ihr auch zu schwächlich,
Um Kinder zu erzeugen.

Anna. Wie Ihr schwatzt!
Ich schwör noch eins, ich wär nicht Königin
Um alle Welt.

Hofdame. Seht, um das kleine England
Würd Euch der Mund schon wässern[1]: mir schon für
Carnarvonshire, wenn auch nichts anders sonst
Zur Krone mehr gehörte. Wer kommt da?

Der Lord-Kämmerer tritt auf.

Kämmerer.
Guten Morgen, Fräulein! Wieviel wärs wohl wert
Zu wissen, welch Geheimnis ihr bespracht?

Anna. Kaum Eurer Frage, lieber Lord, verlohnt sichs;
Wir klagten über unsrer Herrin Leid.

---

1. Freie Übersetzung einer umstrittenen Stelle, die möglicherweise folgendermaßen lautet: wagtet Ihr die Salbung schon

Kämmerer. Ein löblich Thema, das sich trefflich ziemt
Für brave Frauen. Noch ist Hoffnung da,
Daß alles gut wird.
Anna. Amen, geb es Gott! –
Kämmerer. Ihr habt ein freundlich Herz; des Himmels Segen
Folgt Euresgleichen. Daß Ihr seht, Mylady,
Wie wahr ich red und wie den höchsten Blicken
Von Eurer reichen Tugend Kenntnis ward:
Hochachtungsvoll grüßt Euch des Königs Gnade,
Und will Euch mit nicht mindrer Ehre schmücken
Als einer Markgräfin von Pembroke; ferner
Fügt er zu solchem Titel tausend Pfund
Als Jahrgehalt hinzu.
Anna. Noch weiß ich kaum
Der treuen Unterwerfung Form zu wählen.
Mehr als mein alles ist noch nichts; mein Beten
Nicht heilig gnug, noch meine Wünsche mehr
Als leerer Schall: doch Wünsche und Gebete
Sind, was ich darzubieten hab. Ich bitt Euch,
Geruht zu schildern meines Danks Gehorsam,
Als einer tief beschämten Magd, dem König,
Für dessen Heil und Kron ich bete.
Kämmerer. Fräulein,
Ich eil, in seiner günstgen Meinung noch
Zu stärken meinen Herrn. (*Beiseite.*) Wohl prüft ich sie;
Schönheit und Zucht sind so verwebt in ihr,
Daß sie den Herrn umstrickten; und wer weiß,
Ob ihr nicht ein Juwel entsprießen mag,
Dies ganze Land durchstrahlend. – Jetzt zum König,
Ihm melden, daß ich Euch gesehn.
Anna. Mein teurer Lord. –
(*Kämmerer ab.*)
Hofdame. Da haben wirs! Nun seht einmal, nun seht!
Ich habe sechzehn Jahr' am Hof gebettelt,
Bin stets noch bettelhaft am Hof, und zwischen
Zu zeitig und zu spät traf ichs noch nie,
Warb ich um ein'ge Pfund. Und Ihr? O Schicksal!

Ihr, noch ein junger Weißfisch (Zeter über
Dies aufgedrängte Glück!), kriegt voll den Mund,
Eh Ihr die Lippen öffnet!

Anna. Seltsam, in Wahrheit!

Hofdame. Wie schmeckts? Ists bitter? Ich wett 'nen Taler, nein!
Es war mal eine Dam' (erzählt ein Märchen),
Die wollte Königin nicht sein, durchaus nicht,
Um allen Schlamm Ägyptens nicht. Kennt Ihr's?

Anna. Geht, Ihr seid munter.

Hofdame. Ich, in Eurer Stelle
Flög über Lerchen weg. Markgräfin Pembroke!
Eintausend Pfund des Jahrs! Aus bloßer Achtung!
Und von Verpflichtung nichts! Bei meinem Leben,
Mehr Tausende verspricht das. Der Ehre Schlepp
Ist länger als ihr Vorderkleid. Nun, jetzo
Tragt Ihr wohl auch die Herzogin? Nicht wahr?
Seid Ihr nicht stärker schon?

Anna. Mein gutes Fräulein,
Ergötzt Euch selbst mit Euren eignen Grillen,
Und laßt mich aus dem Spiel. – Stürb ich doch lieber,
Wenn dies mein Blut erhitzt; nein, es bedrückt mich
Zu denken, was mag folgen. –
Die Königin ist trostlos, wir vergeßlich,
Sie so allein zu lassen. Bitt Euch, sagt nicht,
Was Ihr gehört.

Hofdame. Was denkt Ihr nur von mir? (*Beide ab.*)

VIERTE SZENE

Ein Saal in Blackfriars

Trompetenstoß; Zinken und Hörner. Zwei Hatschiere treten auf, mit kurzen Silberstäben; nach ihnen zwei Schreiber in Doktorkleidung; darauf der Erzbischof von Canterbury allein; nach ihm die Bischöfe von Lincoln, Ely, Rochester und St. Asaph. Dann folgt in einer kleinen Entfernung ein Edelmann, der die Tasche mit dem großen Siegel und einen Kardinalshut trägt; alsdann zwei Priester, jeder mit einem silbernen Kreuz; hernach ein Zeremonienmeister mit entblößtem Haupt, mit einem Herold, der ein silbernes Zepter trägt; ferner zwei Edelleute mit zwei silbernen großen Pfeilern. Ihnen folgen, nebeneinander gehend, die zwei Kardinäle Wolsey und Campejus; endlich zwei Kavaliere mit Schwert und Zepter. Der König nimmt Platz unter dem Baldachin; die beiden Kardinäle sitzen unter ihm als Richter. Die Königin nimmt ihren Platz in einiger Entfernung vom Könige. Die Bischöfe setzen sich an jede Seite des Gerichtshofes, nach Art eines Konsistoriums; unter ihnen die Schreiber. Die Lords sitzen zunächst den Bischöfen.

Der Rufer und der übrige Teil des Gefolges steht in gebührender Ordnung um die Bühne

Wolsey. Bis unsre römsche Vollmacht abgelesen,
Laßt Stille rings gebieten.
König. Zu was Ende?
Sie ward schon einmal öffentlich verlesen
Und ihre Rechtskraft allerseits erkannt;
Drum spart die Zeit.
Wolsey. So sei's; dann schreitet weiter.
Schreiber.
Ruft: Heinrich, König von England, erscheine vor Gericht!
Ausrufer. Heinrich, König von England erscheine vor Gericht!
König. Hier.
Schreiber. Ruft: Katharine, Königin von England, erscheine vor [Gericht!
Ausrufer.
Katharine, Königin von England, erscheine vor Gericht!
(*Die Königin antwortet nicht, steht von ihrem Sitze auf, geht an der Versammlung vorüber, kommt zum König, kniet zu seinen Füßen und spricht darauf:*)
Königin. Herr, Recht begehr ich und Gerechtigkeit,
Und daß Ihr Euer Mitleid mir gewährt,
Der sehr beklagenswerten Frau, der fremden,
In Eurem Reich nicht heimischen, der hier
Kein Richter unparteilich, keine Aussicht
Auf billge Freundschaft und Begegnis bleibt.
Ach, lieber Herr, wie tat ich Euch zu nah?
Wie gab ich solchen Anlaß Eurem Zorn,
Daß Ihr sogar auf mein Verstoßen sinnt,
Mir jede Lieb und Gunst entzogt? Gott weiß,

Ich war Euch stets ein treu ergeben Weib,
Zu allen Zeiten fügsam Eurem Willen,
In steter Furcht, zu zünden Euren Unmut,
Ja, dienend Eurem Blick, trüb oder fröhlich,
Nach dem ich Euch bewegt sah. Welche Stunde
Erschien ich je mit Eurem Wunsch in Streit,
Und der nicht auch der meine ward? Wann liebt ich
Nicht Eure Freunde, kannt ich schon sie oft
Als meine Feinde? Welchem meiner Freunde,
Der Euern Zorn gereizt, erhielt ich länger
Mein Zutraun? Gab ich nicht alsbald Euch Kunde,
Daß er mir fremd geworden? Denkt, o Herr,
Wie ich in solcher Folgsamkeit Eur Weib
An zwanzig Jahr gewesen, und gesegnet
Durch Euch mit Kindern. Wenn Ihr irgend etwas
Im Lauf und Fortgang dieser Zeit entdeckt
Und mirs beweist, das meiner Ehr entgegen,
Dem Bund der Eh und meiner Lieb und Pflicht
Für Eure heilige Person: dann stoßt
In Gottes Namen mich hinweg, es schließe
Hohn und Verachtung hinter mir die Pforten[1],
Und gebt mich preis der schärfsten Ahndung. Denkt,
Der König, Euer Vater, ward gepriesen
Ein höchst vorsichtger Fürst, von herrlichem,
Unübertroffnem Geist und Urteil: Ferdinand,
Mein Vater, Spaniens König, galt gleich ihm
Als weisester Regent, der dort geherrscht
Seit vielen Jahren; und kein Zweifel ist,
Daß weise Räte sie von jedem Reich
Um sich versammelt, dies Geschäft erwägend,
Die gültig unsre Eh erkannt. Drum fleh ich
In Demut, Herr, verschont mich, bis mir Rat wird
Von meinen span'schen Freunden, deren Einsicht
Ich heischen will; wo nicht, gescheh Eur Wille
In Gottes Namen.

---

1. Richtig: vor mir

Wolsey. Fürstin, Ihr habt hier
Nach eigner Auswahl diese würdgen Väter,
Männer von seltner Redlichkeit und Kenntnis,
Ja, dieses Landes Zierde, heut versammelt,
Euch zu verteidgen. Darum wär es zwecklos,
Verschöbt Ihr länger das Gericht, sowohl
Für Eure eigne Ruh, als zu beschwichtgen
Des Königes Verstimmung.
Campejus. Seine Gnaden
Sprach gut und treffend: darum, Fürstin, ziemts,
Daß weiter schreite diese Ratsversammlung
Und ungesäumt die beiderseitgen Gründe
Vernommen werden.
Königin. Mylord Kardinal –!
Ich sprech zu Euch!
Wolsey. Was wünscht Ihr, Fürstin?
Königin. Herr,
Mir ist das Weinen nah; doch denk ich, daß
Wir eine Kön'gin sind – (es mindstens lang
Geträumt) und sicher eines Königs Tochter,
Wandl ich die Tränen um in Feuerfunken.
Wolsey. Faßt Euch nur in Geduld! –
Königin. Ich wills, wenn Ihr demütig seid, ja früher,
Wo nicht, dann strafe mich der Herr! – Ich glaube
Und bin gestützt auf mächtge Gründ, Ihr seid
Mein Feind; und so erklär ich meinen Einspruch:
Ihr sollt mein Richter nimmer sein. Denn Ihr
Bliest zwischen mir und meinem Herrn die Glut,
Die Gottes Tau mag dämpfen! Drum noch einmal:
Verabscheun muß ich, ja, aus tiefster Seele
Verwerf ich Euch als meinen Richter, der,
Ich wiederhols, mein schlimmster Feind mir scheint
Und nicht ein Freund der Wahrheit.
Wolsey. Ich gestehe,
Ich find Euch selbst nicht wieder, die Ihr sonst
Sanftmut geübt, Euch milder stets gezeigt
Und weiser, als es andern Fraun je

Gegeben ward. Ihr tut mir unrecht, Fürstin,
Ich heg Euch keinen Groll, noch tat ich Euch,
Noch jemand unrecht. Was bisher geschehn
Und noch geschieht, verbürgt gemeßne Vollmacht,
So uns erteilt vom geistlichen Gericht,
Roms ganzem geistlichen Gericht. Ihr zeiht mich,
Ich schüre diese Glut; das leugne ich.
Der König ist zugegen; wär ihm kund,
Ich spräche Wahrheit nicht, wie würd er schlagen,
Und sehr mit Recht, die Falschheit? Ja, so stark
Wie meine Wahrheit Ihr. Er sieht, mich trifft
Eur Vorwurf nicht, doch sieht er mich verletzt.
Deshalb ist jetzt an ihm, mich herzustellen,
Und dies geschieht, indem er solcherlei
Gedanken Euch entfernt. Bevor deshalb
Noch seine Hoheit spricht, ersuch ich Euch,
Sehr gnädge Frau, nicht denkt mehr, was Ihr spracht,
Und sprecht es nie mehr aus.

Königin. Mylord, Mylord,
Ich bin ein einfach Weib, zu schwach, zu ringen
Mit Euren Künsten. Ihr seid mild, sprecht Demut;
Ihr spielt Beruf und Amt im vollsten Schein,
Mit Mild und Demut; Euer Herz jedoch
Ist voll von Hochmut, Anmaßung und Tücke.
Durch Glück und Seiner Hoheit Gunst stiegt Ihr
Leicht über niedre Stufen; nun erhoben,
Ist die Gewalt Euch Stütz: und Eure Worte
Sind Knechte, Eurem Willen dienend, wie's
Euch gut dünkt, sie zu brauchen. Leugnet nicht,
Ihr strebet mehr nach Eurer eignen Ehre,
Als nach dem heiligen Beruf. Noch einmal:
Ich will Euch nicht zum Richter; vor euch allen
Beruf ich mich in dieser ganzen Sache
Auf seine Heiligkeit den Papst; er soll
Mein Urteil fällen.

(*Sie verneigt sich vor dem Könige und will weggehn.*)

Campejus. Störrisch widerspricht

Die Königin dem Recht, verklagt es und
Entzieht sich schmähend ihm: das ist nicht gut.
Sie geht hinweg.

König. Ruft sie zurück.

Ausrufer. Katharine, Königin von England, erscheine vor dem [Gericht!

Griffith. Man ruft Euch Königin.

Königin. Was braucht *Ihr* drauf zu hören? Geht nur weiter:
Kehrt um, wenn man *Euch* ruft: – Nun helf mir Gott,
Mehr ist es, als man dulden kann! – Geht weiter:
Ich bleibe nicht, gewiß nicht; werd auch nimmer
Vor keiner ihrer Sitzungen hinfort
In dieser Sach erscheinen.

(*Die Königin mit Griffith und ihrem Gefolge ab.*)

König. Geh nur, Käthe!
Wer in der Welt sich rühmen wollt, er hab
Ein besser Weib, dem soll man traun in nichts,
Denn darin log er. Du bist Königin
(Wenn seltne Eigenschaften, holde Milde,
Sanftmut wie Heilge, weiblich echte Würde,
Gehorchen im Beherrschen – all dein Sinn
So königlich wie fromm dich schildern könnten –)
Vor allen irdschen Königinnen. Sie ist edlen Stamms;
Und ihrem hohen Adel angemessen war
Auch ihr Betragen gegen mich.

Wolsey. Mein Fürst,
Tief untertänigst bitt ich Eure Hoheit,
Ihr wollt geruhn, mir Zeugnis zu erteilen
Vor diesem Kreis – (denn wo ich Raub und Fessel
Erlitten, muß ich losgebunden sein,
So mir auch völlig nicht genug geschieht),
Ob dies Geschäft wohl, hoher Herr, von mir
Zuerst Euch in den Weg gelegt, ob ich wohl je
Euch Skrupel aufgeworfen, die Euch konnten
Zum Untersuchen führen; ob das kleinste Wort –
Anders als frommen Dank für solche Herrin –
Ich jemals sprach, das Nachteil bringen konnte,

So ihrem gegenwärtgen Rang, wie ihrem
Höchst tugendhaften Wesen?

König. Mylord, ich
Entschuldge Euch; noch mehr, bei meiner Ehre,
Ich sprech Euch frei. Wohl lernt Ihr nicht durch mich,
Wie viele Feind Ihr habt, die selbst kaum wissen,
Weshalb sie's sind, und doch, Dorfhunden gleich,
Mitbellen, wenns die andern tun; sie reizten
Die Königin zum Zorn. Ihr seid entschuldigt:
Wollt Ihr noch mehr Rechtfertigung? Ihr wünschtet,
Daß stets die Sache schlafen möchte; niemals
Habt Ihr sie aufgeregt, nein, oft gehemmt,
Geschlossen oft den Weg. Auf meine Ehre,
Genau so sprach der Kardinal, und völlig
Sprech ich ihn frei. Nun aber, was mich reizte
(– Jetzt fordr' ich Zeit und aufmerksam Gehör),
Merkt nun den Anfang. Also kams: gebt acht. –
Meinem Gewissen ward die erste Regung,
Skrupel und Stich, wegen gewisser Reden
Des Bischofs von Bayonne, Frankreichs Gesandten;
Er kam, den Ehebund zu unterhandeln
Mit unserm Kind Maria und dem Herzog
Von Orleans; im Fortgang des Geschäfts,
Bevor Entschluß gefaßt, verlangt' er da
(Der Bischof, mein ich) eine Frist von uns,
Dem König, seinem Herrn, anheimzustellen,
Ob unsre Tochter stammt aus gültger Ehe,
Rücksichtlich jener Heirat mit der Witib,
Die unsers weiland Bruders Weib. Die Frist
Erschütterte die Seele mir, drang ein
Und mit zertrümmernder Gewalt, daß bebte
So Herz wie Brust; dies sprengte weiten Weg,
Daß viel verwirrte Zweifel sich nun drängten
Und preßten, dieser Mahnung halb. Erst, dacht ich,
Ich sei nicht in des Himmels Gnade; welcher
Natur befahl, daß meiner Frauen Leib,
Wenn er ein männlich Kind mir trug, nicht mehr

Ihm Dienste sollte tun, als wie das Grab
Dem Toten tut: denn alle Knaben starben,
Wo sie erschaffen, oder bald nachdem
Sie hier im Licht: da macht ich mir Gedanken,
Dies sei mir Himmelsstrafe; daß mein Reich,
Des allerbesten Erben wert, nicht sollte
Durch mich so glücklich sein. Nun kams, daß ich
All die Gefahren meines Lands erwog,
Daß mir kein Erbe ward; und das erpreßte
Mir manchen Herzensseufzer. Treibend so
In des Gewissens wilder See, hab ich
Nach diesem Halt gesteuert, warum wir
Nun hier versammelt sind; das heißt, ich dachte
Mir herzustellen mein Gewissen – welches
Ich ganz krank fühlt', und jetzt noch nicht gesund –
Durch all' ehrwürdgen Väter hier im Land,
Und würdige Doktoren. Erst, geheim
Fing ich mit Euch, Lord Lincoln, an; Ihr wißt,
Wie schwer ich ächze unter meiner Last,
Als ichs zuerst eröffnet.
Lincoln. Jawohl, mein Fürst.
König. Ich sprach schon lang; gefällts Euch, selbst zu sagen,
Wie weit Ihr mich beruhigt?
Lincoln. Mein Gebieter,
Ihr hattet mich zuerst so sehr bestürzt –
Da dieser Fall so hochgewichtig war
Und furchtbar in den Folgen – daß die kühnsten
Gedanken ich dem Zweifel übergab:
Und Eurer Hoheit diesen Weg empfahl,
Den Ihr anjetzt gewählt.
König. Dann fragt ich Euch,
Lord Canterbury, und holt Erlaubnis ein
Zur heutigen Versammlung. Unbefragt
Blieb kein ehrwürdig Mitglied dieser Sitzung.
Nein, jeder gab mir seine Zustimmung
Mit Schrift und Siegel. Deshalb fahret fort,
Weil kein Mißfallen an der teuern Königin

Person, nein, einzig jene scharfen Stacheln
Der vorerwähnten Gründe dies betrieben.
Erweist nur gültig jene Eh, und wahrlich,
Bei unserm Königsthron, wir sind zufriedner,
Des Lebens irdsche Zukunft ferner noch
Mit Katharinen, unsrer Königin,
Als mit dem schönsten Frauenbild zu teilen,
Das je die Welt geschmückt.

Campejus. Vergönnt, mein Fürst,
Der Königin Entfernung fordert wohl
Vertagung dieser Sitzung bis auf weitres;
Inzwischen muß ein ernstliches Ermahnen
Ergehn an ihre Hoheit, abzustehn
Von dem Rekurs an Seine Heiligkeit.

(*Alle stehen auf, um auseinander zu gehen.*)

König (*vor sich*). Ich seh, die Kardinäle trieben Spiel
Mit mir; ich hasse solche Zögerung
Und Künste Roms. Oh, kämst du bald zurück,
Mein kluger, vielgeliebter Diener Cranmer!
Denn deine Ankunft, weiß ich, führt zugleich
Mir Trost herbei. – Hebt die Versammlung auf;
Ich sage, gehn wir.

(*Alle ab, in derselben Ordnung, in der sie kamen.*)

DRITTER AUFZUG

Erste Szene

Zimmer der Königin

Die Königin und ihre Frauen, an der Arbeit

Königin. Nimm deine Laute, Kind, mich trübt der Kummer;
Zerstreu ihn, wenn du kannst; laß deine Arbeit.

Lied[1].

Orpheus' Laute hieß die Wipfel,

---

1. Mehr oder weniger frei übertragen

Wüster Berge kalte Gipfel,
  Niedersteigen, wenn er sang.

Pflanz und Blüt und Frühlingssegen
Sproßt', als folgten Sonn und Regen
  Ewig nur dem Wunderklang.

Alle Wesen, so ihn hörten,
Wogen selbst, die sturmempörten,
  Neigten still ihr Haupt herab.

Solche Macht ward süßen Tönen;
Herzensweh und tödlich Sehnen
  Wiegten sie in Schlaf und Grab.

Königin. Was ist? *Ein Edelmann tritt auf.*
Edelmann. Geruht' Eur Hoheit, draußen warten
Die beiden großen Kardinäle.
Königin. Wollen
Sie mit mir reden?
Edelmann. Ihr Begehren war,
Eur Hoheit sie zu melden.
Königin. Bittet sie,
Hereinzutreten. (*Edelmann ab.*) Was nur führt die zwei
Zu mir, der armen, gunstverstoßnen Frau? —
Ich lieb ihr Kommen nicht, bedenk ichs recht!
Sie sollten fromm sein, würdig ist ihr Amt;
Allein die Kappe macht den Mönch nicht aus.
Die Kardinäle Wolsey und Campejus treten auf.
Wolsey. Fried Eurer Hoheit!
Königin. Eure Gnaden sehn
In einer Hausfrau Weise mich beschäftigt;
Das Schlimmste fürchtend, denk ich gern auf alles[1].
Was steht zu eurem Dienst, hochwürdge Herrn?
Wolsey. Gefällts Euch, edle Frau, mit uns allein
In Euer Kabinett zu gehn, so sollt Ihr
Vernehmen unsrer Ankunft Ursach.

---

1. Im Original: Ihr findet mich hier als ein Stückchen Hausfrau; wär ich doch eine ganze, im Falle es zum Schlimmsten kommt.

Königin. Sagt mirs
Nur immer hier: noch hab ich, Gott sei Dank,
Nichts je verübt, das Winkel müßte suchen,
Und allen Fraun wünscht ich ein solch Gewissen.
Mich kümmerts wenig – dieses Glück, Mylords,
Ward mir vor vielen andern – ob mein Tun
Auf aller Zungen wohnt, in aller Augen,
Ob Arglist, bös Geschwätz auf mich gehetzt wird;
So rein war stets mein Leben. Kamt ihr her,
Wie ich als Weib gewandelt, auszuforschen,
Nur dreist heraus damit, Wahrheit ist schlicht und grade.
Wolsey. Tanta est erga te mentis integritas, regina serenissima[1] –
Königin. Oh, kein Latein, Mylord;
Ich war so müßig nicht, seit meiner Ankunft,
Die Sprach, in der ich lebte, nicht zu lernen.
In fremder Zunge scheint mein Fall noch fremder,
Verdächtger noch; sprecht, bitt Euch, Englisch, mancher
Weiß Euch hier Dank, wenn Ihr die Wahrheit redet,
Um seiner armen Herrin willen. Glaubt mirs,
Man tut ihr sehr zu nah. Lord-Kardinal,
Ihr könnt, selbst was ich je gefehlt mit Vorsatz,
Gewiß in Englisch absolvieren.
Wolsey. Fürstin,
Es dünkt mich hart, daß meine Redlichkeit,
Mein Eifer, unserm Herrn und Euch zu dienen,
Bei solcher Treu soviel Verdacht erzeugt.
Wir nahn nicht auf dem Wege der Beschuldgung
Die Ehr zu schmähn, die alle Frommen segnen,
Noch irgend neuem Gram Euch auszuliefern;
Ihr habt zuviel schon, edle Frau; vielmehr
Zu forschen Eure Wünsch und wahre Meinung
In jenem wichtgen Zwist, und Euch dagegen
Redlich und frei auch unsre Sinnesansicht
Und Tröstung zu erteilen.
Campejus. Hohe Fürstin,

---

1. So rechtschaffen meint es mein Sinn mit Euch, gestrengste Königin.

Mylord von York, in seiner edlen Art
Und warmen Treu, so er Euch stets geweiht,
Denkt wohlgesinnt des letzten Angriffs nicht
Auf seine Ehr und ihn – Ihr gingt zu weit –
Und beut, wie ich, als Zeichen der Versöhnung,
Euch Dienst und Beistand.

Königin (*beiseite*). Um mich zu verraten. –
(*Laut.*) Mylords, ich dank euch euren guten Willen,
Ihr sprecht wie Ehrenmänner: (Gott geb, ihr seids)!
Doch hastge Antwort gleich bereit zu halten
In so gewichtgem Fall, so nah der Ehre
(Vielleicht dem Leben näher noch), mit meinem
Geringen Witz, und Männern so gelehrt
Und ernst – das weiß ich nicht. Ich war in Arbeit
Mit meinen Fraun, Gott weiß, mich wenig fassend
Auf solcherlei Besuch, noch solch Geschäft.
Ihr drum zuliebe, die ich war — ich fühle
Der Hoheit letzte Regung; werte Herrn –
Gönnt mir für meine Sache Zeit und Rat.
Ich bin ein Weib – ach, freundlos, hoffnungslos! –

Wolsey. Erhabne Frau, Ihr kränkt des Königs Liebe
Mit solcher Furcht; Eur Hoffen, Eure Freunde
Sind noch unendlich.

Königin. Hier in England kaum
Von Nutzen; glaubt ihr selbst, Mylords, es wage
Ein einzger Englischer mir Rat zu geben?
Mir offen Freund zu sein, dem Herrn entgegen?
Wollt *einer* so verzweifelnd ehrlich sein
Als Untertan, er lebte? Nein, die Freunde,
Die meines Kummers ganze Last nachfühlen,
Auf die ich trauen darf, sie sind nicht hier,
Sie sind, wie all mein Trost, weit, weit von hier,
In meinem Vaterlande.

Campejus. Gnädge Frau, ich wünschte,
Ihr ließt den Gram und hörtet mich.

Königin. Was meint Ihr?

Campejus. Stellt Euren ganzen Fall des Königs Schutz

Anheim, er ist liebreich und gut: so wärs
Für Eure Ehr und Euren Vorteil günstger.
Denn wenn des Rechtes Ausspruch Euch verdammt,
Dann scheidet Ihr mit Schmach.

Wolsey. Er rät Euch gut.

Königin. Er rät mir, was ihr beide wünscht – Verderben! –
Ist das christlicher Beistand? Schand auf euch!
Noch steht der Himmel, droben thront ein Richter,
Den nie ein Fürst besticht.

Campejus. Eur Zorn verkennt uns.

Königin. So schmählicher für euch; – Ihr wähnt euch heilig,
Zwei kardinale Tugenden; jetzt find ich
Nur kardinale Laster, hohle Herzen.
O schämt und bessert euch! Ist dies eur Trost?
Die Herzensstärkung der gebeugten Fürstin?
Der Frau, durch euch gestürzt, verlacht, verhöhnt?
Ich wünsch euch nicht die Hälfte meines Elends,
Ich bin zu gut – doch sagt, ich warnt euch einst!
Habt acht! um Gott, habt acht, daß plötzlich nicht
Die Bürde meiner Sorgen auf euch falle! –

Wolsey. Fürstin, Ihr scheint in Wahrheit außer Euch;
In Arglist wandelt Ihr die gute Meinung.

Königin. Ihr aber wandelt mich in nichts. Weh euch!
Weh allen Gleisnern! Wie! ihr ratet mir
(Wenn euch noch irgend Güt[1] und Mitleid blieb,
Wenn ihr mehr seid als Kleider nur des Priesters),
Mein krankes Recht dem Todfeind zu vertraun?
Ach! schon verbannt' er mich aus seinem Bett,
Aus seiner Liebe längst: – ich werde alt,
Und was mir noch von Ehgemeinschaft bleibt,
Ist mein Gehorsam. Was kann Schlimmres mir
Als dieses Elend kommen? All eur Streben
Bringt mir den Fluch.

Campejus. Das Schlimmst ist Eure Furcht.

Königin. Lebt ich so lang (ja, laßt mich selber reden,

---

1. Im Original: Gerechtigkeit

Tugend hat keinen Freund!) ein treues Weib,
Ein Weib – (ich darfs beteuern ohne Ruhmsucht),
Zu keiner Zeit erreichbar dem Verdacht[1]?
Begegnet ich mit ganzer, voller Neigung
Dem König stets, liebt' ihn nächst Gott, gehorcht' ihm,
War ich aus Zärtlichkeit ihm abergläubisch[2],
Vergaß, ihn zu erfreun, fast mein Gebet,
Und werd ich so belohnt? Oh, das ist hart!
Zeigt mir ein Weib, das, ihrem Ehherrn treu,
Nie keine Freude träumte als sein Wohlsein;
Und wenn sie alles tat, so hab ich doch
Noch einen Kranz voraus – große Geduld! –

Wolsey. Weg flieht Ihr von dem Gut, das wir Euch gönnten. –

Königin. Mylord, ich lade nie die Schuld auf mich,
Dem edlen Rang freiwillig zu entsagen,
Dem euer Herr mich hat vermählt: nur Tod
Soll von dem Thron mich scheiden.

Wolsey. Hört, ich bitt Euch –

Königin. Hätt ich doch nie dies britsche Land betreten,
Noch seiner Schmeicheleien Frucht gekostet! –
Ihr habt der Engel Antlitz, doch die Herzen
Kennt Gott. Was wird aus mir, der ärmsten Frau?
Der unglückseligsten in aller Welt? (*Zu ihren Frauen.*)
Ihr Armen, ach! Wo bleibt auch euer Glück?
An einem Strand gescheitert, wo kein Mitleid,
Kein Freund, kein Hoffen; wo kein Blutsfreund weint,
Man kaum ein Grab mir gönnt! – Der Lilie gleich,
Die einst der Fluren Herrin war und blühte,
Neigt sich mein Haupt und stirbt.

Wolsey. Wüßt ich nur erst
Eur Gnaden überzeugt, wir meintens redlich,
Das gäb Euch Trost! Weshalb nur, werte Fürstin,
Zu welchem End Euch kränken? Unsre Würde,
Die Weise unsers Amts verbeut es schon;

---

1. Wörtlich: ein Weib, das nie der Verdacht gebrandmarkt hat?
2. Sinn der Originalstelle: ich war ihm abgöttisch ergeben

Wir solln den Kummer heilen, nicht ihn säen.
Erwägt um 's Himmels willen, was Ihr tut;
Wie Ihr Euch selbst könnt schaden, ja durchaus
Dem König Euch durch dieses Tun, entfremden.
Der Fürsten Herzen küssen den Gehorsam,
So lieblich dünkt es ihnen; doch die Starrheit
Schwellt sie empor, reißt sie zu Ungewittern.
Ich weiß, Ihr habt ein adlig mild Gemüt,
Sanft, gleich der Meeresstille; glaubt uns ja
Nach unserm Amt Ruhstifter, Freunde, Diener.

Campejus. So sollt Ihr uns erfinden. Eure Tugend
Kränkt Ihr durch Weiberfurcht. Ein hoher Geist,
Wie Ihr ihn hegt, wirft solche Zweifel weit
Wie falsche Münze weg. Der König liebt Euch;
Gebt acht, daß Ihr dies nicht verliert. Gefällts Euch,
Uns zu vertraun, sind wir für Euch erbötig,
Das Äußerste in Eurem Dienst zu tun.

Königin. Tut, was ihr wollt, ihr Herrn; und mir verzeiht,
Wenn ich nicht höflich gegen euch gewesen.
Ihr wißt, ich bin ein Weib, mir fehlt die Kunst,
Mit euresgleichen wie's geziemt zu reden.
Bringt Seiner Hoheit meine Ehrfurcht dar,
Er hat mein Herz, auch mein Gebet ist sein,
Solang ich lebe. Kommt, hochwürdge Väter,
Enthüllt mir euren Rat – es bittet jetzt,
Die nicht geahnt, als sie betrat dies Land,
Für welchen Preis sie ihre Kron erstand. – (*Alle ab.*)

Zweite Szene

Vorzimmer des Königs

Der Herzog von Norfolk, Herzog von Suffolk, Graf von Surrey und der Lord-Kämmerer treten auf

Norfolk. Wenn ihr euch jetzt in euren Klagen einigt
Und mit Bestand sie geltend macht, so *kann*
Der Kardinal nicht widerstehn. Doch nehmt ihr
Die Gunst des Augenblicks nicht wahr, dann droht

Der neuen Schmach euch nur noch immer mehr
Zu jener schon erlittnen.
Surrey. Mich erfreut
Der kleinste Anlaß, der mir das Gedächtnis
Des Herzogs, meines Schwähers, ruft zurück,
Um Rache mir zu schaffen.
Suffolk. Welcher Pair
Blieb ungekränkt durch ihn? ward mindstens nicht
Schnöd übersehn? An wem wohl hat er je
Des Adels Stempel noch gewürdiget
Als an sich selbst?
Lord-Kämmerer. Ihr sprecht, Herrn, eure Wünsche:
Was er verdient an euch und mir, das weiß ich;
Doch ob ihm beizukommen, wenn die Zeit
Auch günstig scheint, zweifl' ich noch sehr. Könnt ihr
Den Zugang nicht zum König ihm versperren,
So unternehmt noch nichts; denn Zauberkraft
Übt seine Zung an ihm.
Norfolk. Oh, fürchtet nicht,
Darin ists aus mit seiner Macht; der König
Hat einen Strauß mit ihm, der wohl auf immer
Den Honig seiner Reden gällt. Er steckt,
Um nicht mehr loszukommen, fest in Ungunst.
Surrey. Wie gern vernähm ich Neuigkeit wie diese
In jeder Stunde!
Norfolk. Glaubt mir, dies ist wahr.
Während der Scheidungssach hat sich durchaus
Sein zwiefach Spiel enthüllt; und nun erscheint er,
Wie meinem Feind ichs wünschte.
Surrey. Sagt, wie kam
Sein Trug ans Licht?
Suffolk. Höchst seltsam.
Surrey. Sagt, o sagt! –
Suffolk. Des Kardinals Brief an den Papst ging fehl
Und kam dem König zu Gesicht: er las,
Wie Seiner Heiligkeit Rat wird erteilt,
Das Scheidungsurteil *nicht* zu fälln; «wofern

Es statt noch fände,» schreibt er, «ahn ich deutlich,
Wie weit des Königs Neigung schon gefesselt
'ne Magd der Kön'gin, Fräulein Anna Bullen.»

Surrey. Hat dies der König?

Suffolk. Glaubt mir!

Surrey. Wird dies wirken?

Lord-Kämmerer. Der König sieht daraus, wie jener ihm
Den eignen Weg umschleicht und sperrt: doch hierin
Zerscheitern alle Künst, und die Arznei
Kommt nach des Kranken Tod: der König ward
Dem schönen Fräulein schon vermählt.

Surrey. Oh, wär ers!

Suffolk. Mög euer Glück in diesem Wunsche liegen,
Denn ich bezeug, er ward erfüllt.

Surrey. Nun, Freude
Und Heil dem Bund!

Suffolk. Mein Amen auch!

Norfolk. Und aller! –

Suffolk. Befehle sind schon da zu ihrer Krönung;
Dies ist noch frisch, mein Treu, und nicht gemacht
Für aller Ohr. Doch in der Tat, ihr Herrn,
Sie ist ein lieblich Wesen, tadelsfrei
An Geist und Zügen; ja, ich ahn, es wird
Dem Reich ein Segen noch entblühn durch sie
Für späte Zeiten.

Surrey. Aber wird der König
Das Schreiben unsers Kardinals verdaun?
Gott wend es ab! –

Norfolk. Amen, sag ich.

Suffolk. Nein! nein!
Ihm summen noch mehr Wespen vor dem Ohr,
Die diesen Stich beschleun'gen. Kardinal Campejus
Ist heimlich abgereist nach Rom, ohn Abschied
Und ohne dies Geschäft zu schlichten: er
Ist fortgeschickt als Wolseys Unterhändler,
Um dessen List zu fördern. Ich versichr' euch,
Der Herr, als ers erfuhr, rief: Ha! –

Lord-Kämmerer. Nun, Gott
Entzünd ihn, laß ihn, ha! noch lauter rufen! –
Norfolk. Doch wann, Mylord, kehrt Cranmer wieder heim? –
Suffolk. Er ist schon hier, der alten Meinung treu:
Und die, samt allen Fakultäten fast
Der Christenheit, rechtfertigt den Monarchen
Hinsichtlich seiner Scheidung. Kurz[1], ich glaube,
Sein zweites Ehbett, ihre Krönung, werden
Dem Volk verkündigt; Katharinen bleibt
Der königliche Titel nicht, sie wird
Die Witwe des Prinz Artur künftig heißen.
Norfolk. Der Cranmer ist ein tüchtger Mensch und hat
Sich in des Königes Geschäft gar sehr
Bemüht.
Suffolk. Gewiß;auch sehn wir ihn dafür
Sehr bald als Erzbischof.
Norfolk. So hör ich.
Suffolk. Ja,
So ists. – Der Kardinal –

Wolsey und Cromwell treten auf.

Norfolk. Seht, wie verstimmt! –
Wolsey. Und gabt Ihr, Cromwell, das Paket dem König?
Cromwell. Zu eigner Hand in seinem Schlafgemach.
Wolsey. Sah er den Inhalt an?
Cromwell. Ja, augenblicklich
Entsiegelt' ers: was er zuerst ergriff,
Las er mit Ernst, es lag auf seinen Zügen
Gespannte Achtsamkeit. Er hieß Euch drauf
Heut früh ihn hier erwarten.
Wolsey. Ist er schon
Fertig gekleidet?
Cromwell. Jetzo, denk ich wohl.
Wolsey. Laßt mich ein Weilchen. –
Die Herzogin von Alençon solls sein,

---

1. Richtig: bald, glaube ich, wird...

Die Schwester Königs Franz; *die* soll er frein –
Anna Bullen! – Nein! keine Anna Bullens will ich für ihn! –
Ein schön Gesicht reicht hier nicht hin – Wie! Bullen?
Wir wollen keine Bullen! Hätt ich nur
Nachricht von Rom! — Die Markgräfin von Pembroke! —
Norfolk. Er ist sehr mißvergnügt.
Suffolk. Vielleicht vernahm er,
Wie gegen ihn der König wetzt den Zorn.
Surrey. Recht scharf nur, Himmel, wenn gerecht du bist!
Wolsey. Der Königin Fräulein! Eines Ritters Tochter
Der Herrin Herrin! Ihrer Königin Königin!
Dies Licht brennt trüb; an mir ists, es zu schneuzen;
So; dann gehts aus. — Ist sie gleich tugendhaft
Und ehrenwert, doch kenn ich sie als heftge
Luthranerin; nicht heilsam unsrer Sache,
Daß sie am Busen sollte ruhn von unserm
Nur schwer regierten Herrn. Dann noch ein Ketzer
Schoß auf, ein arger Ketzer, jener Cranmer,
Der eingeschlichen in des Königs Gunst
Und sein Orakel ist.
Norfolk. Es wurmt ihn was.
Surrey. Zernagt' es ihm die stärkste Sehne doch,
Des Herzens Ader! –

Der König, der einen Zettel liest, und Lovell treten auf.

Suffolk. Der König kommt, der König! –
König. Welch eine Masse Golds hat er gehäuft
Als Eigentum! Und welch ein Aufwand
Entströmt ihm stündlich! Wie, in Gewinstes Namen,
Scharrt er all das zusammen! – Nun, ihr Herrn,
Saht ihr den Kardinal?
Norfolk. Wir standen, Herr,
Hier, gaben acht auf ihn. Seltsamer Aufruhr
Ist ihm im Hirn: er beißt die Lipp, fährt auf,
Hält plötzlich an den Schritt, blickt auf die Erde,
Legt dann die Finger an die Schläfe; stracks
Springt wieder auf, läuft schnell, steht wieder still,
Schlägt heftig seine Brust; und gleich drauf wirft er

Die Augen auf zum Mond: seltsame Stellung
Sahn wir hier an ihm wechseln.

König. Möglich wohl,
Daß sein Gemüt in Aufruhr. Diesen Morgen
Schickt' er zur Durchsicht mir, wie ich gefordert,
Staatsschriften; und, wißt ihr, was ich gefunden,
Gewiß nur unbewußt dazu gelegt?
Ein Inventar, wahrhaftig, so bedeutend –
Von allen Schätzen, silbernen Geschirren,
Goldstoffen, Prunkgerät, solch Übermaß,
Daß es Besitz des Untertanen, mein ich,
Weit übersteigt.

Norfolk. Es ist des Himmels Wille;
Ein Geist schob dieses Blatt in das Paket,
Eur Aug mit ihm zu segnen.

König. Dächten wir,
Sein Sinnen schwebt' anschauend jetzt gen Himmel,
Geheftet auf das innre Licht, dann möcht er
In seinem Brüten bleiben; doch ich fürchte,
Es weilt sein Trachten unterm Mond, unwert
So eifriger Beratung.

(*Der König setzt sich und redet mit Lovell, der zum Kardinal geht.*)

Wolsey. Gott verzeih mir! –
Der Himmel segn Eur Hoheit! –

König. Werter Lord,
Ihr seid erfüllt von geistgen Schätzen, tragt
Ein Inventar der reichsten Gnad im Herzen,
Das Ihr wohl eben durchlast, und Ihr habt
Kaum Zeit, der frommen Muß ein kurzes Scherflein
Für irdsche Buchführung zu rauben. Traun,
Ihr scheint mir darin fast ein schlechter Hauswirt,
Und freut michs, meinesgleichen Euch zu finden.

Wolsey. Ich habe meine Zeit, Herr, für die Andacht,
Zeit für den Anteil an Geschäften, die ich
Dem Staate schuldig: endlich heischt Natur
Für ihr Erhalten eine Zeit, die leider

Ich, ihr hinfällger Sohn, ihr pflichten muß.
Wie jeder Sterbliche.
König. Sehr wohl gesprochen.
Wolsey. Mög Eure Hoheit stets,
Wie ichs verdienen will, mein gutes Reden
Mit guter Tat gepaart an mir erfinden! –
König. Aufs neue wohl gesagt;
Und 's ist 'ne Art, gut handeln, gut zu reden,
Obgleich das Wort noch keine Tat. Mein Vater
Liebt' Euch, er sagt' es Euch und hat sein Wort
Mit seiner Tat gekrönt. Und seit ich ihm
Gefolgt, wart Ihr der Liebste mir; ich braucht Euch,
Wo Euch der höchste Vorteil sicher traf,
Ja, ich entzogs der eignen Hab, um Wohltat
Auf Euch zu häufen.
Wolsey (beiseite). Wo will dies hinaus?
Surrey (beiseite). Gott gebe gut Gedeihen!
König. Hob ich Euch
Nicht zu des Reiches erster Würd? – Ich bitt Euch,
Sagt, wenn Euch Wahrheit dünkt, was ich jetzt rede,
Und wollt Ihrs eingestehn, so sagt zugleich,
Ob Ihr Verbindlichkeit uns habt, ob nicht?
Was meint Ihr? –
Wolsey. Ja, ich gesteh, mein Fürst, die hohen Gnaden,
Täglich auf mich geschüttet, waren mehr,
Als all mein emsig Sinnen mocht erwidern,
Wie menschliches Bemühn dies überstieg.
Mein Tun war wen'ger stets als meine Wünsche,
Doch meinen Kräften gleich. Was ich mir suchte,
War so nur mein, daß es stets zielt' aufs Beste
Eurer geheiligten Person, wie auf
Des Staates Vorteil. Jenen hohen Gnaden,
Auf mich gehäuft, den Armen, Unverdienten,
Kann nur mein unterwürfger Dank erwidern
Und mein inbrünstiges Gebet: die Treue,
Die immer wuchs, und stets noch wachsen soll,
Bis Tod sie, jener Winter, hinrafft.

König. Schön.
Die Antwort schildert ganz den Untertan,
Den treuen: Ehre dem, der also wandelt;
So wie das Gegenteil die Schande straft.
Nun glaub ich, daß, wie meine Hand Euch offen,
Liebe mein Herz, mein Thron Euch Ehren schenkte,
Euch mehr denn irgendwem: so müßten auch
Eur Herz und Hirn und Hand und jede Kraft,
Außer der allgemeinen Pflicht der Treue
Noch, sozusagen, in besondrer Liebe
Mir, mehr als andern hingegeben sein.
Wolsey. Auch hehl ichs nicht, wie Eurer Hoheit Wohl
Mir mehr als meines stets am Herzen lag;
So bin, so halt ichs, und so will ich bleiben,
Ob auch die ganze Welt den Eid Euch bräche
Und aus der Brust ihn bannt'; und ob Gefahren
Sich häuften, dichter, als sichs denken läßt,
Und in entsetzlichern Gestalten: dennoch,
Wie Felsen in den stürmschen Wogen, würde
Mein treues Herz dem wilden Strom ein Damm sein,
Und Euer bleiben sonder Wanken –
König. Trefflich
Geredet; merkt, ihr Herrn, welch treues Herz!
Denn offen saht ihrs. – (*Gibt ihm Papiere.*) Lest dies durch!
Und darauf dies: und dann zum Morgenimbiß,
Mit soviel Eßlust Euch noch bleibt.
(*Der König geht ab und wirft einen zornigen Blick auf Wolsey. Die Hofleute drängen sich ihm nach und flüstern und lächeln untereinander.*)
Wolsey. Was war dies?
Welch jähe Laun[1], und wie erweckt ich sie?
Er ging in Zorn von mir, als sprühte Tod
Aus seinem Blick: so schaut der grimme Löwe,
Wenn ihn der kühne Jägersmann verletzt,
Vertilgt ihn dann. Lesen muß ich das Blatt:
Die Ursach, fürcht ich, seines Zorns. – So ists.

---

1. D.h.: Welch plötzlicher Zorn

Dies Blatt hat mich vernichtet – 's ist die Summe
Des unermeßnen Reichtums, den ich sparte
Zu meinem Zweck: im Grunde für das Papsttum,
Die Freund in Rom zu zahlen. Nachlässigkeit,
Durch die ein Narr nur stürzt! Welch böser Teufel
Schob mir dies Hauptgeheimnis ins Paket,
Das ich dem König gab? Kein Weg zur Heilung?
Kein Kunstgriff, ders ihm aus dem Sinne schlüge?
Ich weiß, es reizt ihn heftig; doch ich finde
Noch einen Weg, der mich dem Glück zum Trotz
Herausziehn soll. – Was seh ich? – «An den Papst?»
Der Brief, bei Gott! die ganze Unterhandlung,
Wie ichs dem Papst vertraut. – Nun, dann ists aus!
Ich stand auf meiner Größe höchster Sprosse,
Und von der Mittagslinie meines Ruhms
Eil ich zum Niedergang. Ich werde fallen,
Wie in der Nacht ein glänzend Meteor,
Und niemand mehr mich sehn. –

Die Herzöge von Norfolk und Suffolk, der Graf von Surrey und der Lord-Kämmerer treten auf

Norfolk. Vernehmt des Königs
Gefallen, Kardinal: er heißt Euch, schleunig
Das große Siegel an uns abzuliefern
Zu eigner Hand, und Euch zurückzuziehn
Nach Asherhouse, als Eurem Bischofssitz,
Bis Ihr ein Weitres werdet hören.

Wolsey. Halt!
Wo habt Ihr Vollmacht? Nimmer tragen Worte
Solch wichtgen Auftrag.

Suffolk. Wer darf widersprechen,
Wenn sie aus Königs Mund Befehle senden?

Wolsey. Bis ich mehr seh als Absicht nur und Worte
Und Eure Falschheit: wißt, geschäftge Lords,
Daß ichs verweigern werd und muß. Jetzt merk ich,
Aus welchem schnöden Erz ihr seid gegossen,
Aus Neid. Wie emsig meinem Fall ihr folget,
Als nährt' er euch! und wie so weich und glatt

Ihr alles heuchelt, bringt mirs nur Verderben! –
Folgt eurer tückschen Art, Männer der Bosheit!
Stützt euch auf euer christlich Recht, es wird
Zu seiner Zeit euch wohl belont. Das Siegel,
Das ihr so heftig fordert, gab der König
(Mein Herr und eurer) mir mit eigner Hand,
Verhieß es mir, zugleich mit Würd und Amt,
Aufs Leben: und, zu festgen seine Gnade,
Bestätigt' ers durch offnen Brief. Wer nimmts mir?

Surrey. Der König, ders Euch gab.

Wolsey. So tu ers selber.

Surrey. Du bist ein stolzer Hochverräter, Pfaff! –

Wolsey. Das lügst du, stolzer Lord!
Vor vierzig Stunden hätte Surrey lieber
Die Zunge weggebrannt, als dies gesagt.

Surrey. Dein Ehrgeiz, du scharlachne Sünd, entriß
Uns Weinenden den edlen Buckingham.
Die Häupter aller Kardinäl auf Erden,
Und dich und all das Best an dir dazu,
Ersetzten noch kein Haar von ihm. Fluch Euch!
Ihr schicktet als Regenten mich nach Irland,
Vom König fern, von seiner Hilf und allem,
Was Gnad dem Fehl, den du erfandst, konnt schaffen,
Indes aus heilgem Mitleid Eur Erbarmen
Mit einem Beil ihn absolviert.

Wolsey. Dies alles,
Und was des Lords Geschwätz mir Weitres mag
Vorwerfen, ist nur Lug. Nach Rechten fand
Der Herzog seinen Tod: und daß ich schuldlos sei
An seinem Fall durch niedern Haß, bewähren
Die schlechte Sach und seine edlen Richter.
Liebt' ich viel Worte, Lord, ich könnt Euch zeigen,
Wie Ihr sowenig Ehr als Gradheit habt:
Und daß ich auf des treuen Rechttuns Pfad
Dem König, meinem stets erhabnen Herrn,
Mich besser nennen darf, als Surrey ist
Und alle Freunde seiner Torheit.

Surrey. Priester! –
Dich schützt dein langes Kleid, sonst fühltest du
Mein Schwert in deinem Herzblut. Werte Herrn,
Ertragt ihrs, solchen Hochmut anzuhören
Von diesem Menschen? Sind wir erst so zahm,
Daß uns ein Scharlachmantel höhnt und zwickt,
Dann, Adel, fahre wohl; dann, Bischof, vorwärts! –
Scheuch uns mit deiner Kappe, gleichwie Lerchen! –
Wolsey. Dir wird zum Gift die Frommheit selbst verkehrt.
Surrey. Die Frommheit, die des ganzen Landes Mark
In Eurer Hand vereint hat durch Erpressung,
Die Frommheit jener aufgefangnen Blätter,
Die Ihr dem Papst geschrieben, Eure Frommheit,
Weil Ihr mich reizet, werd höchst offenkundig.
Lord Norfolk – wenn Ihr stammt aus hohem Blut,
Wenn Euch gemeines Wohl am Herzen liegt,
Des Adels Kränkung, unsrer Söhne Heil,
Die, lebt er, kaum noch Edle werden heißen –
Verlest sein Schuldregister, seines Wirkens
Gesammelt Unheil. – Schrecken will ich Euch
Mehr denn die Meßglock, wenn Eur braunes Mädchen
Euch küssend lag im Arm, Lord-Kardinal.
Wolsey. Wie sehr doch möcht ich diesen Mann verachten,
Bewahrte mich die Nächstenliebe nicht!
Norfolk. Es liegt, Mylord, die Klage selbst beim König.
Und sie erscheint sehr häßlich.
Wolsey. Um so schöner
Und fleckenlos soll meine Unschuld leuchten,
Wenn er die Wahrheit hört.
Surrey. Das hilft Euch nichts;
Ich hab ein gut Gedächtnis; ich behielt
Verschiedne Punkt' und diese sollt Ihr hören.
Errötet nun, ruft «schuldig!», Kardinal,
So zeigt Ihr noch ein wenig Tugend.
Wolsey. Sprecht nur,
Trotz jeder Klag; erröt ich, so geschiehts,
Den Edlen hier zu sehn, dem Sitte fehlt.

Surrey. Die miß ich lieber als den Kopf. So hört denn
Zuerst, daß ohne Königs Will und Wissen
Ihr Euch bestrebtet, hier Legat zu werden
Und der Prälaten Recht im Land zu lähmen.
Norfolk. Dann, daß Ihr Briefe schriebt nach Rom und sonstwärts
An fremde Höf und stets die Form gebraucht:
Ego et rex meus: was den König dartat
Als Euren Diener.
Suffolk. Dann, daß ohne Kenntnis
Des Königs, noch des Rats, Ihr Euch erkühnt,
Als Ihr zum Kaiser wurdet abgesandt,
Des Reichs Sigill nach Flandern mitzuführen.
Surrey. Sodann gabt Ihr weitläufige Vollmacht hin
An den Gregor von Cassalis, zum Abschluß
Des Bundes Seiner Hoheit mit Ferrara,
Wovon nicht Staat noch König unterrichtet[1].
Suffolk. Dann, daß aus eitel Ehrsucht Euern Hut
Ihr prägen ließt auf unsers Königs Münze.
Surrey. Dann, daß Ihr unermeßlich Gold gesandt
(Und wie erworben, ist Euch wohl bewußt),
Rom zu bestechen, und den Weg zu bahnen
Für höhre Würden; alles dies zum Unheil
Dem ganzen Land. Noch gibts der Dinge mehr,
Die, weil von Euch sie und abscheulich sind,
Den Mund wir nicht entweihen solln.
Lord-Kämmerer. O Herr,
Drängt den Gefallnen nicht so hart, 's ist unrecht;
Sein Fall liegt offen dem Gesetz, es strafe
Das Recht, nicht Ihr. Fast weint mein Herz, zu schaun
Die Trümmer solcher Hoheit!
Surrey. Ich vergeb ihm.
Suffolk. Dann ist des Königs Will, Herr Kardinal,
Weil alles, was vorletzt durch Euch begonnen,
Kraft des Legatenamts in diesem Reich[2],

---

1. Im Original: ohne Auftrag des Königs oder Genehmigung des Staates
2. Dieser Vers fehlt bei Baudissin.

In den Bereich des *Praemunire* fällt,
Daß gegen Euch ein Achtsbefehl ergeh,
Der Eurer Güter, Länderein und Lehn
Und Eurer Schlösser Euch verlustig spricht,
Gesetzlos Euch erklärt. Dies ist mein Auftrag.

Norfolk. Und somit habt Ihr Raum zu Selbstbeschauung
Und frommem Wandel[1]. Jene störrische Antwort
Von wegen des verlangten großen Siegels
Erfährt der König jetzt und dankts Euch sicher.
Fahrt wohl dann ferner, Ihr mein kleiner guter
Lord-Kardinal! (*Alle ab außer Wolsey.*)

Wolsey. Fahrwohl dem kleinen Guten,
Das mir von euch gekommen ist! Fahrwohl,
Ein langes «Fahre wohl» all meiner Größe! –
So ist des Menschen Treiben: heute sprießen
Der Hoffnung zarte Knospen, morgen blühn sie
Und kleiden ihn in dichten Blumenschmuck;
Und übermorgen, tödlich, kommt ein Frost,
Und wenn er wähnt, der gute sichre Mann,
Die Größe reife – nagt ihm der die Wurzel
Und fällt ihn so wie mich. Ich trieb dahin
Gleich wilden Knaben, die auf Blasen schwimmen,
So manchen Sommer auf der Ehrsucht Wogen,
Doch viel zu weit: mein hochgeschwellter Stolz
Brach endlich unter mir und gibt mich jetzt,
Müd und im Dienst ergraut, der Willkür hin
Des wüsten Stroms, der ewig nun mich birgt.
Ich haß euch, eitler Pomp und Glanz der Welt,
Mein Herz erschließt sich neu. O traurig Los
Des Armen, der an Fürstengunst gebunden!
Denn zwischen jenem Lächeln, so ersehnt,
Der Fürsten Huld, und unserm Abgrund liegt
Mehr Qual und Angst, als Krieg und Weiber haben;
Und wenn er fällt, fällt er wie Luzifer,

---

1. Im Original: und so überlassen wir Euch Euern frommen Betrachtungen, wie Ihr Euch bessern wollt

Der Hoffnung ewig bar – – –

Cromwell tritt auf, voll Bestürzung.

Was ist dir, Cromwell?

Cromwell. Mir stockt die Sprache, Herr!

Wolsey. Wie, so bestürzt.
Ob meinem Unglück? Kanns dich wundern, wenn
Ein großer Mann hinsinkt? Nein, wenn du weinst,
Dann fiel ich wirklich.

Cromwell. Herr, wie gehts Euch?

Wolsey. Wohl;
Noch nie so wahrhaft glücklich, guter Cromwell.
Jetzt kenn ich selber mich, jetzt fühl ich Frieden
In mir, hoch über aller irdschen Würde –
Ein ruhig, still Gewissen. Diese Heilung
Dank ich dem König demutsvoll, er nahm
Mitleidig dieser Schultern morschen Säulen
Die Last, die Schiffe senkte – zuviel Ehre.
Oh, 's ist 'ne Bürde, Cromwell, eine Bürde
Zu schwer dem Mann, der auf den Himmel hofft!

Cromwell. Mich freuts, Mylord, daß Ihrs so richtig nehmt.

Wolsey. Ich hoff, ich tu's; mich dünkt, ich sei bereit,
Durch meiner Seele neu empfundne Stärke
Mehr Leiden zu erdulden, und viel größre,
Als mir die schwachen Feinde können drohn.
Was gibt es Neues?

Cromwell. Nun, das Härtste bleibt:
Des Königs Ungunst wider Euch.

Wolsey. Gott schütz ihn!

Cromwell. Dann, daß Sir Thomas Morus Kanzler ward
An Eurer Statt.

Wolsey. Das find ich etwas schnell,
Doch ists ein kundger Mann. Erhalt er sich
Des Königs Gunst noch lang und walte recht
Nach Wahrheit und Gesetz[1], daß seinem Staub,
Wenn er den Lauf vollbracht und ruht in Gott,

---

1. Genau: Gewissen

Ein Grabmal werde von der Waisen Tränen!
Was mehr?

Cromwell. Die Rückkunft Cranmers, seine Gunst
Und Wahl zum Erzbischof von Canterbury.

Wolsey. Wohl ist das neu!

Cromwell. Dann endlich, daß man heut
Die Lady Anna, schon vorlängst dem König
Heimlich vermählt, als Königin offenbar
Zur Kirche gehen sah, und jetzt allein
Von ihrer Krönung das Gerücht ergeht.

Wolsey. Das war die Last, der ich erlag. Oh, Cromwell,
Der König täuschte mich, all meine Würden
Verlor ich durch dies eine Weib auf immer.
Nie führt ein Morgen meinen Glanz zurück,
Vergoldet je die edlen Scharen wieder,
Die meines Lächelns harrten. Geh nur, Cromwell,
Ich bin ein armer Mann, gestürzt und unwert
Dein Herr zu sein und Meister. Geh zum König!
Die Sonne, hoff ich, sinkt nicht! – Ich erzählt ihm,
Wer und wie treu du seist; er wird dich fördern,
Ein klein Erinnern meiner wird ihn treiben;
Sein Sinn ist edel, sicher weist er nicht
So hoffnungsvolle Dienste ab. Mein Cromwell,
Vermeid ihn nicht; benutz ihn jetzt und sorge
Für deine künftge Sicherheit.

Cromwell. O Herr,
So muß ich von Euch weichen? muß durchaus
Solch guten, edlen, echten Herrn verlieren?
Sei Zeuge, wer kein Herz von Eisen trägt,
Wie traurig Cromwell seinen Herrn verläßt.
Dem König widm' ich meinen Dienst; doch Euch
Für immerdar und ewig mein Gebet.

Wolsey. Ich dachte keine Träne zu vergießen
All meinem Elend; doch du zwangst mich eben
In deiner schlichten Treu, das Weib zu spielen.
Trocknen wir uns die Augen; hör mich, Cromwell.
Wenn ich vergessen bin – und das ist bald –

Und schlaf im stummen, kalten Stein, wo niemand
Mich nennen wird – dann sag, ich lehrt es dich –
Sag, Wolsey – der einst ging des Ruhmes Pfad,
Der Ehre Bänk und Klippen all erkundet –
Fand dir den Weg zur Höh aus seinem Schiffbruch,
Den wahren, sichern, den er selbst verlor.
Denk nur an meinen Fall, und was mich stürzte!
Cromwell, bei deinem Heil, wirf Ehrsucht von dir!
Die Sünde hat die Engel selbst betört,
Wie frommte sie dem Menschen, Gottes Bilde?
Fleuch Eigenliebe, segne selbst die Feinde;
Bestechung führt dich weiter nicht als Treu.
Stets in der Rechten halte milden Frieden,
Dann schweigt die Bosheit. Handle recht, nichts fürchte;
Dein Ziel sei immer Ziel auch deines Landes,
Wie deines Gottes und der Wahrheit: dann,
O Cromwell! wenn du fällst, fällst du im Tod
Als sel'ger Märtyrer. Dem König diene,
Und – bitt dich, führe mich hinein:
Mach ein Verzeichnis dort all meines Guts,
Bis auf den letzten Pfennig; 's ist des Königs.
Mein Priesterkleid, und mein aufrichtig Herz
Vor Gott, mehr blieb mir nicht. Oh, Cromwell, Cromwell,
Hätt ich nur Gott gedient mit halb dem Eifer,
Den ich dem König weiht, er gäbe nicht
Im Alter nackt mich meinen Feinden preis! –

Cromwell. Geduldig, lieber Herr! –

Wolsey. Ich bins. Fahr hin,
Du Glanz des Hofs! Zum Himmel strebt mein Sinn.

Gehn ab.)

VIERTER AUFZUG

Erste Szene

Straße in Westminster

Zwei Edelleute, die einander begegnen

Erster. Seid abermal willkommen!
Zweiter. So auch Ihr.
Erster. Ihr stellt Euch wohl, um Lady Annen hier
Zu schaun, wie sie vom Krönungsfeste kommt?
Zweiter. Ja, eben das. Als wir uns jüngst hier trafen,
Kam Herzog Buckingham aus dem Verhör.
Erster. Jawohl! Doch jene Zeit war trüb und bang,
Heut allgemeines Fest! –
Zweiter. Mit Recht. Die Bürger
Sind alle treu und königlich gesinnt;
Und, wahr zu sprechen, immerdar bereit,
Zur Feier solches Tags, mit manchem Schauspiel,
Mit Festgepräng und Aufzug.
Erster. Doch nie prächtger,
Und nie, versichr ich, besser eingerichtet.
Zweiter. Wenn Ihrs vergönnt, wüßt ich den Inhalt gern
Von jenem Blatt in Eurer Hand.
Erster. Seht hier.
's ist das Verzeichnis aller hohen Würden,
Die heut am Krönungsfest ihr Amt versehn[1].
Der Herzog Suffolk geht voran, er nimmt
Den Rang als Oberhofmeister; dann, als Marschall
Herzog von Norfolk; lest die andern selber.
Zweiter. Ich dank Euch, Herr; kennt ich den Brauch nicht schon,
Wär ich für dieses Blatt Euch sehr verpflichtet.
Doch sagt mir noch, was ward aus Katharinen?
Der Fürstinwitwe? Wie steht deren Sache?

---

1. Sinn der Stelle des Originals: Es ist die Liste derjenigen, die herkömmlicherweise bei der Krönung ein Amt beanspruchen können.

Erster. Das sollt Ihr gleichfalls hören. Der Erzbischof
Von Canterbury, in Begleitung andrer
Gelahrter, würdger Väter hohen Rangs,
Hielt einen Tag zu Dunstable, sechs Meilen
Von Ampthill, wo die Fürstin wohnt; wohin
Sie oft geladen, nimmer doch erschien:
Und wegen Nichterscheinens und des Königs
Gewissensskrupel hat einmütig Urteil
Der weisen Väter Scheidung hier erkannt,
Und wird die vorge Eh für null erklärt.
Seitdem ist sie nach Kimbolton entfernt,
Wo Krankheit sie befallen.

Zweiter. Arme Fürstin! –
Hört die Musik; steht still; die Königin naht.

Ordnung des Krönungszuges.

1. Ein lebhafter Trompetenstoß.
2. Zwei Richter.
3. Der *Lord-Kanzler* mit Tasche und Stab vor ihm her.
4. Singende Chorknaben.
5. Der *Mayor* von London, der den Stab trägt; darauf der Erste Herold in seinem Wappenrock, auf dem Haupt eine kupferne vergoldete Krone.
6. Der Marquis von *Dorset* mit einem goldnen Zepter, auf dem Kopf eine goldne Halbkrone. Neben ihm der Graf von *Surrey*, der den silbernen Stab mit der Taube und auf dem Haupt eine Grafenkrone trägt; um den Hals ritterliche Ketten.
7. Der Herzog von *Suffolk* in seiner Staatskleidung, mit der Herzogskrone auf dem Haupt, in der Hand einen langen weißen Stecken, als Oberhofmeister. Neben ihm der Herzog von *Norfolk* mit dem Marschallstabe, eine Herzogskrone auf dem Haupt. Beide mit ritterlichen Ketten um den Hals.
8. Der Thronhimmel, von vieren der *Barone von den fünf Häfen* getragen: unter demselben die *Königin* im Krönungsgewande; ihr Haar reich mit Perlen geschmückt, gekrönt. Zu ihren beiden Seiten die Bischöfe von London und Winchester.
9. Die alte Herzogin von *Norfolk*, mit einer kleinen, goldnen, mit Blumen durchflochtnen Krone; sie trägt die Schleppe der Königin.

10. Verschiedne Edelfrauen und Gräfinnen mit schlichten goldnen Reifen um den Kopf, ohne Blumen.

(*Sie ziehn in feierlicher Ordnung über die Bühne.*)

Zweiter. Ein stolzer Zug, fürwahr! Sieh! diese kenn ich:
Wer aber trägt den Zepter?
Erster. Marquis Dorset,
Und dort der Graf von Surrey mit dem Stab.
Zweiter. Ein kühner, wackrer Herr! Dort, mein ich, folgt
Der Herzog Suffolk?
Erster. Ja, der Oberhofmeister.
Zweiter. Dann Mylord Norfolk.
Erster. Ja.
Zweiter (*indem er die Königin erblickt*). Gott sei mit dir!
Solch süß Gesicht als deins erblickt ich nie!
Bei meinem Leben, Herr, sie ist ein Engel.
Der König hält ganz Indien in den Armen,
Und viel, viel mehr, wenn er die Frau umfängt:
Ich tadle sein Gewissen nicht.
Erster. Die Träger
Des Ehrenbaldachins sind vier Barone
Von den fünf Häfen.
Zweiter. Glücklich sind die Herrn,
Und so sind alle, die ihr nahen dürfen.
Dann war wohl jene, so die Schleppe trug
Die alte, hohe Herzogin von Norfolk?
Erster. Ja, und die andern alle Gräfinnen.
Zweiter. Das deuten ihre Krönchen. Sterne sinds,
Und die mitunter fallen.
Erster. Still davon! –

(*Die Prozession geht vorüber unter Trompetenschall.*)

Ein dritter Edelmann kommt hinzu.

Gott grüß Euch, Freund! Aus welchem Feuer kommt Ihr?
Dritter. Vom dicksten Drängen der Abtei, wo kaum
Ein Finger einzuzwängen ist. Fast bin ich
Erstickt vor lauter Freud und Lust.

Zweiter. Ihr saht
Die Zeremonie?
Dritter. Ja.
Zweiter. Wie wars damit?
Dritter. Wohl wert, gesehn zu werden.
Zweiter. Oh, erzählt uns.
Dritter. Soviel ich kann. Nachdem der reiche Strom
Der Lords und Edelfraun die Königin
Zu ihrem Sitz geleitet auf das Chor,
Trat er zurück: indessen ihre Hoheit
Sich niederließ, ein Weilchen auszuruhn,
Auf einem prächtgen Throne frei dem Volk
Entgegenstellend ihrer Schönheit Glanz.
Glaubt mir, sie ist das herrlichste Geschöpf,
Die je an Mannes Seite lag. Als nun dem Volk
Ihr Anblick ward gegönnt, entstand ein Rauschen,
Wie man's zur See im Sturm vom Tauwerk hört,
So laut und mannigfalt. Die Hüt und Mäntel,
Ja selbst die Wämser flogen in die Höh,
Und wären die Gesichter los gewesen,
Heut gingen sie verloren. Solchen Jubel
Erblickt ich nie zuvor. Hochschwangre Weiber,
Acht Tage kaum vom Ziele, drängten vorwärts,
Gleich Widdern aus der alten Kriegeszeit,
Und machten Breschen vor sich: Keiner konnte
Wohl sagen: «Dies ist meine Frau»; so seltsam
War alles hier verwebt in eins.
Zweiter. Nun, weiter?
Dritter. Dann trat sie vor und ging, bescheidnen Schritts,
Zum Altar, kniet' und hub gleich einer Heilgen
Den schönen Blick empor, andächtig betend;
Erhob sich dann und neigte sich dem Volk,
Weil ihr der Erzbischof von Canterbury
Die königlichen Zeichen all erteilte,
Das heilge Öl, die Krone König Eduards,
Den Stab, die Friedenstaub und allen Krönungs-
Ornat: worauf in Einklang, hoch vom Chor,

Von den gewähltsten Stimmen unsers Landes
Der Lobgesang erscholl[1]. Drauf wandte sich
Der Zug im vollen, ernsten Prunk zurück
Nach York-Palast, wo Tafel wird gehalten.

Erster. Sagt York-Palast nicht mehr, das ist vorbei,
Denn seit des Wolsey Sturz erlosch der Name;
Dem König fiel er heim und heißt Whitehall.

Dritter. Ich weiß; doch ists so neu, daß mir geläufger
Der alte Name blieb.

Zweiter. Wer waren, sagt,
Die zween Bischöfe zu der Fürstin Seiten?

Dritter. Stokesly und Gardiner; *der* von Winchester
Und kurz vorher noch Schreiber unsers Königs,
Jener von London.

Zweiter. Der von Winchester
Gilt nicht als Herzensfreund des Erzbischofs,
Des frommen Cranmer.

Dritter. Das ist weltbekannt.
Doch ist die Spaltung noch nicht groß, und wird sie's,
So hat der Cranmer einen wackren Freund.

Zweiter. Wen meint Ihr, sagt, ich bitt Euch?

Dritter. Thomas Cromwell,
Ein Mann, höchst wert dem König und in Wahrheit
Ein würdger Freund. Der König hat ihn schon
Zum Reichswardein[2] ernannt und einen Platz
Im Staatsrat ihm verliehn.

Zweiter. So steigt er wohl
Noch höher.

Dritter. Ohne Zweifel tut er das.
Jetzt, liebe Herrn, geht meinen Weg; ich führ euch
An' Hof, dort sollt ihr meine Gäste sein.
Etwas vermag ich schon. Auf unserm Gang
Erzähl ich mehr.

Beide. Wir sind zu Eurem Dienst. (*Alle ab.*)

---

1. Im Original: der Chor, von den besten Musikern des Königreichs begleitet, sang: Te Deum. – 2. Bewahrer der Reichskleinodien.

Zweite Szene

Kimbolton

Die verwitwete Königin Katharina, krank, von Griffith und Patienza geführt, tritt auf

Griffith. Wie gehts Eur Hoheit? –
Katharina. Tödlich krank, o Griffith!
Es sinken mir, beschwerten Ästen gleich,
Die Knie zur Erd und wichen gern der Last. –
Reich einen Sessel – so! – jetzt wird mirs leichter.
Sagtst du mir nicht, als du mich führtest, Griffith,
Der große Sohn des Ruhms, der Kardinal,
Sei tot? –
Griffith. Ja, Fürstin, doch Eur Hoheit, wie ich glaubte,
Vernahm mich kaum in Ihrem heftgen Schmerz.
Katharina. Sag, guter Griffith, bitt dich, wie er starb;
Wenn fromm, so ging er mir vielleicht voran
Als Beispiel.
Griffith. Fromm, erzählt man mir, verschied er.
Denn als der kühne Graf Northumberland
Zu York ihn festgesetzt, und ungesäumt
Als einen Hartbeschuldigten verhört,
Erkrankt' er plötzlich schwer, und konnte nicht
Auf seinem Maultier sitzen.
Katharina. Armer Mann! –
Griffith. Endlich, nach häufger Rast, erreicht' er Leicester,
Wo ihn im Klosterhof der würdge Abt
Samt dem Konvent mit aller Ehr empfing.
Dem sagt' er dieses Wort: «O Vater Abt!
Ein Greis, zerknickt im wilden Sturm des Staats,
Legt hier bei Euch sein müdes Haupt zur Ruh;
Gönnt aus Erbarmen ihm ein wenig Erde!» –
Man bracht ihn gleich zu Bett; die Krankheit stieg
Anhaltend heftger, und am dritten Abend,
Just um die achte Stund, in der er selbst
Vorausgesagt sein Ende – gab er reuig

Versenkt in Tränen, Sorg und tiefer Andacht,
Der irdschen Welt den eitlen Ruhm zurück,
Sein geistlich Teil dem Herrn, und starb in Frieden.

Katharina. So schlaf er auch, leicht sei'n ihm seine Fehle! –
Das einzge, Griffith, sag ich noch von ihm,
Und doch in aller Lieb – er war ein Mann
Von ungezähmtem Stolz, der Fürsten stets
Sich gleich gezählt; ein Mann, des heimlich Trachten
Das Reich gefesselt; geistlich Recht war feil[1],
Gesetz sein Wille; Wahrheit widerrief er
Am Hof, zweizüngig überall erscheinend
In Red und Sinn; nie zeigt' er Mitleid je,
Als wenn er Untergang beschloß im Herzen.
Sein Wort, gleich seinem vorgen Selbst, gewaltig,
Doch sein Erfüllen nichtig, gleich dem jetzgen.
Er sündigte im Fleisch, und gab dadurch
Dem Klerus schlechtes Beispiel.

Griffith. Edle Frau,
Der Menschen Tugend schreiben wir in Wasser,
Ihr böses Treiben lebt in Erz: vergönnt Ihr
Mir jetzt wohl auch sein Lob?

Katharina. Ja, guter Griffith,
Sonst wär ich boshaft.

Griffith. Dieser Kardinal,
Wenn schon von niederm Stand, war unbezweifelt
Für großen Ruhm geschaffen seit der Wiege.
Er war ein Hochgelahrter, reif und tüchtig,
Unendlich klug, beredsam, überzeugend,
Den Abgeneigten herb und schroff gesinnt,
Allein dem Freunde liebreich wie der Sommer.
Und war er gleich im Nehmen unersättlich –
(Was sündlich ist), so zeigt' er, Fürstin, sich
Im Geben königlich – des zeugen ewig
Des Wissens Zwillinge, so er euch schuf,
Ipswich und Oxford! – Jenes fiel mit ihm,

---

1. Im Original: Simony was fair-play

Nicht wollt es seine Wohltat überleben;
Dies aber, zwar unfertig, doch so glänzend,
So trefflich in der Kunst, so stet im Wachsen,
Daß in Europa nie sein Ruhm vergehn wird.
Sein Sturz hat Heil gesammelt über ihm,
Denn nun – und nicht bis dahin – kannt er sich
Und sah den Segen ein, gering zu sein,
Und daß er höhern Ruhm dem Alter schüfe,
Als der von Menschen kommt, starb er, Gott fürchtend.

Katharina. Nach meinem Tod wünsch ich zum Herold mir,
Der meines Lebens Taten aufbewahre
Und meinen Leumund rette vor Verwesung,
So redlichen Chronisten als mein Griffith.
Den ich zumeist gehaßt, den muß ich nun
Durch deine fromme Wahrheitslieb und Demut[1]
Im Grab noch ehren. Friede sei mit ihm! –
Patienza, geh nicht von mir; leg mich tiefer,
Du hast nicht lang mehr all die Mühe – Griffith,
Laß die Musik die trübe Weise spielen,
Die ich mein Grabgeläute hab genannt,
Derweil ich sitz und denk an den Gesang
Der Himmel, dem ich bald entgegengehe.

(*Eine ernste und feierliche Musik.*)

Griffith. Sie schläft – setz still dich nieder, liebes Mädchen,
Sonst wecken wir sie. Sacht, gute Patienza! –

(*Traumgesicht. Sechs Gestalten in weißen Gewändern, Lorbeerkränze auf dem Haupt, goldne Masken vor dem Gesicht und Palmenzweige in den Händen, schweben langsam auf die Bühne. Sie begrüßen Katharinen und tanzen darauf. Bei gewissen Wendungen halten die ersten zwei einen Lorbeerkranz über ihrem Haupt, während die vier übrigen sich ehrerbietig neigen. Dann wiederholt das nächstfolgende und endlich das letzte Paar dieselbe Handlung. Die Fürstin gibt schlafend Zeichen der Freude, wie durch höhere Eingebung, und streckt beide Hände gen Himmel. Darauf verschwinden die Gestalten und nehmen den Kranz mit sich hinweg. Die Musik währt fort.*)

---

1. Genau: Mäßigung

Katharina. Wo seid ihr, sel'ge Geister? All' verschwunden?
Und laßt mich hier zurück in meinem Elend?
Griffith. Hier sind wir, gnädge Frau.
Katharina. Euch rief ich nicht;
Doch saht Ihr niemand, als ich schlief?
Griffith. Nein, Fürstin.
Katharina. Nicht? Kam nicht eben jetzt ein Chor von Engeln,
Zum Festmahl mich zu laden, deren Glanz
Mich gleich der Sonn in tausend Strahlen hüllte?
Die ewge Seligkeit verhießen sie
Und reichten Kränze mir, die ich zu tragen
Mich noch nicht würdig fühle; doch ich werd es
Gewißlich einst.
Griffith. Mich freut, daß Euren Sinn so süße Träume
Erquicken.
Katharina. Laßt nun enden die Musik,
Sie dünkt mich rauh und lästig.
(*Die Musik hört auf.*)
Patienza. Seht Ihr wohl,
Wie Ihre Hoheit plötzlich sich verändert?
Wie lang ihr Antlitz, ihre Züge bleich,
Und kalt und erdig? Seht Ihr wohl die Augen?
Griffith. Sie stirbt, Kind, bete! bete! –
Patienza. Herr, sei mit ihr! –
Ein Bote tritt auf.
Bote. Eur Gnaden wird – – –
Katharina. Geh, unverschämter Mensch!
Ist das die schuldge Ehrfurcht?
Griffith. Ihr tut unrecht,
Da Ihr es wißt, sie will den Rang nicht lassen,
Daß Ihr so roh Euch zeigt! So kniet denn nieder.
Bote. Ich bitt Eur Hoheit demutsvoll um Nachsicht,
Die Eile ließ mich fehlen. Draußen harrt
Ein Herr, gesandt vom König, Euch zu sehen.
Katharina. Gewährt ihm Zutritt, Griffith; doch diesen Menschen
Laßt nie mich wieder sehen.
(*Griffith und der Bote ab.*)

Griffith kommt zurück mit Capucius.

Irr ich nicht,
Seid Ihr des Kaisers, meines edlen Neffen,
Botschafter, und Capucius ist Eur Name.
Capucius. Derselbe, Fürstin, Euer Knecht.
Katharina. Oh, Herr,
Titel und Zeiten, seit Ihr jüngst mich saht,
Sind sehr verändert. Sagt mir jetzt, ich bitt Euch,
Was führt Euch her zu mir?
Capucius. Erhabne Frau,
Vor allem eignes Pflichtgefühl; demnächst
Des Königs Auftrag, Euch hier zu besuchen.
Es grämt ihn Eure Krankheit sehr, er meldet
Sein fürstliches Empfehlen Euch durch mich
Und wünscht von Herzen Euch den besten Trost.
Katharina. O werter Herr, dies Trösten kommt zu spät,
's ist wie Begnadgen nach der Hinrichtung.
Zur rechten Zeit war die Arznei mir Heilung,
Jetzt brauchts der Tröstung keine als Gebet.
Wie geht es meinem Herrn? –
Capucius. In bestem Wohlsein.
Katharina. Das bleib ihm immer. Blühe stets sein Glück,
Wenn ich bei Würmern wohne, wenn mein Name
Verbannt wird sein aus diesem Reich! Patienza,
Hast du mein Schreiben abgeschickt[1]?
Patienza. Nein, Fürstin.
Katharina. Dann bitt ich Euch in Demut, meinem Herrn
Dies einzuhändgen.
Capucius. Fürstin, zählt darauf.
Katharina. Empfohlen hab ich seiner Gnad und Milde
Sein Töchterlein, das Abbild unsrer Liebe;
In Fülle träuf auf sie des Himmels Segen! –
Sie gläubig aufzuziehn ersuch ich ihn;
Sie ist noch jung, von edler, sittger Art,
Und übt die Tugend, hoff ich. Dann, ein wenig

1. Genau: den Brief, den ich dich schreiben ließ

Sie auch zu lieben, ihrer Mutter wegen,
Die ihn geliebt, der Himmel weiß, wie teuer! –
Weiter bitt ich demütig ihn um Mitleid
Für meine armen Fraun, die mir so lang
Treulich gefolgt in gut und bösem Glück,
Von denen wahrlich keine – so behaupt ich,
Und lügen darf ich jetzt nicht –, die durch Tugend,
Durch wahre Seelenschönheit, strenge Sitte
Und fein Betragen nicht den besten Mann
Verdient; und daß er ja von Adel sei[1]!
Denn glücklich ist gewiß, wer sie erlangt.
Zuletzt nenn ich die Diener (arm sind alle,
Doch Armut wandte keinen je von mir);
Man woll auch ferner ihren Lohn nicht weigern,
Noch etwas drüber, mir zum Angedenken;
Dafern mir Gott gegönnt ein längres Leben
Und reichern Schatz, wir schieden wohl nicht also.
Das ist der ganze Inhalt, teurer Herr;
Bei allem, was Euch wert ist in der Welt,
Und wie Ihr christlich' Ruh den Toten wünscht,
Seid dieser armen Leute Freund und mahnt
Den König an dies letzte Recht!

Capucius. Das will ich,
So wahr mir Gott ein menschlich Herz verliehn! –

Katharina. Ich dank Euch, würdger Herr. Gedenkt auch meiner
In aller Ehrfurcht gegen Seine Hoheit,
Sagt, seine lange Sorge scheide jetzt
Von hinnen, sagt, ich segnet ihn im Tode,
Denn also will ichs tun – mein Aug wird dunkel –
Lebt wohl! – Griffith, lebt wohl. Nein, geh noch nicht,
Patienza, ruf die andern Fraun, ich muß
Zu Bett. – Wenn ich erst tot bin, gutes Mädchen,
Setzt mich mit Ehren bei; bestreut mein Grab
Mit jungfräulichen Blumen, daß man sehe,
Ich war bis an den Tod ein keusches Weib.

---

1. Vielleicht richtiger: und wenn er auch von Adel sei

Ihr sollt mich balsamieren, dann zur Schau
Ausstellen: zwar nicht Kön'gin, doch begrabt mich
Als Königin und eines Königs Tochter.
Ich kann nicht mehr! –

(*Die Königin wird hinweggeführt.*)

FÜNFTER AUFZUG

ERSTE SZENE

Eine Galerie im königlichen Palast

Gardiner, Bischof von Winchester, tritt auf; ein Page mit einer Fackel vor ihm her. Sir Thomas Lovell begegnet ihm

Gardiner. Die Uhr ist eins, nicht wahr?
Page. Es hat geschlagen.
Gardiner. Dies sollten Stunden sein für den Bedarf,
Nicht für Vergnügung; Zeit, Natur zu stärken
Durch Schlafs Erquickung, zum Vergeuden nicht
Bestimmt. – Gott schenk Euch gute Nacht, Sir Thomas;
Wohin so spät?
Lovell. Mylord, kommt Ihr vom König?
Gardiner. Soeben erst; ich ließ ihn beim Primero
Mit Herzog Suffolk.
Lovell. Ich muß auch zu ihm,
Eh er sich schlafen legt. Auf Wiedersehn!
Gardiner. Noch nicht, Sir Thomas Lovell; sagt, was gibts?
Ihr scheint in großer Eil, und wollt Ihrs nicht
Auslegen als Beleidgung – teilt dem Freund
Die Ursach mit so später Hast[1]; Geschäfte,
Die mitternächtlich umgehn wie die Geister,
Sind wildrer Art in sich, als was bei Tag
Erledgung sucht.
Lovell. Ich liebe Euch, Mylord;

1. Wörtlich: macht mir eine Andeutung über Euer spätes Geschäft

Und möcht Euch ein Geheimnis wohl vertraun,
Viel wichtiger noch als dies. Die Königin ist in Wehen,
Man sagt, in äußerster Gefahr; sie fürchten,
Es werd ihr Ende sein.

Gardiner. Für ihre Frucht
Will ich von Herzen beten, wünsch ihr auch
Gedeihn und Leben; doch den Stamm, Sir Thomas,
Laßt immer jetzt vertilgen.

Lovell. Dazu sprech ich
Das Amen mit, und dennoch sagt mein Herz,
Sie sei ein gut Geschöpf und liebes Weib,
Und beßrer Wünsche wert.

Gardiner. Doch, Herr, Herr, hört
Mich an, Sir Thomas: Ihr seid ein Mann, wie ich,
Der echten Kirche[1]; ich kenn Euch weise, fromm;
Und laßt Euch sagen, besser wirds nicht, eh –
Nicht eh, Sir Thomas Lovell, darauf baut –,
Bis Cranmer, Cromwell, ihre beiden Hände,
Und sie – im Grabe ruhn.

Lovell. Ei, Sir, Ihr nennt
Die Mächtigsten im Reiche. Cromwell stieg
Vom Kronwardein erst jüngst zum Archivar
Und Rat des Königs[2], steht noch überdies
Recht auf dem Sprung zu weitrer Förderung,
Und harrt nur auf die Zeit; – der Erzbischof
Ist Zung und Hand des Königs; wer nur wagt
Ein Wörtlein wider den?

Gardiner. Doch, doch, Sir Thomas,
Noch wagt es einer wohl; ich selbst erdreistets
Mich auszusprechen, ja noch heut am Tag
(Euch darf ich mich vertraun) schürt ich die Flamme
Den Herrn vom Staatsrat, hoff ich; zeigt', er sei
(Das, weiß ich, ist er, sie auch wissen es),
Ein erzverruchter Ketzer, eine Pest,

---

1. Wörtlich: ein Mann von meiner eignen Richtung
2. Wörtlich: Sekretär des Königs

Die unser Land verdirbt; Sie haben, ganz erregt,
Den König unterrichtet. Dieser lieh
So weit Gehör der Klag (aus hoher Huld
Und königlicher Fürsicht all das Unheil,
Das unsre Gründ ihm dargelegt, erwägend),
Daß vor den Staatsrat er ihn fordern ließ
Auf morgen früh. Dies böse Unkraut, Sir,
Muß ausgerottet werden. Doch zu lang
Halt ich Euch auf; ich wünsch Euch gute Nacht.

Lovell. Gut Nacht gleichfalls, Mylord; ich bleib Eur Diener.

(*Gardiner mit dem Pagen ab.*)

Der König mit dem Herzog von Suffolk tritt auf.

König. Karl, länger spiel ich diesen Abend nicht,
Ich bin zerstreut, Ihr seid mir heut zu stark.

Suffolk. Herr, ich gewann zuvor von Euch noch nie.

König. Nur selten, Karl,
Und sollt auch nie, wenn ich nur achtsam bin. –
Nun, Lovell, von der Königin? Wie stehts?

Lovell. Ich konnte nicht persönlich überbringen,
Was Ihr geboten; doch durch ihre Fraun
Sandt ichs ihr zu. Die Fürstin sagt Euch Dank
In tiefster Demut und ersucht Eur Hoheit,
Herzlich für sie zu beten.

König. Was sagst du? Wie?
Für sie zu beten? Wie? Ist sie in Wehen?

Lovell. Das sagten ihre Fraun; und daß der Schmerz
Ihr Qualen fast zum Tode gibt.

König. Die Arme! –

Suffolk. Gott woll ihr leichtlich ihre Bürde nehmen,
Mit lindem Weh, um bald mit einem Erben
Eur Hoheit zu erfreun.

König. 's ist Mitternacht;
Bitt dich, geh schlafen, und gedenk im Beten
Der armen Königin. Laß mich allein;
Mir kreuzen sich Gedanken, denen wenig
Gesellschaft frommt.

Suffolk. Ich wünsch Eur Majestät

Gut Nacht, und meiner teuren Herrin will ich
Gedenken im Gebet.

König. Karl, gute Nacht. (*Suffolk ab.*)

Sir Anthony Denny tritt auf.

Nun, Sir, was gibts?

Denny. Mylord, den Erzbischof bracht ich Eur Hoheit,
Wie Ihr befahlt.

König. Ah, den Canterbury?

Denny. Ja, bester Herr.

König. 's ist wahr. Wo ist er, Denny?

Denny. Er harrt im Vorsaal.

König. Führ ihn her zu mir.

(*Denny ab.*)

Lovell (*beiseite*). Das ist, wovon der Bischof zu mir sprach;
Ich kam zur guten Stunde.

Denny kommt zurück mit Cranmer.

König. Verlaßt die Galerie.

(*Lovell scheint zu zögern.*)

Ha! sagt ichs nicht?
Fort da! – Was! –

(*Lovell und Denny ab.*)

Cranmer (*beiseite*). Ich bin voll Furcht – warum die finstre Stirn?
Das ist sein Schreckensblick. Es steht nicht gut.

König. Nun, Mylord? Wissen wollt Ihr wohl, weshalb
Ich Euch ließ rufen?

Cranmer (*kniend*). 's ist mir Pflicht, Eur Hoheit
Befehlen stets zu g'nügen.

König. Steht nur auf,
Mein guter, würdger Lord von Canterbury.
Kommt, gehn wir auf und nieder miteinander.
Ich habe Neuigkeiten hier für Euch,
Kommt näher, kommt, und gebt mir Eure Hand.
Ach, guter Lord, es schmerzt mich sehr, zu sagen,
Und geht recht nah, was folgt, Euch auszusprechen.
Ich hab – und widerwillig – jüngst vernommen,
Von mancher schweren – ja, so muß ich sagen,
Schweren Beschuldgung wider Euch; worauf

Wir uns entschieden haben, samt dem Staatsrat
Euch morgen zu vernehmen; und ich weiß,
Ihr könnt so frei und rein Euch schwerlich läutern,
Daß bis zur fernen Untersuchung nicht
Der Punkte, so Ihr widerlegen sollt,
Ihr Euch gedulden müßtet und bereiten,
Eur Haus in unserm Turm zu suchen. Also
Ziemt sichs für Euch, als Pair [1], weil sonst kein Zeuge
Aufträte gegen Euch.

Cranmer. Eur Hoheit dank ich
Und freu mich sehr zu solchem ernsten Anlaß
Sorgfältger Sichtung, die den Weizen völlig
Von meiner Spreu wird sondern; denn ich weiß,
Mich Armen treffen mehr Verleumderzungen
Als irgendeinen.

König. Knie nicht, Canterbury:
Dein Recht, dein reiner Sinn schlug tiefe Wurzel
In Uns, in deinem Freund. Gebt mit die Hand,
Kommt, gehn wir noch. – Nun, bei der Mutter Gotts,
Was seid Ihr für ein Mann denn? Dacht ich doch,
Ihr würdet jetzt mich dringend supplizieren,
Auf daß ich mich verwendete, nur schnell
Die Gegner Euch zu stellen, und demnächst
Euch ferner hörte sonder Haft.

Cranmer. Mein Fürst,
Der Schutz, auf den ich trau, sind Recht und Gradheit;
Verließen *die* mich, würd ich mit den Feinden
Mich meines Sturzes freun, denn ohne sie
Könnt ich mich selbst nicht achten. Doch ich fürchte
Nichts, was sie sagen mögen.

König. Wißt Ihr nicht
(Was alle Welt weiß), wie Ihr mit der Welt steht?
Sehr viel sind Eurer Feind',
Und kleine nicht; und deren Ränke sind
Wie sie beschaffen: und nicht stets gewinnt

---

1. Wörtlich: als unsern Bruder

Wahrheit und Recht, wie's sollte, Lossprechung
In dem Prozeß. Wie leicht erkaufen nicht
Verderbte Seelen gleich verderbte Schurken,
Zu schwören gegen Euch? So was geschieht!
Die Gegner sind Euch stark, und ihrer Macht
Gleicht ihre Bosheit. Hofft Ihr günstger Glück
Im Punkt meineidger Zeugen denn Eur Heiland,
Dem Ihr als Diener folgt, solang er wallte
Auf dieser schnöden Erde? – Wie? Ei! Ei!
Euch dünkt ein Abgrund kein gewagter Sprung,
Ihr werbt Euch selbst den eignen Untergang!

Cranmer. So mögen Gott und Eure Majestät
Beschützen meine Unschuld, sonst vermeid ich
So viele Schlingen nicht!

König. Seid guten Muts;
Sie solln nicht weiter gehn, als wir gestatten.
Bleibt nur getrost und schickt Euch an, heut morgen
Vor ihnen zu erscheinen. Kommts, daß sie
Anklagen auf Verhaftung legen dar,
So laßt nicht ab, die besten Gegengründe
Zu häufen, scheut auch nicht ein heftges Wort,
Wie's Euch der Anlaß eingibt; wenn alsdann
Eur Dringen fehlschlägt, zeigt nur diesen Ring,
Und wendet Euch sofort in ihrem Beisein
An mein Entscheiden. – Seht, der Gute weint!
Der ist getreu, auf Ehre! – Bei Christi Mutter!
Ich schwörs, er ist von Gold, das beste Herz
In unserm Königreich. – Nun geht und tut,
Wie ich Euch sagte. Seine Sprach ist ganz
Erstickt in Tränen. (*Cranmer ab.*)

Eine alte Hofdame tritt auf. Lovell folgt ihr.

Edelmann (*hinter der Szene*). Bleibt zurück! Was wollt Ihr?

Hofdame. Ich bleibe nicht zurück! Ich habe Zeitung,
Die Dreistigkeit gesittet macht. – Dein Haupt
Umschweben gute Engel, und ihr Fittich
Beschatte dich! –

König. Aus deinen Blicken les ich

Die Botschaft – Ist die Königin entbunden?
Sprich ja, und von 'nem Knaben?

Hofdame. Ja! ja! mein König,
Von einem süßen Knaben. Herr im Himmel,
Beschütz sie nun und ewig! – 's ist ein Mädchen,
Das künftge Knaben wohl verspricht. Die Königin
Harrt Eures Kommens, Herr, und Eurer ersten
Bekanntschaft mit dem kleinen Ankömmling.
Er gleicht Euch wie ein Ei dem andern – –

König. Lovell –

Lovell. Herr!

König. Gib ihr hundert Mark. Ich will zur Königin. (*König ab.*)

Hofdame. Nur hundert Mark? Beim Himmel! ich will mehr,
Für einen Stallknecht wär es Lohn genug.
Mehr muß ich haben, sonst keif ichs ihm ab:
Sagt ich deshalb, das Mädchen seh ihm gleich?
Ich muß mehr haben, sonst nehm ichs ganz zurück,
Und nun das Eisen, weils noch heiß, zum Amboß! (*Ab.*)

Zweite Szene

Vor dem Zimmer des Staatsrats

Cranmer tritt auf. Türsteher und Bediente draußen wartend

Cranmer. 's ist, hoff ich, nicht zu spät, und doch empfahl mir
Der Bote, den der Staatsrat mir gesandt,
So große Eil. – Noch zu? Was heißt das? He! –
Wer hat den Dienst? Ihr kennt mich doch?

Türsteher. O ja,
Mylord; doch kann ich Euch nicht helfen.

Cranmer. Wie! –

Türsteher. Ihr müßt noch stehn, Mylord, bis man Euch ruft.

Cranmer. So? –

Doktor Butts tritt auf.

Butts (*für sich*). Nun, das ist rechte Bosheit! Ich bin froh,
Daß ich zum Glück den Weg hier nahm. – Der König
Soll dies sogleich erfahren. (*Ab.*)

Cranmer. Das ist Butts,

Des Königs Arzt. Als er vorüberging,
Wie ernst er seinen Blick auf mich geheftet!
Wenn er nur nicht mein Unglück weiß! Gewiß ists
Absichtlich angelegt durch meine Feinde
(Gott beßre sie, nie reizt ich ihre Tücke! –)
Zu meinem Schimpf, sonst schämten sie sich wohl,
Mich vor der Tür zu lassen, ihresgleichen
Im Staatsrat, unter Troß und Knechten. Mag
Ihr Wille doch geschehn, ich warte ruhig.

Der König und Butts, oben am Fenster.

Butts. Ich zeig Eur Hoheit den seltsamsten Auftritt –
König. Was meinst du?
Butts. Ich denk, Eur Hoheit sah dies wohl nicht oft.
König. Zum Element! Wo ists? –
Butts. Seht hier, mein Fürst,
Das Standserhöhn Mylords von Canterbury,
Der Hof hält vor der Tür mit Häschern, Pagen
Und Dienertroß.
König. Ha, wirklich! Er ists selbst!
Auf solche Weise ehren sie einander?
Gut, daß noch *einer* höher ist. Ich dachte,
Sie alle hätten soviel Sinn für Recht
(Zum mindsten gute Sitte), nicht zu dulden,
Daß solchen Rangs ein Mann, und uns so nah,
Hier ihrer Gnaden Wohlgefalln erwarte,
Und an der Tür, wie 'n Postknecht mit Paketen!
Butts, bei der Mutter Gotts, so handeln Schufte!
Doch laß sie nur, ziehn wir den Vorhang zu,
Wir werden weiter sehn. –

Das Zimmer des Staatsrats. Der Lord-Kanzler setzt sich oben an die Tafel zur Linken; ein Sitz über ihm bleibt leer, welcher dem Erzbischof von Canterbury gehört. Die Herzöge von Norfolk, Suffolk, Surrey, der Lord-Kämmerer und der Bischof von Winchester setzen sich nach der Ordnung zu beiden Seiten der Tafel. Cromwell als Sekretär zuunterst[1].

---

1. Englische Ausgaben setzen hier eine neue Szene an.

Kanzler. Beginnt den Vortrag jetzt, Herr Sekretär.
Was führt uns heut zusammen?
Cromwell. Gnädge Herrn,
Der Fall betrifft Mylord von Canterbury.
Gardiner. Gab man ihm Nachricht?
Cromwell. Ja.
Norfolk. Wer wartet dort?
Türsteher. Dort draußen?
Gardiner. Ja.
Türsteher. Nun, der Herr Erzbischof,
Der Eures Winks seit einer Stunde harrt.
Kanzler. Laßt ihn herein.
Türsteher. Eur Gnaden kann jetzt kommen.

Cranmer nähert sich der Versammlung.

Kanzler. Werter Herr Erzbischof! – Mit tiefem Kummer
Sitz ich allhier und sehe jenen Stuhl
Erledigt; doch wir alle sind nur Menschen,
Schwachheit ist unser Erb, nur wen'ge sind,
Im Fleisch noch wandelnd, Engel; so hat Schwachheit
Und Weisheitsmangel denn auch Euch verführt,
Der uns das beste Beispiel sollte geben,
Euch zu versündgen, und fürwahr, nicht leicht!
Zuerst am König; dann am Recht, indem
Das Reich durch Euch und Eurer Pfarrherrn Lehre
(Denn so verlautets) neuer Irrtum füllt,
Sektierung und Gefahr, kurz, Ketzerei,
Die, nicht gedämpft, Verderbnis muß erzeugen.
Gardiner. Und solche Dämpfung tut uns eilend not,
Ihr edlen Herrn; wer wilde Hengste zähmt,
Dem reicht die Hand nicht aus, sie fromm zu ziehn,
Er zwängt ihr Haupt mit scharfem Zaum und spornt sie,
Bis sie der Führung weichen. Dulden wir
Nach unsrer Lässigkeit und kindscher Sorgfalt[1]
Für *eines* Mannes Ruf solch schnöde Pest,
Dann, Heilkunst, fahre wohl! Was wird die Folge?

---

1. Genau: Erbarmen

Aufruhr, Empörung, allgemeine Seuche
Des ganzen Staats, wie kürzlich unsre Nachbarn
Im Niedern Deutschland teuer gnug bezeugt,
Darob noch frisch in uns das Mitleid lebt.

Cranmer. Ich hab bisher danach gestrebt, Mylords,
In meines Amts und Lebens ganzem Fortgang
Und nicht mit kleiner Mühe, daß mein Wort
Und meines Lehreransehns fester Gang
Die gleiche Bahn bewahrten, und das Gute
Blieb stets mein Ziel. Auch lebt auf Erden wohl –
Das sag ich treuen Herzens, edle Lords –
Nicht *einer*, der die Störer heimschen Friedens
Mehr haßt als ich, und mehr als ich bekämpft
Im eignen Innern und in seinem Amte[1].
Gott geb, es diente keiner je dem König
Mit mindrer Treu und Liebe! Wem der Neid,
Die krumme Arglist Nahrung gibt, des Biß
Wagt an die Besten sich. Ich bitt euch, Herrn,
Laßt meine Kläger mir in dieser Sache,
Wer sie auch sei'n, hier gegenüberstehn,
Und ohne Rückhalt zeugen.

Suffolk. Nein, Mylord,
Das geht nicht an; Ihr seid des Staatsrats Mitglied,
Und solche Würde schützt vor aller Klage.

Gardiner. Mylord, weil uns Bedeutenders noch obliegt,
Seid kürzlich abgefertigt! Seine Hoheit,
Nach unserm Schluß, zu beßrer Untersuchung,
Verlangt, daß Ihr Euch gleich zum Turm begebt,
Wo Ihr, Privatmann wiederum geworden,
Erfahren sollt, wieviel Ihr Kläger habt;
Und, fürcht ich, mehr, als Ihr gewärtig seid.

Cranmer. Ei, werter Lord von Winchester, ich dank Euch,
Wart Ihr doch stets mein Freund; nach Eurem Wunsch
Spracht Ihr zugleich die Klage wie das Urteil[2],

---

1. Dieser Vers fehlt bei Baudissin. – 2. Wörtlich: find ich in Eurer Lordschaft den Richter und den Geschworenen

So menschlich seid Ihr. Euer Trachten seh ich,
's ist mein Verderben; Lieb und Demut, Lord,
Ziemt frommen Hirten mehr als Sucht der Ehre; –
Gewinnt mit Glimpf verirrte Seelen wieder,
Verstoßt sie nicht. Daß ich mich rein'gen werde,
Und beugt Ihr auch mir gänzlich die Geduld,
Bleibt mir kein Zweifel, gleich wie Euch kein Skrupel
Für täglich Unrecht. Mehr noch könnt ich sagen,
Doch mahnt die Achtung für Eur Amt zu Maß.

Gardiner. Mylord, Mylord, Ihr seid ein Sektenstifter[1],
Das liegt am Tag; Eur gleißend heller Firnis
Hüllt Schwäch und leere Worte nimmer ein.

Cromwell. Mylord von Winchester, verzeiht in Gnaden,
Ihr dünkt mich fast zu hart. So edle Männer,
Wenngleich im Irrtum, sollten Achtung finden
Für das, was sie gewesen. Grausam ists,
Den Fallenden zu drängen.

Gardiner. Mein Herr Schreiber,
Verzeihung, Euer Gnaden, dieses Wort
Ziemt Euch von allen hier am schlechtsten.

Cromwell. Wie?

Gardiner. Kenn ich Euch etwa nicht als zugetan
Der neuen Sekt? Ihr seid nicht rein.

Cromwell. Nicht rein? –

Gardiner. Nicht rein, sag ich.

Cromwell. Wärt Ihr nur halb so ehrlich,
Dann folgt' Euch Segen nach, wie jetzt die Furcht.

Gardiner. Des frechen Worts gedenk ich.

Cromwell. Immerhin,
Doch Eures frechen Lebens auch.

Lord-Kämmerer. Zuviel! –
Ihr Herrn, hört auf!

Gardiner. Ich bin zu End.

Cromwell. Ich auch.

Lord-Kämmerer. Was Euch betrifft, Mylord, so glaub ich, ward

---

1. Genau: Sektierer

Einstimmig der Beschluß gefaßt, zum Turm
Euch als Gefangnen schleunig abzusenden,
Wo Ihr verbleibt, bis fernrer Auftrag uns
Vom König kommt. Mylords, sind alle einig?

Alle. Das sind wir.

Cranmer. Ist für mich kein mildrer Weg,
Muß ich durchaus zum Turm, ihr Herrn?

Gardiner. Welch andrer
Bleibt wohl für Euch? Ihr seid sehr überlästig!
Ruft von der Wache wen hieher!

Cranmer. Für mich?
So stellt Ihr mich Verrätern gleich?

(*Es treten einige von der Wache in den Saal.*)

Gardiner. Empfangt ihn
Und führt ihn in den Turm.

Cranmer. Halt, gute Lords,
Gönnt mir zwei Worte noch. – Seht, werte Herrn,
Kraft dieses Ringes nehm ich meine Sache
Aus böser[1] Menschen Klau'n und gebe sie
Einem höhern Richter, meinem Herrn und König.

Lord-Kämmerer. Das ist des Königs Ring.

Surrey. 's ist kein verfälschter.

Suffolk. Der echte Ring; bei Gott, ich sagt euch gleich,
Als wir den schlimmen Fels ins Rollen brachten,
Er fiele auf uns selbst.

Norfolk. Glaubt ihr, Mylords,
Der König lasse diesem Mann auch nur
Den kleinen Finger kränken?

Lord-Kämmerer. Nur zu wahr!
Und wieviel mehr liegt ihm an diesem Leben!
Ich wollt, ich wär heraus.

Cromwell. Mir ward es klar,
Als ihr noch Kundschaft suchtet und Verdacht
Wider solchen Mann, des Redlichkeit allein
Der Teufel und sein Anhang sieht mit Neid.

---

1. Genau: grausamer; hartherziger

Ihr schürtet selbst das Feuer, das euch brennt:
Nun mögt ihrs haben! –

Der König tritt herein und sieht mit zürnenden Blicken auf die Herren vom Staatsrat. Dann setzt er sich.

Gardiner. Erhabner Fürst, wie danken wirs dem Himmel
Alltäglich, der uns solchen Herrn gegönnt,
Nicht nur höchst weis und gut, doch fromm vor allem:
Ein König, der die Kirch in seiner Demut
Zum Ziel des höchsten Ruhms sich wählt und selbst,
Um solche Pflicht zu kräftgen, voller Huld
Der heutgen Sitzung naht, um ihren Rechtsfall
Mit jenem Hauptverbrecher zu vernehmen.

König. Lobreden aus dem Stegreif scheint Eur Fach,
Bischof von Winchester; doch komm ich nicht,
Solch Schmeicheln mir ins Antlitz jetzt zu hören,
Zu dünn und schal, um Unrecht zu verhüllen.
Ihr reicht nicht hoch genug – dem Schoßhund ähnlich,
Meint Ihr mit Zungenspiel mich zu gewinnen;
Doch, wie von mir du denken magst, ich weiß,
Du hegst grausame, blutge Sinnesart. –
Setz dich, mein guter Cranmer. Nun, laßt sehn!
Laßt nun den Kecksten, der am meisten wagt,
Nur seinen Finger heben wider dich!
Beim Himmel! besser tät er, zu verhungern,
Als dächt er, dieser Platz sei dir zu gut.

Surrey. Gefall Eur Hoheit –

König. Nein, Sir, es mißfällt mir.
Ich dacht, ich hätte Männer von Verstand
Und Einsicht hier im Rat, doch täuscht ich mich.
Wars klug getan, ihr Herrn, hier diesen Mann,
Den guten Mann – wen nennt ich so von euch[1]? –
Den Ehrenmann, gleich einem lumpgen Knecht
Stehn lassen vor der Tür? Ihn, der euresgleichen? –
Ei, welche Schmach! hieß meine Vollmacht nur
So gänzlich euch vergessen? Ich erlaubt euch,

1. Wörtlich: wenige von euch verdienen diesen Titel

Ihn zum Verhör zu ziehn als Staatsrat, nicht
Als Pferdeknecht. Ich seh hier manchen zwar,
Der mehr aus Arglist, denn aus reinem Eifer,
Vermöcht ers, ihm das Ärgste zuerkennte:
Allein das sollt ihr nie, weil ich noch lebe.

Kanzler. Bis hieher, höchster Herr, vergönn Eur Hoheit
Den Hergang zu entschuldgen. Was beliebt ward,
Anlangend sein Gefängnis, traf vielmehr,
Wenn Treu und Glauben gelten, ein Verhör
Und Rein'gung vor der Welt, als bösen Zweck;
In mir zum mindsten.

König. Ehrt ihn denn, ihr Herrn:
So nehmt ihn auf und liebt ihn, er verdient es.
Ich sage nur soviel von ihm: kann je
Ein Fürst dem Untertan verpflichtet sein,
Bin ich es ihm für seine Lieb und Dienste;
Macht keine Umständ mehr, umarmt ihn alle;
Seid Freunde, schämt euch, Lords! – Lord Canterbury,
Ich hab 'ne Bitt an Euch, versagt mirs nicht:
Noch fehlt die Tauf 'nem artgen kleinen Fräulein,
Ihr müßt Gevatter sein und sie vertreten.

Cranmer. Der größte König würd erfreut und stolz
Durch solche Ehre; wie verdien ich soviel! –
Ich, Eur geringer, schwacher Untertan.

König. Geht, geht, Mylord; ich glaub, Ihr spartet gern
Die Patenlöffel. – Ich besorg Euch noch
Zwei würdige Gehilfen: Lady Norfolk
Und Marquis Dorsets Frau: gefällts Euch so?
Noch einmal, Mylord Winchester, ich sags Euch,
Umarmt den Mann und liebt ihn.

Gardiner. Brüderlich
Und treuen Herzens tu ichs.

Cranmer. Und der Himmel
Bezeug es, wie mich dieses Wort erfreut!

König. Du Redlicher!
Die Freudenträne zeigt dein treues Herz.
Des Volkes Stimme seh ich hier bewährt,

Die oft gesagt: Spielt Mylord Canterbury
'nen schlimmen Streich, dann habt Ihr ihn zum Freund. –
Kommt Herrn, die Zeit ist edel, mich verlangt
Als Christin meine Kleine bald zu sehn.
Doch ihr bleibt einig, wie ihr jetzt euch zeigt,
Daß meine Macht wie eure Wohlfahrt steigt[1]. (*Alle ab.*)

Dritte Szene

Der Schloßhof

Geräusch und Tumult hinter der Bühne. Der Pförtner und sein Knecht treten auf

Pförtner. Werdet ihr bald mit Lärmen aufhören, ihr Esel? Meint ihr, der Schloßhof sei ein Bärengarten? Ihr wüsten Gesellen, laßt das Brüllen.

Einer von drinnen. Lieber Meister Pförtner, ich gehöre zur Speisekammer.

Pförtner. Gehört zum Galgen und laßt Euch hängen, Ihr Maulaff. Ist dies der Ort, solch ein Gebrüll zu verführen? Holt mir ein Dutzend Schwarzdornknüttel, von den stämmigsten. Diese hier sind alle nur wie Reitgerten. Ich werde euch die Köpfe krauen; müßt ihr auf Kindtaufen sein? Steht euch der Sinn auf Bier und Kuchen hier, ihr wüsten Esel?

Knecht. Seid ruhig, lieber Herr, 's ist gleich unmöglich –
Wir fegen denn sie mit Kanonen heim —
Sie zu zerstreun, als sie zum Schlaf zu bringen
Am Maitagmorgen, nimmer setzt Ihrs durch:
Wir brächten wohl Sankt Paul so leicht zum Weichen.

Pförtner. Wie kamen sie, zum Henker, denn herein?

Knecht. Ich weiß nicht, Herr; wie bricht die Flut herein?
Was ein gesunder Prügel von vier Fuß
Austeilen konnte – seht die winzgen Reste –,
Herr, daran spart ich nichts.

Pförtner. Nichts tatet Ihr.

Knecht. Ich bin kein Simson, kein Ritter Guy, kein Riese Col-

---

1. Wörtlich: damit ihr größere Ehre gewinnt

brand, daß ich sie vor mir niedermähen könnte; wenn ich aber *einen* verschont habe, der einen Kopf zum Treffen hatte, jung oder alt, er oder sie, Hahnrei oder Hahnreimacher, so will ich nie wieder einen Rippenbraten vor Augen sehn, und das möcht ich nicht für eine ganze Kuh. Gott tröste sie!

Von drinnen. Hört Ihr, Meister Pförtner?

Pförtner. Gleich werd ich bei Euch sein, lieber Meister Hasenfuß. Halt die Tür fest zu, Kerl.

Knecht. Was wollt Ihr, daß ich tun soll?

Pförtner. Was sollt Ihr anders tun, als sie bei Dutzenden zu Boden schlagen? Ist dies Moorfields, wo gemustert wird? Oder haben wir einen ausländischen Indianer mit einem großen Schweif am Hofe, daß die Weiber uns so belagern? Gott behüte, was für unzüchtiges Gesindel sich da vor der Tür herumtreibt! Bei meiner christlichen Taufe, dieser eine Täufling bringt ihrer tausend neue zuwege – hier kommen Vater, Gevatter und alle Welt zusammen.

Knecht. Desto dichter fallen die Löffel, Herr. Dort steht ein Kerl so ziemlich nah an der Türe, der muß ein Kupferschmied sein nach seinem Gesicht; denn, mein Seel, zwanzig Hundstage regieren ihm in der Nase; alle, die um ihn her stehn, sind unter der Linie, sie brauchen keine Strafe weiter; diesen Feuerdrachen traf ich dreimal auf den Kopf, und dreimal gab seine Nase Feuer auf mich; er steht wie ein Mörser da, um auf uns loszubrennen. Neben ihm sah ich ein abgeschmacktes Trödelweib, das auf mich schimpfte, bis ihre zackige Suppenschüssel ihr vom Kopf fiel, weil ich solch einen Brand im gemeinen Wesen anschürte. Ich verfehlte das Feuermeteor einmal und traf dieses Weib, das gleich rief: «Knüttel her!» Worauf ich alsbald an die vierzig Stabschwinger ihr zu Hilfe kommen sah, die Hoffnung des *Strand*, den sie bewohnt. Sie griffen an, ich hielt mich tapfer; zuletzt waren sie auf Besenstiellänge an mir, noch immer bot ich Trotz, als plötzlich eine Reihe von Jungen hinter ihnen, Heckfeuerschützen, solch einen Hagel von Steinen gegen mich abschickte, daß ich die Segel einzog und froh sein mußte, das Feld zu räumen. Der Teufel war unter ihnen, glaub ich sicher.

Pförtner. Das sind die Schlingel, die im Theater trommeln und sich um angebißne Äpfel prügeln; solche, die kein Zuhörer aushalten kann, als einer von der Trübsalgilde zu Towerhill, oder von ihrer teuern Brüderschaft, den Limehouse-Lümmeln. Ein paar von ihnen hab ich *in limbo patrum*[1], wo sie wohl diese drei Tage durchtanzen könnten, außer dem ambulierenden Bankett zweier Büttel, das ihnen noch bevorsteht.

Der Lord-Kämmerer tritt auf.

Lord-Kämmerer.
Gott steh uns bei, was für ein Schwarm ist dies!
Er wächst stets noch, es drängt von allen Seiten,
Als gäb es Jahrmarkt! Wo sind hier die Pförtner,
Die faulen Schelme? Schöne Arbeit, he! –
Ein saubrer Haufe hier im Hof! Sind dies
Die werten Freunde von der Vorstadt her?
Gewiß, den Damen bleibt viel Platz noch offen,
Wenn sie vom Taufsaal kommen.

Pförtner. Sieht Eur Gnaden,
Wir sind nur Menschen: was da möglich war
Untotgeschlagener Weise, das geschah;
Ein ganzes Heer bezwingt sie nicht.

Lord-Kämmerer. Beim Himmel,
Wenn mich der König schilt, so sollt ihr all
Ins Eisen mit den Fersen, unverzüglich,
Und eure Köpfe trifft 'ne runde Buße.
Ihr klappert mit dem Krug, ihr faulen Schelme,
Ob auch der Dienst drum stillsteht. Hört! man bläst;
Sie kommen von der Taufe schon zurück.
Geht, brecht mir durchs Gedräng und macht euch Bahn
Und Raum dem Zug, sonst such ich euch sofort
Ein Kloster[2] aus, das euch sechs Wochen herbergt.

Pförtner. Macht Platz für die Prinzessin! –

---

1. Im Kreise der Patriarchen, d.h. in der Vorhölle, im Gefängnis
2. Genau: Marshalsea (Name des Gefängnisses in Southwark)

Knecht. Ihr großer Kerl, geht auf die Seite, oder ich will Euch Kopfweh machen.

Pförtner. Ihr da, in dem gesteiften Wams, packt Euch aus den Schranken, oder ich werf Euch über die Pfeiler.

(*Alle ab.*)

Vierte Szene

Im Palast

Blasende Trompeter; darauf zwei Aldermänner; der Lord-Mayor; der Herold; Cranmer, der Herzog von Norfolk mit dem Marschallstabe; der Herzog von Suffolk; zwei Edelleute, die große, aufrechtstehende Schalen als Taufgeschenke tragen; darauf vier Edelleute, die einen Thronhimmel halten, unter welchem die Herzogin von Norfolk als Gevatterin das Kind trägt. Sie ist reich in einen Mantel gekleidet, eine Hofdame hält ihre Schleppe. Ihr folgen die Marquise von Dorset, als zweite Gevatterin, und andre Damen. Der Zug geht einmal über die Bühne, dann spricht der Wappenherold

Wappenherold. Der Himmel verleihe nach seiner endlosen Güte Gedeihen, langes und immer glückliches Leben der hohen und mächtigen Prinzessin von England, Elisabeth!

Trompetenstoß. Der König und sein Gefolge treten auf.

Cranmer. Und meiner edlen Mitgevattern Flehn
Und meins für Eure Königliche Hoheit
Und unsre teure Königin ist dies:
Mög alle Freud und Tröstung, so der Himmel
Je aufgespart, zwei Eltern zu beglücken,
In diesem holden Kind euch stündlich wachsen! –

König. Ich dank Euch, wertester Lord-Erzbischof.
Wie ist ihr Nam?

Cranmer. Elisabeth.

König. Steht auf!

(*indem er die Prinzessin küßt*)

Mein Segen mit dem Kuß! Gott sei mit dir,
In seine Hand leg ich dein Leben! –

Cranmer. Amen!

König. Ihr habt zuviel gespendet, edle Paten,

Ich dank euch; auch dies Fräulein tuts dereinst,
Sobald ihr Englisch ausreicht.

Cranmer. Laßt mich reden,
Gott will's; und achte keiner hier mein Wort
Für Schmeichelei, denn Wahrheit sollt ihr's finden.
Dies Königskind — (stets sei mit ihr der Himmel!)
Ob in der Wiege noch, verheißt dem Reich
Tausend und abertausend Segensfülle,
Die Zeit zur Reife führt. Sie wird dereinst
(Nur wen'ge, jetzt am Leben, schaun es noch)
Ein Muster aller Kön'ge neben ihr
Und die nach ihr erscheinen. Sabas Fürstin
Hat Weisheit nicht und Tugend mehr geliebt,
Als diese holde Unschuld. Jede Zier,
Jedwede Anmut so erhabnen Haupts,
Und jede Tugend, die den Frommen schmückt,
Ist doppelt stark in ihr. Die Wahrheit nährt sie,
Himmlische Andacht wird ihr ratend beistehn,
Geliebt wird sie, gefürchtet sein; gesegnet
Von ihren Freunden.
Die Feinde zittern gleich geschlagnen Halmen,
Gebeugt das Haupt in Gram. Heil wächst mit ihr,
In ihren Tagen ißt in Frieden jeder
Unter dem eignen Weinstock, was er pflanzte.
Des Friedens heitre Klänge tönen rings,
Gott wird erkannt in Wahrheit; ihre Treuen,
Durch sie geführt zum wahren Pfad der Ehre,
Erkämpfen hier sich Größe, nicht durch Blut.
Auch schläft mit ihr der Friede nicht; nein, wie
Der Wundervogel stirbt, der Jungfraun-Phönix,
Erzeugt aus ihrer Asche sich der Erbe,
So wunderwürdig auch, wie sie es war;
So läßt sie einem andern allen Segen
(Ruft sie der Herr aus Wolken dieses Dunkels),
Der, aus der heilgen Asche ihrer Ehre,
Sich, ein Gestirn, so groß wie sie, erhebt,
Glanzhell: Schreck, Friede, Fülle, Lieb und Treu,

Die Diener waren dieses hehren Kindes,
Sind seine dann, wie Reben ihn umschlingend;
Wo nur des Himmels helle Sonne scheint,
Da glänzt sein Ruhm, die Größe seines Namens,
Und schaffet neue Völker; er wird blühn
Und weit, wie Berges Zedern, seine Zweige
Auf Ebnen strecken. – Unsre Kindeskinder
Sie sehn, Gott preisend, dies.

König. Ha, du sprichst Wunder.

Cranmer. Sie wird zu Englands schönstem Ruhm gesegnet
Mit hohen Jahren, viele Tage sieht sie
Und keinen doch ohne eine Tat des Ruhms.
Oh, säh ich weiter nicht! Doch sterben muß sie,
Sie muß, die Heilgen wolln sie: doch als Jungfrau,
Als fleckenlose Lilie senkt man sie
Hinab zur Erd, und alle Welt wird trauern.

König. Lord-Erzbischof,
Ihr habt mich jetzt zum Mann gemacht; kein Kind
Erzeugt ich noch vor diesem selgen Wesen[1]
Dies Trostorakel hat mich so beglückt,
Daß ich dereinst im Himmel wünschen werde,
Das Tun des Kinds zu sehn, und Gott zu preisen.
Ich dank euch allen. Euch, werter Lord-Mayor,
Und Euren Brüdern bin ich höchst verbunden;
Ich ward geehrt durch Eure Gegenwart,
Ich will mich dankbar zeigen. Kommt, ihr Herrn,
Ihr müßt die Königin noch alle sehn:
Euch alle muß sie ihres Danks versichern,
Sonst wird sie nicht genesen. Heut soll keiner
Des Hauses warten, alle bleibt als Gäste;
Durch diese Kleine wird der Tag zum Feste.

(*Alle ab.*)

---

1. Wahrscheinlich richtiger: Gar nichts
Besaß ich noch vor diesem sel'gen Kind.

EPILOGUS

Zehn gegen eins, daß unser Spiel nicht allen
Behaglich war. *Der* schlief mit Wohlgefallen
Zwei Akte durch; da weckt ihn ungebührlich
Trompetenschall und Lärm: nun heißts natürlich:
«Das Stück ist schlecht.» *Der* kam, um groß und klein
Verhöhnt zu sehn und «echter Witz» zu schrein:
Was gleichfalls ausblieb. Darum fürcht ich, heut
Kein Lob zu ernten, wie's uns oft erfreut;
Und unser einzig Hoffen laßt uns baun
Auf gütge Nachsicht sanft gestimmter Fraun.
Denn eine solche sahn sie hier; und krönt
Ihr Beifall uns, dann weiß ich auch versöhnt
Die Männer: unser Spiel wird Gunst erlangen;
Sie klatschen gern, wenns ihre Fraun verlangen.

TITUS ANDRONICUS

Wahrscheinlich gegen das Ende der 1580er Jahre entstanden
Übersetzt von Wolf Graf von Baudissin,
unter der Redaktion von Ludwig Tieck

PERSONEN

SATURNINUS, *Sohn des verstorbenen römischen Kaisers, späterhin selbst Kaiser*
BASSIANUS, *dessen Bruder, Liebhaber der* LAVINIA
TITUS ANDRONICUS, *ein edler Römer und Heerführer wider die Goten*
MARCUS ANDRONICUS, *Volkstribun, des* TITUS *Bruder*
LUCIUS, QUINTUS, MARCIUS, MUTIUS – *Söhne des* TITUS ANDRONICUS
Der jüngere LUCIUS, LUCIUS' *Sohn*, TITUS' *Enkel*
PUBLIUS, *Sohn des* MARCUS ANDRONICUS
ÄMILIUS, *römischer Patrizier*
ALARBUS, CHIRON, DEMETRIUS – *Söhne der* TAMORA
AARON, *ein Mohr*, TAMORAS *Geliebter*
Ein Hauptmann
Ein Tribun
Ein Bote
Ein Bauer
Römer, Goten
TAMORA, *Königin der Goten*
LAVINIA, *Tochter des* TITUS ANDRONICUS
Eine Wärterin mit einem Mohrenkind

Senatoren, Tribunen, Verwandte des Titus, Gerichtsdiener, Kriegsleute und andres Gefolge

Die Szene: *Rom* und die umliegende Gegend

ERSTER AUFZUG

Erste Szene

Rom. Vor dem Kapitol

Trompetenstoß. Es erscheinen oben auf der Bühne Senatoren und Tribunen, wie zur Versammlung; dann von der einen Seite Saturninus mit seinem Gefolge, von der andern Bassianus mit dem seinigen. Trommeln und Fahnen

Saturninus. Edle Patrizier, Schirmer meines Rechts,
Verteidigt meinen Anspruch mit dem Schwert;
Und ihr, Mitbürger, Freunde wert und treu,
Werbt mit den Waffen um mein erblich Recht.
Ich bin des Erstgeborner, den zuletzt
Geschmückt Roms kaiserliches Diadem:
So folge mir des Vaters Würde nach.
Kränkt meinen Vorrang nicht durch diese Schmach.
Bassianus. Römer, Gefährten, Fördrer meines Rechts!
Wenn je zuvor Bassianus, Cäsars Sohn,
Roms königlichem Auge wohlgefiel,
Besetzt den Zugang hier zum Kapitol
Und duldet nicht, daß Unwert dürfe nahn
Dem Kaisersitz, der Tugend stets geweiht,
Dem Recht, der Mäßigung, dem Edelmut.
Laßt Stimmenmehrheit das Verdienst erhöhn,
Und, Römer, kämpft für Freiheit eurer Wahl! –
Marcus Andronicus oben auf der Bühne, mit der Krone
Marcus. Ihr Prinzen, die durch Anhang und Partein
Ehrgeizig strebt nach Herrschaft und Gewalt;
Es grüßt das römsche Volk, für das wir stehn
Mit unsern Freunden, durch einmütgen Ruf
Nach seinem Wahlrecht, als des Reiches Fürst
Andronicus, der Fromme zubenamt,
Für sein vielfach und groß Verdienst um Rom. —
Ein beßrer Krieger und ein größrer Mann
Lebt nicht zu dieser Stund in unsrer Stadt;

Er ist zurückberufen vom Senat
Aus heißem Kampf mit den barbarschen Goten;
Er mit den Söhnen, unsrer Feinde Schreck,
Bezwang dies starke, kriegsgewohnte Volk.
Zehn Jahre sind es nun, seit er zuerst
Roms Sache führt', und strafte mit dem Schwert
Der Feinde Hochmut; fünfmal kehrt' er heim
Blutig, nach Rom, die tapfern Söhne führend
Auf Bahren[1] aus dem Feld;
Und nun, zuletzt, geschmückt mit Ruhmstrophäen,
Zieht dieser wackre Titus heim gen Rom,
Andronicus, der edle Waffenheld.
Wir bitten euch, bei seines Namens Glanz,
Den ihr für würdig achtet eures Throns,
Und kraft des Kapitols und des Senats,
Den andachtsvoll zu ehren ihr bekennt:
Entfernt euch jetzt, entsagt der Übermacht,
Schickt heim die Freund', und wies Bewerbern ziemt,
Verfolgt in Fried und Demut eur Gesuch.

Saturninus. Wie schön spricht, mich zu sänftgen, der Tribun!

Bassianus. Marcus Andronicus, ich trau so sehr
Auf deinen unbestechbar graden Sinn,
Dich und die Deinen ehr und lieb ich so,
Den edlen Bruder Titus, seine Söhne,
Und sie, der sich mein Sinn in Demut neigt,
Die reizende Lavinia, Zierde Roms –
Daß ich heimsende meiner Treuen Schar
Und meinem Glück und unsers Volkes Gunst
Vertraun will zur Entscheidung mein Gesuch.

(*Die Soldaten des Bassianus gehn ab.*)

Saturninus. Freunde, die so bereit mein Recht geschirmt,
Ich dank euch all'n, und all entlaß ich euch;
Und meines Vaterlandes Lieb und Gunst
Vertrau ich hier mich selbst und mein Gesuch. –
Rom, sei gerecht, und so gewogen mir,

---

1. Wörtlich: in Särgen

Als ich mit vollem Zutraun neige dir;
Öffnet das Tor und laßt mich ein!
Bassianus. Auch mich, Tribunen, mit bescheidnem Flehn[1]!
(*Alle gehn in das Senatsgebäude.*)

Zweite Szene[2]

Daselbst
Ein Hauptmann tritt auf

Hauptmann. Römer, macht Platz! Andronicus, der Held,
Der Tugend Schützer, stärkster Kämpfer Roms,
Sieger in allen Schlachten, die er focht,
Ist heimgekehrt, an Glück und Ehre reich,
Von wo er unterwarf mit seinem Schwert
Die Feinde Roms und unters Joch sie führte.

Trommeln und Trompeten. Dann treten auf Mutius und Marcius; nach ihnen zwei Männer, die einen schwarzverhängten Sarg tragen; hierauf Quintus und Lucius. Dann folgt Titus Andronicus; nach ihm Tamora mit Alarbus, Chiron, Demetrius und andern gotischen Gefangenen, Soldaten und Gefolge. Der Sarg wird niedergesetzt und Titus spricht.

Titus. Heil dir, o Rom! Siegprang im Trauerkleid!
Sieh, wie das Schiff, das ablud seine Fracht,
Mit teurer Ladung heim zum Hafen kehrt,
Wo es zuerst die Anker lichtete, –
So kommt Andronicus im Lorbeerkranz;
Mit Tränen grüßt er seine Heimat neu,
Mit Tränen wahrer Lust des Wiedersehns. –
Du großer Schirmherr dieses Kapitols,
Sieh gnädig auf des heilgen Opfers Brauch!
Von fünfundzwanzig tapfern Söhnen, Rom,
Hälfte der Zahl von König Priams Stamm,
Schau hier den armen Rest, lebend und tot! –
Mit Lieb empfange Rom euch Lebende;
Euch Toten, die zur letzten Ruhstatt gehn,

1. Wörtlich: einen armen Mitbewerber
2. Englische Ausgaben setzen keine neue Szene an.

Schenk es ein Grab in ihrer Ahnen Gruft;
Hier gönnt der Got' erst Ruhe meinem Schwert.
Titus, unliebend, sorglos für dein Blut,
Was duldst du, daß noch grablos dein Geschlecht
Umschweben muß des Styx graunvollen Strand?
Geh, bette sie bei ihren Brüdern hin! –
(*Das Grab wird geöffnet.*)
Dort grüßt euch schweigend, wies der Toten Brauch;
Schlaft friedlich, die ihr starbt fürs Vaterland! –
O meiner Kinder heiliges Gewölb,
Geliebtes Wohnhaus echten Edelsinns,
Wie manchen Sohn hast du mir schon entrafft
Und hältst ihn ewig hier in finstrer Haft! –
Lucius. Gib der gefangnen Goten stolzesten,
Daß wir, die Glieder stümmelnd, seinen Leib
Ad manes fratrum[1] opfern in der Glut,
Vor diesem irdschen Kerker ihres Staubs! –
Auf daß nicht ungesühnt ihr Schatten sei,
Noch uns bedräu auf Erden ihr Gespenst!
Titus. Ich geb ihn euch, der Feinde trefflichsten:
Den Erstgebornen dieser Königin. –
Tamora. Halt, römsche Brüder! Gnadenreicher Held,
Siegreicher Titus, sieh die Tränenflut,
Die einer Mutter Gram dem Sohne weint!
Und waren deine Söhn je teuer dir,
Ach denk, nicht minder seis der meine mir! –
Genügt dirs nicht, daß man nach Rom uns führte,
Als deines Einzugs und Triumphes Schmuck,
Gefangne dir und deinem Römerjoch?
Mußt du den Sohn noch schlachten auf dem Markt,
Weil er fürs Vaterland mit Mut gekämpft?
Oh, dünkt der Streit für König und für Volk
Euch fromme Pflicht, so ist ers diesem auch:
Titus, beflecke nicht dein Grab mit Blut;
Und willst du der Natur der Götter nahn,

1. Den abgeschiedenen Seelen der Brüder

Nah ihnen denn, indem du Gnade übst,
Denn Gnädigsein gibt echten Adel kund.
O schone, Titus, meinen ältsten Sohn! –

Titus. Füg ins Geschick dich, Fürstin, und verzeih. –
Hier stehn die Brüder derer, die dein Volk
Lebend und tot sah; den Erschlagnen heischt
Ein Totenopfer frommes Pflichtgefühl;
Dem ist dein Sohn bestimmt; sein Tod versöhnt
Der heimgegangenen Schatten Klageruf.

Lucius. Hinweg mit ihm! Ein Feuer zündet schnell;
Auf einem Holzstoß laßt uns mit dem Schwert
Die Glieder ihm zerhaun, bis sie verbrannt.

(*Mutius, Marcius, Quintus und Lucius gehn mit Alarbus ab.*)

Tamora. O grausam gottverhaßte Frömmigkeit! –

Chiron. War Szythien halb so blutig je gesinnt?

Demetrius. Vergleiche Szythien nicht dem stolzen Rom!
Alarbus geht zur Ruh, wir leben noch
Und zittern vor des Titus zorngem Blick.
So faßt Euch, Mutter, aber hofft zugleich,
Derselbe Gott, der Trojas Königin
Gelegenheit zu bittrer Rache gab,
An Thraziens Wütrich in dem eignen Zelt –
Gönnt Tamora, der Gotenkönigin,
(Wenn Goten Goten[1], Ihr die Königin! –)
Daß sie die Blutschuld tilgt an ihrem Feind.

Lucius, Quintus, Marcius und Mutius kommen zurück.

Lucius. Seht, Herr und Vater, treu befolgten wir
Den römschen Brauch; Alarbus ward zerstückt,
Sein Eingeweide nährt die Opferglut,
Daß Dampf, dem Weihrauch gleich, die Luft durchwürzt.
Nun fehlt nur noch, die Brüder zu bestatten,
Und hier in Rom der laute Freundesgruß.

Titus. Also geschah es, und Andronicus
Sagt ihrem Geist sein letztes Lebewohl.

(*Trompetenstoß, die Särge werden in die Gruft gestellt.*)

---

1. Wörtlich: als Goten Goten waren

Schlaft, meine Söhne, hier in Fried und Ruhm!
Roms mutigste Verteidiger, ruht allhier,
Geschirmt vor Leid und Wechsel dieser Welt!
Hier lauert kein Verrat, hier schwillt kein Neid,
Wächst kein verhaßter Zwist, kein Sturm für euch,
Kein Lärm: nur Schweigen und ein ewger Schlaf;
In Fried und Ruhm liegt, meine Söhne, hier! –

Lavinia tritt auf.

Lavinia. In Fried und Ruhm, Held, Titus, lebt noch lang! —
Mein großer Herr und Vater, lebt geehrt!
An diesem Grab bring ich der Tränen Zoll
Den Brüdern dar als letzte Huldigung,
Und weine kniend dir zu Füßen auch
Der Freude Tränen, weil du heimgekehrt.
O segne mich mit deiner Siegerhand,
Die Besten Roms erfreun sich ihrer Tat.

Titus. O gütges Rom, das liebreich aufbewahrt
Die Stärkung meines Alters, mir zum Trost!
Lavinia, überleb als Preis der Tugend
Den Vater in des Nachruhms ewger Jugend!

Marcus Andronicus, Saturninus, Bassianus und andre treten auf.

Marcus. Lang lebe Titus, mein geliebter Bruder,
Als hohen Triumphator grüßt ihn Rom.

Titus. Dank, mein Tribun, mein edler Bruder Marcus.

Marcus. Willkommen, Neffen, aus glorreicher Schlacht,
Ihr, die noch lebt, und ihr, die schlaft in Ruhm!
Ihr Tapfern, die für eures Landes Wohl
Das Schwert gezückt – eur Los ist völlig gleich!
Doch sichrern Glanz beut dieser Leichenpomp,
Der das erreicht, was Solon Glück genannt,
Und das Geschick im Bett des Ruhms besiegt. –
Titus Andronicus, das römsche Volk
(Des Freund du warst von je nach strengem Recht)
Schickt dir durch mich, als Anwalt und Tribun,
Dies weiße Kleid von unbeflecktem Glanz,
Und nennt für dieses Reiches Kaiserwahl
Dich nebst den Söhnen unsres letzten Herrn.

Sei *Candidatus* dann, und leg es an,
Und hilf zum Haupte dem hauptlosen Rom.
Titus. Ein beßres Haupt gebührt so edlem Leib
Als mein, das längst von Schwäch und Alter wankt.
Wie trüg ich dies Gewand euch zur Bescher?
Ihr wähltet heut mit lautem Beifall mich,
Und morgen gäb ich Kron und Leben auf
Und schafft euch allen neue Sorg und Not!
Ich war dein Krieger, Rom, an vierzig Jahr
Und führte meines Volkes Macht mit Glück,
Legt einundzwanzig tapfre Söhn' ins Grab;
Im Kampf erhöht zu Rittern, fielen sie
In tapfrer Feldschlacht für des Landes Wohl. –
Gebt einen Ehrenstab mir altem Mann,
Kein Zepter reicht mir, das der Welt gebeut;
Eur letzter Kaiser führt' es grad und fest.
Marcus. Du wirst die Herrschaft, Titus, haben, fordern! –
Saturninus. Ehrsüchtiger Tribun, wie weißt du das?
Titus. Geduld, Prinz Saturnin.
Saturninus. Rom, schaff mir Recht! –
Patrizier, zieht eur Schwert und steckts nicht ein,
Bis Saturninus Kaiser ward in Rom!
Andronicus, zur Hölle fahre hin,
Eh du des Volkes Herzen mir entziehst! –
Lucius. Du stolzer Saturnin! du störst das Wohl,
Das Titus hochgesinnt dir zugedacht.
Titus. Sei ruhig, Prinz, dir lenk ich wieder zu
Des Volkes Gunst, daß sie den Willen wandeln.
Bassianus. Andronicus, nicht schmeichl' ich jemals dir,
Doch ehr ich dich, und will es bis zum Tod.
Stärkst du mit deinen Freunden meine Macht,
Werd ich höchst dankbar sein, und Dank erscheint
Dem edlen Mann als ehrenwerter Lohn.
Titus. Ihr, Römer, und ihr Volkstribunen hier,
Ich bitt um eure Stimm und gültge Wahl:
Schenkt ihr sie freundlich dem Andronicus?
Marcus. Dem trefflichen Andronicus zuliebe

Und feiernd seine Heimkehr hier in Rom,
Wird den das Volk annehmen, den er nennt.
Titus. Habt Dank, Tribunen. So ersuch ich euch,
Daß ihr erwählt des Kaisers ältsten Sohn,
Prinz Saturnin; des Tugend, hoff ich, Rom
Bestrahlen wird, wie Titans Licht die Welt,
Und Recht und Sitte reifen hier im Staat.
Drum, wenn ihr wählen wollt nach meinem Rat,
Krönt ihn und ruft: *Lang lebe Saturnin!*–
Marcus. Mit Ruf und Beifallszeichen aller Art,
Patrizier und Plebejer, grüßen wir
Prinz Saturnin als Roms erhabnen Herrn
Und jubeln: *Heil dem Kaiser Saturnin!* –
(*Ein langer Trompetenstoß, während die oben Versammelten herabsteigen.*)
Saturninus. Titus Andronicus, für diese Gunst,
Betreffend unsre Wahl am heutgen Tag,
Erteil ich dir den Dank, den du verdient,
Und will durch Taten lohnen deine Huld.
Und jetzt zum Anfang, Titus, zu erhöhn
Dein ehrenwert Geschlecht und eignen Ruhm:
Nenn ich Lavinia meine Kaiserin,
Roms edle Herrin, Herrin meiner Brust,
Mir anvermählt im heilgen Pantheon.
Nun Titus, sag, gefällt dir dieses Wort?
Titus. Es freut mich, würdger Fürst, und im Gemahl
Bin ich durch Eure Gnade hoch geehrt.
Und hier, im Auge Roms, dem Saturnin,
Dem König und Gebieter unsers Staats,
Der weiten Welt Regenten, weih ich nun
Schwert, Siegeswagen und Gefangene
Wohl würdge Gaben Roms erhabnem Herrn.
So nimm sie denn als schuldigen Tribut,
Die Ruhmstrophä'n, zu Füßen dir gelegt.
Saturninus. Dank, edler Titus, Vater meines Glücks. –
Wie stolz ich sei auf dich und dein Geschenk,
Erfahre Rom; und wenn ich je vergaß

So unbegrenzter Dienste kleinsten Teil,
Dann, Rom, vergiß die Treue gegen mich.

Titus (*zu Tamora*). Dem Kaiser, Fürstin, seid Ihr jetzt Gefangne,
Der, Eures Rangs und Standes eingedenk,
Euch und den Dienern mild begegnen wird.

Saturninus. Welch reizend Weib! Ihr kann der Preis nicht fehlen [1];
Hätt ich zu wählen noch, sie würd ich wählen. –
Verscheucht der Stirne Wolken, schöne Frau;
Warf Kriegesglück auch Euer Glück herab,
Doch kommt Ihr nicht nach Rom zu Spott und Schmach,
Und königlich sollt Ihr gehalten sein.
Traut meinem Wort, laßt nicht Melancholie
Den Mut Euch dämpfen; der Euch tröstet, hebt
Wohl höher Euch als auf den Gotenthron. –
Lavinia, Euch mißfällt nicht, was ich sprach?

Lavinia. O nein, mein Fürst; dein adliges Gemüte
Bürgt mir für deines Herzens wahre Güte.

Saturninus. Dank, Jungfrau. Römer, laßt uns also gehn;
Frei ohne Lösung geb ich die Gefangnen. –
Trompet und Trommel künden meine Wahl! –

Bassianus (*Lavinien fassend*).
Titus, vergönnt, die Jungfrau nenn ich mein!

Titus. Wie, Prinz? Sprecht Ihr im Ernste dieses Wort?

Bassianus. Ja, edler Titus, und bin fest gewillt,
Auf meinem Recht und Anspruch zu bestehn.

(*Man sieht den Kaiser in stummem Spiel freundlich tun mit Tamora.*)

Marcus. *Suum cuique*, spricht des Römers Recht,
Nach Recht verlangt der Prinz, was ihm gebührt.

Lucius. Er wirds und solls, solange Lucius lebt!

Titus. Verräter fort! Wo ist des Kaisers Wacht?
Verrat, mein Fürst; Lavinia wird entführt.

Saturninus. Entführt? Wer wagt es?

Bassianus. Der, nach Recht und Fug
Die Braut verteidgend, sie von hinnen trug.

(*Marcus und Bassianus mit Lavinien ab.*)

---

1. Shakespeare (er stellt sich die Goten wohl dunkel vor) läßt Saturninus Tamoras Farbe preisen.

Mutius. Helft ihm, ihr Brüder, ungekränkt entfliehn!
Mit meinem Schwert beschütz ich dieses Tor.
(*Lucius, Quintus und Marcius ab.*)
Titus. Folgt nur, mein Fürst, ich führ sie bald zurück.
Mutius. Halt ein, o Vater!
Titus. Frecher Knabe, fort!
Sperrst mir in Rom den Weg? (*Titus ersticht den Mutius.*)
Mutius. Hilf, Lucius, hilf! –
(*Lucius kommt zurück.*)
Lucius. Ihr tut nicht recht, mein Vater; schlimmer noch,
Ihr schlugt den Sohn im ungerechten Streit! –
Titus. Nein, weder du noch er sind Söhne mir;
Kein Sohn von mir entehrte mich so sehr! –
Verräter, schaff Lavinia deinem Kaiser.
Lucius. Tot, wenn Ihr wollt, doch nimmer als sein Weib,
Die eines andern längst verlobte Braut! –
Saturninus. Nein, Titus, nein! der Kaiser braucht sie nicht;
Nicht sie, noch dich, noch einen eures Stamms. –
Dem könnt ich traun, der einmal mich verhöhnt;
Dir nicht, noch deinen falschen, stolzen Söhnen;
Ihr alle seid im Bunde mir zur Schmach.
War keiner sonst in Rom zum Ziel des Spotts,
Als Saturnin? Recht wohl, Andronicus,
Stimmt dieses Tun zu deinem Prahlerwort,
Daß ich von deiner Hand das Reich erfleht! –
Titus. Entsetzlich! Solchen Vorwurf sprichst du aus?
Saturninus. Nur zu! Laß dies leichtfertge Weib nur ziehn
Mit jenem, der sein Schwert für sie geschwenkt!
Ein tapfrer Eidam wird dir so zuteil,
Mit deiner Söhne zügellosem Troß
Unfug zu treiben im Gebiet von Rom! –
Titus. Wie Stacheln[1] trifft dies Wort mein wundes Herz!
Saturninus. Drum, holde Tamora, der Goten Fürstin,
Die gleich der stolzen Phöbe unter Nymphen
Weit überstrahlt die schönsten Römerfraun: –

---

1. Wörtlich: Schermesser

Wenn dich so schnell getroffne Wahl vergnügt,
Wähl ich dich, Tamora, als meine Braut
Und grüße dich als Kaiserin von Rom.
Sprich, Gotenfürstin, lobst du meine Wahl?
Dann schwör ich dir, bei allen Göttern Roms,
Weil Priester und geweihtes Wasser nah,
Die Fackel flammt, und jeder heilge Brauch
Für Hymenäus' Feier steht bereit:
Ich will nicht wiedersehn die Straßen Roms
Noch des Palastes Schwelle, führ ich nicht
Als anverlobte Braut dich heim von hier.

Tamora. Und vor des Himmels Antlitz schwör ich Rom,
Wenn Saturnin die Gotenfürstin krönt,
Dann wird sie seiner Wünsche Sklavin sein
Und seiner Jugend Pflegerin und Mutter.

Saturninus. Hinauf zum Pantheon, schönes Weib! Ihr Herrn,
Folgt euerm Kaiser und der holden Braut,
Die mir der Himmel selber zugesandt,
Des Ratschluß ihr ein beßres Glück verhängt: –
Alldort vollziehn wir der Vermählung Brauch.

(*Alle gehn ab, außer Titus.*)

Titus (*allein*). Mich rief er nicht, zu folgen dieser Braut!
Titus, wann wandeltest du einsam je,
Also entehrt und überhäuft von Schmach? –

Marcus Andronicus, Lucius, Quintus und Marcius treten auf.

Marcus. O Titus, sieh, o sieh den bösen Lohn!
Um schnöden Zwist schlugst du den edlen Sohn!

Titus. Nein, törichter Tribun, nicht wars mein Sohn,
Noch du, noch diese Stifter jener Tat,
Die unserm ganzen Stamm zur Schmach gereicht! –
Unwürdger Bruder! Und unwürdge Söhne! –

Lucius. Doch wolln wir ihn bestatten, wie sichs ziemt;
Laßt Mutius ruhn in seiner Brüder Grab. –

Titus. Verräter, nein! Nicht hier in diesem Grab!
Fünfhundert Jahre stand dies Monument,
Das ich mit reichem Schmuck mir neu erbaut;
Hier ruhn in Ehren tapfre Krieger nur

Und Diener Roms, kein schnöd im Zank Erschlagner. –
Begrabt ihn, wo ihr wollt, hier weigr' ichs euch.
Marcus. Mein Bruder, dies ist gottvergeßner Sinn;
Für meinen Neffen Mutius spricht sein Tun,
Er ruh im Grab mit seinen Brüdern.
Die Söhne des Titus. Das soll er, oder alle folgen ihm!
Titus. Er soll? Wer war der Schurke, der so sprach?
Quintus. Ders allenthalb behauptet, außer hier.
Titus. Was? willst du ihn bestatten, mir zum Trotz?
Marcus. Nein, edler Titus, doch von dir erflehn
Verzeihung deinem Mutius und ein Grab! –
Titus. Marcus, feindselig trafst auch du mein Haupt,
Kränkst meine Ehre gleich den Knaben hier.
Ihr alle habt als Feinde mich verletzt;
Stört mich hinfort nicht mehr, entfernt euch jetzt.
Lucius. Er ist nicht bei sich selbst, so laßt uns gehn.
Quintus. Nicht ich, bis Mutius hier bestattet ruht.
(*Der Bruder und die Söhne knien.*)
Marcus. Bruder! denn mit *dem* Namen fleht Natur! –
Quintus. Vater! auch in *dem* Namen ruft Natur.
Titus. Schweig, wenn ich auf die andern hören soll!
Marcus. Erhabner Held, mehr denn mein halbes Ich...
Lucius. O Vater! Unser aller Seel und Mark –
Marcus. Hier in der Tugend Wohnsitz, Bruder, laß
Dem edlen Neffen mich ein Grab erflehn,
Der für die Ehr und für Lavinien starb! –
Du bist ein Römer, sei denn kein Barbar;
Die Griechen, ausgesöhnt, begruben Ajax,
Der sich entleibt; Laertes' kluger Sohn
Sprach mildgesinnt für seine Totenfeier;
Drum weigre Mutius hier den Eintritt nicht
Dem, der dein Liebling war.
Titus. Marcus, steh auf. –
Das ist der trübste Tag, den ich erlebt,
Entehrt von meinen Söhnen hier in Rom! –
Begrabt ihn denn; der nächste sei ich ihm.
(*Sie legen die Leiche in das Grab.*)

Lucius. Hier ruh mit deinen Freunden, süßer Mutius,
Bis wir dein Grab geziert mit Kriegstrophäen! –
Alle (kniend). Nicht *einer* wein um unsern edlen Mutius;
Wer für die Tugend starb, der lebt in Ruhm.
Marcus. Bruder – so trübe Schwermut zu zerstreun –
Wie hat die schlaue Gotenkönigin
So schleunig sich den Weg gebahnt in Rom?
Titus. Ich weiß nicht, Marcus, weiß nur, daß es ist;
Ob plangemäß, ob nicht, das frag den Himmel.
Doch ist sie nicht verpflichtet jenem Mann,
Der so weit her zum Glück sie hat geführt? –
Ja, und sie gibt ihm einst auch edlen Lohn! –

Trompetenstoß. Von der einen Seite kommen der Kaiser, Tamora, Chiron, Demetrius und Aaron, der Mohr; von der andern Bassianus und Lavinia mit Gefolge.

Saturninus. Bassianus, Ihr gewannt im Spiel den Preis;
Gott schenk Euch Freud an Eurer schmucken Braut!
Bassianus. Und Euch an Eurer, Herr; mehr sag ich nicht,
Noch wünsch ich minder; und so lebt nun wohl!
Saturninus. Verräter! Gilt Gesetz, gilt meine Macht,
Du und dein Anhang büßen diesen Raub.
Bassianus. Raub nennt Ihr, Herr, nahm ich mein Eigentum,
Die mir verlobte Braut, und jetzt mein Weib? –
Doch laßt entscheiden unser römsches Recht;
Besitz ich doch nun schon, was mir gehört.
Saturninus. Vortrefflich, Herr! Ihr seid sehr kurz mit uns;
Doch, leb ich, sind wir ganz so scharf mit Euch.
Bassianus. Herr, was ich tat, muß ich, so gut ichs kann,
Vertreten, kostets auch das Leben mir.
Nur dies noch sag ich deiner Majestät –
Bei allen Pflichten für mein Vaterland,
Den würdgen Mann, den edlen Titus hier,
An Ehr und Namen hast du ihn gekränkt!
Denn nur um dir Lavinien zu befrein,
Erschlug er selber ja den jüngsten Sohn
Aus edlem Eifer und von Zorn erfüllt,

Weil Einspruch hemmte, was er frei geschenkt;
Drum nimm ihn auf zu Gnaden, Saturnin,
Der sich in allem Tun durchaus bewährt
Als Freund und Vater gegen dich und Rom.
Titus. Prinz Bassianus, sei mein Anwalt nicht;
Du bists und jene dort, die mich entehrt;
Rom und der ewge Himmel richten mich,
Wie treu ich ehrt' und liebte Saturnin!
Tamora. Mein edler Herr, wenn je dein fürstlich Aug
Mit Wohlgefallen blickt' auf Tamora,
So höre jetzt mein unparteiisch Wort,
Und, Liebster, alles, was geschehn, vergib.
Saturninus. Was? Offenbar mißhandelt und entehrt,
Soll ich die Kränkung dulden ungerächt?
Tamora. Nicht also, Herr! Das wolln die Götter nicht,
Daß ich dich zu entehren sollte flehn.
Nein, meine Ehre setz ich dir zum Pfand,
Den wackern Titus find ich ohne Schuld!
Sein unverstellter Zorn spricht seinen Schmerz,
Drum mir zuliebe sieh ihn gnädig an;
Nicht bring ein Wahn dich um den tapfern Freund,
Noch trüb ein finstrer Blick sein edles Herz. –
(*Beiseite.*) Nimm Rat an, mein Gemahl; gib endlich nach,
Verbirg nur alle Kränkung, allen Gram.
Du bist erst neu gepflanzt auf deinen Thron;
Deshalb, damit nicht Roms Senat und Volk
Nach beßrer Einsicht Titus' Anhang mehrt
Und von dir abfällt deines Undanks halb
(Den Rom als schwere Sünde stets gehaßt),
Gib nach den Bitten, laß die Sorge mir:
Ich will sie all ermorden, find ich Zeit,
Vertilgen ihren Stamm und ganz Geschlecht,
Den wütgen Vater und die falschen Söhne,
Die ich um meines Kindes Leben bat;
Dann sehn sie, was es sei, wenn Königinnen
Im Staube knien und Gnade nicht gewinnen. –
(*Laut.*) Komm, teurer Kaiser, komm, Andronicus –

Heb auf den guten Greis, tröst ihm sein Herz,
Das hinwelkt in dem Sturme deines Zorns.
Saturninus. Auf, Titus! Meine Kaisrin hat gesiegt.
Titus. Dank deiner Hoheit, gnädger Fürst, und ihr.
Dein Wort, dein Blick beleben mich aufs neu.
Tamora. Titus, ich bin jetzt einverleibt in Rom,
Als Römerin nun glücklich anerkannt,
Und muß dem Kaiser raten für sein Wohl.
Heut sterbe jeder Groll, Andronicus; –
Und sei's mein schönster Ruhm, du tapfrer Held,
Daß ich mit dir die Freunde heut versöhnt. –
Was Euch betrifft, Prinz Bassian, so bürgt
Mein Wort und Pfand dem Kaiser, unserm Herrn,
Daß Ihr, nachgiebig, milder Euch betragt. –
Getrost, ihr Herrn! – Auch Ihr, Lavinia –
Folgt meinem Rat, und reuig auf den Knien
Erfleht Verzeihn von Seiner Majestät.
Lucius. Wir tuns und schwören hier vor Seiner Hoheit,
Daß wir in guter Absicht nur gestrebt,
Für unsrer Schwester Ehr und unsre Pflicht.
Marcus. Das gleiche hier verbürg ich auf mein Wort.
Saturninus. Hinweg und schweigt; belästigt uns nicht mehr. –
Tamora. Nein, gütger Fürst, wir müssen Freunde sein;
Marcus und seine Neffen knien vor dir,
Schlags mir nicht ab; Geliebter, schau dich um.
Saturninus. Marcus, für deinen Bruder und dich selbst
Und meiner holden Tamora zu Gunst
Verzeih ich dieser jungen Männer Schuld.
Steht auf!
Lavinia, flohst du gleich mich als 'nen Knecht,
Fand ich doch Gunst und schwur den höchsten Eid,
Ich schied als Junggesell nicht vom Altar.
Kommt, hat der Palast für zwei Bräute Raum,
Lavinia, mit den Deinen sei mein Gast. –
Heut sei ein Tag der Liebe[1], Tamora.

---

1. Wörtlich: ein Versöhnungstag

Titus. Und morgen, wenn es meinem Herrn gefällt,
Mit mir zu jagen Panthertier und Hirsch,
Mit Horn und Hund bring ich den Morgengruß.
Saturninus. Titus, so sei es, und wir danken dir. (*Alle ab.*)

ZWEITER AUFZUG

ERSTE SZENE

Daselbst, vor dem Palast

Aaron tritt auf

Aaron. Nun, Tamora, ersteigst du den Olymp,
Fortuna unter dir[1], und thronst erhöht,
Weit überm Donner und der Blitze Glut,
Und außer dem Bereich des blassen Neids.
Wie wenn die goldne Sonne grüßt den Tag,
Ihr Morgenstrahl das Meer mit Licht umglänzt
Und, den Zodiak mit Flammenrädern messend[2],
Erhabner Berge Gipfel überschaut,
So Tamora.
Der Erde Hoheit beugt sich ihrem Witz,
Vor ihrem Zorn erbebt im Staub die Tugend.
Drum, Aaron, stähl dein Herz und schärf den Geist,
Nachklimmend deiner edlen Kaiserin
Zur steilsten Höh, die du längst im Triumph
Siegreich in Liebesketten hast geführt
Und fester bandst an Aarons Zauberblick,
Als den Prometheus hielt der Kaukasus.
Hinweg mit Sklaventracht und niederm Sinn!
Schmuck will ich prangen, glühn in Perl und Gold,
Zu dienen dieser neuen Kaiserin.

---

1. Wörtlich: sicher vor Fortunas Pfeil
2. In der Übersetzung von Voß lauten die beiden vorausgehenden Verse:
Vergoldend erst den Ozean mit Glanz,
Dann ihre Bahn durchrennt im Glutgespann

Dienen, sagt ich? nein, schwelgen mit der Buhlin,
Der Zauberin, Semiramis, Sirene,
Der Göttin, die Roms Saturnin umstrickt,
Und ihn zum Schiffbruch lockt, wie seinen Staat. –
Ha! welch ein Lärm ist dies?

Es treten auf Chiron und Demetrius, einander drohend.

Demetrius. Chiron, fürwahr,
Witz mangelt deiner Jugend, Salz dem Witz,
Und Sitte, in mein Werben dich zu drängen[1],
Wo Liebe mir vielleicht begegnen mag.

Chiron. Demetrius, dich tört dein eitler Sinn,
Daß du mich willst mit Hoffart überschrein!
's ist nicht der kurze Abstand eines Jahrs,
Der mich zurücksetzt, dich beglückter macht.
Ich bin so rüstig, so geschickt wie du,
Dienend der Liebsten Gunst mir zu verdienen:
Und das beweis ich dir mit meinem Schwert,
Dirs darzutun, was mir Lavinia wert.

Aaron. He, Knüttel, Knüttel! Zwei Verliebte zanken!

Demetrius. Was, Knabe? Weil die Mutter unbedacht
Dir an die Seite steckt' ein Tänzerschwert,
Wirst du so wild und drohst dem Bruder? Geh,
Laß deine Latt' in ihre Scheide leimen,
Bis du sie besser erst regieren lernst! –

Chiron. Nun, Freund, dann soll mein bißchen Fechterkunst
Dich gleich belehren, was mein Mut vermag.

Demetrius. Was, Knabe, schon so dreist?

(*Sie ziehn die Schwerter.*)

Aaron. Ihr Herrn, laßt ab;
So nah des Kaisers Hofburg wollt ihr ziehn
Und solchen Zwist ausfechten vor dem Volk?
Ich weiß recht wohl den Grund zu all dem Hader;
Nicht möcht ich wünschen für 'nen Berg von Gold,
Daß die euch hörten, die's zunächst betrifft;
Noch für weit höhern Preis möcht eure Mutter

---

1. Wörtlich: daß du dich eindrängst, wo Huld ich finde

Sich so beschimpft sehn an des Kaisers Hof.
Schämt euch! Steckt ein!
Chiron. Ich nicht, bis ich mein Schwert
Getaucht in seine Brust, noch bis er schlang
Zurück in seinen Hals den schnöden Hohn,
Mit dem sein Mund entehrend mich geschmäht.
Demetrius. Dazu bin ich gerüstet und bereit. –
Zanksüchtger Feigling, dessen Zunge donnert,
Und der das Eisen nicht zu brauchen wagt!
Aaron. Fort, sag ich euch! –
Nun, bei dem Gott, zu dem die Goten flehn,
Der kindsche Streit verdirbt uns allzumal.
Was, Herrn, bedünkts euch nicht gefährlich Spiel,
Mit Füßen treten eines Prinzen Recht?
Wie? Ist Lavinia denn so leichter Art,
Und dünkt Bassianus euch so ganz entherzt,
Daß ihre Gunst der Vorwand solches Zanks,
So ohne Scheu vor Rache noch Gesetz? –
Ihr Herrn, bedenkt: erführ die Kaiserin
Des Mißtons Grund, sie zürnte der Musik.
Chiron. Mir gleich, ob sie's erführ und alle Welt:
Lavinien lieb ich mehr als alle Welt.
Demetrius. Lern erst bescheidner wählen, junger Bursch;
Lavinia ward des ältern Bruders Ziel.
Aaron. Was, seid ihr toll? Wißt ihrs denn nicht, in Rom
Wie wild und eifersüchtig Männer sind
Und dulden Mitbewerber nimmermehr?
Ich sag euch, Herrn, ihr schmiedet euern Tod
Durch dies Beginnen.
Chiron. Aaron, ich wagte tausend Leben dran,
Die Liebste zu besitzen.
Aaron. Was? besitzen?
Demetrius. Wie stellst du dich so fremd!
Sie ist ein Weib, drum darf man um sie werben;
Sie ist ein Weib, drum kann man sie gewinnen;
Sie ist Lavinia, drum muß man sie lieben.
Ei, Mann, mehr Wasser fließt vorbei der Mühle,

Als es der Müller denkt; und leicht ja stiehlst du
Vom einmal angeschnittnen Brot ein Stück: –
Ist Prinz Bassianus auch des Kaisers Bruder,
Schon Beßre trugen wohl den Schmuck Vulkans.

Aaron. Ja, (*beiseite*) und so gute wohl als Saturnin.

Demetrius. Wie sollte denn verzagen, wers versteht
Mit Wort und Blick und mit Geschenk zu werben? –
Wie? traf dein Schuß nicht schon manch fremdes Reh,
Und vor des Försters Nase trugst du's heim? –

Aaron. So scheints, ein listger Streich und rechter Griff
Büßt' eure Lust?

Chiron. Ja, lustge Buße wärs!

Demetrius. Aaron, du trafst es.

Aaron. Triff es auch, du Tor,
So steht uns all der Lärm nicht mehr bevor! –
Nun hört nur, hört: seid ihr so kindisch noch,
Euch deshalb zu entzwein? Verdrieße es euch,
Wenn es euch beiden glückt?

Chiron. Mich nicht, fürwahr.

Demetrius. Mich auch nicht, wenn ich nur der eine bin.

Aaron. Seid einig denn, und was euch trennt, versöhn euch.
Mit List und Politik erreicht das Ziel,
Nach dem ihr strebt, und dies sei euer Plan:
Ihr könnt nicht überreden, wie ihrs wünscht,
So nehmt denn mit Gewalt, wie ihrs vermögt. –
Ich sag euch, keuscher war Lucretia nicht
Als jetzt Bassianus' Weib Lavinia.
Wir müssen diesmal schnellern Weg ersehn
Als schmachtend Buhlen, und ich fand den Pfad.
Ihr Herrn, ein stattlich Jagen steht bevor,
Da finden sich zuhauf die Schönen Roms;
Weit und entlegen dehnt der Wald sich aus
Und beut viel unbetretne Räume dar,
Wie auserwählt für Raub und Freveltat.
Dahin lockt einzeln euer schmuckes Reh
Und fällt es mit Gewalt, wenn nicht mit Gutem;
So könnt ihr Hoffnung hegen, anders nie.

Der Kaiserin und ihrem höllschen Witz,
Der Rach und Frevel stets gebrütet hat,
Laßt uns verkünden, was wir jetzt erdacht;
Und unsre Pfeile schärfe sie mit Rat
Und dulde nicht, daß ihr euch hemmt und kreuzt,
Helf euch vielmehr zu eurer Wünsche Ziel.
Des Kaisers Burg ist gleich der Fama Haus,
Der Palast voller Zungen, Ohren, Augen:
Der Wald ist fühllos, schrecklich, taub und stumm;
Da sprecht und schlagt, ihr Wackern, beid im Glück,
Da büßt die Lust, beschirmt vom dunkeln Wald[1],
Und schwelget in Laviniens keuschem Schatz.

Chiron. Dein Anschlag, Bursch, schmeckt, traun, nach keiner [Furcht.

Demetrius. Sit fas aut nefas[2]*;* bis ich fand den Strom,
Der stillt die Glut, den Zauber, der mich kühlt:
Per Styga, per manes vehor[3]. –

(*Gehn ab.*)

ZWEITE SZENE

Wald bei Rom. Man sieht in einiger Entfernung eine Hütte

Es treten auf Titus Andronicus, seine drei Söhne, mit Hunden und Jagdhörnern, und Marcus Andronicus

Titus. Die Jagd ist auf, der Morgen hell und licht,
Die Fluren duftig und die Wälder grün:
Entkoppelt hier! Der Meute lauter Schall
Wecke den Kaiser und sein schönes Weib.
Den Prinzen ruft, beginnt den Jägergruß,
Daß von dem Klang erdröhne rings im Hof. –
Ihr Söhne, habt mir acht, wie's unser Amt,
Den Kaiser treu zu hüten vor Gefahr.
Ich ward im Schlaf erschreckt durch bösen Traum,
Doch bringt mir neuen Trost der junge Tag.

---

1. Wörtlich: vor dem Auge des Himmels verborgen
2. Mit Recht oder mit Unrecht
3. Durch den Styx, durch das Reich der Toten trägt es mich

Lautes Gebell der Meute und Musik von Jagdhörnern.
Darauf erscheinen Saturninus, Tamora, Bassianus, Lavinia, Chiron, Demetrius und Gefolge.

Titus. Viel guten Morgen deiner Majestät;
Euch Fürsten gleichen Gruß und gleiches Glück! –
Ich hatte Jägergruß euch zugesagt.
Saturninus. Und lustig war das Blasen, werte Herrn,
Nur fast zu früh für neuvermählte Fraun.
Bassianus. Was sagt Lavinia?
Lavinia. Ich sage, nein;
Zwei volle Stunden wacht ich schon, und mehr.
Saturninus. Frisch auf dann; Roß und Wagen holt herbei,
Und hin zum Forst; Herrin, jetzt sollt Ihr sehn
Ein römisch Jagdfest!
Marcus. Hunde hab ich hier,
Die scheuchen euch den wildsten Panther auf,
Und klimmen zu dem steilsten Vorgebirg.
Titus. Ich Pferde, die, wohin das Wild sie führt,
Wie Schwalben leicht ihm folgen auf dem Plan.
Demetrius. Chiron, wir jagen nicht mit Roß und Hund,
Wir fah'n ein schmuckes Reh im finstern Grund.

(*Alle ab.*)

DRITTE SZENE

Einsamer Platz im Walde

Aaron tritt auf

Aaron. Wer Witz hat, dächte wohl, er fehle mir,
Weil ich dies Gold hier unterm Baum vergrub,
Von wo mirs niemals wieder aufersteht.
So wisse denn, wer mich so albern wähnt,
Daß dieses Gold mir einen Anschlag münzt,
Der, listig ausgeführt, gebären soll
Ein recht ausbündig wackres Bubenstück:
So ruh hier, Gold, und störe deren Ruhe,
Die Gaben nehmen aus der Kaisrin Truhe.

Tamora kommt.

Tamora. Mein süßer Aaron, was bekümmert dich,
Wenn alles rings von Fröhlichkeit erklingt?
Die Vögel singen hell aus jedem Busch,
Die Schlange sonnt sich, aufgerollt im Grün,
Das Laub erzittert in der kühlen Luft
Und malet Schattengitter auf den Grund:
In seinem süßen Dunkel laß uns ruhn!
Horch! Widerhalls Geplauder neckt die Hunde,
Dem vollen Horn antwortend hellen Ruf,
Als tönt' ein Doppeljagen uns zugleich. –
Setz dich und horch dem fröhlichen Gebell!
Und nach verliebtem Kampf (des, wie man wähnt,
Der flüchtge Held und Dido einst sich freuten,
Als sie ein glücklicher Orkan gescheucht
Und die verschwiegne Höhl als Vorhang schirmte) –
Laß uns, verschränkt eins in des andern Arm,
Nach unsrer Lust des goldnen Schlafs uns freun,
Weil Hund und Horn und süßer Waldgesang
Uns einlullt wie der Amme Wiegenlied,
Wenn sie ihr holdes Kind in Schlummer singt.
Aaron. Fürstin, wie Venus deinen Sinn beherrscht,
So ist Saturn des meinigen Monarch.
Was deutet sonst mein tödlich starres Aug,
Mein Schweigen, meiner Stirn Melancholie,
Mein Vlies von krauser Wolle, jetzt entlockt,
Recht wie die Natter, wenn sie sich entrollt
Zu schlimmem Biß und giftgem Überfall?
Nein, Fürstin, das sind Venuszeichen nicht:
Rachsucht erfüllt mein Herz, Tod meine Faust,
Blut und Verderben toben mir im Haupt. –
Hör, Tamora, du Kaisrin meiner Seele,
Die nicht auf andern Himmel hofft als dich,
Heut ist des Bassianus Schicksalstag.
Verstummen muß heut seine Philomele,
Es plündern deine Söhne ihre Keuschheit
Und waschen ihre Hand im Blut Bassians.
Sieh diesen Brief, den nimm zu dir, ich bitt dich,

Gib deinem Herrn dies Blatt voll Todeslist. –
Nun frage mich nicht mehr, man schleicht uns nach,
Hier kommt ein Teil der hoffnungsreichen Beute;
Sie ahnen nicht, wie nah Vernichtung droht! –

Tamora. Ah, süßer Mohr, mir süßer als der Tag!

Aaron. Still, große Königin, Bassianus kommt!
Zeig dich erzürnt, die Söhne hol ich her
Zu deinem Beistand, wenn du Streit beginnst. (*Ab.*)

Bassianus und Lavinia kommen.

Bassianus. Wer naht uns hier? Roms hohe Kaiserin;
Vom ziemenden Gefolg so weit entfernt?
Wie, oder Diana, so geschmückt wie sie,
Die ihr geheiligt Waldasyl verließ,
Zu schaun die große Jagd in diesem Forst?

Tamora. Frecher Nachspürer unsrer Einsamkeit,
Hätt ich die Macht, die, sagt man, Dianen ward,
Die Schläfen augenblicks umpflanzt' ich dir
Mit Hörnern wie Aktäon, und die Hunde
Verfolgten deine neue Hirschgestalt,
Schamloser, der du hier dich eingedrängt! –

Lavinia. Mit Eurer Gunst, huldreiche Kaiserin!
Man sagt, mit Hörnern wißt Ihr umzugehn;
Und wohl verrät sichs, daß der Mohr und Ihr
Zu solcherlei Versuch euch hier verirrt.
Heut schütze Zeus vor Hunden Euren Gatten,
Denn Unglück wär es, sähn sie ihn als Hirsch!

Bassianus. Glaubt, Fürstin, dieser nächtliche Kimmerier
Macht Eure Ehre schwarz wie seine Haut,
Befleckt, abscheulich, aller Welt ein Greul.
Was stahlt Ihr heimlich vom Gefolg Euch weg,
Stiegt ab von Eurem schmucken weißen Zelter
Und schlicht hieher an diesen finstern Ort,
Von einem wilden Mohren nur geführt,
Wenn böse Lust Euch nicht verleitete?

Lavinia. Und weil er Euch gestört in solchem Spiel,
Versteht sichs, müßt Ihr meinen edlen Herrn
Für Frechheit schelten. – Bitt Euch, gehn wir fort.

Gönnt ihr des rabenfarbgen Buhlen Kuß,
Dies Tal ist höchst gelegen solchem Werk.
Bassianus. Dem Kaiser, meinem Bruder, meld ich dies.
Lavinia. Ja, solch Entweichen ward schon längst bemerkt;
Wie gröblich täuscht man dich, du guter Fürst! –
Tamora. Wie hab ich noch Geduld, dies anzuhören? –

Chiron und Demetrius kommen.

Demetrius. Wie, teure Kaiserin und gnädge Mutter,
Was blickt Eur Hoheit so verstört und bleich?
Tamora. Was meint ihr, hab ich Grund nicht, bleich zu sehn?
Die zwei verlockten mich in dieses Tal;
Ihr seht den wüsten, grauenhaften Ort,
Die Bäum, obwohl im Sommer, kahl und dürr,
Erstickt von Moos und tückschem Mistelwuchs.
Hier scheint die Sonne nie, hier nistet nichts,
Nachteulen nur und unglückdrohnde Raben.
Und als sie mir gezeigt die grause Schlucht,
Erzählten sie, wie um die Mitternacht
Wohl tausend Geister, tausend Schlangen zischend,
Zehntausend schwellnde Kröten, Molch' und Igel
Erhüben solch ein furchtbar wirres Schrein,
Daß jeden Sterblichen, der dies vernimmt,
Wahnsinn befällt, wenn er nicht plötzlich stirbt.
Drauf, als sie kaum erzählt die Höllenmär,
Alsbald mich festzubinden drohten sie
An eines grausen Eibenbaumes Stamm,
Daß ich so schnödem Tod verfallen sei.
Dann schalten sie mich Ehebrecherin,
Verbuhlte Gotin und die herbsten Worte,
Die je ein Ohr im bittern Schmähn vernahm;
Und kamt ihr durch ein Wunder nicht zum Glück,
Sie hätten diese Rach an mir vollbracht.
Rächt eurer Mutter Leben, liebt ihr mich,
Sonst nenn ich nimmer meine Kinder euch.
Demetrius (ersticht den Bassianus).
Nimm dies zum Zeugnis, daß ich sei dein Sohn! –

Chiron (*durchsticht ihn gleichfalls*).
Der Stoß für mich, zum Zeichen meiner Kraft! –
Lavinia. Ja, komm, Semiramis – nein, wilde Tamora!
Kein Name ziemt dir, als der eigne nur! –
Tamora. Gebt mir den Dolch, laßt eurer Mutter Hand
An ihr vergelten eurer Mutter Schmach.
Demetrius. Halt, Königin, hier ist noch mehr im Werk;
Erst drescht das Korn, und dann verbrennt das Stroh.
Dies Püppchen rühmte viel von ihrer Zucht,
Von ihrem Ehgelübd und reiner Treu,
So mit geschminkter Tugend trotzt sie Euch:
Und nähme sie das alles mit ins Grab?
Chiron. Wenn dies geschieht, müßt ich ein Hämling sein.
Schleif ihren Gatten einer Höhle zu,
Sein toter Leib sei Pfühl für unsre Lust.
Tamora. Doch war der Honig euer, den ihr wünscht,
Laßt nicht die Wesp am Leben, uns zu stechen.
Chiron. Ich schwör Euch, Fürstin, ruhig sollt Ihr sein. –
Kommt, Dame, jetzt gewaltsam rauben wir,
Was Ihr so spröd und ängstlich habt bewahrt.
Lavinia. O Tamora, du trägst ein weiblich Antlitz –
Tamora. Ich will sie nicht mehr hören, führt sie weg! –
Lavinia. O liebe Herrn, ein Wort nur laßt mich sprechen[1]!
Demetrius. Vernehmt sie, schöne Frau! Sei's Euer Ruhm,
Sie weinen sehn: doch bleib Eur Herz so hart
Wie Kiesel, fühllos bei des Regens Guß.
Lavinia. Wann lehrte je des Tigers Brut die Mutter?
O lehr sie keinen Grimm, sie lehrt' ihn dich!
Die Milch, die su gesogen, ward zu Marmor;
Schon an der Brust empfingst du Grausamkeit. –
(*Zu Chiron.*) Doch sind nicht jeder Mutter Söhne gleich:
Fleh du zu ihr um Mitleid für ein Weib! –
Chiron. Was! Sollt ich selber mich zum Bastard stempeln?
Lavinia. 's ist wahr, der Rabe brütet Lerchen nicht;
Doch hört ich einst – (o fänd ichs nun bewährt),

1. Wörtlich: o liebe Herren, bittet sie, mich nur auf ein Wort zu hören

Bewegt von Mitleid ließ der Löwe zu,
Daß man die königlichen Klaun ihm stumpfte;
Der Rabe, sagt man, füttre Waisenkindlein,
Derweil im eignen Nest sein Junges darbt.
Oh, sei du mir, sagt auch dein Herz dir nein,
Wenn auch so mild nicht, etwas doch gerührt! –

Tamora. Ich weiß nicht, was das heißt; hinweg mit ihr!

Lavinia. Ich lehr es dich: um meines Vaters halb,
Der dir, dem Tod verfallen, Leben schenkte,
Sei nicht verstockt; öffne dein taubes Ohr! –

Tamora. Und hättst du selber nimmer mich gekränkt,
Um seinetwillen bin ich mitleidlos.
Gedenkt nur, Knaben, wie ich weint umsonst,
Vom Opfer euern Bruder zu befrein;
Doch nimmer gab der grimme Titus nach!
Drum schafft sie fort, verfahrt mit ihr nach Lust;
Je schlimmer, um so besser mir geliebt.

Lavinia. O Tamora, ich preise deine Huld,
Wenn du mit eigner Hand mich hier erschlägst:
Nicht um mein Leben fleht' ich ja so lang;
Ich Arme starb, als Bassianus fiel.

Tamora. Was batst du denn? Hinweg, du töricht Weib! –

Lavinia. Den schnellsten Tod erfleh ich, und noch eins,
Was Frauenmund nicht auszusprechen wagt:
Hemm ihre mehr als mörderische Lust! –
Oh, senke mich in eines Sumpfes Pfuhl,
Wo nie ein menschlich Auge mich erspäht;
Das tu, und sei barmherzge Mörderin!

Tamora. So brächt ich meine Söhn um ihren Ruhm?
Nein, laß sie nehmen, was ihr Eigentum[1]!

Demetrius. Fort, schon zu lange hieltst du uns zurück.

Lavinia. Kein Mitleid? Keine Scham? O viehisch Weib!
Feindin und Schmach für unser ganz Geschlecht!
Vernichtung fall –

---

1. Wörtlich: ich würde meine lieben Söhne ja um ihren Lohn bringen, nein, laß sie ihre Lust an dir büßen

Chiron (*schleppt sie fort*).
Dann stopf ich dir den Mund. – Bring du den Gatten;
In diese Höhle hieß ihn Aaron bergen. (*Sie gehn ab.*)
Tamora. Geht Söhne, schafft sie mir in Sicherheit.
Und wahrlich, nimmer soll mein Herz sich freun,
Bis Titus' ganzer Stamm hinweggetilgt.
Zu dir nun, liebster Mohr, will ich mich wenden,
Indes die Knaben jene Dirne schänden. (*Ab.*)

VIERTE SZENE[1]

Daselbst

Es treten auf Aaron, Quintus und Marcius

Aaron. Kommt, wackre Herrn, folgt mir in schnellster Eil,
Ich bring euch zu der finstern Grube gleich,
Wo ich den Panther fest im Schlafe sah.
Quintus. Was es auch deute, trübe ward mein Blick.
Marcius. Und meiner wahrlich auch: schämt ich mich nicht,
Ich ließe gern die Jagd und schliefe hier.

(*Marcius fällt in die Grube.*)

Quintus. Was, fielst du? Welche tücksche Gruft ist dies,
Der wild Gesträuch die Mündung ganz bedeckt,
Auf dessen Blättern jüngst vergoßnes Blut
So frisch, wie Morgentau im Blütenkelch?
Mir scheint, voll böser Ahnung ist der Ort! –
Sag, Bruder, fühlst du Schmerz nach deinem Fall?
Marcius. O Bruder, durch das schrecklichste Gesicht,
Des Anblick je ein Herz zum Jammer zwang.
Aaron (*beiseite*). Den Kaiser hol ich jetzt, sie hier zu finden,
Daß er nach äußerm Schein vermuten muß,
Sie seiens, die den Bruder ihm erschlagen. (*Ab.*)
Marcius. Was tröstest du mich nicht und hilfst mir fort
Aus dieser schnöden, blutbefleckten Gruft?
Quintus. Ohnmächtig bin ich durch seltsame Furcht,

---

1. In englischen Ausgaben wird hier keine neue Szene angesetzt.

Die Glieder zittern kalt im Todesschweiß,
Mein Herz argwohnt mehr, als mein Aug erspäht.
Marcius. Damit du siehst, du habst ein ahnend Herz,
Aaron und du, seht in die Höhl herab
Und schaut ein gräßlich Bild von Blut und Tod.
Quintus. Aaron ist fort, und mein beängstigt Herz
Gestattet meinem Auge nicht, zu sehn,
Was in der Ahnung ihm entsetzlich dünkt.
O sag mir, was es sei, denn nie zuvor
War ich ein Kind, zu scheun, ich weiß nicht was.
Marcius. Prinz Bassianus liegt in Blut getaucht
Am Boden da, wie ein geschlachtet Lamm,
In der verfluchten dunkeln Gruft des Mords! –
Quintus. Wenns drin so dunkel, wie erkennst du ihn?
Marcius. Am blutgen Finger trägt er einen Ring
Von seltnem Preis, der rings die Höhl erhellt,
Wie eine Kerz in dunkler Totengruft
Auf seiner Leiche fahles Antlitz scheint,
Und zeigt der Grube scheußlich Eingeweide.
So bleich auch schien der Mond auf Pyramus,
Als er gebadet lag in Mädchenblut!
O Bruder, hilf mir mit kraftloser Hand –
(Wenn Furcht dich kraftlos machte, so wie mich) –
Der bösen Mörderhöhle zu entfliehn,
So gräßlich, wie Cocytus' trüber Schlund.
Quintus. Gib mir die Hand, daß ich dir helf empor;
Und reicht die Kraft nicht aus, dir beizustehn,
Fall ich wohl selbst in dieses tiefen Pfuhls
Verhaßten Schoß, der Bassian verschlang. –
– Ich bin zu schwach, zum Rand dich aufzuziehn! –
Marcius. Und ich erklimm ihn ohne Beistand nie!
Quintus. Nochmals die Hand: ich laß dich nicht mehr los,
Bis du hinaufsteigst, oder ich hinab:
Du kommst zu mir nicht, so komm ich zu dir! –

(*Er fällt in die Grube.*)

Saturninus und Aaron kommen.

Saturninus. Heran, mir nach: ich will die Höhle sehn

Und wer es war, der eben sprang hinab. –
Sag an, wer bist du, der sich hier verbarg
In diesen gähnend offnen Rachen: sprich! –
Marcius. Des alten Titus jammervoller Sohn,
Zu höchst unselger Stund hieher geführt,
Bassianus, deinen Bruder, tot zu sehn.
Saturninus. Mein Bruder tot? Ich weiß, es ist nur Scherz:
Er und Lavinia sind im Jagdgezelt[1],
Im Norden dieses heitern Waldreviers;
Noch keine Stund ists, seit ich dort sie ließ.
Marcius. Wir wissen nicht, wo Ihr ihn lebend saht,
Doch weh! wir fanden ihn ermordet hier! –

Tamora mit Gefolge, Andronicus und Lucius treten auf.

Tamora. Wo ist mein Herr, der Kaiser?
Saturninus. Hier, Tamora, von Todesgram betrübt.
Tamora. Wo ist dein Bruder Bassian?
Saturninus. Nun trafst du meiner Wunde tiefsten Grund:
Der arme Bassian liegt hier ermordet.
Tamora. Dann allzu spät erhältst du dieses Blatt,
Den Plan des übereilten Trauerspiels.
Ich staune, wie ein menschlich Antlitz barg
In sanftem Lächeln solche Gier nach Mord.

(*Sie gibt dem Saturninus einen Brief.*)

Saturninus (*liest*).
«Verfehlten wir, nach Wunsch ihm zu begegnen
(Bassianus meinen wir), dann säume nicht,
Sein Grab zu graben, wackrer Jägersmann;
Du weißt, wie wirs gemeint. – Du findst den Sold
Unter den Nesseln am Holunderbaum,
Der jener Grube Mündung überwölbt,
Wo ich Bassianus dich begraben hieß.
Dies tu, und kauf dir unsern ewgen Dank.»
O Tamora! Vernahmst du Gleiches je?
Dies ist die Gruft, dies der Holunderbaum,

---

1. Wörtlich: im Jägerhaus

Seht, Herrn, ob ihr den Jäger finden mögt,
Der hier Bassianus frech ermordete!

Aaron (bringt den Beutel).
Mein gnädger Fürst, hier ist der Beutel Gold!

Saturninus (zu Titus).
Zwei Hunde deines tückschen, blutgen Stamms,
Sie gaben meinem Bruder hier den Tod.
Fort, zieht sie aus der Gruft mir in den Kerker
Und laßt sie schmachten, bis ich Strafen fand
Von unerhörter, neuer Folterqual.

Tamora. Was? Sind sie in der Gruft? O wundervoll!
Wie leicht wird jeder Mord doch offenbar!

Titus. Erhabner Fürst, auf meinem schwachen Knie
Mit Tränen schwer vergossen, fleh ich dich,
Daß meiner frevelhaften Söhne Tat –
Frevelnd – wenn diese Tat erwiesen ward –

Saturninus. Erwiesen ward? Ihr seht, sie ist gewiß!
Wer fand den Brief? Warst du es, Tamora?

Tamora. Andronicus hob selbst den Zettel auf.

Titus. Das tat ich, Herr; doch laßt mich Bürge sein;
Ich schwörs bei meiner Väter heilgem Grab,
Auf deiner Hoheit Wink sind sie bereit,
Mit ihrem Blut zu zahlen den Verdacht.

Saturninus. Du sollst nicht Bürge sein, gleich folge mir.
Ihr nehmt den Toten, ihr die Mörder mit:
Laßt sie nicht reden, ihre Schuld ist klar;
Denn wahrlich, gäb es härtre Straf als Tod,
Die Strafe ließ ich alsobald vollziehn.

Tamora. Andronicus, ich will um Gnade flehn;
Nicht fürcht um deine Söhn, es wird noch gut.

Titus. Komm, Lucius, weile nicht, sie anzusprechen! –
(Sie gehn von verschiedenen Seiten ab.)

FÜNFTE SZENE

Daselbst

Demetrius und Chiron kommen mit der geschändeten Lavinia; ihr sind die Hände abgehauen und die Zunge ausgeschnitten

Demetrius. So melde nun, wenns deine Zunge kann,
Wer dir die Zung ausschnitt und dich entehrt'!
Chiron. Schreib nieder, was du meinst, und hilf dir so;
Vermögens deine Stumpfen, laß sie schreiben!
Demetrius. Wie gut sie noch mit Wink und Zeichen grollt!
Chiron. Geh, fordre frisches Wasser, wasch die Hände!
Demetrius. Fordr' ohne Zunge, wasch dich ohne Hände;
Und somit wandl' in stiller Einsamkeit! –
Chiron. Wärs mir geschehn, ich ging und hängte mich.
Demetrius. Ja, hättst du Hände, dir den Strick zu knüpfen!
(*Demetrius und Chiron ab.*)

Marcus kommt zu Lavinien.

Marcus. Wer ists? Die Nichte, die so eilend flieht?
Muhme, ein Wort! Wo ist dein Gatte? Träum ich,
O hülfe all mein Gut mir dann zum Wachen:
Und wach ich, schlüg ein Blitzstrahl auf mich ein,
Daß ich fortschlummern mög in ewgem Schlaf! –
Sag, süßes Kind, wes mitleidlose Hand
Trennt ab und hieb so frech von deinem Stamm
Der beiden Zweige süße Zier, die Laube,
In deren Schatten Kön'ge gern geruht,
Und nimmer ein so reizend Glück erstrebt
Als halb nur deine Gunst! Was sprichst du nicht?
Weh mir! ein Purpurstrom von warmem Blut,
Gleich einem Springquell, den der Wind bewegt,
Hebt sich und fällt dir zwischen rosgen Lippen,
Und kommt und geht mit deinem süßen Hauch.
Gewiß, ach! hat ein Tereus dich entehrt,
Und, Strafe fürchtend, raubt' er deine Zunge.
Ach, wendst du jetzt dein Antlitz weg aus Scham?
Und trotz des vielen Bluts, von dir verströmt

Wie aus dem Brunn, dem mancher Strahl entquillt,
Flammen die Wangen dir, wie Titan glüht,
Wenn er errötend mit den Wolken kämpft?
Soll ich statt deiner reden? Ist es so?
Kennt ich dein Herz! O kennt ich den Verruchten,
Daß ich ihm fluchen könnte, mir zum Trost!
Gehemmter Schmerz, wie ein verstopfter Ofen,
Verbrennt zu Asche die verschloßne Brust.
Verlor doch Philomele nur die Zunge
Und wirkt' in trauriges[1] Geweb ihr Leid;
Doch liebstes Kind, dir ward die Hilf entrissen,
Dein Tereus übte listger seinen Raub:
Er hat die zarten Finger abgehaun,
Die schöner wohl gestickt als Philomele.
Oh, sah der Unhold diese Lilienhand
Wie Espenlaub auf einer Laute zittern,
Daß sie mit Lust die Silbersaiten küßten –
Nicht für sein Leben hätt er sie berührt!
Und hört' er je die Himmelsharmonie,
Die jener süßen Zunge sonst entströmt –
Sein Dolch entfiel' ihm, und er sänk in Schlaf,
Wie Cerberus zu Orpheus' Füßen schlief.
Komm, laß uns gehn; und mach den Vater blind;
Der Anblick muß ein Vaterauge blenden.
In einer Stund ersäuft der Sturm die Matten;
Was bringt ein Jahr von Tränen Vateraugen?
O komm! All unser Schmerz ist dir geweiht,
Könnt unser Schmerz doch mildern soviel Leid! –

(*Sie gehn ab.*)

---

1. Wörtlich: wirkte mühsam

DRITTER AUFZUG

Erste Szene

Rom. Eine Straße

Richter und Senatoren. Marcius und Quintus werden gebunden zum Richtplatz geführt; vor ihnen geht Titus und spricht zu den Richtern

Titus. Hört, Senatoren! Ihr Tribunen, weilt!
Denkt meines Alters, dessen Jugend schwand
In wildem Krieg, weil ihr in Ruhe schlieft;
Des Bluts, im großen Kampf von mir verströmt,
Der eisgen Nächte, die ich durchgewacht,
Und dieser bittern Tränen, die mir jetzt
Die alten Runzeln meiner Wangen füllen.
Seid meinen Söhnen mild – obzwar verdammt,
Doch frei der Sünd, um die sie angeklagt.
Um zweiundzwanzig Söhne weint ich nie,
Sie schlafen auf des Ruhms erhabnem Bett;
Für diese, diese schreib ich in den Staub
Des Herzens Gram, der Tränen Jammerflut;
Andronicus wirft sich zu Boden; die Richter gehn an ihm vorüber.
Ihr Tränen, löscht der Erde trocknen Durst,
Die scheu im Blut der Söhne würd erröten.
O Staub, mit noch mehr Regen feucht ich dich,
Der aus den beiden alten Höhlen strömt,
Als junger Lenz mit allen seinen Schauern!
In Sommers Dürre netz ich dich mit Tropfen,
Im Winter schmilzt der Schnee dem heißen Tau,
Und ewgen Frühling schaff ich deinem Antlitz,
Wenn du nicht trinkst der teuren Söhne Blut.

(*Die Richter sind weggegangen.*)

Lucius kommt mit gezogenem Schwert.

O würdige Tribunen! Teure Greise,
Befreit sie, ruft zurück den Todesspruch
Und laßt mich sagen, der noch nie geweint,
Daß meine Tränen gute Redner sind.

Lucius. O edler Vater, jammre nicht umsonst;
Es hört dich kein Tribun, kein Mensch steht hier,
Und einem Stein erzählst du deinen Gram.
Titus. Ach Sohn, für deine Brüder red ich hier: –
Weise Tribunen, hört mich noch einmal.
Lucius. Mein Vater, kein Tribun vernimmt dich mehr! –
Titus. Es ist ja eins, mein Knabe; hörten sie,
Sie würdens nicht beachten; täten sies,
Es wär umsonst, sie blieben ungerührt.
Drum klag ich meinen Gram den Steinen vor,
Die, ob sie gleich bei solchem Jammer stumm,
Mir dennoch lieber als Tribunen sind,
Denn keiner unterbricht die Rede mir;
Und wenn ich weine, mir zu Füßen still
Empfahn sie meine Tränen, weinen mit
Und, hüllten sie sich nur in ernst Gewand,
Rom hätte nicht Tribunen diesen gleich. –
Ein Stein ist weich wie Wachs, Tribunen hart wie Steine;
Ein Stein ist schweigend und betrübt uns nicht.
Tribunenzunge spricht das Leben ab! –
Doch weshalb stehst du mit gezücktem Schwert?
Lucius. Von ihrem Tod die Brüder zu befrein;
Und den Versuch bestrafte das Gericht,
Indem sein Spruch auf ewig mich verbannt.
Titus. O Glücklicher! begünstigt wurdest du!
Kurzsichtger Lucius, dünkt dich Rom denn nicht
Wie eine Wüstenei von Tigern voll?
Tiger sind da zum Raub; Rom hat an Raub
Nur mich und euch; wie glücklich bist du dann,
Von den Verschlingenden verbannt zu sein! –
Doch wer naht mit dem Bruder Marcus hier?

Marcus kommt mit Lavinia.

Marcus. Bereit zu weinen sei dein edles Aug,
Wo nicht, zerspringe dir das edle Herz!
Ich bringe deinem Alter tödlich Leid. –
Titus. Wird es mich töten? Wohl, so laß michs schaun.

Marcus. Dies war dein Kind!
Titus. Und ist es jetzt noch, Marcus!
Lucius. Weh! Dieser Anblick tötet mich!
Titus. Schwachherzger Knabe! auf und sieh sie an;
O sag, mein Kind, durch wes verfluchte Hand
Kommst du so handlos vor des Vaters Blick?
Wer ist der Tor, der Wasser trug ins Meer
Und Holz in Trojas hellentflammten Brand?
Mein Gram stand auf dem Gipfel, eh du kamst;
Jetzt, gleich dem Nil, bricht er die Schranken durch. –
Ein Schwert! Auch meine Hände hau ich ab!
Sie fochten ja für Rom, und ganz umsonst!
Wenn sie mich nährten, pflegten sie dies Leid;
Vergeblich im Gebet erhob ich sie,
Und ohne Segen hab ich sie gebraucht! –
Nun sei ihr letzter Dienst von mir begehrt,
Daß mir die eine helf abhaun die andre.
's ist gut, Lavinia, daß du ohne Hand;
Denn Rom zu dienen helfen Hände nicht.
Lucius. Sprich, holde Schwester, wer dich so gemartert?
Marcus. Ach! Der Gedanken lieblich Instrument,
Das süße Redekunst so hold geplaudert,
Riß man aus seines zarten Käfigs Haft,
Wo's wie ein süß melodscher Vogel sang,
Im Wechselton entzückend jedes Ohr!
Lucius. Statt ihrer sprich! Wer hat die Tat vollbracht?
Marcus. So fand ich sie, ach! schweifend in dem Forst,
Besorgt, sich zu verbergen wie ein Reh,
Das eine unheilbare Wund empfing!
Titus. Sie war mein Reh, und der die Wund ihr schlug,
Tat weher mir, als hätt er mich durchbohrt.
Nun steh ich wie ein Mann auf einem Fels,
Umgeben von der weiten, wüsten See,
Der Wog auf Woge schwellen sieht die Flut,
Und stets erwartet, ob ein neidscher Schwall
In seinen salzgen Tiefen ihn begräbt.
Zum Tod hier gingen meine armen Söhne;

Hier steht mein andrer Sohn, aus Rom verbannt,
Und hier mein Bruder, weinend um mein Weh;
Doch was am schärfsten meine Seele spornt,
Ist mein geliebtes Kind, mein liebstes Herz. –
Und hätt ich nur dein Bildnis so gesehn,
Ich fiel' in Wahnsinn; was denn soll ich tun,
Erblick ich deinen holden Körper so?
Ohn Hände, deine Tränen abzutrocknen,
Noch Zunge, zu erzählen, wer dich quälte.
Tot ist dein Gatte, und um seinen Tod
Verurteilt deine Brüder, jetzt enthauptet.
Sieh, Marcus! ach, Sohn Lucius, sieh sie an!
Als ich die Brüder nannte, netzte gleich
Die Wange frisches Naß, wie Honig taut
Auf die gepflückte, fast gewelkte Lilie!
Marcus. Vielleicht weint sie, weil jene ihn getötet;
Vielleicht, weil sie die Brüder schuldlos weiß!
Titus. Wenn sie ihn töteten, dann sei vergnügt,
Denn schon zur Strafe zog sie das Gesetz.
Nein, nein! sie übten nicht so arge Tat,
Das zeugt der Gram, der ihre Schwester beugt.
Mein holdes Kind, die Lippen küß ich dir;
Ein Zeichen gib, wie ich dir irgend helfe.
Willst du, daß Lucius und dein guter Ohm
Und du und ich um einen Quell uns setzen
Und, niederschauend, unsre Wangen sehn,
Entstellt und feucht, gleich Wiesen, noch nicht trocken
Vom Schlamm, mit dem die Flut sie überschwemmt?
Und solln wir starren in den Quell so lang,
Bis sich des Wassers süße Klarheit trübt
Und salzig wird durch unsre bittern Tränen?
Solln wir die Hand uns weghaun so wie dir,
Die Zung abbeißen und mit stummen Zeichen
Verhaßter Tage Überrest verbringen?
Was solln wir tun? Laßt uns, die Zungen haben,
Ein Jammerspiel entwerfen fernern Elends,
Daß wir ein Wunder werden künftger Zeit!

Lucius. Mein Vater, weint nicht mehr; bei Euerm Gram
Seht, wie die arme Schwester schluchzt und stöhnt! –
Marcus. Still, Nichte! – Titus, trockne dir die Augen!
Titus. Ah, Marcus, Marcus! Oh, ich weiß, mein Bruder,
Dein Tuch kann keine meiner Tränen fassen,
Du hast es mit den eignen schon ertränkt.
Lucius. Ach, Schwester, deine Wangen trockn' ich ab!
Titus. Sieh, Marcus! ihre Zeichen merk ich wohl;
Fehlt' ihr die Zunge nicht, jetzt spräche sie
Zu ihrem Bruder, wie ich sprach zu dir;
Sein Tuch, von frommen Tränen ganz durchnetzt,
Ist ihrer Wange nun zu keinem Dienst.
Wer fühlte Leid und Sorgen je, wie diese?
Von Hilfe fern wie Höll vom Paradiese?

Aaron kommt.

Aaron. Titus Andronicus, mein Herr, der Kaiser,
Entbeut dir: wenn dir deine Söhne lieb,
Soll Marcus, Lucius, wer es sei von euch,
Oder du, Alter, selbst, abhaun die Hand
Und sie dem König senden; alsobald
Schickt er die Söhne lebend dir zurück;
Das soll die Buße sein für ihre Schuld.
Titus. O gnädger Kaiser! O huldvoller Mohr!
Sang je ein Rabe so der Lerche gleich,
Die süße Zeitung gibt vom Morgenrot?
Mit Freuden send ich gleich dem Kaiser meine Hand;
Willst du sie abhaun helfen, lieber Mohr?
Lucius. Halt! Vater, diese edle, tapfre Hand,
Die sonst so manchen Feind zu Boden warf,
Sollst du nicht senden; meine bring ich dar;
Der Jüngre mißt wohl eh'r sein Blut als du,
Und deshalb zahl ich für der Brüder Haupt.
Marcus. Wes Hand von euch hat Rom nicht Schutz verliehn,
Und hoch im Kampf die blutge Axt gezückt,
Vernichtung schreibend auf der Feinde Helm?
O keine, die nicht höchsten Ruhm erfocht,
Und meine war nur müßig; diene sie,

Vom Tod die beiden Neffen zu befrein,
Dann hab ich sie zu würdgem Zweck bewahrt.
Aaron. Nun, einigt euch, wes Hand soll mit mir gehn,
Daß sie nicht sterben, eh die Rettung kam.
Marcus. Nehmt meine Hand!
Lucius. Beim Himmel, deine nicht!
Titus. Nicht fürder streitet; welkes Kraut, wie dies,
Ist gut, es auszuraufen: nehmt denn meine! –
Lucius. Mein Vater, wenn dein Sohn ich heißen soll,
Laß mich die Brüder retten von dem Tod.
Marcus. Um unsres Vaters, unsrer Mutter willen,
Heut laß mich zeigen, wie ein Bruder liebt.
Titus. So tret ich denn zurück, vereint euch drum.
Lucius. Ich geh und hol die Axt.
Marcus. Und ich gebrauche sie. (*Lucius und Marcus gehn.*)
Titus. Komm hieher, Mohr, betrügen will ich sie;
Leih mir die Hand, und meine geb ich dir.
Aaron (*beiseite*). Wenn das Betrug heißt, will ich ehrlich sein
Und will mein Lebtag keinen so betrügen.
Doch ich betrüg Euch wohl auf andre Art;
In einer halben Stunde sollt Ihrs sehn.
(*Er haut Titus' Hand ab.*)
Lucius und Marcus kommen zurück.
Titus. Nun laßt den Streit, was sein muß, ist getan. –
Mein guter Mohr, dem Kaiser gib die Hand;
Sag, dies war eine Hand, die ihn geschützt
Manch tausendmal; begraben soll er sie,
Sie hat wohl mehr verdient, dies gönn er ihr.
Und meine Söhne, sag ihm, acht ich nun
Wie Edelsteine, wohlfeil mir erkauft
Und dennoch teu'r, weil ich gekauft, was mein.
Aaron. Ich geh, Andronicus; für deine Hand
Mach dich bereit, die Söhne bald zu sehn. –
(*Beiseite.*) Der Buben Häupter mein ich. – Wie der Streich,
Wenn ich dran denke, mich ergötzt und weidet! –
Laß Narrn und Weiße fromm um Gnade werben,
Mag Schwarz mir Antlitz so wie Seele färben. (*Geht ab.*)

Titus. Hier heb ich auf die eine Hand zum Himmel,
Zur Erde beug ich diese schwachen Trümmer:
Gibts eine Macht, die meine Träne rührt,
Die fleh ich an (*zu Lavinia*). Was, willst du mit mir knien?
Tu's, liebes Herz; der Himmel *muß* uns hören!
Sonst hauchen wir die Luft mit Seufzern trüb,
Die Sonne schwärzend, wie die Wolken tun,
Wenn sie in ihrer feuchten Brust sie bergen.
Marcus. O Bruder, sprich von Möglichkeiten doch,
Und stürz dich nicht in solches Wahnsinns Tiefe!
Titus. Ist denn mein Gram nicht tief und bodenlos?
So sei die Leidenschaft auch ohne Boden!
Marcus. Doch laß Vernunft regieren deinen Schmerz!
Titus. Gäb es vernünftgen Grund für solches Leid,
Dann schlöß ich wohl in Grenzen all dies Weh.
Ersäuft das Feld nicht, wenn der Himmel weint?
Schäumt, wenn der Sturmwind rast, das Meer nicht auf
Und droht dem Firmament mit schwellndem Antlitz?
Und willst du Gründe noch für solche Wut?
Ich bin das Meer; hör ihre Seufzer wehn!
Sie ist die Luft in Tränen[1], ich das Land;
So schwellen ihre Seufzer denn mein Meer,
Und ihrer Tränen Sündflut überschwemmt
In stetem Regen strömend mein Gefild;
Denn, wie? mein Innres faßt nicht ihren Schmerz,
Und ich, gleich einem Trunknen, spei ihn aus.
Drum laß mich frei; Verlierern steht ja frei,
Sich Luft zu machen durch den bittern Fluch.

Ein Bote kommt und bringt zwei Häupter und eine Hand.

Bote. Würdger Andronicus, schlimm zahlt man dir
Die gute Hand, die du dem Kaiser gabst.
Sieh hier zwei Häupter deiner edlen Söhne;
Hier deine Hand, zum Hohn zurückgeschickt:
Dein Schmerz ihr Spiel, und dein Entschluß verhöhnt,

---

1. Wörtlich: der weinende Himmel

So daß mirs weh ist, denk ich deines Wehs,
Mehr, als Erinnrung an des Vaters Tod. (*Geht ab.*)
Marcus. Nun werde kalt, Siziliens heißer Ätna
Und sei mein Herz ein glühnder Flammenpfuhl!
Solch Elend ist zuviel für Menschenkraft!
Mitweinen mit den Weinenden ist Trost,
Doch Schmerz, so frech verhöhnt, dreifacher Tod.
Lucius. Oh, daß der Anblick solche Wunden schlägt
Und schreckt verhaßtes Leben nicht hinweg!
Daß Tod dem Leben seinen Namen leiht,
Wo Leben nur noch Atemholen ist!
(*Lavinia küßt ihn.*)
Marcus. Ah, armes Herz, der Kuß ist ohne Trost,
Wie hartes Eis dem frosterstarrten Wurm.
Titus. Wann endet dieser fürchterliche Schlaf?
Marcus. Nun, Schmeichelei fahr hin; nun, Titus stirb;
Du schläfst nicht; sieh die Häupter deiner Söhne,
Sieh deine Hand, sieh dein verstümmelt Kind,
Den landverwiesnen Sohn, durch diesen Anblick
Betrübt und bleich; mich, deinen Bruder, sieh,
Wie ein versteinert Bildnis, kalt und starr.
Ach, nimmer recht ich jetzt mit deinem Schmerz!
Rauf nur dein Silberhaar, mit deinen Zähnen
Zerfleisch die andre Hand: dies grause Bild
Sei deiner armen Augen letzte Schau.
Nun ist es Zeit zum Sturm, was schweigst du still?
Titus. Ha! ha! ha!
Marcus. Was lachst du? solcher Stunde ziemt es nicht!
Titus. Nun, blieb mir denn noch eine Träne übrig?
Und dann ist auch dies Weinen selbst mein Feind,
Der mir die feuchten Augen wohl zerstörte,
Bis sie erblindet von der Tränen Zoll;
Wie aber fänd ich dann der Rache Höhle?
Denn diese Häupter reden ja zu mir
Und drohn mir: ewig nicht erlang ich Ruh,
Bis all dies Elend ward zurückgezahlt,
Zurück in deren Schlund, die's ausgesandt.

Still! Laßt mich sehn, was nun mein Tagewerk.
Ihr Volk des Jammers, stellt euch um mich her,
Daß ich zu jeglichem mich wende hin
Und schwör auf meine Seel, ich räch eur Leid.
Ich habs gelobt. – Jetzt, Bruder, faß ein Haupt,
In dieser Hand halt ich das andre fest:
Lavinia, hilf uns auch in diesem Werk,
Mit deinen Zähnen, Kind, halt meine Hand. –
Du, lieber Sohn, entferne dich von hier,
Du bist verbannt und darfst hier nicht verweilen. –
Fleuch zu den Goten, wirb dir dort ein Heer,
Und liebst du mich – ich glaube, daß du's tust –
Küß mich und geh; uns bleibt noch viel zu tun.
(*Alle gehn ab bis auf Lucius.*)

Lucius. Leb wohl, Andronicus, mein edler Vater,
Der jammervollste Mann, den Rom gesehn!
Leb wohl, o Rom! bis Lucius wiederkehrt,
Läßt er dir Pfänder, teurer als sein Blut.
Leb wohl, Lavinia, du edle Schwester:
O wärst du wieder, was du warst zuvor!
Denn Lucius und Lavinia leben jetzt
Nur in Vergessenheit, in Gram und Haß.
Wenn Lucius lebt, vergilt er deine Schmach;
Der stolze Saturnin und sein Gemahl
Solln an den Toren betteln wie Tarquin.
Jetzt zieh ich zu den Goten, werb ein Heer
Und räche mich an Rom und Saturnin. (*Geht ab.*)

ZWEITE SZENE

Zimmer in Titus' Hause

Ein Bankett

Titus, Marcus, Lavinia und der junge Lucius, ein Knabe, treten auf

Titus. So, so; nun sitzt; gebt acht und eßt nicht mehr,
Als was nur eben uns in Kraft erhält,
Rache zu nehmen für dies bittre Weh.
Marcus, entknüpf den gramgeschlungnen Knoten!

Der Nicht' und mir, uns Ärmsten, fehlen Hände,
Wir können nicht gebärden unsre Qual,
Die Arme kreuzend. Diese schwache Rechte
Blieb mir, tyrannisch meine Brust zu schlagen;
Und wenn mein Herz, von Jammer ganz verwirrt,
An dieses Fleisches hohlen Kerker klopft,
Dann stoß ichs so hinab. –
(*Zu Lavinien.*) Du Spiegel alles Wehs, in Zeichen redend,
Wenn dir dein Herz mit wildem Pochen stürmt,
Kannst du's durch Streiche nicht beruhigen!
Mit Seufzern triff, mit Ächzen töt es, Kind,
Faß dir ein spitzig Messer mit den Zähnen
Und bohr am Herzen eine Wunde dir,
Daß jede Träne deiner armen Augen
Der Gruft zufließt; und, wenn sichs vollgesaugt,
Im bittern Salz der arme Narr ertrinke!

Marcus. Pfui, Bruder, pfui! lehr sie gewaltsam nicht
Die Hand anlegen ihrem zarten Leib!

Titus. Wie, hat dich Kummer schon verrückt gemacht?
Ich, Marcus, darf allein im Wahnsinn sprechen.
Gewaltsam Hand anlegen sollte sie?
Ach, warum nanntest du den Namen Hand?
So mußt Äneas zweimal Rede stehn,
Wie Troja brannt und er ins Elend kam.
Laß nicht von Händen handeln dein Gespräch,
Nicht stets zu mahnen, daß wir keine haben! –
– Pfui! wie im Fieber klingt es, was ich sprach;
Als dächten wir an unsre Hand nicht mehr,
Wenn Marcus unsrer Hände nicht erwähnt! –
Kommt, fangt nun an. Iß dies, mein süßes Mädchen –
– Hier fehlt zu trinken. — Hör doch, was sie spricht:
All ihre Marterzeichen merk ich leicht:
Sie sagt, sie kennt nur Tränen als Getränk,
Ihr Becher sei die Wang, ihr Aug die Kelter[1].
Sprachlose Klag! Ich forsche deinen Sinn,

---

1. Wörtlich: von Gram gebraut, gemaischt auf ihren Wangen

Dein stummes Reden lern ich so verstehn,
Wie bettelnde Einsiedler ihr Brevier.
Du sollst nicht seufzen, nicht zum Himmel sehn[1],
Nicht winken, nicken, Zeichen machen, knien,
Daß ich daraus nicht füg ein Alphabet
Und, still mich übend, lerne, was du meinst.
Knabe. Großvater, laß die Klagen herb und wild,
Erheitre meine Muhme durch ein Märchen.
Marcus. Der zarte Knabe, ach! bewegt von Mitleid,
Weint, so in Schwermut seinen Ahn zu sehn! –
Titus. Still, zarter Sproß; du bist geformt aus Tränen,
Und Tränen schmelzen bald dein Leben hin!
(*Marcus schlägt mit dem Messer auf den Teller.*)
Wonach schlugst du mit deinem Messer, Marcus?
Marcus. Ich traf und schlug sie tot; 'ne Fliege wars.
Titus. Schäme dich, Mörder; du erschlugst mein Herz;
Mein Aug ist übersatt von Grausamkeit:
Ein Mord, an dem unschuldgen Tier geübt,
Ziemt Titus' Bruder nicht: – steh auf und geh.
Ich seh, du taugst für meinen Umgang nicht.
Marcus. O Lieber! Eine Flieg erschlug ich nur! –
Titus. Wenn nun die Fliege Vater hatt' und Mutter,
Wie senkte der die zarten goldnen Schwingen
Und summte Klag und Jammer durch die Luft!
Harmloses, gutes Ding,
Das mit dem hübschen, summenden Gesang
Herflog, uns zu erheitern; und du tötest sie!
Marcus. Vergib; 'ne schwarze, garstge Fliege wars,
Ganz wie der Kaisrin Mohr; drum schlug ich sie.
Titus. Oh, oh, oh,
Ja, dann vergib mir, wenn ich dich gescholten,
Denn eine Tat der Gnade übtest du.
Gib mir dein Messer, ich will sie zerhaun,
Mir schmeicheln, diesen Mohren hätt ich hier,
Der eigens herkam, um mir Gift zu streun.

1. Wörtlich: deine Stümpfe auf zum Himmel heben

Das nimm für dich! und dies für Tamora!
Ah, Bube!
Ich denke doch, so sind wir nicht herunter,
Daß wir selbander nicht 'ne Flieg erschlügen,
Die kohlschwarz wie ein Mohr sich zu uns drängt!
Marcus. Ach, armer Mann! Er hält, von Gram zerstört,
Trügliche Schatten für ein wahres Ding! –
Titus. Kommt, räumt nun auf: Lavinia, geh mit mir,
Ich folg dir in dein Zimmer, lese dir
Leidvolle Märchen vor aus alter Zeit.
Komm, Knabe, folge mir; dein Aug ist jung,
Und du sollst lesen, wenn sich meines trübt.
(*Sie gehn ab.*)

VIERTER AUFZUG

ERSTE SZENE

Vor dem Hause des Titus

Der junge Lucius, mit Büchern unterm Arm, läuft vor Lavinien, die ihm nachfolgt. Dann kommen Titus und Marcus

Knabe. Großvater hilf! Muhme Lavinia
Verfolgt mich allenthalb, weiß nicht, warum.
Sieh, Oheim Marcus, sieh, wie schnell sie kommt!
Ach liebste Muhm, ich weiß nicht, was du willst?
Marcus. Komm zu mir, Lucius, fürchte nicht die Muhme.
Titus. Sie liebt dich, Kind, zu sehr, dir Leids zu tun.
Knabe. O ja, als noch mein Vater war in Rom! –
Marcus. Was deuten diese Zeichen, teure Nichte?
Titus. Fürchte nicht, Lucius: etwas meint sie jetzt; –
– Sieh, Lucius, sieh, wieviel sie von dir hält;
Sie will, daß du ihr dorthin folgen sollst.
Ah, Kind, Cornelia las mit ihren Söhnen
So eifrig nie, als sie mit dir studiert
Die Poesie und Tullius' Redekunst.
Marcus. Errätst du nicht, was sie von dir begehrt?

Knabe. O Herr, ich weiß nicht, noch errat ich es,
Wenn nicht ein schneller Wahnsinn sie ergriff:
Den oftmals hört ich vom Großvater schon,
Denn Geist verwirr' ein Übermaß des Grams;
Und las, wie die trojansche Hekuba
Toll ward durch Kummer: das erschreckte mich,
Obschon ich weiß, die edle Muhme liebt
So zärtlich mich, als meine Mutter tat,
Und nur im Fieber könnte sie mich schrecken.
So warf ich denn die Bücher hin und lief
Vielleicht um nichts: doch, Muhme, seid nicht bös;
Und, Base, wenn mein Oheim Marcus folgt,
Dann will ich mit Euch gehn, wohin es sei.
Marcus. Das will ich, Lucius.
(*Lavinia wendet die Bücher um, die Lucius hat fallen lassen.*)
Titus. Wie nun, Lavinia? Was bedeutet dies?
Hier muß ein Buch sein, das sie wünscht zu sehn:
Von diesen, welches? Knabe, schlag sie auf:
Doch du hast mehr und andre Schrift gelesen;
Komm, wähl in meinem ganzen Büchersaal,
Und so vergiß dein Leid, bis das Geschick
Enthüllt den argen Stifter dieser Tat. –
Was hebt sie wechselnd ihre Arm empor?
Marcus. Sie meint wohl, denk ich, daß noch mehr als ein
Verschworner mitgewirkt. – Gewiß, so wars. –
Wo nicht, ruft sie des Himmels Zorn herab.
Titus. Lucius, welch Buch ist das, woran sie stößt?
Knabe. Herr, des Ovid «Metamorphosen» sinds,
Die Mutter gab sie mir.
Marcus. Aus Liebe zur Verstorbnen
Wählte sie's aus der Menge wohl hervor.
Titus. Still, still, wie emsig sie die Blätter dreht!
Helft ihr:
Was sucht sie doch? Lavinia, soll ich lesen?
's ist Philomelens tragische Erzählung,
Des Tereus böse List, Gewalt und Raub;
Und Raub war, fürcht ich, Wurzel deiner Marter.

Marcus. Sieh, Bruder, merk, wie sie die Blätter prüft.
Titus. Wardst du so überrascht, mein süßes Kind,
Beraubt, entehrt, wie Philomele ward?
Geschwächt im wüsten, mitleidslosen Wald?
Seht, seht! –
Ja, solch ein Tal ist dort, wo wir gejagt
(O hätten wir doch nie, nie dort gejagt!),
Genau, wie uns der Dichter Kunde gibt,
Zu Mord und Notzucht von Natur geprägt.
Marcus. Wie schuf so wüsten Talgrund die Natur,
Wenn Götter der Tragödien sich nicht freun?
Titus. Gib Zeichen, Kind – hier sind ja Freunde nur –
Wer ist der Römer, der die Tat gewagt?
Schlich Saturnin heran, wie einst Tarquin,
Als er vom Heer sich zu Lukretien stahl?
Marcus. Setz dich, Lavinia; – Bruder, setz dich her. –
Apollo, Pallas, Jupiter, Merkur,
Erleuchtet mich, den Täter zu erspähn! –
Bruder, sieh her – geliebte Nichte, sieh:
(*Er schreibt seinen Namen mit seinem Stabe, den er mit dem Munde und den Füßen führt.*)
Hier auf dem ebnen Sande, wenn du kannst,
Schreib du, wie ich jetzt meinen Namen zog,
Ganz ohne Hilf und Beistand unsrer Hände.
Verfluchtes Herz, das zu dem Spiel uns zwingt!
Schreib, süßes Kind! und zieh ans Licht zuletzt,
Was unsrer Rach entdecken will der Himmel:
Lenk ihre Feder, Gott! ihr Leid zu schreiben,
Tu uns den Frevler und die Wahrheit kund! –
(*Sie nimmt den Stab in den Mund, führt ihn mit den verstümmelten Armen und schreibt.*)
Titus. O Bruder! Lies, was sie geschrieben hat!
Stuprum[1] – *Chiron* – *Demetrius.*
Marcus. Was? Tamoras verbuhltes Knabenpaar
Vollbringer dieser blutgen, schwarzen Tat?

---

1. Schändung

Titus. – *Magni dominator poli,*
Tam lentus audis scelera? tam lentus vides?[1]
Marcus. O, ruhig, teurer Bruder; schrieb sie gleich
Mehr als zuviel auf diesen Boden hin,
Die Sanftmut selbst zum Aufruhr zu empören
Und Kinder aufzustürmen zum Entschluß. –
Knie mit mir nieder, Bruder, Nichte, knie,
Und Knab, auch du, des römschen Hektors Trost:
Schwört mir (wie dem unselgen Gatten einst
Und Vater der entehrten keuschen Frau
Held Brutus bei Lukretiens Leiche schwur) –
Ausüben wollen wir nach bestem Rat
Tödliche Rach an jenen tückschen Goten,
Sie morden, oder sterben in der Schmach.
Titus. Recht schön von dir, wenn du nur wüßtest, wie?
Doch triffst du nur die Jungen[2], dann gib acht,
Du weckst die Alte; wittert sie den Streich,
Ei, mit dem Löwen ist sie eng im Bund
Und wiegt ihn ein, auf ihrem Rücken spielend,
Und schläft er erst, dann tut sie, was sie will.
Du bist zur Jagd noch jung, drum laß es gut sein.
Wart nur! ein Täflein hol ich her von Erz
Und grabe drauf mit scharfem Stahl die Namen,
Und berg es: sonst verweht der tücksche Nord
Wie der Sibylle Blätter diesen Sand,
Und dann, wie stånds um unsre Lektion?
Was sagst du, Knabe?
Knabe. Ich sage, teurer Herr, wär ich ein Mann,
Nicht ihrer Mutter Schlafgemach beschützte
Dies Knechtsgezücht, das römsche Ketten trug.
Marcus. Recht, wackrer Knab! Oft tat dein Vater schon
Das gleiche für sein undankbares Volk.
Knabe. Und leb ich, Oheim, tu ich so wie er.

---

1. Herr des weiten Himmels, so lange hörst du, siehst du Freveln zu? Die Verse sind Senecas «Phädra» entnommen, aber ungenau zitiert.
2. Wörtlich: doch jagst du diese Bärenbrut

Titus. Komm, geh mit mir in meinen Waffensaal.
Lucius wird ausgestattet; und mein Knabe
Soll gleich von mir den Söhnen Tamoras
Geschenke bringen, die ich senden will.
Komm, du bestellst die Botschaft; willst du nicht?
Knabe. Großvater ja; mein Dolch für ihre Brust!
Titus. Nein, Kind, nicht so; ich lehr dich andern Weg.
Lavinia, komm; Marcus, geh in mein Haus.
Lucius und ich, wir setzens durch bei Hof,
Ja traun, das tun wir, und wir finden Gunst.

(*Sie gehn ab bis auf Marcus.*)

Marcus. Götter! Könnt ihr den Guten weinen sehn
Und lenkt nicht ein und hegt kein Mitgefühl?
Marcus, verlaß ihn nicht in diesem Wahnwitz;
Mehr Narben trägt sein gramverwundet Herz,
Als Feindesscharten sein zerstoßner Schild;
Und doch so treu, daß er nicht Rache sucht;
Rächt Götter denn den Greis Andronicus! (*Ab.*)

ZWEITE SZENE

Ein Zimmer im kaiserlichen Palast

Von der einen Seite treten auf Aaron, Chiron und Demetrius; von der andern der junge Lucius und ein Diener, der ein Bündel Waffen trägt, um welches Verse geschrieben stehn

Chiron. Demetrius, hier ist des Lucius Sohn,
Der eine Botschaft uns bestellen soll.
Aaron. 'ne tolle Botschaft wohl vom tollen Alten!
Knabe. Ihr Herrn, mit aller schuldgen Demut meld ich
Titus Andronicus' ergebnen Gruß; –
(*Beiseite.*) Und fleh die Götter Roms, euch zu verderben.
Demetrius. Hab Dank, mein artges Kind! Was Neues gibts?
Knabe (*beiseite*). Daß wir euch beid entlarvt, das Neue gibts,
Als räuberische Schurken. – (*Laut.*) Edle Herrn,
Mit Vorbedacht schickt mein Großvater euch
Die schönsten Klingen seines Waffensaals

Als eurer würdgen Jugend Lust und Schmuck,
Der Hoffnung Roms: denn also sagt' ers mir,
Und so bestell ichs jetzt, und liefr' euch ab
Sein Gastgeschenk: daß, wenn ihrs einst bedürft,
Ihr stattlich seid gerüstet und bewehrt. –
Und somit laß ich euch (*beiseite*) als blutge Schurken. (*Ab.*)

Demetrius. Nun, was ist dies? Ein Blatt rundum beschrieben?
Laßt sehn:
Integer vitae scelerisque purus
Non eget Mauri iaculis neque arcu[1].

Chiron. Der Vers steht im Horaz, ich kenn ihn wohl;
Ich las ihn in der Schul als Knabe schon.

Aaron. Jawohl, das schreibt Horaz, Ihr traft es gut.
(*Beiseite.*) Nun sieht man doch, ein Esel hat kein Arg!
Dies ist kein Scherz; der Alte hats entdeckt,
Und schickt mit solcher Aufschrift sein Geschoß,
Die, ohne daß sie's ahnen, trifft ins Herz.
Wär unsre witzge Kaiserin wohlauf,
Sie klatschte Beifall Titus' spitzem Wort:
Doch mag sie ruhn, unruhig wie sie ist. –
(*Laut.*) Nun, junge Herrn, wars nicht ein gut Gestirn,
Das uns als Fremde hergeführt nach Rom,
Ja als Gefangne, zu so hohem Glück?
Es tat mir wohl, als ich am Burgtor trotzte
Im Beisein seines Bruders dem Tribun.

Demetrius. Und mich ergötzt noch mehr, daß solch ein Held
Uns frönt in Demut und Geschenke beut.

Aaron. Hatt' ers nicht Ursach, Prinz Demetrius?
Gingt Ihr nicht freundlich mit der Tochter um?

Demetrius. Ich wollt, wir hätten tausend römische Fraun,
So in der Eng, uns wechselnd zu erfreun.

Chiron. Ein liebevoller Wunsch! Ein fromm Gebet!

Aaron. Wär Eure Mutter hier, sie spräche Amen.

Chiron. Das täte sie für zwanzigtausend mehr.

---

1. Wer unbefleckten Lebens, rein von Lastern, braucht nicht Pfeile, noch Bogen des Mohren. Anfang nach einer berühmten Ode des Horaz (I, 22).

Demetrius. Kommt, gehn wir; und zu allen Göttern fleht
Für unsre Mutter, die in Wehen liegt.
Aaron (*beiseite*). Zu Teufeln fleht; kein Gott will von uns wissen.
(*Man hört Trompeten im Palast.*)
Demetrius. Was blasen die Trompeten im Palast?
Chiron. Vielleicht erfreut den Kaiser jetzt ein Sohn.
Demetrius. Still da! Wer kommt? –
Eine Wärterin kommt mit einem schwarzen Kinde.
Wärterin. Gott grüß euch, liebe Herrn!
O sagt mir an, wo Aaron ist, der Mohr?
Aaron. Aaron ist hier; was solls mit Aaron sein?
Wärterin. O lieber Aaron! Alles ist vorbei! –
Nun hilf, sonst komme Fluch auf dich hinab!
Aaron. Was gibts? Was soll das Zeter, das Geschrei?
Was wickelst und verhüllst du in dein Tuch?
Wärterin. Oh, was ich vor der Sonne gern versteckt,
Der Kaisrin Schmach, des großen Roms Entehrung;
Sie ist entbunden, Herrn, sie ist entbunden!
Aaron. Von welchem Eid?
Wärterin. Sie kam ins Wochenbett.
Aaron. Nun denn, der Himmel
Geb ihr 'ne gute Nacht! Was schickt' er ihr?
Wärterin. Einen Teufel.
Aaron. Eines Teufels Mutter? Welch erwünschter Sproß!
Wärterin. Verwünschter, schnöder, schwarzer, wüster Sproß!
Hier ist das Kind, so widrig wie ein Molch
Bei weißen Kreaturen unsres Lands.
Dein Siegel, deinen Abdruck schickt sie dir,
Und mit des Dolches Spitze tauf ihn jetzt!
Aaron. Geh mir, du Hur! Ist Schwarz so schlimme Farbe?
Du Pausback bist 'ne schöne Blüte, gelt?
Demetrius. Schurk, was hast du gemacht?
Aaron. Gemacht, was du
Nicht kannst zunichte machen.
Chiron. Unsre Mutter
Hast du vernichtet!
Aaron. Nein, verpflichtet, Schurke.

Demetrius. Und eben dadurch, Höllenhund, vernichtet. –
Fluch dieser Tat! Fluch ihrer eklen Wahl!
Verflucht der Sprößling solches schnöden Teufels! –
Chiron. Er soll nicht leben!
Aaron. Sterben soll er nicht.
Wärterin. Aaron, er muß, und seine Mutter wills.
Aaron. Was muß er? Nun, so soll kein Mann als ich
An meinem Fleisch und Blut den Spruch vollziehn.
Demetrius. Auf meinen Degen spieß ich gleich den Molch:
Gib mir ihn her, so ist es abgetan.
Aaron. Eh wühlt dies Schwert in Euern Eingeweiden! –
(*Nimmt der Wärterin das Kind fort und zieht.*)
Halt Mörder! Euern Bruder schont ihr nicht?
Nun, bei dem Sternenglanz des Firmaments,
Der lustig schien, als ich den Schelm gezeugt –
Der stirbt durch meines Säbels scharfen Stahl,
Der meinem ältsten Sohn und Erben naht.
Ich sag euch, Burschen, nicht Enceladus
Mit seiner drohnden Schar aus Typhons Brut,
Noch Herkules, noch selbst der Gott des Kriegs
Raubt diese Beut aus seines Vaters Hand.
Was? Ihr blutdürstgen Buben, schalen Geistes,
Weißkalkge Wände, bunte Bierhauszeichen,
Kohlschwarz gilt mehr als jede andre Farbe;
Denn alle Wasserflut im weiten Meer
Wäscht nicht des Schwanes schwarze Füße weiß,
Obschon er stündlich sie im Meere spült. –
Sag du der Kaisrin, ich sei alt genug,
Was mein, zu schützen; trag sie's, wie sie mag! –
Demetrius. So willst du deine Herrin frech verraten?
Aaron. Herrin ist meine Herrin; dies ist selbst,
Das Mark und Abbild meiner Jugendkraft;
Dies ist mir teurer als die ganze Welt,
Dies will ich retten trotz der ganzen Welt,
Sonst glaubt noch mancher dran von euch in Rom.
Demetrius. Dies bringt auf unsre Mutter ewgen Schimpf!
Chiron. Rom wird ob dieses Fehltritts sie verachten!

Wärterin. Des Kaisers Wut wird sie dem Tode weihn!
Chiron. Ich muß erröten, denk ich dieser Schmach! –
Aaron. Da seht das Vorrecht, das euch Schönheit bringt!
Pfui, feiges[1] Weiß, das durch Erröten meldet,
Was insgeheim das Herz beschließt und fühlt! –
Hier ist ein Bursch, geprägt aus anderm Ton:
Seht, wie der schwarze Schelm anlacht den Vater,
Als wollt er sagen – «Alter, ich bin dein».
Der ist eur Bruder, Prinzen; frisch genährt
Vom selben Blut, das euch das Leben gab;
Aus jenem Schoß, wo ihr gefangen wart,
Ist er entfesselt und ans Licht gebracht;
Eur Bruder von der sichern Seite, traun,
Obgleich sein Antlitz meinen Stempel trägt.
Wärterin. Aaron, was meld ich nun der Kaiserin?
Demetrius. Bedenk dich, Aaron, wie zu helfen sei,
Und wir sind alle deinem Rat geneigt;
Rette das Kind, wenn du uns all errettst.
Aaron. Setzen wir uns und überlegt mit mir.
Mein Sohn und ich, wir sind hier außer'm Schuß.
Bleibt dort; nun, wie's euch gut dünkt, sprecht von Rettung.
(*Sie setzen sich auf die Erde nieder.*)
Demetrius. Wie viele Frauen sahn dies Kind von ihm?
Aaron. Seht, liebe Herrn, wenn wir uns einig sind,
Bin ich ein Lamm: doch bietet Trotz dem Mohren,
Und Aaron stürmt, wie das empörte Meer,
Wie Eber wild und Löwen im Gebirg. –
Nun sag noch einmal, wieviel Frauen sahn's?
Wärterin. Cornelia, die Hebamme, und ich selbst;
Sonst kein' als die entbundne Kaiserin.
Aaron. Die Kaisrin – die Hebamme – und du selbst?
Zwei schweigen wohl, ist nur die Dritte fort;
Geh hin zur Kaisrin, sprich, *dies* sagt ich dir! –
(*Er ersticht sie.*)
Quiek, Quiek! – So schreit das Ferkel, das man spießt.

---

1. Wörtlich: verräterisches

Demetrius. Was meinst du, Aaron? Warum tatst du dies?
Aaron. Nun, meiner Treu, aus weiser Politik;
Ließ' ich sie gehn, verriet' sie unser Spiel,
Die schwatzende Gevattrin! Nein, ihr Herrn;
Und nun erfahrt den Plan, den ich ersann.
Mein Landsmann Muley wohnt nicht weit von hier,
Des Weib erst gestern in die Wochen kam;
Der gleicht das Kind und ist so weiß wie ihr.
Geht, kartet's ab und gebt der Mutter Gold,
Und beiden sagt den Hergang recht genau
Und wie ihr Kind hiedurch zu Ehren kommt
Und als des Kaisers Erbe gelten wird
Und an die Stelle tritt des meinigen,
Den Sturm zu sänftgen, der am Hofe droht.
Der Kaiser mög es herzen dann als seins.
Hört nun: Ihr seht, ich gab ihr Arzenei,
Und ihr müßt jetzt ihr Totengräber sein.
Das Feld ist nah, ihr seid ein rüstig Paar;
Dies wohl besorgt, verliert mir keine Zeit,
Schickt die Hebamme mir im Augenblick.
Hebamm und Wärterin beiseit geschafft,
Dann laßt die Weiber schwatzen, wie's beliebt.
Chiron. Aaron, ich merke, nicht einmal der Luft
Vertraust du.
Demetrius. Daß du so der Mutter schonst,
Muß sie, wie ihre Söhne, herzlich danken.

(*Chiron und Demetrius gehn ab.*)

Aaron. Nun zu den Goten schnell wie Schwalbenflug!
Dort bring ich diesen Schatz in Sicherheit
Und grüß der Kaisrin Freunde insgeheim. –
Komm, du dicklippger Schelm, ich trag dich fort,
Denn du hast uns in all die Not gebracht.
Mit Wurzeln füttr ich dich und wilden Beeren,
Mit Rahm und Molken; Ziegen sollst du saugen,
In Höhlen wohnen; so zieh ich dich auf
Zum tapfern Kriegesmann und General. (*Ab.*)

DRITTE SZENE

Straße

Titus, der alte Marcus, der Knabe Lucius und andre Verwandte treten auf mit Bogen; Titus trägt die Pfeile, an deren Enden Briefe befestigt sind

Titus. Komm, Marcus, komm; Vettern, hier ist der Ort.
Nun, Kleiner, zeig mir deine Bogenkunst;
Seht, daß ihr wacker spannt, so trefft ihrs wohl.
Terras Astraea reliquit[1]; –
Denk dran, mein Marcus, sie ist fort, entflohn;
Du nimm dir dein Gerät; ihr, Vettern, müßt
Das Meer ergründen und die Netze werfen,
Ihr findet sie vielleicht dann in der See.
Doch da wohnt Recht sowenig als am Land! –
Nein, Publius und Sempronius, *ihr* müßts tun;
Ihr grabt mir mit dem Spaten, mit dem Karst,
Dringt vor bis zu der tiefsten Erde Kern;
Dann, wenn ihr kamt in Plutos Region,
Ich bitt euch, reicht ihm diese Bittschrift ein;
Sagt ihm, Gerechtigkeit und Hilfe fehlen,
Und daß euch sandte Greis Andronicus,
Von Gram gebeugt im undankbaren Rom.
Ah, Rom! Ja, ja, ich führte dich ins Elend,
Damals, als ich des Volkes Stimme warb
Führ ihn, der jetzt mich heimsucht als Tyrann.
Geht, geht! ich bitt euch, habt mir acht und forscht
Und laßt mir ja kein Kriegsschiff undurchsucht: –
Falls sie der Kaiser über Meer geschifft,
Dann, Vettern, pfeift nur nach Gerechtigkeit!
Marcus. O Publius! Ist das nicht ein Trauerfall,
Den edlen Oheim so im Wahnsinn sehn?
Publius. Deshalb, o Herr, ist unsre nächste Pflicht,
Ihm Tag und Nacht getreulich nah zu sein
Und seiner Laune freundlich nachzugeben,
Bis Zeit ein heilsam Mittel ihm gewährt. –

---

1. Astraea hat die Erde verlassen.

Marcus. Kein heilsam Mittel hilft für solchen Gram! –
Stoßt zu den Goten, und ein Rachekrieg
Bringe Ruin dem undankbaren Rom
Und Rache am Verräter Saturnin.
Titus. Nun, Publius? Nun, liebe Herrn,
Sagt mir, traft ihr sie schon?
Publius. Nein, teurer Herr! Doch Pluto läßt erwidern,
Wollt Ihr von ihm die Rache, schickt er sie;
Gerechtigkeit sei in Geschäften oben,
Er meint, beim Jupiter – vielleicht woanders –
So daß Ihr Euch durchaus gedulden müßt. –
Titus. Er kränkt mich, hält er mich mit Zögern hin!
Ich tauche selbst in jenen Flammensee
Und zieh sie bei den Fersen aus dem Styx.
Marcus, wir sind nur Sträuche, Zedern nicht,
Nicht Riesen nach Zyklopenart geformt;
Zwar Erz, mein Marcus, Stahl bis an den Nacken,
Doch leidgebeugt, mehr als der Nacken trägt.
Und weil kein Recht auf Erden, noch im Orkus,
Wolln wir zum Himmel, zu den Göttern flehn,
Uns Recht herabzusenden, uns zum Trost[1].
Kommt, Hand ans Werk! Hier Marcus, wackrer Schütz,
(*Er verteilt die Pfeile.*)
Ad Jovem, den nimm du; hier *ad Apollinem* –
Ad Martem, diesen nehm ich selbst. –
– Hier, Knab, an Pallas; – der hier an Merkur,
Saturn und Coelus! – nicht an Saturnin –
Das wär, als schößt Ihr gegen Sturm und Wind! –
Nun, Knabe, frisch; sowie ich winke, schießt;
Verlaßt euch drauf, ich schrieb es mit Bedacht; –
Da ist kein Gott, zu dem ich nicht gefleht.
Marcus. Vettern, schießt alle Pfeil ihm in den Burghof;
Verwunden laßt uns dieses Kaisers Stolz.
Titus. Nun zieht die Sehnen. – (*Sie schießen.*) Wohlgetroffen,
Brav, Knab! In Virgos Schoß: nun hilf Minerva! [Lucius! –

---

1. Wörtlich: die Gerechtigkeit herabzusenden, unser Leid zu rächen

Marcus. O Herr, weit übern Mond schoß ich hinaus,
Eur Brief muß jetzt beim Jupiter schon sein.
Titus. Ha, Publius, Publius! Was hast du vollbracht?
Sieh, eins von Taurus' Hörnern abgeschossen!
Marcus. Titus, das war der Spaß: als Publius schoß,
Ward Taurus wild, gab Aries solchen Stoß,
Daß sein Gehörn herabfiel in den Hof;
Wer, meint Ihr, fands, als Tamoras Gesell?
Sie lacht' und rief dem Mohren, augenblicks
Dem Kaiser es zu bringen als Geschenk.
Titus. So paßt sichs recht! Gott geb Eur Hoheit Freude!

Ein Bauer tritt auf, der einen Korb mit zwei Tauben trägt.

Nachricht vom Himmel, Marcus! Sieh den Boten!
Was bringst du, Freund? Sind Briefe da für uns?
Erscheint uns Recht? Was sagt der Lenker Zeus?
Bauer. Holla! Was der Henker Neues sagt? Er sagt, er hat den Galgen noch nicht in Ordnung, denn der Mensch soll erst nächste Woche hängen.
Titus. Still! Was erwidert Zeus, ich frag es nochmals.
Bauer. Ach, Herr, Euern Zeisig kenn ich nicht, mit dem hab ich all meine Lebtage nicht getrunken.
Titus. Wie! Bist du sein Briefträger nicht, Gesell?
Bauer. Meine Tauben habe ich hergetragen, Herr, sonst nichts.
Titus. So kommst du nicht vom Himmel?
Bauer. Vom Himmel? Ach, gnädiger Herr, da bin ich nie gewesen; Gott behüte mich, daß ich so dreist sein sollte und mich in meinen jungen Tagen in den Himmel eindrängen. Seht, ich gehe mit meinen Tauben zu dem Tribunalplebs, weil ich einen Zank zwischen meinem Vetter und einem von Seiner Kaiserlichkeit Bedienten schlichten helfen will.
Marcus. Seht, Bruder, das kommt uns so gelegen wie möglich, um Eure Supplik zu unterstützen; laßt ihn dem Kaiser die Tauben in Eurem Namen bringen.
Titus. Sag mir, kannst du dem Kaiser eine Supplik mit einiger Grazie einreichen?
Bauer. Nein, bewahre Gott, Herr, mit dem Gratias habe ich all meine Tage nicht fertig werden können.

Titus. Freund, komm heran, mach nicht viel Wesens hier;
Gib deine Tauben in des Kaisers Hand,
Ich schaffe dir Gerechtigkeit von ihm;
Wart noch, hier hast du Geld für deine Müh.
Gebt mir Papier und Feder.
Reichst du mir die Supplik mit Grazie ein?

Bauer. Ja, Herr.

Titus. Hier also ist ein Gesuch für dich. Und wenn du vor ihm erscheinst, mußt du beim ersten Eintritt knien, dann ihm die Füße küssen, dann deine Tauben überreichen, dann deinen Lohn erwarten. Ich werde in der Nähe sein, Bursch; sieh zu, daß du deine Sache gut machst.

Bauer. Seid unbesorgt, Herr, laßt mich nur machen.

Titus. Hast du ein Messer, Bursch? Komm, zeig es mir!
Hör, Marcus, falt es in die Bittschrift ein;
(Du schriebst ja wie ein armer Bittender –)
Und wenn du sie dem Kaiser überreicht,
Klopf an mein Tor und sag mir, was er sprach.

Bauer. Gott befohlen, Herr, ich wills tun.

Titus. Komm, Marcus, gehn wir; folg mir, Publius. (*Alle ab.*)

VIERTE SZENE

Im Palast

Es treten auf der Kaiser, die Kaiserin und ihre Söhne; der Kaiser hält die von Titus abgeschossenen Pfeile in seiner Hand

Saturninus. Wie dünkt euch solche Kränkung? Bot man je
Roms kaiserlichem Herrscher solchen Trotz,
Belästigt' und erzürnt' ihn, höhnt ihn so,
Weil er das Recht erfüllt', den Spruch vollzog?
Ihr wißt es, Herrn, gleich den allsehnden Göttern –
(Was auch die Störer unsrer Ruh dem Volk
Ins Ohr geraunt –), daß nichts entschieden ward
Wider des alten Titus frechen Stamm
Als nach Gesetz und Recht. Und ob nun auch
Der Kummer seine Sinne so zerstört,
Darf seine Rachgier, Fieberhitz und Zorn

Und seine Bitterkeit uns so bedrohn?
Nun schreibt er an die Götter um Ersatz;
Seht, hier an Jupiter, dies dem Merkur,
Dies an Apollo, dies dem Gott des Kriegs: –
Recht saubre Zettel für den römschen Markt!
Heißt das nicht Lästrung wider den Senat?
Verdammung unsres ungerechten Sinns?
Ein angenehmer Scherz, nicht wahr, ihr Herrn?
Als wollt er sagen, Rom kennt kein Gesetz!
Doch, wenn ich lebe, soll verstellter Wahnsinn
Ihm keinen Schutz für diesen Hohn verleihn;
Er soll erfahren, daß Gerechtigkeit
Noch lebt in Saturnin, die, schläft sie gleich,
Jetzt so erwachen wird, daß ihre Wut
Vernichten soll den stolzesten Verschwörer.

Tamora. Mein gnädger Fürst, geliebter Saturnin,
Herr meines Lebens, Herrscher meines Sinns,
Sei mild, vergib dem altersschwachen Greis.
Ihn tört der Gram um seine tapfern Söhne,
Der ihm ins Mark dringt und die Brust durchbohrt.
Erleichtre lieber sein unselig Los,
Als daß du strafst den Niedern oder Höchsten
Für solche Kränkung. (*Beiseite.*) Also, schlau gewandt,
Muß Tamora mit jedem freundlich tun;
Doch Titus, dir verwundet ich das Herz
Und traf dein Leben; ist nur Aaron klug,
Geht alles wohl, im Hafen ankern wir.

Der Bauer kommt.

Was gibts, mein Freund, bringst du uns ein Gesuch?

Bauer. Ja freilich, wenn Euer Wohlgeboren kaiserlich sind.

Tamora. Ich bin die Kaiserin; dort sitzt der Kaiser.

Bauer. Das ist er? Gott und Sankt Stephan geben Euch einen guten Abend; ich habe Euch einen Brief gebracht und ein paar Tauben.

(*Der Kaiser liest den Brief.*)

Saturninus. Führt ihn hinweg und hängt ihn alsogleich.

Bauer. Wieviel Geld krieg ich?

Tamora. Geh, Freund, du wirst gehängt.

Bauer. Gehängt! Meiner Seel, so nimmt mein Hals ein saubres Ende! (*Ab.*)

Saturninus. Schmachvoll und unerträglich! Welcher Hohn!
Schweig ich zu solchem unerhörten Greuel?
Ich weiß, von wem der ganze Einfall stammt;
Ich trag es nicht! Als ob die Frevlerbrut,
Gefällt nach Recht für unsres Bruders Mord,
Von mir geschlachtet wäre wider Recht!
Geht, schleppt den Schurken bei den Haaren her;
Nicht Alter, Würde sei ein Vorrecht ihm.
Für diesen Spott will ich sein Schlächter sein;
Verstellt wahnwitzger Hund! Zur Krone halfst du,
In Hoffnung, über Rom und mich zu herrschen. –

Ämilius tritt auf.

Was gibts, Ämilius?

Ämilius. Zu den Waffen, Herr! Rom hatte nie mehr Grund:
Die Goten stehen auf; mit einer Macht
Entschloßner Krieger, die nach Beut entflammt,
Ziehn sie heran in schnellem Marsch, geführt
Von Lucius, dem Sohn Andronicus',
Der droht, in seiner Rache zu erfüllen,
Soviel als jemals Coriolan vollbracht.

Saturninus. Der tapfre Lucius führt das Gotenheer?
Die Nachricht tötet; wie die Blum im Frost,
Wie Gras gepeitscht vom Sturm, häng ich das Haupt.
Ja, nun beginnt die Sorge mir zu nahn;
Er ist es, den der Pöbel stets geliebt;
Ich selber hörte klagen unterm Volk
(Wenn ich umherging wie ein Bürgersmann),
Daß Lucius widerrechtlich sei verbannt,
Und wie sie Lucius sich zum Kaiser wünschten.

Tamora. Was fürchtet Ihr? Ist unsre Stadt nicht fest?

Saturninus. Ja, doch die Bürger sind dem Lucius hold
Und fallen ab von uns, ihm beizustehn.

Tamora. Sei wie dein Name kaiserlich gesinnt!
Verfinstert denn die Sonn ein Mückenschwarm?

Der Adler duldet kleiner Vögel Sang,
Ganz unbekümmert, was ihr Zwitschern meint;
Er weiß, wie mit dem Schatten seiner Flügel
Er nach Gefallen sie zum Schweigen bringt;
So kannst auch du die Schwindelköpfe Roms.
Drum Mut gefaßt! Denn wisse, mein Gemahl,
Ich will bezaubern den Andronicus
Mit Worten, süßer und gefährlicher,
Als Wurm dem Fisch und Honigklee dem Schaf,
Da jenem mit dem Wurm der Hamen droht
Und diesem Krankheit bringt die süße Kost.

Saturninus. Doch nimmer bittet er für uns den Sohn!

Tamora. Wenn Tamora ihn bittet, wird ers tun;
Denn schmeicheln kann ich und sein Ohr erfüllen
Mit goldner Hoffnung, daß, wär auch sein Herz
Fast unangreifbar, taub sein altes Ohr,
Doch meine Zung ihm Herz und Ohr besiegt. –
(*Zu Ämilius.*) Geh du voran, sei Abgesandter uns,
Sag, daß der Kaiser ein Gespräch begehrt
Vom tapfern Lucius, und als Ort bestimme
Das Haus des Titus, seines alten Vaters[1].

Saturninus. Ämilius, führ die Botschaft würdig aus,
Und wünscht er Geiseln ihm zur Sicherheit,
So nenn er selbst, welch Unterpfand er heischt.

Ämilius. Den Auftrag werd ich alsobald vollziehn. (*Ab.*)

Tamora. Jetzt eil ich zu dem Greis Andronicus,
Mit allen meinen Künsten lenk ich ihn,
Daß er den Lucius abruft von dem Heer.
Nun, teurer Kaiser, sei vergnügten Muts
Und alle Furcht begrab in meiner List.

Saturninus. So gehe denn mit Glück und wirb um ihn.

(*Sie gehn ab.*)

---

1. Dieser Vers fehlt bei Baudissin.

FÜNFTER AUFZUG

Erste Szene

Lucius tritt auf mit gotischen Hauptleuten. Trommeln

Lucius. Bewährte Krieger, Freunde, treu erprobt,
Botschaft erhielt ich aus dem großen Rom,
Wie sehr dem Volk der Kaiser jetzt verhaßt,
Und wie's in Sehnsucht unsrer Ankunft harrt.
Drum, edle Herrn, seid, wie ihr Anspruch habt,
Kräftig im Zorn[1], unduldsam jener Schmach.
Und wie euch damals Rom erniedrigte[2],
So nehmt euch jetzt dreifältigen Ersatz.

Gote. Du tapfrer Zweig von Titus' großem Stamm,
Des Ruhm einst unser Schreck, jetzt unser Trost,
Des hohe Taten und erhabnen Glanz
Herzlos mit Hohn und Undank Rom vergilt –
Vertrau auf uns, wir folgen, wo du führst,
Wie Bienen stechend, wenn der Weiser sie
Am heißen Mittag ruft ins Blumenfeld,
Und züchtgen die verhaßte Tamora.

Alle. Und wie er sprach, so spricht das ganze Heer.

Lucius. Ich dank ihm ehrfurchtsvoll; euch allen Dank! –
Wer naht, geführt von einem rüstgen Goten?

Ein Gote führt den Aaron, der sein Kind auf dem Arm trägt.

Gote. Ruhmvoller Lucius, ich ging ab vom Heer,
Ein wüst verfallnes Kloster zu betrachten;
Und als ich aufmerksam den Blick gewandt
Auf die zerstörten Mauern; plötzlich, Herr,
Hört ich ein Kind im Steingewölbe schrein.
Ich ging dem Laute nach, da hört ich bald
Den schrei'nden Wurm gestillt mit dieser Rede:
«Schweig, brauner Schelm! halb ich, halb deine Mutter!
Wenn nicht die Farbe spräch, wes Brut du seist,
Gäb dir Natur nur deiner Mutter Weiß,

1. Wörtlich: gebieterisch
2. Wörtlich: für all den Schaden, den Rom euch zugefügt

So könntst du Schurke wohl ein Kaiser werden.
Allein wo Stier und Kuh milchweiß von Farbe,
Da zeugten sie noch nie ein schwarzes Kalb.
Still, still, du Schelm (so schalt er jetzt das Kind),
Zu einem wackern Goten bring ich dich,
Der, wenn er weiß, du seist der Kaisrin Blut,
Dich wert wird halten deiner Mutter halb.»
Drauf mit gezücktem Schwert sprang ich heran,
Ergriff ihn augenblicks und schleppt ihn her,
Daß du mit ihm verfährst, wie dirs bedünkt.
Lucius. O Freund, dies ist der eingefleischte Teufel,
Der Titus seiner tapfern Hand beraubt,
Die Perle, die der Kaisrin Aug ergötzt;
Dies seiner schnöden Lust verdammte Frucht.
Glasäugiger Sklav, wem wolltest du vertraun
Dies künftge Abbild deiner Mißgestalt?
Wie, sprichst du nicht? Was, taub? Nein, nicht ein Wort;
Ein Strick, Soldaten; hier am Baum geschwind
Hängt ihn mir auf mit seinem Bastardkind.
Aaron. Rührt nicht das Kind! Es ist aus Königsblut!
Lucius. Dem Vater allzu gleich, drum nimmer gut;
Erst hängt den Sohn; er mag ihn zappeln sehn,
So sterb er hin in Vaterschmerz und Wehn.
Schafft eine Leiter! –
Aaron. Lucius, laß das Kind
Und send es an die Kaiserin von mir.
Ich melde Wunderdinge, wenn du's tust,
Die dir zu wissen höchsten Vorteil bringt.
Willst du es nicht, wohlan, mir gilt es gleich,
Ich schweige jetzt, doch Pest und Fluch auf euch!
Lucius. So sprich denn, und gefällt mir, was du sagst,
So lebt dein Kind, ich laß es auferziehn.
Aaron. Wenn dirs gefällt? Nein, das beteur' ich, Lucius,
Es wird dein Herz zerreißen, was du hörst.
Ich muß von Totschlag reden, Mord und Raub[1],

1. «Raub» hier und im folgenden im Sinne von Vergewaltigung.

Von nächtgen Taten und verruchtem Greul,
Verrat, fluchwürdgem Anschlag, Missetat,
Betrübt zu hören, mitleidlos verübt;
Und dies begräbt auf ewig dir mein Tod,
Wenn du nicht schwörst, du rettest mir mein Kind.
Lucius. Sprich, was du weißt, ich sag dir, es soll leben.
Aaron. Das schwöre mir, und gleich beginn ich dann.
Lucius. Schwören? Bei wem? Du glaubst an keinen Gott;
Ist das, wie kannst du glauben einem Eid?
Aaron. Und wenn ichs nie getan? Ich tu's auch nicht! –
Doch weil ich weiß, du hältst auf Religion,
Glaubst an das Ding, das man Gewissen nennt,
Und an der Pfaffen Brauch und Observanz,
Die ich dich sorgsam hab erfüllen sehn –
Deshalb fordr' ich den Eid von dir. Ich weiß,
Ein Dummkopf hält 'nen Schellenstab für Gott
Und ehrt den Eid, den er dem Gotte schwur;
Drum fordr' ich ihn. Deshalb gelobe mir
Bei jenem Gott – gleichviel, was für ein Gott –
Zu dem du betest und den du verehrst –
Mein Kind zu schonen und es zu erziehn;
Und weigerst du mir das, entdeck ich nichts.
Lucius. Bei meinem Gotte schwör ich dir, ich wills.
Aaron. Erst wiss', ich zeugt es mit der Kaiserin.
Lucius. O unersättliches, verbuhltes Weib!
Aaron. Pah, Lucius, das war nur ein Liebeswerk,
Mit dem verglichen, was du hören sollst. –
Ihre zwei Söhn ermordeten Bassianus;
Sie schändeten Lavinien, schnitten ihr
Die Zung und ihre beiden Hände ab
Und schmückten sie heraus, wie du's gesehn.
Lucius. Das nennst du schmücken, giftger Bösewicht?
Aaron. Gewaschen, zugestutzt und aufgeschmückt,
Ein schmucker Spaß zugleich für alle drei! –
Lucius. O wilde, viehische Buben, wie du selbst!
Aaron. Nun ja, ich war der Lehrer zu der Tat.
Die hitzge Ader stammt von ihrer Mutter,

So wahr 'ne Karte je den Satz gewann;
Die blutge Neigung lernten sie von mir,
So wahr ein Bullenbeißer packt von vorn. –
Nun zeuge meine Tat von meinem Wert.
Ich lockte deine Brüder in die Gruft,
Wo des Bassian erschlagner Körper lag.
Ich schrieb den Brief, den drauf dein Vater fand,
Und barg das Gold, das jener Brief erwähnt,
Im Bund mit Tamora und ihren Söhnen.
Und was ist je geschehn, das dich verletzt,
Wo ich zum Unheil nicht die Hand geboten?
Ich spielte falsch um deines Vaters Hand,
Und als ich ihn betört, trat ich beiseit,
Erstickend fast vor unerhörtem Lachen.
Ich duckte mich an einer Mauer Spalt,
Als er die Hand gab für der Söhne Häupter;
Sah, wie er weint', und lachte dann so herzlich,
Daß mir die Augen tränten so wie ihm,
Und als ich Tamora den Spaß beschrieb,
Erstarb sie fast, so lieb war ihr die Mär,
Und gab mir zwanzig Küsse für die Zeitung.

Gote. Das alles sprichst du, und errötest nicht?

Aaron. Ja, wie ein schwarzer Hund, so heißt das Sprichwort.

Lucius. Und reun dich diese Freveltaten nie?

Aaron. Ja, daß ich nicht noch tausend mehr verübt –
Noch fluch ich jedem Tag – (und glaube doch,
Nicht viele stehn in dieses Fluchs Bereich),
Wo ich besondre Bosheit nicht beging,
Jemand erschlug, wo nicht, die Anstalt traf;
'ne Dirn entehrt, wo nicht, den Plan geschmiedet;
Unschuldige verklagt auf falschen Eid;
Todfeindschaft unter Freunden angeschürt;
Den Herden armer Leute brach den Hals;
In Scheun und Schober Kohlen warf bei Nacht
Und rief dem Eigner: «Löscht den Brand mit Tränen!» –
Oft grub ich tote Körper aus dem Grab
Und stellte sie vor lieber Freunde Tür,

Recht wenn ihr Kummer fast vergessen war;
Und wie auf Baumesrind in ihre Haut
Ritzt ich mit meinem Dolch in römscher Schrift:
«Eur Kummer lebe fort, obgleich ich starb.»
Pah, tausend Greuel hab ich ausgeübt,
So leichten Sinns, als einer Fliegen fängt;
Und nichts, in Wahrheit, geht mir so zu Herzen,
Als daß mir nicht zehntausend noch gelingen.

Lucius. Den Teufel fort! Sein Tod muß sich verlängen,
Zu kurze Qual wär ihm ein schnelles Hängen.

Aaron. Wenns Teufel gibt, möcht ich ein Teufel sein,
In ewgem Feur zu leben und zu brennen,
Hätt ich dich zur Gesellschaft all die Zeit,
Dich stets zu martern mit der bittern Zunge.

Lucius. Hör auf mit Lästern, stopft ihm seinen Mund.

Ein Gote tritt auf.

Gote. Feldherr, es ist ein Bote hier aus Rom,
Der fragt, ob er vor dir erscheinen dürfe.

Lucius. Führt ihn herein. –

Ämilius wird hereingeführt.

Willkomm, Ämilius! Sag, wie stehts in Rom?

Ämilius. Glorreicher Lucius, und ihr Gotenfürsten,
Der römsche Kaiser grüßet euch durch mich;
Und weil er hört, Ihr steht in Waffen hier,
Wünscht er Gespräch in Eures Vaters Haus;
Und fordert Ihr, daß er Euch Geiseln stellt,
Dann augenblicklich sendet er sie her.

Gote. Was sagt mein Feldherr?

Lucius. Ämilius, Geiseln stelle Saturnin
An meinen Vater wie an meinen Ohm,
So kommen wir. – Zieht weiter! (*Alle ab.*)

ZWEITE SZENE

Rom. Vor Titus' Haus

Tamora, Demetrius und Chiron treten verkleidet auf

Tamora. So nun, in dieser fremden, düstern Tracht
Will ich begegnen dem Andronicus;
Die Rache nenn ich mich, der Höll entsandt,
Mit ihm vereint sein schrecklich Leid zu schlichten.
Klopf an die Zelle, wo er weilen soll,
Entwürfe seltsam wilder Rache brütend;
Sag, Rache sei gekommen, ihm vereint
Zu wirken seiner Feinde Untergang.

Sie klopfen unten; Titus öffnet sein Studierzimmer und spricht von oben.

Titus. Wer stört mich hier in meinem ernsten Werk?
Ists eure List, daß ich auftu die Tür,
Damit die finstern Pläne weg mir fliegen
Und all mein Sinnen ohne Wirkung sei?
Ihr irrt euch; denn was ich zu tun beschloß,
Seht her, in blutgen Zeilen schrieb ichs hin,
Und was ich aufgezeichnet, soll geschehn.
Tamora. Titus, mit dir zu reden kam ich her.
Titus. Nein, nicht ein Wort. Kann ich mit Anmut reden,
Da eine Hand mir zur Gebärdung fehlt?
Du bist zu sehr im Vorteil, drum laß ab.
Tamora. Wenn du mich kenntest, sprächest du mit mir.
Titus. Ich bin nicht toll; dich kenn ich nur zu gut;
Bezeugs der arme Stumpf, die Purpurschrift,
Bezeugs dies Antlitz, tief von Gram gefurcht,
Bezeugs der müde Tag, die lange Nacht,
Bezeug es alles Weh, ich kenne dich
Als unsre stolze Kaisrin Tamora.
Nicht wahr, du kommst um meine zweite Hand?
Tamora. Unselger, wiß, ich bin nicht Tamora,
Sie haßt dich, ich bin freundlich dir gesinnt,
Ich bin *die Rach*, entsandt dem Höllenreich,

Dein Herz zu heilen von des Geiers Biß,
Durch blutige Vergeltung an dem Feind. –
Komm und begrüß mich auf der Oberwelt,
Zieh mich zu Rat nun über Tod und Mord.
Denn keine Höhle gibt es, kein Versteck,
Kein ödes Dunkel, kein umnebelt Tal,
Wo Raub und Schandtat und verruchter Mord
Sich scheu verbergen, dennoch find ich sie
Und nenne meinen grausen Namen *Rache*,
Der die verworfnen Sünder zittern macht.

Titus. So bist du Rache? Bist mir zugesandt,
Um allen meinen Feinden Qual zu sein?

Tamora. Ich bins; drum komm herab, begrüße mich.

Titus. Tu einen Dienst mir, eh ich dir vertrau –
Sieh, dir zur Seite seh ich Raub und Mord,
Nun gib Beweis, daß du die Rache bist;
Erstich sie, schleif sie an des Wagens Rädern,
Dann will ich kommen und dein Fuhrmann sein
Und rasch mit dir hinbrausen um die Welt.
Schaff dir zwei wackre Renner, schwarz wie Nacht,
Dein rächend Fuhrwerk fortzuziehn im Sturm;
Such Mörder auf in ihrer schuldgen Schlucht;
Und ist dein Karrn von ihren Häuptern voll,
Dann steig ich ab und trab am Wagenrad
Gleich einem Knecht zu Fuß den ganzen Tag,
Früh von Hyperions Aufgang dort im Ost,
Bis wo er abends spät sich taucht ins Meer.
Und Tag für Tag tu ich dies schwere Werk,
Wenn du mir Raub und Mord allhier vertilgst.

Tamora. Sie sind mir Diener und begleiten mich.

Titus. Die beiden dienen dir? Wie nennst du sie?

Tamora. Sie heißen Raub und Mord, also genannt,
Weil sie heimsuchen solche Missetat.

Titus. O Gott! wie gleichen sie der Kaisrin Söhnen! –
Und du der Kaisrin! – Doch wir irdschen Menschen
Sehn mit armselgen, blöden, falschen Augen.
O süße Rache, nun komm ich zu dir,

Und wenn dir eines Arms Umfah'n genügt,
Schließ ich dich an die Brust im Augenblick.
(*Titus kommt von oben herab.*)

Tamora. Ihm so sich fügen, paßt für seine Tollheit!
Was ich ersann, zu nähren diesen Wahn,
Das stärkt und unterstützt durch euer Wort.
Jetzt glaubt er fest, ich sei die Rache selbst,
Und wie er gläubig solchem Traumbild folgt,
Soll er zu Lucius senden, seinem Sohn,
Und während ich beim Schmaus ihn selber halte,
Ersinn ich einen listgen Anschlag wohl,
Die leicht betörten Goten zu zerstreun,
Wo nicht, sie mindstens feindlich ihm zu stimmen.
Sieh da, er kommt; nun spiel ich meine Rolle.

Titus tritt auf.

Titus. Lang war ich weit, weit weg; und nur nach dir. –
Willkommen, Furie, in mein Haus des Wehs!
Ihr, Raub und Mord, seid gleichfalls mir willkommen!
Wie gleicht ihr Tamora und ihren Söhnen!
Ihr wärt vollkommen, fehlt euch nicht ein Mohr;
Gabs nicht im ganzen Abgrund solchen Teufel?
Wahrlich, nie schweift die Kaiserin umher,
Daß nicht ein Mohr in ihrer Nähe sei;
Und wollt ihr recht der Kön'gin Bild uns stellen,
So wär es gut, ihr hättet solchen Teufel. –
Doch, wie ihr seid, willkommen! – Was zu tun?

Tamora. Was solln wir für dich tun, Andronicus?

Demetrius. Zeig mir 'nen Mörder, und ich greif ihn an.

Chiron. Zeig mir 'nen Buben, der ein Weib entehrt,
Ich bin gesandt, um Rach an ihm zu üben.

Tamora. Zeig tausend mir, durch die dein Recht gekränkt,
An ihnen allen will ich Rache üben.

Titus. Durchsuch die frevelhaften Straßen Roms,
Und findst du einen Menschen, der dir gleicht,
Den töte, guter Mord, er ist ein Mörder.
Geh du mit ihm, und wenns auch *dir* gelingt,
'nen andern aufzufinden, der dir gleicht,

Den töte, Raub, er ist ein Weiberschänder.
Geh du mit ihnen; an des Kaisers Hof
Lebt eine Kön'gin, und mit ihr ein Mohr,
Die magst du, als dein Abbild, leicht erkennen,
Denn ganz, von Kopf zu Füßen, gleicht sie dir.
Ich bitt dich, diesen gib grausamen Tod,
Sie waren grausam meinem Stamm und mir.

Tamora. Du hast uns wohl belehrt, wir wollens tun.
Doch nun ersuch ich dich, Andronicus,
Sende zu Lucius, deinem tapfern Sohn,
Der jetzt auf Rom mit mutgen Goten zieht;
Zu einem Schmause lad ihn in dein Haus,
Und wenn er hier ist, recht zu deinem Fest,
Bring ich die Kaisrin dir und ihre Söhne,
Den Kaiser selbst und alle, die dir feind;
Und dir zu Füßen solln sie kniend flehn,
Und deines Herzens Ingrimm treffe sie.
Was sagt Andronicus zu diesem Plan?

Titus. Marcus, heraus! der traurige Titus ruft.

Marcus kommt.

Geh, Marcus, geh zu deinem Neffen Lucius,
Im Gotenheere sollst du ihn erfragen;
Sag, daß er zu mir kommt und mit sich bringt
Noch einige der tapfern Gotenfürsten.
Heiß ihn die Krieger lagern, wo sie stehn;
Sag ihm, den Kaiser und die Kaiserin
Erwart ich hier zum Fest, und so auch ihn.
Dies tu zuliebe mir, er tu es auch,
So wert ihm ist des alten Vaters Leben.

Marcus. Das tu ich gleich, und kehre schnell zurück. (*Ab.*)

Tamora. Nun geh ich augenblicks an mein Geschäft
Und nehme meine Diener mit hinweg.

Titus. Nein, nein, laß Raub und Mord doch hier bei mir,
Sonst ruf ich meinen Bruder wieder heim
Und halte mich allein an Lucius' Rache.

Tamora (*zu ihren Söhnen*).
Was sagt ihr, Söhne? Bleibt ihr wohl mit ihm,

Bis ich dem Kaiser, meinem Herrn, erzählt,
Wie uns der wohlerdachte Scherz gelang?
Folgt seiner Laune, sprecht ihm freundlich zu
Und weilt mit ihm, bis ich zurückgekehrt.

Titus (*beiseite*).
Ich kenn euch all, obschon ihr toll mich wähnt,
Und fang euch in dem selbstgestellten Garn,
Euch junge Höllenbrut samt eurer Mutter.

Demetrius (*beiseite*). Geht nach Gefallen, Fürstin, laßt uns hier.

Tamora. Titus, leb wohl; die Rache geht zu Taten,
Dir alle deine Feinde zu verraten.

Titus. Das hoff ich, teure Rache; leb denn wohl!

(*Tamora geht ab.*)

Chiron. Nun, Alter, sprich, was gibst du uns zu tun?

Titus. O still! Ich schaff euch Arbeit übergnug,
Auf, Cajus! Publius und Valentin!

Publius und Diener kommen.

Publius. Was wollt Ihr?

Titus. Kennst du die zwei?

Publius. Die Söhne, denk ich, sinds
Der Kaisrin, Chiron und Demetrius.

Titus. Pfui, Publius, wie gröblich du dich irrst!
Der ein ist *Mord*, des andern Nam ist *Raub*.
Drum binde sie mir fest, mein Publius;
Cajus und Valentin, legt Hand an sie.
Oft hab ich diese Stunde mir gewünscht;
Nun fand ich sie: drum bindet sie recht fest,
Stopft ihnen auch den Mund, sobald sie schrein. (*Ab.*)

Chiron. Schurken, laßt ab! Wir sind der Kaisrin Söhne!

Publius. Und deshalb tun wir, was uns auferlegt. –
Stopft ihren Mund, gönnt ihnen nicht ein Wort;
Ward er auch festgebunden? Schließt sie gut.

Titus kommt zurück mit einem Messer, und Lavinia mit einem Becken.

Titus. Lavinia, komm, die Feinde sind im Netz!
Stopft ihren Mund, kein Wort gestatt ich mehr.
Doch laßt sie hören meinen grimmen Spruch:
O Schurken, Chiron und Demetrius!

Hier ist der Quell, den ihr getrübt mit Schlamm,
Der holde Lenz, durch euern Frost erstarrt.
Ihr schlugt ihr den Gemahl, für diesen Greul
Sind ihrer Brüder zwei zum Tod verdammt.
Mir ward die Hand geraubt zu frechem Spott,
Ihr Händ und Zunge, ja was teurer ist
Als Zung und Hand — die unbefleckte Keuschheit,
Herzlose Buben! raubtet ihr mit Zwang. –
Was sprächt ihr jetzt, wenn ich euch reden ließ'? –
Ihr dürftet nicht aus Scham um Mitleid flehn.
Hört, Buben, welche Qual ich euch ersann:
Die Hand blieb, euch die Gurgel duchzuschneiden,
Indes Lavinia mit den Stümpfen hält
Dies Becken, das eur schuldig Blut empfängt.
Die Kaiserin, wißt ihr, will zum Schmaus mir kommen
Und nennt sich *Rache*, wähnt, ich sei verrückt. –
Nun hört mich! Eur Gebein reib ich zu Staub
Und knet es ein zu Teig mit euerm Blut;
Und aus dem Teige bild ich eine Rinde,
Drin einzubacken eure Schurkenhäupter;
Dann soll die Metze, eure hündsche Mutter,
Der Erde gleich die eigne Brut verschlingen;
Dies ist das Mahl, zu dem ich sie beschied,
Und dies der Schmaus, an dem sie schwelgen soll.
Denn mehr als Philomel' erlitt mein Kind,
Und mehr als Prokne nehm ich Rach an euch.
Jetzt reicht die Gurgeln her. – Lavinia, komm,
Fang auf den Strahl; und wenn ich sie entseelt,
Zerstampf ich ihr Gebein in feinen Staub
Und feucht es an mit dem verhaßten Blut,
Die Häupter einzubacken in den Teig.
Kommt, seid mir alle jetzt zur Hand, dies Mahl
Zu rüsten, das viel grimmer werden soll
Und blutiger als der Kentauren Schmaus.
So! (*Er durchschneidet ihre Kehlen.*)
Nun tragt sie hin, ich mache selbst den Koch,
Sie anzurichten, bis die Mutter kommt. (*Alle gehn ab.*)

DRITTE SZENE

Ein Gezelt mit Tischen und andern Sachen

Lucius und Marcus treten auf; Goten führen den Aaron als Gefangenen

Lucius. Wohl, Oheim Marcus, da mein Vater heischt,
Daß ich gen Rom mich wende, folg ich dir.
Gote. Wir stehn dir bei, es gehe, wie es will.
Lucius. Oheim, verwahrt mir den grausamen Mohren,
Den wütgen Tiger, den verfluchten Teufel;
Laßt ihm nicht Nahrung reichen, fesselt ihn,
Bis er der Kaisrin gegenübersteht
Als Zeugnis ihres höchst verworfnen Wandels.
Dann sorgt, daß stark sei unser Hinterhalt;
Der Kaiser, fürcht ich, ist uns schlimm gesinnt.
Aaron. Ein Teufel flüstre Flüche mir ins Ohr
Und helfe meiner Zung, hervorzusprühn
Die giftge Wut, die mir im Herzen schwillt. –
Lucius. Hinweg, verruchter Hund! Ungläubger[1] Sklav!
Ihr Herrn, helft unserm Ohm, ihn zu geleiten;
(*Aaron wird von den Goten weggeführt. Man hört Trompeten blasen.*)
Trompeten melden, daß der Kaiser naht.

Saturninus, Tamora, Tribunen und Gefolge treten auf.

Saturninus. Was? Hat der Himmel mehr als *eine* Sonne?
Lucius. Was frommt es dir, daß du dich Sonne nennst?
Marcus. Roms Kaiser und du, Neffe, brecht nun ab;
In Ruhe muß der Streit verhandelt sein.
Das Mahl ist fertig, welches Titus sorglich
Geordnet hat zu ehrenwertem Zweck,
Für Frieden, Lieb und Bündnis, Rom zum Heil! –
So tretet denn heran und nehmet Platz.
Saturninus. So sei es, Marcus.

Hoboen. Eine Tafel wird gebracht; Titus, als Koch gekleidet, stellt die Speisen auf den Tisch; Lavinia folgt ihm verschleiert, und andre.

Titus. Willkommen Herr! Willkommen Kaiserin! –

---

1. Wörtlich: ruchloser

Willkommen tapfre Goten; willkommen Lucius!
Willkommen all! Ist gleich das Mahl gering,
Doch wirds den Hunger stillen. Wollt ihr essen?
Saturninus. Weshalb in dieser Tracht, Andronicus?
Titus. Um recht gewiß zu sein, daß nichts mißlang,
Eur Hoheit und die Kaisrin zu bewirten.
Tamora. Wir sind Euch hoch verpflichtet, wackrer Titus.
Titus. Kennt' Eure Majestät mein Herz, Ihr wärt's. –
– Mein gnädger Kaiser, löst die Frage mir: –
Wars recht getan vom heftigen Virginius,
Sein Kind zu töten mit der eignen Hand,
Weil sie befleckt, entehrt, geschändet ward? –
Saturninus. Das wars, Andronicus.
Titus. Eur Grund, erhabner Kaiser?
Saturninus. Weil das Mädchen
Nicht überleben durfte solche Schmach
Und seinen Gram erneun durch ihre Nähe.
Titus. Ein Grund, nachdrücklich, streng und voll Gehalt,
Ein Vorgang, Mahnung[1] und gewichtge Bürgschaft
Für mich Unselgen, gleiche Tat zu tun: –
Stirb, stirb, mein Kind, und deine Schmach mit dir,
Und mit der Schmach auch deines Vaters Gram! –
(*Er ersticht Lavinien.*)
Saturninus. Was tatst du, unnatürlicher Barbar?
Titus. Ich schlug, um die mein Aug erblindet war.
Ich bin so leidvoll als Virginius einst
Und habe tausendmal mehr Grund als er
Zu solchem Mord; – und jetzt ist es vollbracht.
Saturninus. Ward sie entehrt? Wer hat die Tat verübt?
Titus. Wie, eßt Ihr nicht? Nehmt, Hoheit, wenns beliebt.
Tamora. Wie kams, daß Vaterhand sie morden muß?
Titus. Ich tat es nicht, es waren deine Söhne,
Die sie entehrt, die Zung ihr ausgeschnitten,
Durch die sie all dies bittre Leid erlitten.
Saturninus. Vor uns erscheinen sollen sie sogleich!

---

1. D.h.: Musterfall

Titus. Nun wohl! hier sind sie schon, zerhackt zu Teig,
Von dem die Mutter lüstern hat genossen,
Verzehrend, was dem eignen Blut entsprossen.
's ist wahr! 's ist wahr! Bezeugs mein scharfer Dolch!
(*Er ersticht Tamora.*)
Saturninus. Wahnwitzger, stirb! Nimm das für deinen Hohn[1]!
(*Ersticht den Titus*)
Lucius. Des Vaters blutig Ende rächt der Sohn;
Hier Lohn um Lohn, Mord für des Mörders Hohn! –
(*Ersticht den Saturninus.*)
Marcus (*oben auf der Bühne*).
Leidvolle Männer, Volk und Söhne Roms,
Getrennt durch Aufruhr, wie ein Vogelschwarm
Zerstreut durch Sturm und starken Wetterschlag,
O hört, wie ihr von neuem binden mögt
In *eine* Garbe dies zerstreute Korn,
In *einen* Körper die zerstückten Glieder,
Daß Rom sich nicht am eignen Gift vernichte,
Das Reich, dem mächtge Zepter sich geneigt,
– Ehrlosen ausgestoßnen Söndern gleich –
Nicht Mord, verzweifelnd, an sich selbst vollziehe!
Wenn meine Furchen, meines Alters Schnee
(Ehrwürdge Bürgen reifer Urteilskraft),
Euch nicht bewegen, meinem Wort zu traun,
Sprich *du*, Roms teurer Freund (gleich unserm Ahn,
Als er in Feierworten Kunde gab
Der liebekranken, leidgebeugten Dido
Vom Schicksal jener wilden Flammennacht,
Als Priams Troja sank durch Griechentrug)
Sag, welch ein Sinon unser Ohr berückt,
Wer uns das böse Werkzeug hergeführt,
Das unserm Troja, unserm hehren Rom
Die Bürgerwunde schlägt? –
Mein Herz ist nicht von Kiesel oder Stahl,
Noch find ich Worte für so bittern Gram,

1. Wörtlich: stirb für diese verruchte Tat

Daß nicht in Tränen meine Red erstickt,
Und mir die Stimm bricht, wenn sie zumeist
Euch rühren sollt und euer Ohr gewinnen
Und eure Hilf und liebreich Mitgefühl. –
Hier ist ein Feldherr, ders erzählen mag,
Eur Herz wird weinen, hört ihr seine Rede.

Lucius. Dann, meine edlen Hörer, sei euch kund:
Der schnöde Chiron und Demetrius,
Sie warens, die Bassianus mordeten,
Sie warens, die Lavinien frech entehrt;
Für ihre Tat fiel unsrer Brüder Haupt,
Ward Titus' Gram verhöhnt, ihm frech entwandt
Die gute Hand, die oft den Streit für Rom
Ausfocht und ihre Feinde sandt ins Grab;
Zuletzt ward ich im Zorn verbannt, man schloß
Die Tore mir und stieß mich weinend aus,
Mitleid zu suchen bei den Feinden Roms;
Mit meinen Tränen löscht ich ihren Haß,
In ihren offnen Armen fand ich Trost.
Und ich, den Rom verstieß, das sei euch kund,
Mit meinem Blut hab ich sein Wohl erkauft,
Von seinem Haupt gewandt der Feinde Schwert,
Auffangend ihren Stahl in meine Brust.
Ihr alle wißt, ich bin kein Prahler; nein,
Bezeugts, ihr Narben (ob ihr stumm auch seid),
Daß mein Bericht getreu und ohne Falsch.
Doch halt! Mich dünkt, ich schweifte schon vom Ziel,
Anpreisend mein geringes Tun; verzeiht,
Man rühmt sich selber, ist kein Freund uns nah.

Marcus. Nun ists an mir, zu reden. Seht dies Kind,
Dies wars, das Tamora zur Welt gebracht;
Sein Vater jener gottvergeßne Mohr,
Hauptstifter und Begründer unsers Wehs.
Der Schurk ist lebend noch in Titus' Haus,
(Obgleich verdammt) zum Zeugnis, dies sei wahr.
Nun sprecht, ob Titus Grund zur Rache hatte
Für solche Kränkung, unaussprechlich, herb,

Weit mehr, als irgend wohl ein Mensch ertrüge!
Jetzt, da ihr alles wißt, was sagt ihr, Römer?
Ist hier zuviel geschehen, dann zeigt, worin,
Und von dem Platz, auf dem wir vor euch stehn,
Wolln wir, des Titus armer Überrest,
Häuptlings hinab uns werfen, Hand in Hand,
Am scharfen Stein zerschmetternd unser Hirn,
Und so vereint austilgen unsern Stamm.
Sprecht, Römer, sprecht: sagt ihr, es soll geschehn,
So sollt ihr Hand in Hand uns stürzen sehn.

Ämilius. Komm, komm, du ehrenwerter Römergreis,
Führ unsern Kaiser freundlich bei der Hand,
Lucius, den Kaiser: denn mit Zuversicht
Erwart ich, was des Volkes Stimme spricht.

Alle. Lucius, Glück auf, Roms kaiserlicher Herr!

Marcus. Geh in des alten Titus leidvoll Haus
Und den ungläubgen Mohren schlepp hieher;
Ihm werd ein grauser, blutger Tod erkannt,
Als Strafe für sein höchst gottloses Tun.

Römer (*verschiedene Stimmen*).
Lucius. Glück auf. huldreicher Herrscher Roms! –

Lucius. Dank, edler Römer! Meiner Herrschaft Streben
Sei, Rom nach soviel Leiden Trost zu geben.
Doch, werte Freund, ein Weilchen gönnt mir noch,
Denn schwere Pflicht erheischt Natur von mir.
Steht alle fern. – Du, Oheim, komm herab;
Laß uns dem Toten fromme Tränen weihn; –
Den kalten Lippen diesen heißen Kuß (*küßt den Titus*),
Dem blutgen Antlitz diesen Tau des Grams,
Des treuen Sohnes letzte Huldigung! –

Marcus. Ja, Trän um Trän, und Liebeskuß für Kuß
Beut hier dein Bruder Marcus deinem Mund!
Und wär die Summe, die ich zahlen soll,
Unendlich, namenlos, doch zahlt ich sie.

Lucius. Komm, Knabe, komm! komm her, wir lehren dich
In Tau zerschmelzen. Ach, er liebte dich!
Wie oft ließ er dich tanzen auf dem Knie,

Sang dich in Schlaf, sein liebend Herz dein Pfühl!
Wieviel Geschichten hat er dir erzählt,
Für deine Kindheit sinnreich ausgewählt!
Des sei gedenk, und als ein liebreich Kind
Geuß ein'ge Tropfen aus auch zartem Auge.
Mitleidig gab Natur uns dies Gebot,
Der Freund soll weinen um des Freundes Not!
Sag ihm Lebwohl, geleit ihn an sein Grab,
Tu ihm die Lieb, und scheide dann von ihm.

Knabe. Großvater! ach, Großvater! Möcht ich doch
Für dich gestorben sein, und du noch lebend!
O Gott, vor Weinen kann ich ihm nichts sagen!
Ich stick in Tränen, öffn' ich meinen Mund. –

Aaron wird von einigen Römern hereingeführt.

Römer. Traurige Androniker, hemmt euern Gram,
Sprecht diesem giftgen Bösewicht sein Recht,
Der jener schwarzen Frevel Stifter war.

Lucius. Begrabt ihn bis zur Brust, daß er verhungre,
Da steh er dann und wüt und schrei um Brot;
Wer irgend Beistand ihm und Mitleid schenkt,
Der stirbt für solche Tat; dies unser Spruch.
Geht ihr, sorgt, daß er eingegraben werde.

Aaron. Wut, warum schweigst du? Zorn, was bist du stumm?
Ich bin kein feiges Kind, noch mit Gebet
Bereu ich die Verbrechen, die ich tat;
Zehntausend, schlimmer noch, als ich vollbracht,
Möcht ich begehn, hätt ich die Freiheit nur;
Und tat ich je ein einzig gutes Werk,
Von ganzem Herzen wünsch ichs ungeschehn.

Lucius. Tragt ein'ge jetzt den Kaiser mir hinweg
Und senkt ihn ein in seines Vaters Gruft.
Mein Vater und Lavinia solln demnächst
In unserm Monument bestattet ruhn.
Doch jener grimmen Wölfin Tamora
Gönnt keinen Grabbrauch, keinen Trauerflor,
Kein frommes Läuten, keinen Leichenzug,
Den Vögeln werft sie hin, dem Raubgetier.

Ihr Lebenslauf war viehisch, ohne Mitleid,
Und eben deshalb find auch sie kein Mitleid.
Vollzieht den Spruch an dem verdammten Mohren,
Dem frechen Stifter unsrer schweren Trübsal;
Mit Weisheit ordnen so den Staat wir dann,
Daß gleich Geschick ihn nimmer treffen kann.

(*Alle gehn ab.*)

INHALT

William Shakespeare
Dramatische Werke in zehn Bänden

In der Übersetzung von Schlegel/Tieck. Als Vorlage dient die Edition von Hans Matter. Jeder Band mit einer editorischen Notiz des Herausgebers und Illustrationen von Heinrich Füßli aus der Ausgabe von 1805

Romeo und Julia / Hamlet
Othello
detebe 20631

König Lear / Macbeth / Timon von Athen
detebe 20632

Julius Cäsar / Antonius und Cleopatra / Coriolanus
detebe 20633

Verlorene Liebesmüh
Die Komödie der Irrungen
Die beiden Veroneser
Der Widerspenstigen Zähmung
detebe 20634

Ein Sommernachtstraum
Der Kaufmann von Venedig
Viel Lärm um nichts
Wie es euch gefällt
Die lustigen Weiber von Windsor
detebe 20635

Ende gut, alles gut / Was ihr wollt
Troilus und Cressida / Maß für Maß
detebe 20636

Cymbeline / Das Wintermärchen
Der Sturm
detebe 20637

Heinrich der Sechste / Richard der Dritte
detebe 20638

Richard der Zweite / König Johann / Heinrich der Vierte
detebe 20639

Heinrich der Fünfte / Heinrich der Achte / Titus Andronicus
detebe 20640

Außerdem liegen vor:

Shakespeare's Sonette
Deutsch und englisch. Nachdichtung von Karl Kraus. Statt eines Nachworts ein Essay von Karl Kraus aus der *Fackel:* »Sakrileg an George oder Sühne an Shakespeare?«
detebe 20381

Shakespeare's Geschichten
Alle Stücke von William Shakespeare nacherzählt von Walter E. Richartz und Urs Widmer. Mit vielen Bildern von Kenny Meadows. In zwei Bänden
detebe 20791 + 20792

Friedrich Dürrenmatt im Diogenes Verlag

Stoffe I-III: Der Winterkrieg in Tibet/Mondfinsternis/Der Rebell
Leinen. Auch als detebe 21155 und 21156
Weitere Bände in Vorbereitung

Achterloo
Komödie. Leinen

Minotaurus
Eine Ballade. Mit Zeichnungen des Autors
Pappband

Justiz
Roman. Leinen

● **Das dramatische Werk**
in 17 Bänden:

Es steht geschrieben / Der Blinde
Frühe Stücke. detebe 20831

Romulus der Große
Ungeschichtliche historische Komödie
Fassung 1980. detebe 20832

Die Ehe des Herrn Mississippi
Komödie und Drehbuch. Fassung 1980
detebe 20833

Ein Engel kommt nach Babylon
Fragmentarische Komödie. Fassung 1980
detebe 20834

Der Besuch der alten Dame
Tragische Komödie. Fassung 1980
detebe 20835

Frank der Fünfte
Komödie einer Privatbank. Fassung 1980
detebe 20836

Die Physiker
Komödie. Fassung 1980. detebe 20837

Herkules und der Stall des Augias
Der Prozeß um des Esels Schatten
Griechische Stücke. Fassung 1980
detebe 20838

Der Meteor / Dichterdämmerung
Nobelpreisträgerstücke. Fassung 1980
detebe 20839

Die Wiedertäufer
Komödie. Fassung 1980. detebe 20840

König Johann / Titus Andronicus
Shakespeare-Umarbeitungen. detebe 20841

Play Strindberg / Porträt eines Planeten
Übungsstücke für Schauspieler
detebe 20842

Urfaust / Woyzeck
Bearbeitungen. detebe 20843

Der Mitmacher
Ein Komplex. detebe 20844

Die Frist
Komödie. Fassung 1980. detebe 20845

Die Panne
Hörspiel und Komödie. detebe 20846

Nächtliches Gespräch mit einem verachteten Menschen/Stranitzky und der Nationalheld/Das Unternehmen der Wega
Hörspiele und Kabarett. detebe 20847

● **Das Prosawerk**
in 12 Bänden:

Aus den Papieren eines Wärters
Frühe Prosa. detebe 20848

Der Richter und sein Henker
Der Verdacht
Kriminalromane. detebe 20849

Der Hund / Der Tunnel / Die Panne
Erzählungen. detebe 20850

Grieche sucht Griechin / Mr. X macht Ferien / Nachrichten über den Stand des Zeitungswesens in der Steinzeit
Grotesken. detebe 20851

Das Versprechen / Aufenthalt in einer kleinen Stadt
Ein Requiem auf den Kriminalroman und ein Fragment. detebe 20852

Der Sturz / Abu Chanifa und Anan Ben David / Smithy / Das Sterben der Pythia
Erzählungen. detebe 20854

Theater
Essays, Gedichte und Reden. detebe 20855

Kritik
Kritiken und Zeichnungen. detebe 20856

Literatur und Kunst
Essays, Gedichte und Reden. detebe 20857

Philosophie und Naturwissenschaft
Essays, Gedichte und Reden. detebe 20858

Politik
Essays, Gedichte und Reden. detebe 20859

Zusammenhänge/Nachgedanken
Essay über Israel. detebe 20860

● **Das zeichnerische Werk**
Bilder und Zeichnungen
Mit einer Einleitung von Manuel Gasser und Kommentaren des Künstlers. Diogenes Kunstbuch

Die Heimat im Plakat
Ein Buch für Schweizer Kinder. Zeichnungen. Mit einem Geleitwort des Künstlers kunst-detebe 26026

Außerdem liegen vor:

● *Denken mit Dürrenmatt*
Denkanstöße, ausgewählt und zusammengestellt von Daniel Keel. Diogenes Evergreens

● *Über Friedrich Dürrenmatt*
Essays, Aufsätze, Zeugnisse und Rezensionen von Gottfried Benn bis Saul Bellow. Chronik und Bibliographie. Herausgegeben von Daniel Keel. detebe 20861

Dramen im Diogenes Verlag

● Aristophanes

Lysistrate. Komödie. In der revidierten Übersetzung von Ludwig Seeger. Mit den Illustrationen von Aubrey Beardsley. Herausgegeben von Thomas Bodmer
detebe 20957

● William Shakespeare

Dramatische Werke in 10 Bänden
In der Übersetzung von Schlegel/Tieck. Als Vorlage diente die Edition von Hans Matter. Jeder Band mit einer editorischen Notiz des Herausgebers und Illustrationen von Heinrich Füßli aus der Ausgabe von 1805
Romeo und Julia / Hamlet / Othello
detebe 20631
König Lear / Macbeth / Timon von Athen
detebe 20632
Julius Cäsar / Antonius und Cleopatra Coriolanus. detebe 20633
Verlorne Liebesmüh / Die Komödie der Irrungen / Die beiden Veroneser / Der Widerspenstigen Zähmung. detebe 20634
Ein Sommernachtstraum / Der Kaufmann von Venedig / Viel Lärm um nichts / Wie es euch gefällt / Die lustigen Weiber von Windsor. detebe 20635
Ende gut, alles gut / Was ihr wollt / Troilus und Cressida / Maß für Maß. detebe 20636
Cymbeline / Das Wintermärchen Der Sturm. detebe 20637
Heinrich der Sechste / Richard der Dritte
detebe 20638
Richard der Zweite / König Johann Heinrich der Vierte. detebe 20639
Heinrich der Fünfte / Heinrich der Achte Titus Andronicus. detebe 20640

● Calderón

Das große Welttheater. Neuübersetzung von Hans Gerd Kübel und Wolfgang Franke
detebe 20888

● Molière

Komödien in 7 Bänden
in der Neuübersetzung von Hans Weigel
Der Wirrkopf / Die lächerlichen Schwärmerinnen / Sganarell. detebe 20199
Die Schule der Frauen / Kritik der ›Schule der Frauen‹ / Die Schule der Ehemänner
detebe 20200
Tartuffe oder Der Betrüger / Der Betrogene oder George Dandin / Vorspiel in Versailles
detebe 20201
Don Juan / Die Lästigen / Der Arzt wider Willen. detebe 20202
Der Menschenfeind / Die erzwungene Heirat Die gelehrten Frauen detebe 20203
Der Geizige / Der Bürger als Edelmann Der Herr aus der Provinz. detebe 20204
Der eingebildete Kranke / Die Gaunereien des Scappino. Mit einer Chronologie und einem Nachwort des Herausgebers
detebe 20205

Als Ergänzungsband liegt vor:
Über Molière. Zeugnisse von Voltaire bis Bert Brecht. Über Molière auf der Bühne und Molière in deutscher Übersetzung. Chronik und Bibliographie. Herausgegeben von Christian Strich, Rémy Charbon und Gerd Haffmans. detebe 20067

● Goethe

Faust. Der Tragödie erster und zweiter Teil. Herausgegeben von Ernst Merian-Genast
detebe 20439

● Anton Čechov

Dramatische Werke in 8 Bänden
in der Neuübersetzung und -edition von Peter Urban: jeder Band bringt den unzensierten, integralen, neu transkribierten Text und einen Anhang mit allen Lesarten und Textvarianten, mit Auszügen aus Čechovs Notizbüchern, Anmerkungen und einem editorischen Bericht
Die Möwe. Komödie in vier Akten
detebe 20091
Der Waldschrat. Komödie in vier Akten
detebe 20084
Der Kirschgarten. Komödie in vier Akten
detebe 20083
Onkel Vanja. Szenen aus dem Landleben in vier Akten. detebe 20093
Ivanov. Drama in vier Akten. detebe 20102
Drei Schwestern. Drama in vier Akten
detebe 20103
Platonov. Das ›Stück ohne Titel‹ in vier Akten und fünf Bildern. Erstmals vollständig deutsch. detebe 20104
Sämtliche Einakter. detebe 20801

● Sean O'Casey

Purpurstaub. Eine abwegige Komödie. Aus dem Englischen von Helmut Baierl und Georg Simmgen. detebe 20002
Dubliner Trilogie. Der Schatten eines Rebellen / Juno und der Pfau / Der Pflug und die Sterne. Aus dem Englischen von Maik Hamburger, Adolf Dresen, Volker Canaris und Dieter Hildebrandt. detebe 20034

● Friedrich Dürrenmatt

Achterloo. Komödie. Leinen
Dramatische Werke in 17 Bänden
Es steht geschrieben / Der Blinde. Frühe Stücke. detebe 20831
Romulus der Große. Ungeschichtliche historische Komödie. Fassung 1980
detebe 20832
Die Ehe des Herrn Mississippi. Komödie und Drehbuch. Fassung 1980. detebe 20833
Ein Engel kommt nach Babylon. Fragmentarische Komödie. Fassung 1980
detebe 20834
Der Besuch der alten Dame. Tragische Komödie. Fassung 1980. detebe 20835
Frank der Fünfte. Komödie einer Privatbank
Fassung 1980. detebe 20836
Die Physiker. Komödie. Fassung 1980
detebe 20837
Herkules und der Stall des Augias / Der Prozeß um des Esels Schatten. Griechische Stükke. Fassung 1980. detebe 20838
Der Meteor / Dichterdämmerung. Nobelpreisträgerstücke. Fassung 1980
detebe 20839
Die Wiedertäufer. Komödie. Fassung 1980
detebe 20840
König Johann / Titus Andronicus. Shakespeare-Umarbeitungen. detebe 20841
Play Strindberg / Porträt eines Planeten
Übungsstücke für Schauspieler
detebe 20842
Urfaust / Woyzeck. Bearbeitungen
detebe 20843
Der Mitmacher. Ein Komplex. detebe 20844
Die Frist. Komödie. Fassung 1980
detebe 20845
Die Panne. Hörspiel und Komödie
detebe 20846
Nächtliches Gespräch mit einem verachteten Menschen / Stranitzky und der Nationalheld / Das Unternehmen der Wega. Hörspiele und Kabarett. detebe 20847

● Urs Widmer

Die lange Nacht der Detektive. Kriminalstück in drei Akten. Mit einem Vorwort des Autors. detebe 20117
Nepal. Stück in der Basler Umgangssprache. Mit der Frankfurter Fassung von Karlheinz Braun im Anhang. detebe 20432
Züst oder die Aufschneider. Ein Traumspiel
Hochdeutsche und schweizerdeutsche Fassung. detebe 20797
Stan und Ollie in Deutschland. In: *Das Urs Widmer Lesebuch.* detebe 20783

● Otto Jägersberg

Cosa Nostra. 3 Stücke aus dem bürgerlichen Heldenleben. detebe 20022
He he, ihr Mädchen und Frauen
Konsum-Komödie. detebe 20552

● Ian McEwan

Oder müssen wir sterben? Ein Oratorium
Deutsch von Christian Enzensberger
detebe 21212

● Patrick Süskind

Der Kontrabaß. Ein Stück. Pappband

● Roland Topor

Leonardo hat's gewußt. Ein Drama. Deutsch von Peter Fleischmann. Broschur